KB144996

Scarlet
스칼렛

www.bbulmedia.com

악의 꽃

· 上 ·

SCARLET ROMANCE STORY

셀레네 장편 소설

목차

第 一 章
이우

나는 황후로 자랐다. 존귀한 태양의 옆자리가 내 자리라, 이 나라 어느 여인보다 고귀한 여인이 되리라 그리 들었다. 나는 황후로 자랐고, 황후가 되었다. 그러나 존귀한 태양의 옆자리는 내 것이 아니었다.

"태후마마, 황후마마 드시었습니다."

"간밤 평안하셨는지요?"

"황후, 매일 이리 늙은이를 보러 오시느라 고생이 많소."

"어마마마, 자식이 부모를 찾아뵙는 것이 어찌 고생이겠습니까. 이리 마마를 뵙는 것이 제 낙이니 그런 말씀은 마옵소서."

태후는 눈앞의 고운 여인을 바라보았다. 궐 안에서 이보다 더 고운 이는 찾으려야 찾을 수가 없었다. 아무리 사람이 제각기 어여쁘다 여기는 이가 다르다 하더라도 십중팔구는 이 여인에게 눈을 빼앗기기 마련이었다.

그 미색과 배경만 하더라도 충분히 놀랍건만, 황후는 내명부를 제대로 다스리고 있었다. 핏줄이 귀해서인가 타고난 것이 우아하고, 윗사람으로 능숙하였다. 그런데 어찌 황제만이 황후를 외면하는지 태후는 참으로 안타까웠다. 본인이 직접 고르고 골라 자리에 앉힌 이라 더욱 안타까웠다.

문안 인사를 마치고 황후는 처소로 돌아갔다. 본디 황제와 함께해야 하는 문안 인사였건만 황제는 그의 작은 꽃을 만난 후 그녀와 하는 모든 일을 거부했다. 머리가 지끈지끈했다. 황제의 작은 꽃, 그 생각만 하면 머리가 아파 왔다. 그러나 그녀는 어떤 표정도 없이 평소처럼 우아하게 빠르지도 느리지도 않은 걸음걸이로 처소를 향해 걸었다.

황후, 우가 지날 때마다 궐 안의 모든 사람들이 절로 그를 향해 눈을 돌렸다. 그 행색이 화려한 것은 물론이거니와 그 미색이 놀라워 저들도 모르게 입을 헤 하고 벌리는 것이다. 그런 것들을 볼 때마다 우의 뒤를 따르는 궁녀들이 괜스레 우쭐해 고개를 쳐들곤 하였다.

"마마, 다음부터는 가마를 타시는 것이 어떠신지요? 곧 여러 비빈들께서 문안을 여쭈러 오실 터인데 이리 걸어가시면 준비 시간이 촉박할 듯합니다."

우의 뒤를 따르던 상궁이 조심스레 말을 여쭈었다. 준비 시간이 모자란 것은 핑계일 뿐, 그저 궐에서 가장 존귀한 여인인 황후가 가마 하나 타고 다니지 않는 것이 여간 마음에 들지 않아서였다.

"되었네. 궐 안에선 황제폐하가 아닌 이는 가마를 타는 것이 아니네."

우가 고운 목소리로 단호히 대답했다. 박 상궁은 한숨이 절로 났다. 목소리마저 어여쁜 그네 주인은 참으로 고지식하였다. 황후의 집안이 귀비보다 못난 것도 아니었다. 아니 비교 자체가 불가하였다. 송 귀비의 집안이라고 해 보았자 고작 주나라의 몰락한 귀족 집안일 뿐이고, 더욱이 공녀가 아니던가. 그에 반하여 황후의 집안은 기나라 건국부터 이어 오던 일등 공신 가문으로 유서 깊으며 재상이 그 아비요, 대장군이 그 오라비다. 황제의 총애가 없다 하여도 그 누구도 무시하기는커녕 떠받들어야 할 배경을 가지고도 이러는 황후가 박 상궁은 대단하기도 하고 한심하기도 하였다.

"하오나 귀비께서는……."

박 상궁이 말끝을 흐렸다. 게다가 어디 송 귀비뿐이던가? 송 귀비가 황제에게 가마를 하사받은 후, 여러 비빈들은 서로 경쟁이라도 하듯이 화려한 가마를 만들어 타고 다니고 있었다. 물론,

송 귀비를 제외한 비빈들은 몸이 좋지 않다는 핑계를 대고 있었다.

우도 알고 있었다. 황제의 작은 꽃, 송 귀비 송소화. 황제는 귀비가 작은 발로 널따란 궁을 걸어 다니는 것이 안타까워 직접 가마를 내렸다. 본래 황궁에서 황제 이외의 누군가가 가마를 타는 것은 저어되어 왔으나 황실, 혹은 귀족 가문의 누군가가 몸이 여의치 않을 때만을 예외로 두고 있었다.

그러나 황제가 직접 귀비에게 가마를 하사하고 타고 다닐 것을 명하였기에 귀비는 항상 가마를 타고 궐을 누볐다. 온갖 보석으로 화려하게 장식된 그 가마는 황제의 총애가 귀비에게 있다는 것을 확고히 느낄 수 있는 증거였다.

우는 그저 걸었다. 박 상궁 역시 더 이상 말하지 못하고 조용히 뒤따랐다. 어찌 알겠는가. 곁에 이리 꽃 같은 여인을 두고 그 앵앵거리기만 하는 모자란 계집이 좋다는 황제의 마음을.

우는 처소로 돌아온 후 다시 단장하였다. 여러 비빈들이 모이는 자리이니만큼 더욱 황후로서 몸가짐에 신경 써야 했다. 주마다 한 번씩 하는 일이니만큼 우에게도 궁녀들에게도 익숙한 일이었으나 익숙한 일임에도 역시 마음이 편한 일은 아니었다. 송 귀비가 나타난 후로는 더욱 그랬다. 그녀가 국가 간의 화친을 연유로 나타나기 전만 하여도 황제는 누구에게나 같은 태도를 보였고, 공평했다. 그러니 절로 집안이 귀하고, 품계가 높은 순서로 서열이 정해져 그럭저럭 평안한 분위기였으나 뒷배가 좋지 않으면서도 황제의 총애를 받는 송 귀비가 나타난 후 비빈들은 파벌을 이루기 시작했다. 귀비의 편에서 황제의 총애 한 자락 받아 보려 하는 이들과 뒷배가 좋지 않은 귀비를 무시하고 쫓아내려는 이들, 숨죽이며 몸을 사리는 이들, 그리고 아무것도 하지 않는 황후가 있었다.

집안으로 따지나 품계로 따지나 황제의 여인들 중에서 우보다 귀한 이는 없었다. 다만 황제가 지나친 것이 문제였다. 송소화, 송 귀비는 그야말로 이름같이 작고 고운 꽃 같은 여인이었다. 동그란 얼굴과 분홍빛 뺨, 그리고 웃음도 눈물도 많은 순진하고 사랑스러운 여인이었다. 여느 비빈들과 달리 몸가짐이 단정하진 않으나 아이 같은 사랑스러움에 다들 차마 그를 벌주지 못하였고, 곱고 정이 많은 마음씨로 부리는 사람들과도 격 없이 지내며 사랑받았다. 송 귀비보다 높은 이들 중 그를 벌줄 수 있는 사람은 오직 황후, 우뿐이었다.

우는 접견실로 나섰다. 이미 열세 명의 비빈들이 품계 순서로 자리에 서 황후를 맞았다. 저마다 서로에게 지지 않으려 화려하게 꾸몄으나 자세히 보면 옷감과 장신구에서 격차가 느껴졌는데, 그것은 집안의 재력을 나타내기도 했다. 궁 안에서는 품계 순서대로 비빈들에게 녹봉이 내려지나 본디 그걸로 만족하는 여인은 거의 없었기 때문에 대부분의 이들이 집안의 재물을 가져다 쓰곤 하였다.

"황후를 뵙습니다."

"다들 자리에 앉으세요."

우의 눈이 절로 오른편으로 향했다. 황후의 오른편 제일 상석에 송 귀비가 있었다. 분홍빛 저고리에 하늘색 치마를 입은 송 귀비는 매우 사랑스러웠다. 이 많은 비빈들 중 그녀는 궁에서 내어 주는 녹봉만으로 지내는 많지 않은 사람 중 하나였다. 물론 황제는 멀리 떨어져 있는, 그 대단치 못한 집안을 지닌 송 귀비를 안타깝게 여겨 그이에게 귀한 패물들을 수없이 내려 주었다.

그러나 그 자체가 본디 재물이나 화려한 것에는 도통 관심이 없어 그 귀한 패물들은 그이의 처소에 고스란히 쌓여 있었다. 그녀는 그것이 얼마나 값비싼 것인지는 알지도 못하고, 그저 그 모든 것들을 준비하면서 저를 생각했을 황제를 떠올리며 설레곤 하였다. 그이가 관심 가지는 것은 꽃이나 궁궐 밖 나들이, 처소의 궁녀들이거나 혹은 황제 정도였다. 꽃같이 사랑스러운 송 귀비, 마음씨도 고운 귀비마마, 황제의 작은 꽃…… 그를 가리키는 수많은 칭찬 일색의 수식어가 떠오르자 우는 가슴이 답답해졌다.

우가 자리에 앉아 송 귀비를 바라보았을 때, 다른 비빈들은 모두 황후를 바라보았다. 천하절색의 미모를 가진 여인이었다. 여인들이 보기에도 우는 지나치게 아름다웠다. 송 귀비가 고운 것은 사실이나 황후와 함께 앉아 있는 송 귀비에게는 눈길조차 가지 않는다. 황후에게만 허락되는 붉은 비단에 황금으로 수놓아진 봉황 무늬가 마치 태어날 때부터 자신의 것인 양 어울렸다. 집안을 닦달해 구해 온 귀한 패물들로 장식한 그네들보다 황후에게 주어지는 봉잠 하나를 꽂은 우가 아름답다는 것은 기분 나쁜 일이었고, 그 집안도 좋으며 아름답기까지 한 황후가 아니라 그 옆 못난 송 귀비가 황제의 총애를 독차지한다는 것은 더욱더 기분 나쁜 일이었다. 송 귀비는 잘난 집안과 미모를 가진 비빈들에게는 용납되지 않는 사람이었다.

송 귀비 역시 흘끔 황후를 훔쳐보았다. 언제 보아도 놀랍도록 아름다운 사람이었다. 한숨이라도 내쉬면 세상 모든 이가 그 우환거리를 없애 주겠다며 달려들겠다고 그는 생각했다. 송 귀비는 우가 어려웠다. 황제도 태후도 모두 그녀를 어여삐했다. 크고 작은 실수를 하여 벌하겠다며 으름장을 놓아도 결국 모두 넘어가 주었다. 황제가 그러하니 여타 비빈들도 함부로 나설 수 없었고, 태후역시 그랬다. 게다가 그 자체가 성품이 곱고 어린아이같이 순수한 사람이라 궁 안의 귀여움을 독차지하였다.

그러나 황후만큼은 아니었다. 황제가 용서하여도, 태후가 용서하여도 황후는 귀비에게 벌을 주었다. 모든 벌이 합당한 것은 알고 있으나 묘하게 그가 어렵고 그에게는 눈치가 보였다. 워낙에 몸짓 하나하나, 말투 하나하나가 우아하고 법도에 맞으며 엄숙한 사람인지라 괜스레 움츠리게 되는 것이다.

"날이 점점 추워집니다. 다들 건강에 신경 쓰세요. 아직 단풍이 한창이라고는 하나 겨울이 오기 전 처소를 보수하려면 시간이 꽤나 걸릴 겁니다. 내 박 상궁에게 겨울을 대비하여 각 처소에 보급품과 녹봉을 내리라 하였으니 모두 확인하여 추가로 필요한 것이 있다면 내게 일러 주세요."

"예, 마마."

단풍이 든 것은 그리 오래되지 않았다. 찾아보면 아마 궐 안 어느 한구석엔 아직 물들지 않은 푸른 잎이 있을지도 모르는 일이다. 우는 항상 조금 먼저 준비를 하고 있었다. 황후의 자리는 가장 높은 여인의 자리이기는 하나 어찌 보면 가장 무거운 자리라고도 할 수 있었다. 궁 안 살림을 이끌어 가는 것이 황후이다 보니 결국 그 그릇이 모자란 이는 티가 나기 마련이었다.

매월 규칙적으로 주어지는 녹봉 외에도 비빈들에게는 특별한 날에 종종 추가적으로 귀한 하사품이 주어지곤 했다. 태후의 탄신일과 같은 황실의 행사를 비롯해 그 해의 농사가 풍년이었을 때가 그 특별한 날에 속했고, 비빈들에게 주어지는 모든 녹봉과 하사품은 황후의 손을 거쳐야만 했다. 우는 그 역할을 잘 해내고 있었고, 비빈들 역시 그를 잘 알고 있었다.

그는 비빈들에게 품계에 맞는 녹봉뿐 아니라 하사품을 내리기도 하였는데, 항상 각 비빈들의 취향을 헤아렸다. 어리숙한 이들이야 그저 자신이 좋아하는 것이라며 마냥 좋아할 뿐이었지만 조금이라도 눈치가 빠른 이들은 우의 일 처리에 혀를 내둘렀다. 우는 누구 하나 토를 달거나 불만을 제기할 수 없게끔 공평하고 깔끔하게 황후의 역할을 하고 있었다.

"혜비."

우가 송 귀비의 맞은편에 앉아 있는 혜비, 최이란을 바라보았다. 은사로 꽃을 수놓은 자주색 치마와 남색 저고리를 입은 그녀는 여러 비빈들 중 가장 화려했다. 짙고 붉은 입술과 시원하게 긴 눈매가 묘하게 휘어지며 우를 향해 살짝 미소 지었다.

"예, 황후마마."

"내 혜비의 다리가 편치 않다 들었습니다. 태의에게 보이지 않아도 되겠습니까?"

비빈들이 서로 눈치를 살폈다. 황후가 지적하고 있는 것이다. 다들 저 콧대 높은 혜비가 송 귀비에게 지기 싫어 멀쩡한 다리를 아프다고 하며 가마를 타고 다닌 것을 알고 있었다. 알면서 모르는 척 말을 건네는 황후나 당황하지 않고 계속 미소 짓고 있는 혜비나 그네들이 보기엔 똑같이 대하기 어렵고 힘든 인물이었다. 게다가 비빈 대부분이 가마를 사용하고 있었기에 대표로 그중 가장 품계가 높은 혜비에게 화살이 꽂힌 것이었기에 다들 눈치를 보기 시작했다. 황후는 모두에게 말하고 있었다. 다들 가마 사용을 중지하라고 말이다. 그 자리에 있는 모두가 우가 말하는 바를 알고 있었고, 태연하려 노력하였다.

"송구하옵니다. 사가에서 보내 준 의원이 있나이다. 소첩의 몸 상태를 잘 알고 있는 의원이니 그이로도 충분하다고 사료됩니다. 마마의 성심에 감사드립니다."

"그렇습니까? 허나 벌써 의원이 다녀간 지 수십 일이 지났고,

나아지는 바가 없어 보입니다. 혜비의 사가에서 보내 준 의원이니 부족할 리 없을 테지만 내 마음을 보아서라도 태의에게 진찰을 받으세요. 이 사람의 마음입니다. 폐하를 가까이서 모시는 비빈들이 편치 않다면 다 이 못난 사람의 책임이지요."

혜비가 곧장 대답하지 못하고 침묵했다. 저리 나온다면 거절할 방도가 없었다. 태의는 진료하자마자 멀쩡타 할 것이고, 혜비는 황후에게 거짓을 고하고, 궁 안의 법도를 어지럽힌 죄를 짓게 되는 것이다. 결국 혜비는 물러서고야 말았다.

"황후마마, 사가에서 온 의원이 진료하기를 며칠만 쉰다면 걷는 데 무리가 없을 것이라 하였답니다. 다음 문안 인사 때는 소첩 건강한 모습으로 뵐 수 있을 터이니 걱정하지 마옵소서."

"그렇다면 되었습니다. 마음이 한결 놓입니다."

"하오나, 황후마마. 이는 불공평한 처사이옵니다. 황후마마께옵서는 그 귀하신 걸음을 몸소 옮기시는데 귀비마마께서는 가마를 타고 다닌다니요? 이는 말이 되지 않는 일입니다. 귀비마마께서 황후마마를 내려다보는 일이 생길까 저어되옵니다."

혜비가 분에 못 이겨 말을 이었다. 꺼내지 않아도 좋을 말이었으나 성이 나 참을 수가 없었다. 자신의 속내가 너무 빤히 드러나 얼굴이 달아올랐다.

"이 사람을 그리 생각해 주다니 고맙습니다. 허나 괜한 걱정일 뿐입니다. 송 귀비는 예를 아는 사람이라 나를 만나면 가마를 멈추고 내릴 것이고 내가 지나가면 다시 가마에 오를 것입니다. 내 이미 그리 언질을 해 두었습니다. 그저 아직 이곳의 풍습에 익숙하지 않을 뿐입니다. 게다가 황제폐하께서 하사하신 것을 그냥 두는 것은 옳은 일이 아니지요."

우는 해사하게 미소 지었다. 그 꽃 같은 미소에 혜비는 쓰게 웃었다. 혜비는 매번 우에게 졌다. 하지만 그것은 분하지 않았다. 그녀가 진정으로 분했던 것은 우 옆에 있는 송 귀비였다. 아무것도 모르는 저 멍청한 계집에게 가장 화가 났다. 대놓고 저를 언급했음에도 불구하고 무슨 일이 있는지도 모르고, 왜 다들 가마를 타고 있는지도 모르는, 아니 진정으로 제가 아프다고 생각하고 있는 저 멍청한 계집이 싫었다.

그러나 황후는 모든 것을 참아 넘기고 있었다. 황제가 용인한 것에 대해서 황후는 어떠한 것도 되묻지 않고, 그대로 인정해 주었다. 송 귀비, 아니 송소화가 귀비가 된 것도, 가마를 타고 다니는 것도 말이다. 결국 황후는 송 귀비의 특혜에 대해선 아무런 말도 하지 않는다. 황제의 뜻이 그러하다면 말이다.

그녀는 송 귀비를 똑바로 바라보았다. 그 해맑은 얼굴에 배알이 뒤틀려 저 자리에서 내팽개쳐 밖으로 쫓아내고 싶었다. 그이는 모를 것이다. 황후가 얼마나 그를 감싸 안아 주고 있는지, 황후의 품 안에 자신이 있다는 것조차 모르고 있을 게 분명한 저 멍청한 계집에게 그녀는 분했다.

"가장 중요한 것은 폐하의 성심을 헤아리는 것입니다. 폐하를 편안히 모시는 것이야말로 가장 중요한 일입니다. 그것을 항상 염두에 두세요."

우가 조용히 말했다. 그러나 그 조용한 목소리에는 무시할 수 없는 힘이 있었다. 비빈들이 고개를 조아렸다. 아마 다음 문안 인사부터는 다들 멀쩡히 두 다리로 걸어올 것이 분명했다. 송 귀비를 제외한 모두가.

조용히 찻잔을 들었다. 교태전 어느 누구도 입을 열지 않고 이 침묵을 유지했다. 오전 비빈들의 문안 인사를 받은 후에 우는 그저 창밖을 바라보며 차를 마시고 있었다. 한참 열어 놓은 창문으로 인해 이미 처소 안 공기가 싸늘해져 있었지만 어느 누구도 우의 시간을 방해할 수는 없었다. 처소의 궁녀들은 그네들의 주인이 조용한 것을 좋아하는 것을 잘 알고 있었고, 이런 시간이야말로 주인이 마음을 풀어 놓고 있는, 하루 중 몇 안 되는 시간이었다.

"박 상궁, 폐하를 뵈어야겠네."

우의 말이 떨어지기가 무섭게 박 상궁은 교태전을 나서 황제의 처소로 향했다. 그런 와중에도 우는 그대로 창밖을 바라보았다. 꽃 하나 피지 않은 메마른 정원이 자꾸만 시선을 빼앗았다. 분명 여름 동안은 화사했을 정원이었다. 여름의 화려하고 생명력 넘치는 모습은 그 흔적조차 남아 있지 않았고, 우는 그것에서 눈을 떼기가 힘들었다.

그녀에게도 좋은 시절이 있었다. 좋은 집안과 좋은 부모, 그리고 좋은 형제가 있었고, 아낌없는 사랑을 받았다. 모든 일에 빈틈없는 이 재상은 그 딸에게만큼은 다정다감한 아비였고, 그 내자는 워낙 성품이 여리고 선했다. 그 아들은 어떠한가. 손아래 누이를 따돌리고 친구들과 어울리기도 바쁠 텐데 그는 늘 제 누이를 보살피며 함께 있으려 노력했다. 모든 이가 꽃과 같이 어여쁘다 하였고, 넘어질세라 발이 땅에 닿지도 않게 항상 품 안에 안고, 가마를 태웠다. 그때의 우는 자주 웃었더랬다.

"마마, 폐하께옵서는 국사로 시간을 낼 수 없으니 후에 다시 연통하겠다 하셨습니다."

우가 자리에서 일어났다. 박 상궁이 어찌할 줄 몰라 하며 허리를 굽혔다. 보통의 주인이라면 아마 제가 못난 탓이라며 매질을 할지도 모르는 일이었으나 제 주인이 그런 소인배가 아닌 것은 알고 있었다. 다만 소임을 제대로 해내지 못한 것이 송구스러워 박 상궁은 고개를 들 수가 없었다.

"그러신가? 나랏일로 바쁘신 분이니 내 직접 찾아뵈어야겠네. 설마 얼굴도 보지 않으시고 나를 내치시겠는가."

매무새를 단정히 한 우가 처소를 나섰다. 그런 와중에도 박 상궁과 궁녀들은 초조한 마음을 감출 수 없었다. 허하지 않은 방문을 황제가 기꺼워하지 않을 것이 뻔하기 때문이었다. 방문하는 이가 송 귀비라면 모를까.

"고해 주시게."

황제의 집무실 앞에서 우가 양심전 상궁에게 말했다. 양심전 상궁이 난처한 얼굴을 숨기지 못했다. 이미 박 상궁이 다녀간 것을 직접 보지 않았던가. 황제의 거절에도 직접 찾아온 황후의 방문이 거절당할 것은 빤한 일이었고 그것은 저에게도 편치 않은 일이었다. 양심전 상궁은 숨을 한 번 들이쉬고는 크게 아뢰었다.

"폐하, 황후마마 드셨사옵니다."

그러나 안에서 아무런 답이 없었다. 양심전 상궁의 얼굴이 붉게 달아올랐다. 당황스러운 것이다.

"다시 한 번 고해 주시겠는가?"

"폐하, 황후마마 드셨사옵니다."

더 큰 목소리로 외쳤으나 황제는 아무런 답이 없었다. 이때, 우가 움직였다.

"폐하, 들겠습니다."

그러고는 직접 문을 열었다. 예에 어긋나는 행동임에도 그 몸짓이 워낙 자연스럽고 우아해 모두들 넋을 놓고 있었다. 우가 처소로 들어서자 양심전 상궁이 화들짝 놀라며 다시 문을 닫았다.

황제는 책상에서 눈을 떼지 않았다. 우를 바라보지도, 말을 건네지도 않았다. 그녀가 마치 없는 사람인 양 계속해서 제 할 일만을 할 뿐이었다.

"드릴 말씀이 있습니다."

황제는 여전히 묵묵부답이었다. 변함없이 저를 외면하는 그를 우가 다시 한 번 간절히 불렀다.

"폐하……."

황제가 고개를 들고 우를 바라보았다. 수려하게 잘생긴 외모였지만 그 눈만은 매서웠다. 자신을 바라보는 시선에 어떤 종류의 따뜻함도 담겨 있지 않다는 사실에 우가 다시 한 번 낙심했다. 알고 있는 사실임에도 불구하고 황제의 마음을 확인할 때마다 우는 더 깊게 추락했다.

"말해 보시오. 법도도 지키지 않고 감히 황제의 처소에 함부로 발을 들인 이유가 무엇인지."

그 변함없는 차디찬 말에 우가 미소 지었다. 다시 한 번 느낀 좌절감과 변치 않을 상대에 대한 실망으로 인한 자조적인 미소였다.

그리고 황제는 그 미소가 마음에 들지 않았다. 항상 저 여인이 제 위에 있는 거 같은 느낌이었다. 그 아비가 아니었다면 힘들었을 이 자리를 마치 저 여인이 준 것 같아 마음이 좋지 않았다. 옹졸한 제 마음이 드러나 눈앞의 여인에게 화풀이를 할 때면 저 자신이 한심해 견디기 힘들었다. 그리고 그런 자신에게 화가 나 다시 여인에게 화풀이를 하였다. 그 악순환이 십여 년째 계속되고 있었다.

"어찌 앉으라는 말씀도 아니 하십니까?"

"앉으시오."

차를 내오라는 말도 없었다. 하다못해 어느 귀족 가문에서도 내자를 이리 대하지 않았다. 그만큼 황제는 우를 꺼렸다. 그 거절의 반응에 무뎌질 때도 되었건만 우는 아직도 상처받고 있는 저 자신이 한심스러워 다시 한 번 쓰게 웃었다.

"송 귀비에게 가마를 타지 말라 할 생각입니다."

쾅, 우의 말이 끝나자마자 황제가 주먹으로 책상을 내리쳤다. 화가 난 황제의 모습에도 우는 계속해서 말을 이었다.

"여러 비빈들의 불만이 상당합니다. 그것은 송 귀비에게도 좋지 않으니 허해 주셨으면 합니다."

"감히 짐이 내린 것에 불만을 가진다고? 고작 가마가 무엇이라고! 내 말을 뒤집으란 말이냐."

으르렁거리듯이 위협적으로 내뱉는 말에도 우는 침착히 답했다. 그 꽃 같은 목소리는 이러한 상황에 어울리지 않았다.

"고작 가마가 아니라 폐하의 총애이지요. 폐하의 총애 하나만을 바라는 여인들이옵니다. 송 귀비에게도 좋지 않고, 궁 안의 모두가 가마를 타는 것 역시 법도에 어긋나는 일입니다."

"듣고 싶지 않다."

황제의 얼굴이 분노로 붉게 달아올랐다. 그는 이성적인 사람이었으나 우의 앞에서는 언제나 감정적이 되었다. 우는 언제나 그를 분노하게 하였다.

"송 귀비가 여리고 선한 이임을 잘 아니 드리는 말씀입니다. 그이에 대해 여러 비빈들이 좋지 않은 감정을 가지게 될지 모르는 일입니다. 뒷배 하나 없는 이에게 힘든 일이 될 겁니다."

우의 차분한 설명에 황제는 점점 더 기분이 상했다. 고작 가마가 무엇이라고 이리들 요란인지 그는 이해할 수가 없었다. 게다가 그 가마는 뒷배 하나 없는 송 귀비에게 제 총애가 있음을 보여 주기 위한 것이기도 하였다.

"그를 위해 내린 것이다. 그이의 뒤에 내가 있음을 보여 주기 위해 내린 거란 말이다."

그 말에 우가 침묵했다. 황제, 희윤은 그런 우를 싸늘한 눈으로 바라보았다. 제가 이리 성을 내고, 호통을 치건만 눈앞의 침착한 우를 보니 마치 제가 진 거 같아 자꾸만 열이 치솟았다. 항상 그랬다. 올곧은 그 눈과 차분한 어투가 제 화를 돋우었다. 한 나라의 황제인 제가 마치 지기 싫어하는 어린아이가 된 것 같아 보기 싫었다.

"폐하, 이미 보여 주시지 않았습니까. 타국의 공주도 아닌, 아니 수백 명의 공녀들 중 가장 낮은 지위로 입궁한 이입니다. 그저 궁녀로 머무를 이였습니다. 공녀 출신인 여인이 귀비 자리에 오른 것만 하여도 그 총애가 대단하다는 것을 이미 모두가 알고 있습니다. 그것만 하여도 족합니다. 넘친 것은 부족한 것만 못하다 하지 않습니까."

"황후께서 나를 가르치려는 게요?"

우가 쓰게 미소 지었다. 자신을 적대하는 희윤의 모습에 우는 입을 떼기가 어려웠다. 손이 바르르 떨려 왔다. 떨리는 손을 조심스럽게 움켜쥐고 우는 다시 입을 열었다.

"그이에게 독이 될 겁니다. 모든 눈이 송 귀비를 향할 것이고, 작은 실수에도 비난이 넘쳐 날 겁니다. 또 그이가 영민하신 폐하의 눈과 귀를 막으려 한다고도 할 겁니다. 그 어리고 순진한 이에게 너무 무거운 짐을 지어 주진 마세요."

우가 진심을 담아 말했다. 희윤이 신음했다. 인정하기 싫지만 우의 말이 옳았다. 귀할수록 조심해야 하는 법인데. 그의 침묵이 길어지자 우가 자리에서 일어나 예를 차리고 물러났다.

우가 황제의 집무실에서 나왔을 때였다.

"황후마마께 인사 올립니다."

키가 큰 사내가 인사를 건네 왔다. 서글서글한 눈매에 활짝 웃는 입매가 소년 같아 보이는 이였다. 단정하고 검소한 옷차림이었지만 누가 보아도 귀한 핏줄임을 알 수 있을 만큼 고운 사내였다.

"왕야, 참으로 오랜만에 뵙습니다. 폐하를 뵈러 오셨습니까?"

우가 반갑게 인사를 건넸다. 아친왕과 우는 어렸을 적부터 알고 지내 온 사이였다. 아친왕과 우의 오라비가 절친한 사이였기 때문이다. 그가 궐 밖으로 나오게 된 이후로 아친왕과 우의 오라비는 가장 가까운 친우가 되었다. 물론, 정치적인 관계로는 서로를 멀리할 수 있는 혹은 원수라 볼 수 있는 사이였건만 아친왕은 전혀 개의치 않았다. 오히려 짐을 벗게 해 준 이라며 감사 인사를 했었다.

아친왕, 희원은 우의 인사에 다시 해사하게 웃었다. 그러더니 장난스럽게 눈을 찡긋하고는 손을 내밀었다.

"궐 안 가장 고운 이를 뵈었을진대 어찌 그냥 돌아서겠습니까. 잠시나마 곁을 내어 주시지요."

마치 한량처럼 가벼운 몸놀림과 능청스러운 표정에 우가 웃음 지었다. 그러고는 희원의 손에 제 손을 얹었다.

"왕야, 폐하와의 약조는 어찌하시려고요?"

우의 말에 희원이 마마만 믿고 있다며 능청스레 앓는 척을 하였다. 황제와의 만남에서 제가 거부당한 것은 어느새 잊어버리고 편안해 보이는 우였다. 희원과는 사가에서 얼굴만 마주치던 사이였다. 오히려 우가 입궐하자 그 오라비의 청으로 오누이 사이를 오가느라 더 가까운 사이가 되었다.

희원은 자연스레 우의 처소로 향했다. 한참을 조용히 말 한마디 하지 않고 걸었으나 두 사람 모두 편안하며 자연스러웠다. 그만큼 서로가 익숙한 탓이었다. 신분이 신분이니만큼 자주 보아 좋을 일 없는 사이였기에 친우의 청으로 궐을 자주 드나들면서도 항상 처소 밖, 모든 이가 쉬이 볼 수 있는 곳에 자리하며 최대한 말이 나오지 않게 행동하였다. 이는 황제가 아친왕을 신뢰하였기에 무탈하게 넘어가 주는 일들이었다.

희원은 우를 바라보았다. 허리를 곧게 펴고 당당히 걷는 모습이 그이의 성격을 그대로 보여 주는 거 같아 왠지 웃음이 났다. 그리고 그 어렸던 아이가 이리 자라 한 나라의 황후가 되었다는 게 놀랍기도, 서글프기도 하였다. 그는 궐 안이 얼마나 시리고 무서운 곳인지 잘 알고 있는 사람 중 하나였고, 궐을 벗어난 것을 항시 다행이라고 생각하는 사람이었다.

"황후 노릇은 할 만하십니까?"

"글쎄요, 잘 모르겠습니다. 그저 노력할 뿐이지요."

희원의 질문에 우가 한숨을 내쉬며 답했다.

"괜찮습니다. 잘하고 계십니다."

희원은 늘 우가 듣고 싶어 하는 말을 해 주곤 했다. 어느 때곤 지쳐 있을 때면 나타나 그토록 듣고 싶었던 말을 들려주고, 제 마음을 보듬어 주는 이였다. 우가 빙그레 미소 지어 보였다. 그 미소에 어둡던 세상이 환해지는 것처럼 느껴졌다. 천하절색이라 불려도 결코 과언이 아닌 듯하였다.

"궐 안이 가마로 인해 난리라 들었습니다."

희원이 조심스럽게 말을 꺼냈다. 그 또한 모를 리 없었다. 황제의 작은 꽃, 송 귀비는 이미 나라 안팎에서 그 소문이 요란하였다. 실상 그가 철없고 어리며 예쁘장한 이라는 것을 알면 아마 다들 실망할 터였다. 원래 소문이란 번질수록 커지기 마련이니 말이다. 그 미모가 대단하여 황제의 눈에 들어 공녀 신분으로 귀비 자리에 올랐으며, 황자만 낳는다면 황후 자리도 귀비의 차지가 될 것이라는 말도 무성하였다.

"예, 다들 폐하만 바라보고 있지 않습니까. 화가 날 겁니다."

"마마께서는 어떠십니까?"

우가 입을 다물었다. 그리고 미간을 찌푸렸다. 희원은 멈추어

서서 우를 잡지 않은 손으로 그 미간을 살살 문질렀다. 그 다정스러운 손길에 우의 눈이 커다래졌다가 다시 한숨을 내쉬었다.

"어찌 다 큰 여인을 이리 어린아이 대하듯 하십니까?"

"고운 여인이 인상을 찌푸리는 것이 안타까워 그럽니다."

희원은 다시 우의 손을 잡고 걸음을 옮겼다. 우는 오라비와의 대화를 떠올렸다.

'안타까운 사람이지. 어느 것 하나 모자라지 않건만 제 동생에게 빼앗기지 않았느냐? 지금의 황제폐하 역시 대단하시지만 나는 그이가 황제가 되면 어땠을까 가끔 상상해 보곤 한다. 꼭 저같이 따뜻한 나라를 만들고 싶어 동분서주했겠지.'

'다정함이 나라를 다스리는 데 걸림돌이 되지 않았을까요?'

'우야. 그는 어리석지 않은 사람이다. 선한 것과 어리석은 것을 혼동하지 말거라. 모든 것을 받아 주기만 하는 이는 어리석은 사람이며, 그 그릇이 거기까지인 게야. 그이는 다정하고, 지혜로운 이다. 애정을 가지고 썩은 것은 도려내고, 잘 자라도록 돌봐 줄 수 있는 이란다. 그래서 더욱 안타깝구나.'

남자치곤 긴 속눈썹에 눈 밑으로 그늘이 져 있었다. 한량 같은 행동거지를 하건만 분명 알고 있었다. 그것이 모두를 위한 것임을 말이다. 그가 이리 행동해야만 나라가 평안할 터였다.

"마마?"

"아. 아닙니다. 잠시 옛 생각이 나서…… 왕야, 저는 황후이질 않습니까? 여인의 투기는 접어 두고 폐하를 위해야지요. 여러 비빈들에게 모범이 되어야지요."

어느새 교태전에 도착하였고, 우가 인사를 건네기 위해 희원을 마주 보았다. 우는 고개를 들어 희원을 올려다보았다.

"이제 그만 가 보세요, 왕야. 폐하께서 기다리고 계실 겁니다. 제가 이리 왕야를 붙잡았다 노하실까 걱정됩니다."

희원이 무릎을 굽혀 우와 마주 보았다. 그가 살포시 웃으며 입을 열었다.

"마마, 괜찮습니다. 아주 잘하고 계십니다. 조금은 내려놓아도 그 누구도 마마께 뭐라 할 이 없습니다. 그저 조금 풀어 두세요. 이리 지내시면 금방 지치실 겁니다."

희원의 그 말에 우의 눈에 눈물이 핑 돌았다. 하루가 외줄 타기 같은 우에게 그 누구도 이리 말해 주지 않았다. 부모, 오라비 모두가 그이에게 잘해야 한다고만 할 뿐이었다. 어린 딸이, 어린 누이가 혹여 실수라도 하여 귀한 아이에게 사달이 날까 두려운 가족들이 할 수 있는 것은 그저 그뿐이었다.

우는 모두가 바라보는 이 자리가 고달팠다. 조금의 실수라도 할까 무섭고, 두려워 온종일 긴장에 휩싸인 채 하루를 보내고 쓰러져 지쳐 잠이 들었고, 그나마도 푹 잠들지 못해 점차 약해지고 있었다. 희원은 다정스레 듣고 싶은 말을 해 주고, 우의 마음을 가장 잘 살펴 주는 이였다. 그래서 우는 그이가 오면 자꾸 울음이 터질 거 같았다. 어렸을 적엔 속상한 일이 있으면 그 얼굴만 보아도 울었더랬다. 받아 주는 이가 있으니 자꾸 약한 마음이 들 수밖에.

"왕야……."

"이만 가 보겠습니다. 더 늦으면 폐하의 진노를 감당하기 어려울 겁니다."

인사를 하고 돌아서는 그 모습이 아쉬웠다. 마치 큰 오라비 같은 이였다. 우는 입궐한 후 오라비뿐만이 아니라 아비, 어미에게도 속내를 털어놓을 수 없었다. 자주 볼 수 없는 어린 딸이 걱정스러워 안절부절못하는 그네들에게 어찌 그럴 수 있을까. 투정하여도 그 말이 번질까 무섭고, 수많은 눈과 귀가 두려워 입을 꼭 닫았었다.

그런 저를 찾아와 사탕 하나를 쥐여 주며 말을 걸던 이가 희원이었다. 어설픈 농담이 왜 그리 반가웠던지, 그래도 면이 낯익은 이어서 그랬던 건지 그 사탕을 입에 넣고 펑펑 울었더랬다. 그 이후 그는 우를 가끔 찾아왔다. 그리고 우는 그를 기다리곤 하였다. 궐 안의 생활이 어떤지 잘 알고 있는 그가 편해서였다.

"박 상궁."

"예, 마마."

"얼마 전 들어온 좋은 국화차가 있지 않던가? 폐하의 집무실 밖에서 기다렸다가 왕야께 전해 드리고 오거라."

박 상궁이 우의 명에 읍하고 자리를 떴다. 우는 잠자리에 누울

채비를 하였다. 궁녀들이 서투른 솜씨로 잠자리를 돌보고, 그의 머리를 빗겼다. 우의 잠자리는 항시 박 상궁이 홀로 준비하였기에 그들 모두 긴장하고 있었다. 실수라도 하여 우의 화라도 돋울까 싶어 말이다.

"괜찮다. 머리카락 몇 뽑아도, 그릇을 깨뜨려도 벌하지 않을 테니 걱정 말거라."

우가 살짝 웃으며 궁녀들을 안심시켰다. 그도 저랬던 것이다. 궁에 들어와 상궁들에게 교육을 받을 때도, 황족들을 만났을 때도 말이다. 어린 나이에 부모의 품을 떠나 모든 것이 엄격한 법도 아래 놓여 있는 황궁에서 우 역시 하루도 편할 날이 없었다. 물론 지금 이 순간까지도.

그제야 궁녀들이 어색한 미소를 지으며 조잘거리기 시작했다.

"폐하, 아친왕 들었사옵니다."

"들라 하라."

우와 헤어진 희원은 급히 황제를 찾았다. 황제는 그를 반갑게 맞이했다. 비록 배다른 형제이기는 하나 희원은 황제의 자리에 욕심이 없었기 때문에 가능한 일이었다.

"아친왕! 왜 이리 늦으셨습니까."

자리에서 일어난 황제가 그의 손을 잡아끌었다. 황제는 급하게 궁녀를 불러 술상을 봐 오라 하였다. 황제 역시 숨 막히는 궐 안에서 친우라고 부를 이가 몇 없는 상황이었고, 희원은 그중 그를 잘 이해해 주는 사람이었다. 비록 한때 황위를 놓고 적대적인 관계에 있었으나 희원이 욕심이 없었기에 쉽게 일단락되었다. 그 후 오히려 제가 먼저 탈이 될 만한 일은 하지 않으려 노력하니 황제의 입장에선 이보다 더 좋은 형제가 없었다.

"송구합니다, 폐하. 오는 길에 황후마마를 뵈어 처소까지 모셔다드렸습니다."

"아, 황후를 보셨습니까."

희원의 말에 황제가 어색하게 대답했다. 제가 우에게 어찌하였는지 떠올렸기 때문이다. 희원과 우가 친 오누이처럼 각별한 사이라는 것을 알고 있어 더욱 그랬다. 그러나 희원은 그에 대해 어떤 말도 하지 않았다.

"예, 언제 뵈어도 고우신 분입니다. 그나저나 이리 늦은 시간까지 집무를 보고 계신 겁니까? 환관을 불러 문초를 해야겠습니다. 폐하를 이리 모시다니 말입니다."

"환관이 무슨 죄가 있겠습니까, 날마다 올라오는 상소가 문제입니다. 조금이라도 눈을 돌리면 산처럼 쌓일까 두려울 정도입니다."

황제가 앓는 소리를 하였다. 황제는 오로지 그의 배다른 형제에게만 약한 소리를 해 대었다. 그 어미나 송 귀비 앞에서 할 수 없는 말들은 제 배다른 형제에게만 털어놓곤 했었다. 털어놓을 이가 그뿐이니 하루가 멀다 하고 입궐을 명하였다.

형제는 서로 주거니 받거니 가벼운 말장난을 섞어 가며 시간을 보내었다. 해야 할 일들은 조금 미루고 기꺼운 시간을 보내고 있는 황제의 얼굴이 편안해 보였다.

"아친왕도 이제 여인을 맞아 가정을 이뤄야 하지 않겠습니까? 그래야 이 아우도 자주 보러 오시겠지요."

황제가 희원에게 은근히 물었다. 이미 한참 혼기를 지난 나이였다. 본디 황족들은 십오륙 세가 되면 혼인을 하였으나, 그 당시에는 한참 황태자 자리를 놓고 파벌 싸움이 있었던지라 혼기를 놓쳤다. 성인이 되고 난 후로는 유랑을 하며 지내니 이제껏 혼자였던 것이다.

"아직 보지 못한 곳이 많아서 말입니다."

희원이 설핏 웃었다. 그리고 그는 우를 생각했다. 곱디고운 우, 그 차분함 속에 감추고 있는 열렬한 마음을 떠올렸다. 그리고 황제를 보았다. 모든 것을 다 가진 이였다. 희원은 후회했다. 제가 황태자였다면, 열심히 싸웠더라면, 그래서 황제가 되었다면 그 옆에 우가 있었을지도 모르겠다고. 원하지도 않던 자리였건만 우를 생각하면 자꾸만 못난 미련이 밀려왔다.

"귀비마마, 어찌 오늘은 폐하가 오지 않으시는 걸까요?"

볼이 발그스름한 어린 궁녀 아이가 입을 열었다. 곁에 있는 여인이 어린 여아를 보고 활짝 웃어 보였다. 예쁘장한 얼굴에 활짝 미소가 피어나자 마치 보름달이 뜬 것처럼 훤히 빛났다. 그이가 마음씨 고운 송소화, 송 귀비였다. 부리는 이들에게도 너그러우며, 재물 욕심이라곤 없는 마냥 고운 송 귀비였다. 궁궐 밖에서야 임금을 제 치마폭에 넘어뜨린 천출이라고들 하지만 송 귀비를 본이들은 그 소문에 고개를 절레절레 저었다. 그저 아무것도 모르는 순박한 여인이었던 것이다. 궁궐에 든 지도 고작 1년이 넘었을뿐, 여전히 모든 것이 어렵고 서툴렀다. 동그란 눈에 분홍빛 뺨과 오동통한 입술이 여인보다는 소녀에 가까웠다.

"아친왕께서 오셨다더구나. 오랜만에 형제가 만났으니 그 회포 푸시느라 나를 깜빡하셨나 보다."

장난스럽게 우는 척을 하며 말하는 송 귀비를 보고 궁녀들이 웃음 지었다. 그네들에게 송 귀비는 비록 상전이지만 가족 같은 이였다.

연노란색의 치마를 입은 채 정원에 쪼그려 앉은 송 귀비는 꽃을 구경했다. 황제가 신경 써 준 덕에 그이의 정원은 온 궐을 통틀어 가장 많은 종류의 꽃이 심어져 있었다. 가을이 되어 쓸쓸한 모습이 되어 버린 우의 정원과 달리 그이의 정원은 마치 계절을 잊은 것처럼 화려하고 아름다웠다. 모두가 황제의 애정이었고, 그 넘치는 애정에 송 귀비의 얼굴에 미소가 떠올랐다.

"곱구나, 이연아. 내 몇 송이 꺾어 줄 테니 폐하께 가져다 드리겠느냐? 꽃이 너무 고와 혼자 보기가 아쉬워 보낸다고 전하여라."

소매를 걷고 직접 꽃을 꺾고 있는 송 귀비를 보고도 아무도 말리지 않았다. 치맛단이 흙에 엉망이 되고 있건만 다들 그저 어느 꽃이 더 고운지 찾기 바빴다.

귀비의 처소 안, 모두가 가장 고운 꽃을 찾으며 웃음꽃을 피웠다. 궁녀들이 기꺼워하고 있는 송 귀비를 흘끔 보았다. 타국에 홀로 떨어져 외로움에 눈물짓던 귀비가 황제의 애정으로 활짝 웃음 짓고 있었다. 주인이 행복해하는 모습에 그들은 더욱더 열심히 정원을 돌아다녔다.

궐 안, 송 귀비는 가장 고운 이는 아니었으나 가장 사랑스러운 이였다.

"조용히 하라. 귀비는 잠자리에 들었느냐?"

한참을 황제를 기다리던 귀비가 잠이 들고 얼마 지나지 않아 황제가 귀비의 처소에 발걸음 하였다. 그나마도 귀비가 보내온 꽃을 보고 온 것이었다. 아마 그것이 아니었더라면 그는 아친왕과 함께 밤을 지새웠을 것이 자명했다.

조심스레 침상 옆에 간 황제는 이미 잠든 귀비를 바라보았다. 그에 비해 모든 것이 작고 사랑스러운 이 여인이 너무 좋았다. 제품 안에 보듬어 안고 모든 것을 안겨 주고 싶은 마음에 일 년도 채 지나지 않아 귀비 자리에 올렸다. 귀비가 어떤 자리인지도 모르고, 마냥 제가 좋다는 순수함에 또 기뻤다.

황제는 귀비의 머리카락을 넘겨 주었고, 그 이마에 입을 맞추었다. 어여쁘고 어여쁘다 하였다. 모든 것은 내가 할 터이니 너는 내가 주는 것을 받기만 하라 하였다. 궐 안 수많은 여인들 중 오로지 송 귀비만이 황제의 연인이자 사랑이었다.

상소를 보다 지친 마음에 늦은 밤 호수를 찾았고, 우연히 울고 있는 궁녀를 만났다. 그것이 송 귀비였다. 저를 궐의 경비인 줄 알고 격 없이 대하는 그이의 순진함이 좋았다. 황제의 처소에 들게 되었다고 펑펑 울며, 저를 데리고 도망가라는 그 모습에 온 마음을 다 빼앗겼다. 황제가 아닌 저를 오롯이 바라봐 주는 것이 좋았다.

"으음, 희윤?"

귀비가 천천히 눈을 뜨며 황제를 불렀다. 그녀는 황제를 이름으로 부를 수 있는 유일한 사람이었다.

그 부름에 황제가 미소를 지으며 송 귀비를 품에 안았다. 모든 것을 다 주어도 아깝지 않을 이가 제 품 안에 있다는 사실에 황제는 감사했다.

"마마, 밤이 깊었사옵니다. 어서 자리에 드시지요."

박 상궁이 우를 향해 고했다. 오늘따라 쉽게 잠을 이루지 못하는 제 주인이 안쓰러워 박 상궁이 참지 못하고 입을 연 것이다. 황제께선 그 모자란 송 귀비가 어디가 그리 어여쁘다고 귀하디귀한 황후마마를 이리 박대하시는지, 박 상궁은 답답하다 못해 화가 날 지경이었다. 그 총애가 시작되자마자 궁 안 위계질서가 엉망이 되었으며, 황후의 체면이 말이 아니었다.

"차 한 잔 내오게. 오늘은 쉬이 잠이 오지 않을 거 같구나."

우가 한숨을 쉬었다. 열어 놓은 창문으로 처소는 이미 서늘하였다. 그는 오갈 데 없는 제 마음이 안타깝고 불쌍하였다. 아홉 살에 입궐하였고, 열네 살 황태자비가 되어 그를 처음 만났다. 그를 만난 지는 벌써 십 년이었다. 그 순간부터 그만을 보며 소리 죽여 그를 위해 살았다. 허나 점점 지쳤다. 채워도, 채워도 채워지지 않는 그 마음이 서럽고 아팠다. 제 온 마음을 주었으나 그는 단 한 번도 저를 돌아보지 않았다.

알고는 있었다. 그가 돌아보지 않을 것임을 이미 알고 있었다. 온몸으로 뿜어 대는 그 냉담함과 적대감을 어찌 모를 수가 있을까. 다만 그 옆자리가 자신의 자리라는 것에 위안하며 지내 왔다. 허나 아니었다. 제 것은 아무것도 없었다. 허울뿐인 황후 자리만이 남겨져 있었다. 그 옆자리는 이미 다른 사람의 것이 되어 있었다. 제가 가진 것은 아무것도 없었다.

우가 질끈 눈을 감았다. 우는 그렇게 소리 내어 울지도, 분노하지도 않고 모든 것을 속으로 삼키고 있었다.

"마마, 박 상궁입니다. 기침하셨는지요?"

이미 자리에서 일어나 저를 부를 시간이 한참 지났건만, 우의 처소에는 침묵만이 감돌았다. 박 상궁은 대답 없는 우의 침소에 허락 없이 발을 들였다.

"마마! 마마!"

간밤 찬바람에 기어코 탈이 난 건지 우는 식은땀을 흘리며 끙 끙 앓고 있었다. 박 상궁은 궁녀를 불러 태후전에 황후의 건강이 좋지 않아 문안드리지 못함을 알리고, 태의를 불러오라 명하였다.

젖은 물수건으로 얼굴의 땀을 닦아 내며 박 상궁이 한숨을 내 쉬었다. 분명 요새 더욱이 기분이 좋지 않으셨으나 이리 병까지 나실 줄은 몰랐다. 마음의 병이 몸의 병이 된 듯하여 더욱 안타까 웠다.

"어떠하오? 우리 마마 어디가 편찮으신 거요?"

태의가 걱정하지 말라며 그저 침을 놓고 몇 가지 처방전을 지 어 주었다. 며칠 안정을 취하시면 괜찮을 것이니 그저 잘 먹고, 잘 쉬고, 잘 자면 된다 하였다.

박 상궁이 그 말에 입을 삐죽였다.

"그게 어디 쉬운 일인 줄 아시오? 우리 마마께선 워낙 올바르 신 분이라 할 일은 절대 미루지 않으시오! 다른 처소 마마들이야 그저 주는 거 받고 먹고 자면 될 일이지만 이분은 황후마마 아니오?! 내 속만 문드러지지. 그러지 말고 태의 어르신! 부탁 좀 드립시다."

"무엇을 말이오?"

불안한 기색의 태의가 속삭이듯 물었다. 귓속말로 박 상궁이 소곤거리자 태의가 고개를 끄덕였다.

태의가 떠나고 박 상궁은 우의 곁에서 젖은 물수건으로 계속해서 땀을 닦아 내었다. 우가 궐로 들어왔을 때부터 모시기 시작하여 벌써 세월이 유수같이 흘렀다. 소녀가 여인이 되기까지의 그 시간이 얼마나 모질었던가. 궐 안 여인의 삶이 다 그렇다고는 하지만 주인으로 모셔서인가 유독 우가 안타까워 박 상궁은 한숨을 내쉬었다. 이렇게도 고운데, 이렇게도 절절한 마음을 가지고 있는데 어찌 이리 사시나 싶어 자꾸만 안타까웠다. 그 미색으로 천하를 손에 쥘 만도 하건만 어찌하여 이리 올곧게만 사시나.

"박 상궁님! 혜비전에서 문안 인사 드리러 왔답니다. 어찌할까요?"

문밖에서 조용히 전하는 소리에 박 상궁이 혀를 차며 자리에서 일어났다. 가는 날이 장날이라더니, 하필. 왜 그 혜비인지.

"오셨습니까, 혜비마마."

"내 황후마마께 인사드리러 왔네. 고하시게."

박 상궁이 곤란한 얼굴로 혜비에게 허리를 굽혔다.

"황후마마께옵서 옥체가 편치 않으십니다. 다음에 다시 오시지요."

혜비의 얼굴에 노여움이 서렸다. 인상을 찌푸리거나 한 것은 아니었지만 그 냉담한 눈빛에 박 상궁이 다시 한 번 허리를 굽혔다. 혜비는 타고나기를 마치 아랫사람을 부리도록 태어난 이 같았다. 우와는 다른 의미로 속을 알기 어려웠고, 그 속엔 자비도 없었다. 그렇다 하여 제 기분이 내키는 대로 행동하지는 않으니 슬슬 저도 모르게 계속 눈치를 보는 것이다. 혜비에게는 제 사람이라는 것이 없었다. 그저 모두가 똑같았다.

"고해 주시게. 내 인사를 거절하는 것이 박 상궁이 되어야겠는가?"

처음과 같이 변함없는 그 말투에 박 상궁이 기다리라며 어쩔 수 없이 돌아섰다. 아픈 이를 깨우고 싶지 않았으나 제 능력이 미천한 것을 어찌하랴.

"마마, 혜비마마께서 인사 여쭌다 하십니다."

결국 잠들었던 우가 깨어났다. 박 상궁은 나가서 혜비에게 인사는 받겠으나 몸이 여의치 않아 조금 오래 기다리셔야 한다 전하였다. 말을 전한 박 상궁은 우의 몸치장을 도왔다. 땀으로 인해 젖은 머리를 곱게 빗어 넘기고, 의복을 입는 것을 도왔다. 가볍게 차려입으셔도 되련만 굳이 모든 것을 어긋나지 않도록 준비하는 우의 모습에 왠지 모를 대견함과 안타까움이 동시에 일었다.

자리에 앉은 우를 보니 안색이 좋지 않지만 그건 또 그것대로 고와 보여 박 상궁은 고개를 끄덕였다. 아프다 하여 본디 그 미색이 어디 가겠는가.

"박 상궁, 혜비를 모시고, 다과상도 서둘러 준비하여 내오게."

"예, 마마."

"황후마마께 인사 여쭙니다."

혜비가 우에게 절을 올렸다. 귀한 비단옷에 같은 색의 실로 화려하게 수놓은 자수는 자세히 보아야 진가를 발휘했다. 혜비는 그가 입은 옷처럼 얼핏 보아선 알 수 없는 이였다.

"양해해 주게. 몸이 좋지 않아 오래 기다리게 했네."

혜비가 우의 안색을 살폈다. 박 상궁의 말처럼 진실로 몸이 좋지 않은지 그 안색이 창백하고 이마에는 땀이 송골송골 맺혀 있었다. 그럼에도 불구하고 그 앉은 자세나 행동이 평소와 다를 바 없었다.

"소첩이 괜히 왔나 봅니다. 어찌 이리 안색이 좋지 않으신가요? 보약이라도 지어 올리라 명하겠습니다."

"되었네. 내 그 마음만 기꺼이 받겠소."

궁녀가 가져온 다과상을 본 혜비는 슬쩍 미소 지었다. 다 제가 좋아하는 것들로 준비되어 있었다. 그 철두철미함에 감탄하였다가 항상 저들을 살펴보고 있구나 싶어 뜨끔하기도 하였다.

"소첩 마마의 명대로 가마를 물렀다 고하러 왔습니다. 의원이 이제 괜찮다 하여 오늘도 제 발로 걸어왔답니다."

"내 혜비에게 이른 것은 다친 다리가 걱정되어서였지, 다른 연유가 있었던 것은 아니라오."

혜비는 알고 있다고 답하였다. 실제로는 걱정 때문이 아니라는 것을 물론 알고 있었으나, 황후에게 그리 말할 수는 없었다. 본인이 황후 자리에 있다 하여도 그랬을 것이라 생각했다. 물론 저라면 송 귀비를 불러 호되게 꾸짖었을 테지만 말이다. 황제가 무에 대수인가. 제 아비가 재상이고, 오라비가 대장군이라면 아무리 황제라 하여도 함부로 할 수 없을 터였다.

어리석은 사람. 혜비는 생각했다. 그깟 마음이 무엇이라고 모든 것을 손에 쥐고도 쓸 줄 모르는가. 그가 보기에 우는 어리석은 사람이었다. 궐 안에서 우를 제일 잘 알고 있는 이는 혜비, 본인이라고 생각했다.

"한동안 문안드리지 못했지요, 소첩이 미욱하여 다리를 핑계로 게을렀습니다."

혜비는 꾸준히 우의 처소를 찾는 유일한 후궁이었다. 황후가 된 후 모든 비빈들이 초반에는 우를 꾸준히 찾았으나, 우가 사사로이 인사받는 것은 되었다, 공식적으로 말한 이후 점차 그 수가 줄어들더니 결국엔 혜비만이 남아 있었다.

"마마, 혹시 기억하십니까?"

"무엇을 말이오?"

"처음 입궐하였을 때 말입니다."

첫 입궐, 그때가 언제였던가. 우는 기억을 더듬었다. 소녀라 칭할 수도 없을 만큼 어렸던 때였다. 부모와 헤어지는 게 무섭고 낯설고 커다란 궐이 두려워 덜덜 떨었더랬다. 어린 여아들이 한곳에 모여 제 유모에게 매달려 눈물지었고, 어떤 아이는 어미를 찾았더랬다.

혜비는 그때 우와 함께 입궐했던 수많은 여아 중 하나였다. 많은 이들이 건강상의 이유, 혹은 결격사유로 퇴궐하였고 그중 남은 이들에 우와 혜비가 있었다.

기억에 잠긴 우를 바라보며, 혜비 역시 그때를 떠올렸다. 열 살이 되기도 전의 이야기였다. 그때의 기억은 아직도 선명하게 남아 알 수 없는 흔적을 그녀의 마음에 남겨 놓았다.

어찌 들어온 것인지 알 수 없을 만큼 남루한 옷차림의 여아가 주저앉아 눈물만 뚝뚝 흘렸다. 곁에 가솔들이 붙어 있는 이들과는 달리 투정을 부릴 이도 없이 혼자 덩그러니 남아 이도 저도 하지 못해 울고 있었으나 모두가 제가 보살피는 아가씨에 정신이 팔려 돌보지 않았었다. 그때 우가 나섰다. 제 옆의 여종과 유모를 두고 울고 있는 아이의 등을 토닥여 주었다. 꽃과 같은 얼굴로 빙긋이 웃으며 다정히 말을 건넸었다. 저 역시 긴장된 얼굴로 울먹였으면서 저보다 작은 아이를 달랬다.

아직도 이란의 기억에 남아 있는 아릿한 기억이었다. 제가 받은 그대로를 행했을 것이 분명하였음에도 불구하고 그 다정한 얼굴이 유달리 기억에 남아 아직도 왠지 모를 이유로 그 곁을 맴돌게 하였다.

"그랬나? 그래도 그 아이 기억은 나네. 순한 얼굴에 울음도 많고 웃음도 많았지."

우가 미소 지었다. 그 아이가 함께 교육을 받던 중 결국 궐 밖으로 나가게 되었던 것을 떠올렸다. 이름도 기억나지 않건만 그 순한 얼굴이 떠올라 괜스레 그리운 기분이 들었다. 저를 마치 친동기처럼 쫓아다녔던 아이는 어찌 지낼까 문득 궁금해졌다.

혜비는 그런 우의 모습을 보며 작게 미소 지었다.

"예, 그랬습니다. 가을이 와서인지 괜히 옛 생각이 듭니다."

혜비의 뒤를 조용히 상궁과 궁녀들이 따랐다. 그녀들은 어째서 혜비가 이토록 황후를 자주 찾아오는지 알 수 없었다. 그 아비가 예법에 아주 엄하다 하더니 그 딸마저 그런 것인가 그저 생각만 할 뿐이었다.

허면 왜 황제폐하께는 문안드리지 않는가, 태후마마께는 문안드리지 않는가 하는 의문이 일었으나 궐 안에서 상전을 모시면서 얻은 것이 눈치뿐인지라 조용히 따를 뿐이었다.

우는 명실상부 내명부의 실세였다. 황후였기에 당연시되는 일로 여겨질 수 있으나 본디 모든 황후들이 그랬던 것은 아니었다. 뒷방 신세로 전락한 황후가 한둘이던가? 자리가 자리이니만큼 모두의 표적이 되기에 십상이었고, 그중에 제 자리를 굳건히 지킨

이는 흔치 않았다.

송 귀비가 황제의 총애를 받고 있다고는 하나 언제 시들해질지 모르는 황제의 총애 따위보다야 황후라는 지위와 그 대단한 집안이야말로 진정한 힘이었다. 황제가 아무리 송 귀비를 어여뻐하여도 황후의 집안을 생각하면 그를 함부로 대할 수 없음이 분명했다. 아비가 문신들의 수장이고, 오라비가 무신들의 실세였으니 황제뿐 아니라 모두가 우에게는 함부로 할 수 없었다.

황후, 우의 아래로 송 귀비가 있었으나 그이는 제가 쥔 권력이 무엇인지도 모르는 철부지였다. 품계만 귀비일 뿐 하는 짓거리는 저잣거리의 천둥벌거숭이 계집애였다. 그렇기에 혜비가 황후를 제외한 내명부의 권력자로 손에 꼽히곤 하였다. 그 집안이 우만 못하여도 명문가인 것은 분명하며, 그 지위가 송 귀비에 미치지 못한다고는 하나 가장 오래 비의 자리에 머물러 있던 사람으로 다들 송 귀비보다는 혜비를 더 윗사람 대하듯 하였다. 제 손에 있는 권력이 무엇인지 알고, 제 위치를 정확히 알고 있는 혜비를 다들 어려워하였다.

"우습다. 나는 이 모든 것이 우습구나."

"마마."

혜비의 갑작스러운 말에 따르던 궁녀들과 상궁이 깜짝 놀라 주위를 살폈다. 상궁이 혜비의 곁으로 가 조심스레 말을 건넸다.

"무슨 일이옵니까, 마마."

"그렇지 않으냐? 황제폐하께서 계시는 곳을 제외하고 가장 크고 가장 화려한 궁이다. 그 궁의 주인이 앓고 있건만 궐 안이 쥐 죽은 듯 고요하지 않으냐. 국모가 아니더냐. 어미가 앓고 있는데 사방이 조용하니 어찌 우스운 일이 아니겠느냐. 송 귀비가 앓아누 웠다면 온 궁이 난리였겠지."

혜비는 교태전을 돌아보며 말했다. 그 태연한 모습에 상궁이 덜덜 떨었다. 누군가 듣고 고하기라도 한다면 사달이 날 터였다. 궁녀들 역시 혜비의 소리에 이리저리 고개를 돌리며 누군가 있는 것은 아닌지 살펴보기 바빴다.

"다 제가 모자란 탓이 아니겠느냐. 손에 쥐고도 행하지 못함 은."

그 매서운 말에 상궁이 화들짝 놀라 저도 모르게 혜비의 팔을 움켜쥐었다. 그제야 혜비의 눈길이 교태전이 아니라 상궁에게로 떨어졌다. 제 행동에 놀란 상궁은 차마 뭐라 입도 벙긋하지 못하 고 두어 걸음 물러섰다. 혜비는 상궁의 행동으로 생긴 저고리 소 매의 주름을 매만지더니 다시 걷기 시작했다. 그 뒤를 따르며 궁 녀들이 한숨을 쉬어 댔다.

혜비가 떠나고 난 뒤, 우의 처소에는 소란이 일었다. 무리를 한 탓인지 우가 자리에서 일어나다 휘청거린 탓이었다. 주인이 아프 니 당연히 처소가 시끄러울 수밖에. 결국 태의가 한 번 더 다녀가 고 우가 잠이 들고 나서야 처소가 조용해졌다.

박 상궁이 우의 곁에 앉아 한숨을 내쉬었다. 결국 황제에게서 는 아무런 소식도 없었다. 태의를 통해 우가 앓아누웠다는 소식이

들리도록 했건만 결국 허탕이었다. 황제와 황후라고 하나, 부부가 아니던가. 어찌 이리 매정한지 알 수 없었다. 키우던 짐승이 앓아도 이러지는 않겠다며 박 상궁은 그 모진 황제를 향해 속으로 욕을 퍼부어 댔다.

새벽녘이었다. 우가 눈을 뜬 것은. 침상 곁에는 박 상궁이 손에 물수건을 쥔 채로 꾸벅꾸벅 졸고 있었다. 그 다정함이 기꺼워 우는 저도 모르게 웃고 말았다.

"이보게, 박 상궁."

목소리가 한껏 잠겨 잘 나오지 않았으나 용케 박 상궁은 그 소리에 퍼뜩 놀라 잠에서 깨었다. 아이고아이고 하며 손에 쥔 물수건을 팽개치고는 서둘러 물을 따라 우에게 먹였다.

"난 괜찮으니 처소로 돌아가 편히 쉬도록 하게."

박 상궁이 우의 말에 고개를 절레절레 저었다. 아픈 주인을 홀로 두고 어찌 제가 발 뻗고 편히 누워 잔단 말인가. 우의 만류에도 불구하고 박 상궁은 고집을 꺾지 않았다. 아픈 우를 돌봐 줄 이가 저뿐인지라 더욱 고집을 부렸다. 결국 우는 다시금 잠이 들었고, 그 곁을 박 상궁이 홀로 지켰다.

아침이 되자 우는 자리를 털고 일어났다. 완전히 나은 것은 아니었지만 훨씬 몸이 가벼워져 누워 있지 않아도 될 정도가 되었다.

박 상궁은 그런 우의 곁에서 혹시나 하는 걱정에 이리저리 동분서주하며 우가 최대한 무리하지 않도록 애썼다. 태후에게는 다시 몸이 좋지 않아 문안 인사를 거른다고 전하고, 우가 보아야 할 문서들은 급한 것과 급하지 않은 것으로 나누었다. 하루를 온전히 쉬지도 못하는 우가 안쓰러워 박 상궁은 절로 한숨을 내쉬었다. 날이 갈수록 한숨만 늘어 가는 현실에 또 한 번 한숨을 내쉰 박 상궁이었다.

우의 걱정으로 오전 내내 한숨만 내쉬던 박 상궁은 예상치 못한 방문객을 맞이하고 나서야 한숨 쉬는 것을 멈추었다.

"내 황후마마께 인사드리러 왔네."

희원이었다. 박 상궁이 반가워하며 희원을 이끌었다.

"소왕야 아니십니까, 인사도 없이 그냥 떠나신 줄 알았습니다."

희원이 답 없이 빙그레 웃었다. 희원은 웃음이 많다 하여 소(笑)왕야로도 불렸다. 박 상궁의 말대로 그냥 떠날까 하다 우가 아프단 소식에 방문한 희원이었다. 그런 그의 마음을 박 상궁이 모를 리 없었고, 희원이 방문하고 나면 우의 기분이 좋아지니 저도 모르게 희원이 입궁했다는 소리가 들리면 희원을 기다리곤 하였다.

"마마께서 괜찮으시면 내 인사를 좀 드릴까 하여 왔네."

"마마야 소왕야는 언제든 기꺼워하시지요!"

요 며칠 새 좋지 않던 우의 기분을 생각한 박 상궁이 한껏 들떴다. 그러고는 서둘러 우에게 희원의 방문을 고하였다. 박 상궁의 예상대로였다. 우는 희원의 방문을 기꺼워했다.

"왕야, 어서 오세요."

"몸이 편치 않으시다 하여 왔습니다. 괜찮으십니까?"

희원의 눈에 얼굴빛이 좋지 않은 우가 보였다. 창백하게 질린 얼굴과 메마른 입술이 한눈에 보아도 건강이 좋지 않음을 알 수 있었다. 그러나 결국 제가 할 수 있는 것은 아무것도 없었다. 그저 말뿐이었다. 건넬 수 있는 것은.

"어찌 이러십니까?"

희원이 한숨 섞인 목소리로 말했다. 굳은 얼굴과 낮게 깔린 목소리의 희원이 낯설어 우가 당황하여 희원을 불렀으나 그는 아무런 대답도 하지 않았다.

참으로 잔인했다. 제 곁에 있을 수 없는 여인의 불행을 지켜보기만 해야 한다는 것은 너무도 잔인해 견딜 수가 없었다. 그럼에도 그 곁을 맴돌고 자꾸만 지켜보는 것은 애타는 마음과 그리움을 어찌할 수 없어 저도 모르게, 결국엔 상처받을 것을 알면서도 그 주위를 빙글빙글 도는 것이었다.

"괜찮습니다. 금방 괜찮아질 겁니다."

긴 침묵을 깨고 우가 말했다. 희원을 걱정스레 바라보던 우와 상처받은 희원의 눈이 마주쳤다. 희원의 마음을 알지 못하는 우가 그의 걱정을 덜어 주려 보란 듯이 빙긋 웃어 보였다. 그 모습마저 희원의 마음을 아프게 하는 줄도 모르고 말이다.

마음을 다스린 희원이 짐짓 장난스럽게 우를 야단쳤다. 가면을 뒤집어쓴 채 평온함을 연기하는 그 속마음은 이미 난도질당한 것처럼 엉망이었으나 겉으로 그는 여전히 웃음 많은 소왕야였다. 평상시처럼 돌아온 희원의 모습에 우가 잠시 멈칫했으나 곧 그 장단에 맞춰 주었다.

"오늘 퇴궐하려 합니다. 퇴궐하기 전 편찮으시다는 소식에 걱정이 되어 이리 인사드리러 왔습니다."

"벌써 가십니까? 좀 더 머물다 가시지 않고요."

우가 아쉬움을 감추지 않으며 말했다. 희원이 궁을 방문하는 것은 그리 자주 있는 일이 아니었다. 일 년에 두어 번쯤, 아니 여행이 길어지면 이 년이 넘어가기도 하였다. 간혹 서찰이나 귀한 물건을 보내는 일도 더러 있었으나 그렇다고 그리움이 사라지는 것은 아니었다.

희원은 겁쟁이였다. 곁에 머무르며 모든 것을 감내할 수 없었다. 날로 커져만 가는 욕심이 저를 삼키고 결국 화를 부를 거 같았다. 그렇다 하여 모든 것을 끊어 내기엔 품고 있는 마음이 커다랬다. 이러지도 못하고, 저러지도 못하는 겁쟁이처럼 그는 멀리 떠났다 다시 돌아오곤 하였다. 방방곡곡을 헤매다가도 결국 그리움을 이기지 못하고 다시 우의 곁으로 돌아오는 것이다.

"제 천성이 한곳에 있질 못하나 봅니다. 슬슬 좀이 쑤시는 것이 떠날 때가 된 것이지요. 마마, 건강하셔야 합니다. 조금쯤 이기적이어도 괜찮습니다. 다른 누군가가 아니라 마마를 위해 행동하셨으면 좋겠습니다."

희원의 다정한 말에 우는 어설프게 웃어 보였다. 모든 것이 황제, 희윤을 위한 것이었다. 우의 모든 것은 희윤을 위해 움직였다. 그를 모르고 있는 희원이 아니었고, 희원의 말을 이해 못 할 우도 아니었다. 서로가 서로를 알고 있으니 어찌할 수 없어 그저 어설픈 웃음만 지어 보였다.

희원이 떠나고 우는 밀려오는 쓸쓸함에 서글펐다. 이 넓은 궁 안, 많은 사람들 중 저를 이해하고 보듬어 주는 이가 그뿐이었다 는 사실이 서글펐다. 아비가 재상이고, 오라비가 대장군인 것이 무슨 소용인가. 우는 오히려 황후가 된 후 가족과는 거리를 두었 다. 집안을 등에 업고 궁을 휘젓는다는 소리가 나지 않게, 혹여 사달이 나더라도 오로지 저만 책임지도록, 제 피붙이들은 무사하 도록 자꾸만 거리를 두었다. 이런 우의 뜻을 알아서인지, 아니면 마찬가지로 우를 염려하는 마음 때문인지 그들 역시 거리를 두었 다.

기댈 곳 하나 없이 홀로 황후의 자리를 지켜 가는 일은 고달프 고 고달팠다. 희윤에게 누가 되지 않도록, 그가 가는 길이 저로 인해 조금이나마 편해지기를, 아름다워지기를 바라는 마음으로 모든 것을 인내하였다. 그가 원한다면 설령 제 목숨이라도 내놓을 준비가 되어 있었다. 그러나 그런 우의 애정에 돌아온 것은 무관 심이었다.

입궐하면서부터 우는 황후였다. 황후로 자랐고, 황제가 될 희 윤의 옆자리가 자신의 것이라 배웠다. 제가 황태자비가 된 것은 정해진 수순이었다. 한 점의 의심 없이 그의 옆자리가, 반려가 저 라고 믿었다. 황태자비가 되어 처음 만난 희윤은 우에게는 항상 기다려 온 사람이었다. 그리고 우는 당연하다는 듯이 사랑에 빠졌다. 그때의 희윤은 그래도 조금은 다정했었다. 소년의 쑥스러움이 우를 미소 짓게 했었다.

어째서일까, 어째서 저와 그는 이토록 멀리 왔는가. 답을 알 수 없는 질문만이 우의 머릿속을 가득 채우고 있었다.

第 二 章
빛과 어둠

너는 항상 그렇게 미소 하나로 작은 손짓 하나로 내가 애타게 갈망하는 것들을 아주 손쉽게 넣는다. 내가 내 모든 것을 다 바쳐서도 얻지 못한 것을 너는 아무렇지도 않게 당연하다는 듯이 가진다.

너는 빛이다. 너는 행복이고, 너는 희망이며, 너는 선이다.

나는 어둠이다. 나는 불행이고, 나는 절망이며, 나는 악이다.

그는 모든 반짝이는 것들과 달콤한 사랑의 말로 너의 존재를 기뻐하고, 감사하며 행복해하겠지. 그리고 모든 추악한 것들을 그러모아 나의 존재와 애정을 부정하겠지. 그러나 결국 그 옆에 남은 것은 나일 것이다. 그 옆에 서 있는 것은, 그가 가진 가장 좋은 것은 내가 되리라.

"박 상궁, 귀비에게 내가 보자 하였다 전해 주시게."

이른 아침 눈을 뜬 우가 아침 식사 후 박 상궁에게 일렀다. 박 상궁은 이제야 송 귀비가 혼쭐이 나나 싶어 밝은 얼굴로 처소를 나섰다. 그이가 나선 지 얼마 지나지 않아 잔뜩 긴장한 얼굴의 송 귀비가 쭈뼛대며 교태전으로 들었다.

"황후마마께 인사드리옵니다."

"어서 오게. 내 긴히 할 말이 있어 이리 청하였네."

송 귀비는 최대한 실수를 하지 않으려 노력하고 있었다. 그는 인사를 올린 후 조심스럽게 일어나 자리에 앉았다. 속으로 상궁이 일러 준 법도를 외우느라 그녀는 정신이 없었다. 우가 저를 어이 부른 것인지는 생각도 못 하고 말이다.

"귀비가 단것을 좋아한다 하여 내 간단히 다과를 준비하였네."

"마마의 성심에 감사드립니다."

우가 준비한 것들은 모두 송 귀비가 평소에 잘 먹는 것들이었다. 그는 긴장으로 미처 눈치채지 못했으나 그것은 송 귀비의 취향을 헤아린 것이었다.

송 귀비는 조심스럽게 차를 마셨다. 혀끝에 맴도는 단맛에도 긴장이 풀리지 않았다. 우를 마주 보고 앉아 있으니 그 미색이 놀랍고, 그 행동거지가 어여뻐 놀랍고, 그 고운 목소리가 놀랍고,

모든 것이 놀라운 것투성이였다. 황후의 복색이었으나 검소한 모습이었다. 물론 황후의 복색이 초라할 리는 없으나 전날 그가 찾았던 여러 비빈들의 행색과 비교하니 그 지위에 비해 차림이 단출하였다. 처소 역시 단정하고, 검소하였다.

"내 귀비를 이리 부른 것은 청할 것이 있어서라네."

"예, 마마. 무엇이든지 말씀하시어요."

마시던 차를 놓지도 않고, 무작정 고개를 조아리는 송 귀비의 어린 모습에 우는 쓴웃음을 지었다. 그이가 품은 이는 이렇구나. 여리고 꽃 같구나. 순진하기 그지없구나. 나와는 전혀 다른 이구나. 우는 다시 한 번 깨닫고 있었다. 그리고 그것은 진한 슬픔으로 다가왔다.

"황제폐하께서 하사하신 가마를 그만 타는 것이 어떻겠나? 본디 궐 안에서 가마를 탈 수 있는 이는 황제와 그 부모, 혹은 몸이 불편한 이들뿐이라오. 귀비의 가마를 폐하께서 하사하신 것은 내 알고 있지만 궐 안의 법도가 그러하니 사용을 자제했으면 한다오."

우가 천천히 말을 꺼냈다. 그 말에 송 귀비의 얼굴이 당황으로 물들었다. 쥐고 있던 찻잔을 놓지도 않고 붉게 물든 얼굴로 고개를 숙이는 그 모습이 누가 보아도 그이가 당황했음을 알 수 있었다.

"소첩이 무지하여 궐 안 법도에 대해 몰랐으니 용서해 주시어요. 앞으로는 가마를 타지 않겠습니다. 송구하옵니다."

당황한 기색이 역력한 그 모습에 우가 마음이 불편해져 오히려 그를 달랬다. 하마터면 차를 엎을 뻔한 송 귀비의 얼굴이 더욱더 벌겋게 달아올랐다. 그제야 지난번 일이 이해된 것이다. 혜비가 왜 저를 걸고넘어졌는지, 눈치 없다고는 하나 궐에 들어온 지 일 년이었다. 황후가 저를 어찌 감싸 주었는지도 기억이 났다.

멍청하기 짝이 없는 저 자신이 한심스러워 눈물이 날 지경이었다. 제 곁의 모두가 쉬쉬하고 있으니 알 턱이 없었다. 황제의 과보호가 저를 이리 고립되게 만들고 있는 거 같았다. 그저 황제가 내렸으니, 타고 다니라 주었으니 그리했을 뿐이었다. 제가 모르는 사이 살벌한 다툼이 있는지도 모르고, 그 한가운데서 멍청하게 황후를 방패막이로 사용하고 있었다.

"귀비를 탓하는 게 아닐세. 하사품은 당연히 사용하는 것이 맞지. 다만, 곱지 않게 보는 눈들이 있으니 내 이리 청하는 걸세. 자네의 잘못이 아니네. 청한다고 하지 않았나. 잘못을 꾸짖는 것이 아니라 부탁을 하는 게야."

우의 차분하고 부드러운 어투가 송 귀비를 얼렸다. 눈물이 그렁그렁한 눈으로 고개를 끄덕이는 송 귀비에게 우가 손수건을 내밀었다. 한참을 그리 시간을 보내고 나서야 송 귀비는 진정하였다. 우는 차분히 기다렸다. 재촉하지 않고, 그저 차를 마시며 시간을 보낼 뿐이었다. 진정한 송 귀비의 모습을 보고 우가 입을 열었다.

"괜찮은가?"

"송구하옵니다, 마마."

송 귀비가 붉어진 눈가를 소매로 살짝 문지르며 대답하였다. 귀비라는 자리에 앉은 이가 이리 추태를 보인 것이 창피하였다. 소국의 몰락한 귀족의 딸이라 자신이 이리 못나고 배포가 작은 것인가 하여 울적한 마음도 일었다. 그러다 또 제 못난 마음이 부끄러워 속이 아팠다.

"내 귀비에게 한 가지 물어보고 싶은 것이 있네. 하나를 위해 모든 것을 버리겠나, 아니면 모두를 위해 하나를 버리겠나?"

송 귀비가 갑작스러운 우의 질문에 당황하여 눈을 동그랗게 뜨고 반문하였다. 하나부터 열까지 모든 것이 순진하고 어려, 우는 속이 뒤틀리는 듯하였다. 반짝반짝 빛나는 그 순수함이 저를 더 나락으로 몰아가는 거 같아 화가 나는 듯도 하였다. 그저 확인하고 싶었다. 귀비의 마음을. 모질게 버려진 제 마음보다 무엇이 더 특별하고 귀한 것인가 확인하고 싶었다.

송 귀비는 쉽사리 대답을 하지 못하였다. 왜 이런 질문을 하는지 이해조차 할 수 없었으며, 어찌 대답하여야 옳은 것인지 알 수도 없었다. 그저 이 상황을 무사히 넘기고만 싶었다. 그에게 황후는 버거운 상대였다.

"다른 것을 물어보겠네. 폐하를 사랑하는가?"

"예. 사랑합니다. 한 치의 거짓된 마음 없이 사랑합니다."

당당히 말하는 그 모습에 배알이 뒤틀렸다. 그렇구나. 그와 눈앞에 있는 이가 서로 사랑을 하고 있구나. 자신은 그저 아무것도 아닌 사람이었구나. 우는 또다시 깨닫고 상처받았다. 버려진 제 마음이 아파 우는 얼굴을 일그러뜨렸다. 그러나 다시 원래의 표정으로 돌아와 송 귀비는 그 아픈 얼굴을 보지 못하였다. 송 귀비가 본 것은 그저 평소와 같이 무표정한 우의 얼굴이었다.

"그럼 내 다시 쉽게 물어보겠네. 이 나라 모든 이의 목숨인가, 아니면 그 사랑하는 폐하의 목숨인가? 어찌하시겠나? 수십, 수백만의 목숨인가, 단 하나의 목숨인가? 선택해 보시게."

"아……. 소첩은."

한참을 송 귀비는 말을 잇지 못하였다. 우는 그런 그녀를 물끄러미 바라보았다.

"그 어느 하나 버리질 못하는군. 과연 귀비답네. 모두가 귀한 생명이며 존귀한 것을 어찌 선택할 수 있을까? 그렇지 않은가, 귀비."

"마마, 어찌하여 그런 무서운 이야기를 하십니까? 혹여 소첩이 마마의 기분을 언짢게 하였는지요?"

송 귀비가 조심스럽게 물었다. 겁이 나는 듯 조금씩 떨리는 목소리가 애달프고 여려 우가 한숨을 내쉬었다. 저와는 단 한 곳도 같은 것이 없는 다른 사람이었다, 그가 택한 이는.

"그대가 언짢지 않다면 거짓이지. 나는 그대의 존재 자체가 언짢은 사람이라네. 폐하께서 귀비를 애지중지하는 것을 내가 기쁘게 여기리라 생각했는가? 그거야말로 어리석은 생각일세. 자, 그나저나 내 질문에 아직 답하지 아니하였네."

우의 말에 귀비가 놀라 당황하였다. 이제껏 황후는 제게 이런 적대감을 보인 적이 없었다. 그가 보아 온 황후는 항상 이성적이고 차분한 사람이었다. 분노를 보인 적도 없었다. 항상 한 걸음 뒤에서 모든 것을 내려다보는 듯하였다. 제가 무엇을 잘못했나 싶어 걱정되었지만 귀비는 마음을 진정시키고 대답하였다.

"저는 어느 것도 선택하지 못하겠습니다, 마마. 모두가 소중한 목숨 아닙니까."

"그런가? 귀비께서는 참으로 고운 마음씨를 가졌다더니 그게 다 참말이었군, 그래. 허나 나는 다르네, 나는 모두를 죽일 걸세. 단 하나를 위해 모두를 버릴 걸세. 단 하나인 이가 원한다면 전쟁이라도 일으킬 것이고, 살인이라도 하겠지. 내가 귀비를 그냥 놓아두는 것도 그 때문이지. 폐하께서 그대를 원하기 때문이야. 그 한 가지 이유가 귀비, 그대를 참는 이유일세. 우습지 않은가? 어찌 그대인가? 모든 것을 버릴 수 있는 나를 두고 폐하를 위해 어느 것 하나 버릴 수 없는 그대라니……."

그제야 송 귀비는 우를 조금은 알 거 같은 기분이 들었다. 그에게 우는 항상 먼 사람이었다. 속을 알 수 없는 어려운 사람. 꽃같이 고운 모습에, 우아하기 그지없는 그 행동거지가 마치 서책이나 그림 속에서나 보던 여인 같다고 생각했었다.

누구에게나 공평하고 너그러운, 이상적인 사람이라 여겼는데 아니었다. 제 착각이었다. 평온한 모습 속 격정적인 애정이 들어 있음을 알았다. 누구에게나 공평한 것이 아니었다. 단 한 사람을 위해 모든 것을 버리고 있다는 것을 알았다. 버리는 것에는 자기 마음마저 포함되어 있음을 알게 되었다. 그 대단한 애정이 놀랍고, 한편으로 안타까웠다. 허나 그이가 바라는 애정이 저에게 있음에 안심하고 있는 자신이 무서웠다.

"……가 보게."

송 귀비가 떠난 자리에 홀로 남은 우는 분한 마음에 주먹을 쥐었다. 화가 났다. 저와 이리 다를 수 있는가 싶었다. 꼿꼿이 앉은 우의 눈에서 눈물이 흘렀다. 소리도 내지 않고 눈물도 닦지 않았다. 꽉 쥔 주먹과 질끈 감은 두 눈이 파르르 떨려 왔다.

지켜보는 박 상궁은 이러지도 저러지도 못해 안절부절못하였다. 그네 주인은 너무 지쳐 있었다. 귀비를 불러올 적만 하여도 신이 났더랬다. 드디어 그 코를 납작하게 만들어 주겠구나 하였는데 나가떨어진 것은 제 주인이었다.

"마마, 괜찮으셔요? 황후마마께서 어인 일로 부르셨답니까? 가마는 왜 아니 타고 가시어요?"

어린 궁녀가 걱정을 가득 담은 얼굴로 소화에게 물었다. 송 귀비는 가마를 타지 않고 걸어가고 있었다. 귀비가 타지 않은 가마를 든 가마꾼들과 상궁, 궁녀 하나가 귀비의 뒤를 따르고 있었다.

"가마는 이제 타지 않는 게 좋겠어. 궁 안이 내 가마로 어수선

한 거 같아."

그 말에 상궁이 움찔하였다. 조심스레 귀비를 부르며 황제의 명이 있었다 하였다. 또 저만 몰랐다. 황제는 저를 사랑한다는 미명하에 제 눈을 가리고, 제 귀를 막았다. 어째서인가. 제 마음을 모두 보여 주었건만 저를 믿지 못해서 그러는 것인지. 제 이목을 가리는 그 이유조차 알 수 없었다. 귀비에게서 한숨이 나오자 따르던 궁녀들이 움찔하였다. 송 귀비가 그런 연유로 큰소리를 낼 위인이 아님을 알지만 주인을 속인 것은 변함없는 사실이었다.

"내가 귀비이긴 해? 왜 나만 아무것도 모르는 거야."

자조 섞인 목소리에 상궁이 화들짝 놀라 어찌 그러시냐며 그이를 다독였다. 송소화, 송 귀비는 확실히 그 지위에는 걸맞지 않은 사람이었다. 수많은 비빈들을 거느린 황제의 짝으로 어울리지 않으나, 그 황제의 마음을 사로잡은 고운 사람이었다. 그러니 어찌하랴, 그 사랑을 위해 모든 것을 감내해야만 했다.

"마마."

"아무 말 말게."

우의 처소는 쥐 죽은 듯이 조용했다. 그 누구도 쉽게 말을 꺼낼 수 없었다. 견디다 못한 박 상궁이 우를 불렀으나 결국 그도 어쩔 수 없었다. 그도 결국 우가 만들어 낸 이 침묵을 깰 사람은 못 되었던 것이다. 박 상궁은 소왕야 생각이 간절하였다. 이럴 때야말로 그가 필요한 순간이 아니던가. 이런 침묵을 깰 수 있는 이는 소왕야와 황제, 그 둘뿐이었고 황제야 그럴 리 없으니 절로 소왕야가 떠오르는 것이다. 그러나 유랑 떠난 지 얼마 되지 않았으니 아마 내년 이맘때가 되어야 그 웃음 많은 얼굴을 볼 수 있을 터였다.

그때였다. 어린 궁녀 하나가 양심전 상궁이 찾아왔다고 고한 것은. 양심전 상궁은 황제가 우를 찾는다고 전했다. 이유는 이미 모두가 알고 있었다.

우는 마치 기다리고 있었다는 듯 처소를 나섰다. 아까의 분노와 슬픔은 어디 갔는지 평소의 모습으로 돌아온 우를 보고 박 상궁이 고개를 절레절레 저었다. 그 마음 한 자락 보여 줄 만도 하건만 어찌 저러시나. 분노든 슬픔이든 보여 그 애정을 조금이라도 더 보여 주시지 않고.

"황제폐하, 황후마마 드셨사옵니다."

"들라 하라."

우가 양심전에 들어서자 보인 것은 잔뜩 화가 난 황제의 얼굴이었다. 그리고 우의 발치에 찻잔이 던져졌다. 쨍그랑. 날카롭게 깨지는 그 소리가 우의 마음을 할퀴었다. 멈추어 섰던 우는 깨진 조각들을 피해 황제의 앞으로 나아가 인사를 올렸다.

황제가 손짓으로 앉으라고 명했다. 그 귀찮은 듯해 보이는 손짓, 눈길, 모두가 우를 밀어내 조금의 곁도 주지 않고 있었다.

"내가 우스운 게요?"

"그럴……."

쾅. 황제가 제 분을 이기지 못하고 주먹으로 책상을 내리친 바람에 찻잔이 쓰러졌다. 엉망이 된 책상은 신경도 쓰지 않고 저를 죽일 듯이 노려보는 황제를 우가 바라보았다. 누구를 위해 준비된 것인지 알 수 없는 다과상은 황제로 인해 엉망이 되어 버렸다.

"그럴 리가요, 폐하가 아니십니까."

우가 다시 입을 열었다.

"그렇지, 내가 황제요! 귀비에게 가마를 타지 말라 명하였다고? 내가 허락했던가? 말해 보시오. 내가 그것을 허하였소?"

분노를 꽉꽉 눌러 담은 그 목소리가 우를 위협했다. 울고 싶었다, 우는. 왜 자신이 아닌지, 애타는 이 마음은 어찌할 수도 없이 커져 있건만 왜 그는 자신이 아닌지. 우는 그냥 목 놓아 울고 싶었다. 그러나 우의 입을 열고 나온 것은 울음이 아니라 사죄의 말이었다.

"제가 귀비의 가마로 폐하를 뵌 지 벌써 보름이 넘었습니다. 허하셨다 생각했습니다. 용서하세요."

차분히 용서를 구하는 우의 태도는 오히려 황제의 화를 돋우었다. 그는 마치 소리치는 듯 말하였다.

"다시는, 다시는 귀비를 따로 보는 일이 없도록 하시오! 그이에게 어떤 말도 하지 마시오. 내 다음번엔 그냥 넘기지 않겠소."

황제, 희윤의 모든 것이 송 귀비의 것이었다. 그의 말, 생각, 애정, 행동. 그 모든 것에 송 귀비가 있었다. 우가 고개를 조아렸다. 고개를 숙이자 엉망이 된 치마가 보였다. 찻물로 얼룩진 치마가 마치 눈물에 젖은 듯하였다.

"폐하, 한 가지…… 단 한 가지 여쭈어 보고 싶은 것이 있습니다."

우의 엉망인 행색을 그제야 알아차린 희윤은 내심 놀라 그 물음을 허했다. 본인의 행동을 자각한 것이다. 송 귀비의 일로 이성을 잃은 채 제가 벌인 일이 한심스러워 조금이나마 죄책감이 일었다.

"무엇이오?"

방금 전과는 달리 조금은 분노가 수그러든 목소리였다.

"귀비가 함께 죽어 달라 청한다면 어찌하실 겁니까?"

순간 다시 화가 치밀어 올랐으나 황제는 고개를 절레절레 저었다. 행색이 엉망인 황후를 보며 다시 화를 낼 마음이 일지 않았다. 다만 그런 물음을 하면서도 평온히 있는 황후가 그는 이해가 되지 않았다. 어찌 제 앞에서 그따위 물음을 하는지 이해할 수도 없었고, 이해하고 싶지도 않았다.

"순한 그이가 그럴 리가. 설사 그렇다 하여도 가장 기꺼운 죽음이 아니겠는가? 사랑하는 이와 함께한다는 것은."

우의 눈동자에 스스로의 죽음을 논하면서도 미소를 띠고 있는 황제의 얼굴이 담겼다. 사랑에 빠진 사내의 얼굴을 하고 있는 그이의 모습에 우는 치밀어 오르는 눈물을 참으며, 서둘러 인사를 올렸다. 더 이상 그곳에 서 있을 자신도, 그 얼굴을 보고 있을 자신도 없었다. 그렇게 우는 내쫓기듯 황제의 처소를 나섰다.

박 상궁이 처소 밖에서 기다리다 우를 보고 반가운 기색을 하였다. 걱정이 된 탓이었다. 황제가 부른 이유야 뻔하니 우에게 날벼락이라도 떨어질라 발을 동동거리며 기다릴 수밖에 없었다. 그러니 그 얼굴이 반가울 수밖에.

다행히 평온한 우의 모습을 보고 큰일은 없었구나 하며 뒤를 따르는데 어린 궁녀가 박 상궁을 조심스럽게 부르더니 바닥을 가리켰다. 우가 걷는 자리마다 붉은 자국들이 남아 있었다.

"아이고, 마마. 마마."

박 상궁이 깜짝 놀라 우를 붙들자 우가 휘청거렸다. 서둘러 가마를 부르고 우를 부축하고선 입술을 깨물었다. 그제야 엉망으로 얼룩진 우의 치마가 보였다. 황후마마 아니신가. 이 나라 국모 아니신가. 어찌 이리 대접하시나.

황제의 무도한 행동에 화가 났으며, 우를 보고는 슬퍼졌다. 이런 수모를 당하고도 저 평온한 얼굴을 하시고 계셨나. 황후 아니던가, 기나라에서 가장 귀한 여인이 아니던가. 어찌하여 이런 꼴을 당하시나. 억울한 마음이 일었다. 송 귀비에게 가마를 타지 말라 명한 것이 무엇이라고. 그러나 박 상궁은 알고 있었다. 결국 모든 것이 황제의 뜻대로 된다는 것을.

"그냥 가지. 어서 돌아가 쉬고 싶네."

"못 가십니다. 이런 발로 어찌 걸어가십니까!"

박 상궁이 결국 참지 못해 큰 소리를 내었다. 우가 그런 박 상궁의 손을 꼭 잡았다. 그 손의 떨림과 차가움에 그이는 당황해 '마마…….' 하였다.

"박 상궁, 내 더 이상 이곳에 있고 싶지 않네."

평온을 가장한 그 애절한 말에 결국 박 상궁이 울상을 지었다. 가까이 모시는 주인이 이리될 동안 저는 뭘 하고 있었는지 자책감이 일었다. 박 상궁이 결심한 듯 잡고 있던 우의 팔을 놓고 그 앞에 가 쪼그려 앉았다.

"업히세요."

우가 한 치의 망설임도 없이 그 등에 업혔다. 그리고 박 상궁은 황제의 처소에서 멀어지기 위해 서둘러 발을 놀렸다. 궁녀들은 조용히 그 뒤를 따랐다.

박 상궁은 제 어깨가 젖어 가는 것을 느꼈다. 그러나 무어라 위로의 말도 하지 못한 채 그저 조금이라도 더 빨리 우의 처소로 돌아가기 위해 서둘렀다. 참으로 잔인한 날이었다.

한동안 궁에는 소문이 파다했다. 황후가 드디어 폐위될 것이며, 송 귀비가 회임을 했다는 것이 주된 소문의 내용이었다. 우가 한 달이 넘도록 여러 비빈들에게 문안 인사를 받지 않는 것도 소문을 더욱 들끓게 하였으나, 근본적인 원인은 따로 있었다. 전날 가마의 일로 황제를 알현한 우의 일이 소문이 난 것이었다. 민가의 평범한 내자도 아닌 황후가 그런 일을 당하였으니 당연히 그런 소문이 날 수밖에. 그럼에도 불구하고 송 귀비에 대한 황제의 총애는 변함이 없어서 그이가 회임이라도 한다면 황후에 오를 거라 말이 많았다.

공식적인 비빈들의 문안 인사를 거절한 우의 처소에는 적막만이 감돌았다. 그나마 혜비가 그 거절에도 불구하고 계속해서 알현을 청하고 있었다.

우는 되도록 아무도 만나지 않고 처소에 칩거하여 모든 것과 저를 차단하고 있었다. 너무 치쳐서 쉬고 싶었다. 예법 따위, 황제 따위, 귀비 따위 모두 잊어버리고 싶었다.

박 상궁은 그런 우를 말리지 못하였고, 황제는 그런 우에게 일말의 동정과 관심도 없었다. 태후는 모든 일의 방관자였으나, 그저 간혹 서찰을 보내 조금이나마 우를 위로하려 하였다.

우는 제대로 먹지도, 자지도 못하였다. 몸에서 받지 않는지 속을 게우기 일쑤였고, 잠이 들었다가도 금방 다시 깨 창밖을 멍하니 바라보는 일이 허다했다. 마음의 병이 깊어서인가, 몸은 하루가 다르게 점차 약해져 갔다. 그럼에도 불구하고 우는 꾸역꾸역음식을 먹고, 일을 처리했으며, 잠자리에 들었다. 쉬고 싶다고 하면서도 결국 제 역할을 놓지 못하고 책임을 다하고 있었다.

"박 상궁, 내 어찌해야 하겠나?"

"마마."

잠자리에 누운 우가 입을 열었다. 모든 것을 함축한 그 말에 상궁이 뭐라 답할 길이 없어 애꿎은 치맛자락만 붙들었다.

"되었네, 나가 보게."

차마 박 상궁이 뭐라 위로의 말을 꺼내기도 전에 우는 축객령을 내렸다. 그리고 그가 자리를 뜨자마자 조용히 울었다. 황제를 위해 모든 것을 감내했다. 설사 그가 원한다면 어떤 악역이라도맡을 수 있건만, 그는 제 모든 것을 거부했다. 모든 것을 바쳤으나, 모든 것을 거부당했다. 그 잔인한 현실이 견딜 수 없이 슬퍼하루하루가 버거웠다. 무엇을 위해 이리 노력했는지도 알 수 없었다. 제게 주어진 이 자리, 허울뿐인 자리가 무엇이라고 이리 노력했던가. 그럼에도 불구하고 어찌할 수 없는 이 마음에 우가 울었다.

우가 칩거를 멈춘 것은 겨울의 초입에 들어서였다. 그 메마른얼굴과 한층 가늘어진 몸 때문에 말들이 많았으나 그것은 순간이었다. 궐은 항상 새로운 소문과 말들로 끊임없었다.

우가 칩거를 멈추고 가장 바빠진 것은 박 상궁이었다. 한층 더

쇠약해진 우가 전처럼 모든 일을 소화하기 시작하자 탈이 날 수밖에 없었다. 박 상궁은 태의를 찾아가 몸에 좋다는 온갖 약재를 받아다가 약을 고아 먹이기 바빴다. 그나마 다행인 것은 우가 제 상태를 잘 알고 있었기에 박 상궁이 가져다주는 것을 별말 하지 않고 항상 다 받아 주는 것이었다.

"황후마마를 뵈옵니다."

모든 비빈들이 우에게 절을 올렸다. 오랜만에 보는 우는 그네들의 눈에도 병약해 보였다. 우습게도 평상시 한 치의 틈도 없었던 이는 그런 모습조차도 아름다워 다들 속으로 혀를 내둘렀다. 그야말로 연약한 여인의 표상 같은 모습이었다.

겉치레뿐인 인사가 오갔다. 별다를 것 없는 문안 인사였다. 송소화는 여러 비빈들 사이에서 조용히 침묵한 채 우를 바라보고 있었다. 항상 얼굴을 붉게 물들이며 이런저런 이야기를 좇아가느라 정신없었던 이는 조용히 우를 관찰하였다. 그리고 그 시선을 알고 있음에도 우는 그저 태연히 여러 비빈들에게 말을 건네고 있었다.

"그나저나 귀비마마, 마마께서 전날 황후마마와 담소를 나누고 난 뒤, 황후마마께서 크게 앓으셨다 하던데 그게 참말인가요?"

혜비가 입을 열었다. 모두가 알면서도 모른 척하는 일을 대놓고 꺼낸 혜비는 태연히 긴 눈매에 미소를 걸고 차를 마시고 있었다. 갑작스러운 질문에 송 귀비는 당황하였고, 다른 비빈들 역시 마찬가지였다. 설마 이 자리에서 그 이야기를 할 줄은 그 누구도 몰랐던 것이다.

"아, 그……. 예, 그랬지요."

송 귀비가 더듬더듬 대답하였다. 우를 바라보느라 넋을 놓고 있기도 하였고, 그 질문에 뭐라 답해야 할지 알 수 없었던 탓이었다. 그 어리숙한 대답에 바짝 얼어 있던 몇몇 비빈들이 그만 참지 못하고 실소를 터뜨렸다.

"귀비마마께서 무엇을 하였기에 정정하시던 황후마마께서 그리 호되게 앓으셨는지 소첩 매우 궁금해서 말입니다."

혜비가 화사하게 미소 지으며 송 귀비를 바라보았다. 반달같이 휘어지는 눈과 가늘고 긴 손가락으로 입을 살짝 가린 자태가 묘하게 눈길을 잡아끌었다. 송 귀비의 얼굴이 붉게 물들었다. 혜비가 송 귀비를 싫어하는 것이야 물론 다들 잘 아는 바였지만 그렇다 하여 혜비가 황후의 편에 서리라고는 누구도 생각지 못한 일이었다. 물론 지금도 혜비가 황후의 편에 선 것인지, 아니면 송 귀비와 황후 모두를 깎아내리기 위함인지 모두가 단정 짓지 못했다.

"그게 제가, 아니 내……."

"그만."

송 귀비가 되지도 않는 핑계를 대려는 순간이었다. 우가 입을 열었고, 둘 사이를 가로막았다.

"오랜만의 자리에 분위기가 엉망이지 않습니까. 혜비의 걱정은 고맙게 받겠으나 애꿎은 이는 잡지 마세요. 처소의 꽃이 고와 나를 위해 가져다준 정성이 갸륵한 사람입니다."

모두가 알았다. 우의 말이 거짓인 것을. 그렇다 하여 그것을 거짓이라고도 말할 수 없었다. 우가 그렇다 하고, 송 귀비가 그렇다 한다면 그것은 없던 일이어도 진실이 될 터였다.

"그렇습니까? 소첩은 또 어느 미련한 이가 황후마마의 심기를 헤아리지 못한 줄 알았지 뭡니까."

혜비가 미소를 지우지 않은 얼굴로 대답하였다. 우를 향한 대답이었으나 그 눈만은 송 귀비를 향하고 있었다. 그 미소에 가려진 적대감이 피부를 찌르는 듯 따가워 송 귀비는 그만 눈을 피하고 말았다. 그리고 송 귀비는 알았다. 매번 이래 왔다는 것을. 제가 아무것도 모르고 있을 때조차 늘 황후의 아래에 있었다. 기억조차 다 할 수 없을 만큼 보호받아 왔었다. 그이는 어쩌면 황제인 희윤보다 저를 더 감싸 안아 준 것은 우일 수 있겠다고 생각하였다.

"혜비."

우가 나직하게 혜비를 불렀다. 경고였다. 그를 알아들은 혜비가 눈짓으로 우에게 답한 뒤 조용히 차를 입에 머금었다.

"차향이 아주 좋습니다."

태연한 그 말에 여러 비빈이 혀를 내둘렀다. 혜비는 제가 던진 가벼운 말조차 어찌할 줄 몰라 허둥대는 송 귀비가 우스워 빙그레 웃음 지었다. 귀비라는 이름에 걸맞지 않은, 자격 없는 이가 황제의 애정으로 그 모든 것을 누리고 있으니 책임져야 하지 않겠는가. 혜비는 송 귀비에게 친절히 가르침을 내려 줄 생각으로 기분이 고조되었다. 한번 느껴 보라지, 제가 감당해야 할 것들을. 혜비는 앞으로 용납하지 않을 생각이었다. 우의 품 안에서 아무것도 모른 채 평온한 일상을 누리는 송 귀비를.

문안 인사는 다행히 우로 인해 잘 마무리되었다. 그곳에 모인 이들의 속내는 비록 평화롭지 않았으나 겉으로는 평안하게 마무리가 된 것이다. 우는 지친 듯 이마에 손을 얹었다. 절로 한숨이 나왔다. 혜비는 상대하기 쉽지 않은 사람이었다. 친우인 것처럼 살갑다가도, 정적을 대하듯 살벌하게 굴기 일쑤였다.

송 귀비는 그런 혜비에게 항상 당하는 사람 중 하나였고, 저는 그런 송 귀비를 위한 방패막이가 되곤 하였다. 제가 사랑하는 사람의 연인을 위해 방패막이 노릇이나 하고 있는 현실이, 그리고 제 꼴이 우스웠다. 우는 그렇게 한참을 식은 차를 앞에 두고 자리에서 일어설 줄을 몰랐다.

"귀비마마."

"아, 혜비."

모두가 돌아가는 길에 멈추어 서서 혜비와 송 귀비를 바라보았다. 비슷한 체구를 가진 둘이었으나 그 분위기와 모양새는 아주 달랐다. 연노란색의 옷을 입은 송 귀비는 어여쁜 소녀였고, 진한 청보라 비단을 두른 혜비는 그 묘한 색기가 남다른 여인이었다.

"오늘은 어찌 가마를 아니 타고 오셨는지요?"

빙그레 웃는 그 얼굴이 압박하고 들어오자 저도 모르게 송 귀비는 한 발 물러섰다. 송 귀비의 상궁이 걱정스러운 얼굴로 주인의 얼굴을 힐끗 살폈다.

"궁궐의 법도에 아직 미숙하여 가마를 이용하였지만, 앞으로는 그리하지 않을 겁니다."

송 귀비는 앞에 선 혜비가 두려웠으나 그것을 이겨 내고 씩씩하게 대답하였다. 저 나름대로는 용기를 낸 것이었으나, 혜비에겐 통하지 않았다. 혜비는 송 귀비의 앞으로 바짝 다가섰다. 그러고는 크게 손을 휘둘렀다.

철썩. 그 압도적인 소리에 놀라 여러 비빈들이 입을 벌렸다. 송 귀비는 그 매서움에 놀라 휘청거렸고, 그녀의 상궁은 뺨을 부여잡았다.

"네 주인 모시기를 이같이 하고도 무사할 줄 알았느냐?"

혜비가 나직하게 읊조리듯 말하였으나 그 말을 듣지 못한 이는 그곳에 없었다. 그들은 저에게도 화가 미칠까 싶어 조심스러웠으나 차마 그 구경거리를 놓칠 수 없어 자리를 뜨지 않았다.

"혜비마마, 어찌하여……?"

철썩철썩. 뺨을 부여잡은 상궁이 입을 열자마자 반대쪽 뺨으로 혜비의 손이 날아들었다. 송 귀비는 순식간에 일어난 일에 얼이 빠져 무어라 입도 벙긋하지 못했다.

"황후마마께옵서 네 주인에게 일렀다 하셨다. 헌데 귀비마마께서 예법을 몰랐다 하시지 않느냐. 궐 안에서 평생을 산 상궁이 주인을 업신여기지 않고서야 어찌 보필을 이따위로 하느냐? 왜 너역시 가마 타는 것이 법도에 어긋나는 것을 몰랐다고 하고 싶으냐?"

얼굴이 빨갛게 부어오른 상궁은 그제야 눈치를 챘다. 황후가 직접 일렀다 하였으니 이제 와 모른다고 할 수는 없는 일이었다.

"혜비, 어찌 이러세요? 그만하세요. 저이가 무슨 잘못을 했다고 이러십니까!"

송 귀비가 눈물이 그렁그렁한 채로 혜비에게 매달렸다. 혜비는 그를 냉정하게 물리치고는 송 귀비의 궁녀들에게 그녀를 부축하라 일렀다. 궁녀들은 충실히 송 귀비를 부축하여 혜비에게서 몇 걸음 떨어졌다.

"귀비마마께서 이리 무르시니 아랫것들이 저리 방자하게 행동하지요. 소첩이 알아서 할 테니 마음 놓으세요."

해사하게 웃는 그 얼굴에 결국 송 귀비는 참지 못하고 눈물을 흘렸다. 궁녀들은 제 주인을 부축하며 위로하였다. 그녀들도 알고 있었던 것이다. 이 자리에서 혜비를 말려 줄 이는 아무도 없다는 것을.

구경하고 있는 이들은 모두 송 귀비와 혜비보다 지위가 낮은 이들이었고, 그렇다 하여 송 귀비나 혜비의 허락 없이 황후인 우에게 이를 전할 수도 없었다. 설사 송 귀비가 우에게 전하라 명한다 하여도 윗사람인 송 귀비가 혜비를 다스리지 못함은 제 얼굴에 먹칠을 하는 일이 되기에 그이의 궁녀들은 어찌할 방도를 찾지 못했다.

저들에게 명을 내려 줄 상궁은 혜비에게 혼쭐나는 중이었고, 송 귀비는 그에 정신이 팔려 있었다. 궁녀들은 그저 저들끼리 눈치를 살피며 송 귀비를 부축할 따름이었다. 송 귀비는 계속해서 눈물 흘리며 혜비에게 애원하였으나 그녀는 들은 체도 하지 않았다.

"모시는 주인이 모르고 있다면 네가 알려 줘야 하지 않겠느냐? 귀비마마는 주나라에서 오셨으니 모를 수도 있고 잊을 수도 있지. 하지만 너는 아니야. 궐에서 평생을 보낸 상궁이 궐의 법도를 모른다는 것은 말이 되질 않으니 필시 이는 귀비마마를 업신여긴 것이 분명하다. 주인을 기만하면 어찌 되는지 내 본을 보여 주겠다."

상궁이 용서를 빌었다. 너무 안일했던 것이다. 황제의 총애와 황후의 용납, 그것으로 끝났다고 생각하였던 것이다. 혜비는 회초리를 가져오라 명하였고, 신이 난 혜비전의 어린 궁녀 하나가 회초리를 품에 가득 안고 돌아온 것은 금방이었다.

"입을 놀려야 할 때와 놀리지 못할 때를 구분하지 못하는 이는 궐에 있을 필요가 없지. 이번 한 번만 내 귀비마마의 체면을 보아 회초리로 넘어가겠다."

"감사합니다, 혜비마마."

혜비의 눈짓에 혜비 처소의 상궁이 앞으로 나서 바닥에 앉아 회초리를 들었다. 처소도 아닌 길에서 귀비의 상궁이 혜비의 상궁에게 회초리를 맞고 있었다. 바람을 가르는 회초리 소리도 무서웠으나 더욱 무서운 것은 혜비였다. 혜비는 그렇게 송 귀비의 체면을 깎은 것도 모자라 바닥에 놓고 질끈질끈 밟고 있었다.

있는 힘껏 내리치는 바람에 회초리가 하나씩 부러져 나갔다. 결국 하나도 남김없이 부러졌을 때, 그녀가 만족한 듯 말하였다.

"또 입을 놀려라. 귀비마마를 잘 모시는 게 무엇인지 고민해 보거라. 너를 궐에서 내쫓는 거 따위는 일도 아니다. 내 말 알아들었느냐?"

"예, 혜비마마."

상궁이 식은땀을 흘리며 대답하였다. 바닥엔 핏방울이 튀어 있었고 그 뺨에는 선명하게 손가락 자국이 남아 있었다. 그이의 대답에 만족한 것인지, 그 엉망이 된 모습에 만족한 것인지 혜비가 활짝 웃었다. 그러고는 송 귀비에게 다가와 부드러운 손길로 그 눈물을 닦아 주었다.

"걱정하지 마세요, 마마. 더 이상은 마마를 이리 허투루 모시지 않을 겁니다. 또다시 그런다면 제가 가만히 있지 않을 테니 안심하세요. 그럼 이만 소첩은 물러가겠습니다."

혜비가 예를 갖춰 인사를 올리고는 돌아섰고, 그가 돌아서자마자 송 귀비의 상궁이 쓰러졌다. 그 모습에 놀란 송 귀비가 울음을 터뜨렸다. 구경하던 비빈들은 고개를 절레절레 저으며 각기 제 처소로 향하였다.

우가 그 일을 알게 된 것은 한참이 지난 후였다. 제 처소 밖에서 일어난 일이라고는 하나 결국 제 처소 앞이었다. 마음이 불편하지 않을 수 없었으나 이미 벌어진 일, 우는 박 상궁을 시켜 심신 안정에 좋은 약과 흉에 좋은 연고를 준비하여 귀비전에 전하도록 하였다.

우는 혜비를 생각하며 고개를 절레절레 저었다. 뒷일을 어찌 감당하려고 송 귀비를 그리 잡았는지 도무지 알 수 없는 일이었다.

❀

"황제폐하께 인사 올립니다."

곱게 단장한 혜비가 황제에게 인사를 올렸다. 그 손짓 하나하나에 교태가 가득하여 눈길을 잡아끄는 것은 당연한 일이었으나 황제의 그 매서운 눈은 변함이 없었다.

"자리에 앉으시오. 무슨 연유로 내 혜비를 불렀는지 알고 있소?"

"송구하오나 잘 모르겠습니다, 폐하."

혜비가 태연히 웃음 지으며 대답하자 황제의 미간에 주름이 잡혔다. 못마땅한 것이다.

"모른다니 내 알려 주지. 궐 한복판에서 귀비의 상궁을 잡았다지? 귀비에게 가 직접 용서를 구하라."

단호한 황제의 말에 설핏 혜비의 얼굴이 굳었다. 용서, 용서라 함은 혜비, 제가 잘못했다는 것이 아닌가. 저는 그 반편이 같은 계집에게 절대 용서를 구하는 일 따위는 하고 싶지 않았고, 할 생각도 없었다.

"어찌하여 제가 귀비마마께 용서를 구합니까, 폐하. 제가 그 상궁을 혼낸 것은 귀비마마의 성정이 다정하신 것과 궐의 법도에 아직 미숙하심을 이용하여 주인을 기만한 것을 바로잡은 것입니다."

혜비가 억울하다는 듯이 입을 열었다. 혜비가 살짝 젖은 눈으로 황제를 바라보았다. 제 외모를 잘 알고, 이용할 줄 아는 혜비는 황제의 얼굴을 바라보며 눈물지었다.

"어찌 신첩에게 이러십니까? 신첩 투기도 하지 않고, 오히려 귀비마마 위하는 마음에 그저 상궁 하나 혼낸 것입니다. 미숙하신 분께 궐의 법도를 알려 드리기는커녕 그 눈과 귀를 막은 사람을 혼낸 것이 어찌 용서를 구할 일이란 말입니까. 폐하를 뵙는다는 사실에 기뻐 부푼 마음을 안고 온 신첩에게 이리하실 줄은 몰랐습니다."

기어이 혜비는 눈물 한 방울을 떨어뜨렸다. 그 가녀린 어깨를 조금씩 들썩이며 숨죽여 우는 모습에 황제는 결국 혜비의 등을 토닥였다. 황제의 손길에 혜비는 오히려 마음이 놓인 듯 그 품 안을 파고들어 한참을 더 울었다.

"귀비마마를 아무리 귀애하신다 하여도, 신첩도 폐하와 부부의 연을 맺었으니 그 마음을 조금이나마 나누어 주세요, 폐하."

달콤한 목소리와 눈물로 젖은 붉게 달아오른 눈이 애원하듯 바라보았다. 황제가 결국 아무 말도 하지 못하고 혜비를 품에 안았다.

"왜 모르겠나. 귀비가 심약하니 그를 놀라게 하지 말거라."

"폐하께서 이리 말씀하시니 신첩 귀비마마를 찾아뵙지요."

끝끝내 완곡히 표현하는 황제를 바라보며 혜비는 내심 그를 비웃었다. 저를 품에 안고 귀비를 생각하는 꼬락서니가 우습고 한심스러운 탓이었다. 결국 한미한 가문의 귀비와 저는 달랐다. 아비도 제가 귀비에게 수모를 당한다면 가만있지 않을 것이다. 딸에 대한 애정은 없더라도, 제 가문에 대한 애정과 자부심이 귀비, 그이를 가만두지 않을 것이니 결국 황제는 한발 물러선 것이다.

황제와 혜비는 알면서도 모른 척 그렇게 서로를 속고 속이고 있었다. 혜비 역시 황제가 진정으로 저를 아끼지 않음을 알고 있었고, 그것은 황제 역시 마찬가지였다. 그렇기에 혜비는 황제에게 더욱 어려운 사람이었다. 혜비에게 한 일은 곧장 그 아비에게 전달이 될 터였고, 그것은 황제에게 곤란한 일이 될 터였다. 황제는 혜비의 뜻대로 결국 이번 일을 넘어가기로 한 것이다. 모든 것이 그녀의 뜻대로 진행되고 있었다.

송 귀비가 부은 눈을 뜬 것은 저녁에 이르러서였다. 붉게 부은 눈이 그이가 얼마나 울었는지 보여 주고 있었다. 궐에 들어와 처음으로 당하는 일이었다. 궁녀였을 때야 눈에 띄지 않았고, 황제의 은총을 받아 후궁의 첩지를 받았을 때는 모두가 황제의 총애로 제게 다정하게 혹은 좋게만 굴었다. 그렇기에 더욱 놀랐으나, 이내 송 귀비는 마음을 굳게 먹었다.

황후, 우의 보살핌을 벗어난 틈에 일어난 일이었다. 저도 알고는 있었다. 혜비가 우의 앞에서는 이런 행동을 하지 못하리라는 것을. 그렇다 하여 제가 늘 우나, 황제의 곁에 있을 수는 없는 노릇이었다. 송 귀비는 마음을 굳게 하고 지지 않으리라 다짐했으나, 한편으로는 제가 굳게 마음을 먹는다 하여 달라질 수 있을까 하는 걱정이 일었다. 그리고 곁에 있는 어린 궁녀를 향해 물었다.

"폐하는?"

서럽고 아픈 일이 생기자 떠오른 이는 당연히도 제 정인이었다. 그 넓은 품에 안겨 그저 엉엉 울고 싶었다. 다정한 이에게 어리광 부리고 싶었다.

"그것이……."

궁녀가 쉽게 입을 떼지 못하였다. 그리고 제 물음에 이리 대답하지 못할 때가 황제가 다른 후궁을 찾아갔을 때라는 것을 그녀는 이미 알고 있었다. 가장 총애받는 이는 본인인 것을 분명히 알고 있지만, 속이 쓰린 것은 어쩔 수 없었다.

"어디로 가셨다던?"

궁녀가 곤란한 기색을 하며 눈치를 살폈다. 송 귀비의 얼굴이 눈물로 일그러졌다. 대답을 듣기도 전이건만 그 눈물이 뚝뚝 이불을 적셨다. 그녀는 궁녀에게 대답을 재촉했다.

"혜비전에 가셨다 합니다."

대답이 떨어지자마자 송 귀비가 다시금 엉엉 울었다. 하필 그 혜비라니, 어찌하여 제게 이러시나 서글퍼 이불을 뒤집어쓰고 엉엉 울었다. 궁녀들은 어찌할 바를 모르고 발만 동동거렸다. 이 상궁이 아파 자리를 비웠기에 송 귀비를 달래 줄 이는 처소에 없었다.

황제는 동이 틀 무렵, 귀비를 찾아왔다. 한참을 그렇게 자는 귀비의 모습을 안쓰럽게 지켜보았다. 귀밑머리를 넘겨 주기도 하고, 붉게 부어오른 눈을 슬쩍 매만지기도 하였다. 그는 그렇게 잠든 송 귀비를 몇 시간이고 바라보다 자리를 떴다.

귀비가 잠에서 깨어났을 때, 궁녀들이 하나같이 조잘거렸다. 귀비가 잠들었을 때 황제께서 왔다 가셨다고, 한참을 자는 모습만 애정 어린 시선으로 바라보다 가셨다며 호들갑을 떨었다. 그제야 마음이 풀린 귀비가 슬쩍 미소를 지었다. 저를 감싸 오는 그 따뜻한 애정이 기꺼웠다. 넓은 궐 안, 수많은 비빈들 사이에서 이리 버틸 수 있는 것은 그 애정 때문이었다.

그리고 송 귀비는 제가 잠들었을 적에 교태전에서 사람을 보내왔음을 전해 들었다.

"마마, 교태전에서 심신 안정에 좋은 탕제와 함께 귀한 연고를 보내왔습니다. 어찌할까요?"

"이 상궁에게 보내. 필요한 이가 써야지. 그리고 교태전에는 감사 인사 전하도록 하고."

송 귀비는 우를 생각했다. 그이는 결국 제게 손끝 하나 대지 않는다. 혜비조차 저를 이리 대하건만 말이다. 혜비가 황제를 진실로 마음에 담아 두고 있는지는 알 수 없으나 궐 안 모든 여인이 황제의 총애를 원하고 필요로 한다는 것은 변하지 않는 사실이었다. 그리고 그들 모두에게 저는 눈엣가시 같은 사람이고 말이다.

이 모든 것을 우는 어찌 참아 넘기고 있는지 송 귀비는 이해할 수가 없었다. 아마 저라면 이미 진즉 도망갔으리라. 그 크나큰 애정과 인내는 놀랍기 그지없으나 황제의 마음은 저에게 있었다. 알

량한 마음으로 제가 우를 동정하고 있다는 사실에 자괴감과 자부심이 동시에 들었다.

송 귀비는 아침을 들고 한참을 침상에 누워 시간을 보냈다. 혜비와의 일로 상태가 좋지 않았음은 물론이고, 마음이 편치 않아 평소처럼 몸을 움직일 생각이 들지 않았음이다. 그리고 얼마 있다 원인 제공자가 방문하였다.

"귀비마마, 편치 않으시다는 소식에 소첩이 좋은 약재를 가지고 왔습니다."

혜비가 예의 그 묘한 미소를 지었다. 그 모습을 바라보던 송 귀비는 혜비의 기에 눌리지 않고 태연하려 노력하였다.

"마마, 너무하십니다. 소첩이 귀비전의 상궁 하나 혼쭐을 내었다고는 하나 이리 냉대하시니 몸 둘 바를 모르겠습니다."

갑작스러운 혜비의 태도에 송 귀비가 허둥지둥하였다.

"그게 무슨?"

"아무리 소첩의 방문이 기껍지 않다고는 하여도 이리 차 한 잔 내어 주지 않으시고……."

혜비의 말에 그제야 송 귀비가 서둘러 궁녀를 불렀다. 그리고 다과상을 가져오라 명하였다. 송 귀비는 당황하여 얼굴이 붉게 달아올라 있었고, 그에 반해 혜비는 태연하기 그지없었다. 마치 주객이 전도된 모양이었다.

"냉대라니 당찮습니다. 오해하지 마세요."

"소첩의 오해라니 다행입니다. 소첩은 또 귀비마마께서 어제의 일로 화가 나 그러시는 줄 알았지 뭡니까."

미소 짓는 송 귀비의 얼굴에 파들파들 경련이 일었다. 화가 나
다니, 어제의 일로 화가 나다니. 제 사람 하나를 잡아 놓고 저를
놀리듯 내뱉는 말에 그녀는 자리에서 일어나 찻물이라도 끼얹고
싶은 기분이었다.

"마마, 궐 안 아랫것들에게 너무 무르게 대하시면 아니 됩니다.
그것들도 눈치를 보고 사람에 따라 이랬다저랬다 한답니다. 마마
의 마음이 여려 소첩은 자꾸 걱정이 됩니다."

"그 마음이야 고맙지만 기우입니다."

송 귀비가 단호히 말했다. 결국 얼굴에 미소를 지우고 화난 눈
을 해 보이는 송 귀비가 우스워 혜비는 더욱더 미소 지었다. 저
둘뿐이라고는 하나 모든 것은 언제나 명분 싸움이었다. 그래서 더
우스웠다. 상대를 누르고 싶을수록 언제나 웃어야 했다. 그 속내
를 감추고 곁을 맴맴 돌다 기회가 왔을 때 그 목을 비틀어야 하는
것이다.

"아닙니다. 어제와 같은 일이 또 일어나면 아니 되지요. 이 사
람이 앞으로 종종 찾아뵙겠습니다. 아랫것들 단속도 도와 드리고
말입니다. 그래야 마음이 편할 거 같습니다."

송 귀비는 침묵했다. 무어라 거절의 말을 꺼내야 하는데 마땅
히 떠오르는 것이 없었다. 적당한 이유는 아무리 생각해도 떠오르
지 않았고, 혜비는 결국 침묵을 무언의 긍정으로 알겠다며 자리를
떠났다. 송 귀비는 분한 나머지 이를 앙다물었다.

"잘했다."

"예, 마마."

귀비전의 궁녀가 다과상을 내오지 않은 것은 혜비전의 상궁이 미리 혜비의 속이 좋지 않아 아무것도 먹지 않는다고 귀띔하였기 때문이었다. 아무것도 모르는 송 귀비는 당황할 수밖에 없었다. 궁녀들이 이를 고해 송 귀비가 혜비를 나무란다 하여도 상궁이 한 일이니 저는 모른다 하면 그만이었다. 그저 얄팍한 술수였다.

"교태전으로 가자."

혜비는 귀비전을 나서고 곧장 교태전으로 향했다. 이미 어제의 일을 다 알고 있을 우였다. 그를 미리 찾아가 적당한 핑계로 넘어가려 한 것이다. 황제에게 했던 것처럼.

"황후마마를 뵙습니다."

"앉으시게."

우는 평소와 같은 모습이었다. 영원히 변치 않을 것만 같은 그 모습이 이상스레 서글퍼 보여 혜비는 쓰게 웃었다.

"속이 좋지 않다 들었네. 약차를 내오라 할 터이니 그 맛보다 건강을 생각해서 조금이라도 들게."

우가 말했다. 혜비가 웃었다. 얄팍한 재주는 우 앞에서는 이리 깨지고 말았다. 그리고 혜비는 그 얄팍한 술수가 깨지는 것이 재미났다. 제게 참으로 어울리는 상대구나 싶었다.

"부르지 않았는데 이리 찾아온 것은 미리 용서를 구하고자 함인가?"

"용서라니요? 마마, 어제의 일을 말씀하시는 거라면 응당 소첩이 해야 할 일을 했을 뿐입니다."

우가 대답하지 않고 조용히 차를 들이켰다.

"응당 해야 할 일이라……."

"마마, 귀비마마의 여린 성정을 이용하여 그 아랫것들이 상전을 무시하는 것을 보아 충심 어린 마음에 위계질서를 바로잡고자 한 것입니다. 방금도 귀비마마를 뵙고 소첩의 뜻을 전하니 이해해 주시고, 앞으로도 소첩이 살피는 것을 허해 주셨습니다."

혜비는 공손히, 그리고 막힘없이 대답하였다.

"혜비."

우가 나직하게 혜비를 불렀다. 저를 꾸짖는 그 목소리에 혜비가 다시 공손히 읍하였다.

"귀비전 출입을 금하네."

"하오나 마마."

"귀비가 법도에 미숙하다 하나 자네의 윗사람이며 하나의 궁을 다스리는 사람이네. 어찌 혜비가 귀비를 대신하여 귀비전을 다스리려 하는가. 이는 위계질서를 무시하는 일이 될 터이니 용납할 수 없네. 귀비전 상궁을 길 한복판에서 야단친 것 역시 윗사람을 무시한 처사이니 이 또한 용납할 수 없네."

"하오나 마마! 그 상궁은 귀비마마를 능멸하였습니다. 어찌 그 냥 보고 넘긴단 말씀이십니까."

혜비가 억울하다는 듯이 말하였다.

"귀비에게 알렸어야지. 벌하는 것도 귀비가 해야 했네. 그러 니 자네는 앞으로 날마다 이 서책을 필사하여 내게 가지고 오 게."

우가 서책 하나를 내밀었다. 어린 여아들이 글을 읽기 시작할 때 배우는 책이었다. 몸가짐과 마음가짐을 가르치는 책으로 자식 된 도리, 부인 된 도리, 어미 된 도리를 가르치는 책이었다. 참으 로 우다운 처사였다.

혜비가 교태전을 나섰다. 벌을 받았건만 혜비의 얼굴에는 화사 한 미소가 걸려 있었고, 손에는 서책이 하나 들려 있었다. 혜비전 궁녀들은 이해할 수 없는 주인의 태도에 그저 침묵을 지키며 뒤 를 따를 뿐이었다.

혜비가 교태전을 나선 후, 우는 지친 얼굴로 한숨을 내쉬더니 곧 박 상궁을 불렀다.

"박 상궁, 내 서찰을 하나 줄 터이니 귀비전에 전하고 오게."

"예, 마마."

우는 붓을 들어 편지를 쓰기 시작하였다. 그 정갈한 글씨체가 마치 글자를 쓰는 우와 같아 박 상궁은 흐뭇하게 지켜보았다. 글자 하나 나무랄 곳이 없으니 타고나길 귀한 분이 아니신가 하였다. 곧 박 상궁은 우가 전해 준 서찰을 가지고 귀비전으로 향했다.

우는 모든 것이 정리되자 한숨을 돌렸다. 혜비가 그토록 귀비에게 패악을 부렸건만 결국 황제는 그것을 참아 넘겼다. 그게 만약 저라면 어찌 되었을지 보지 않아도 눈에 선했다. 저의 마음을 모두 드러낸 것이 문제였을까, 어찌 저는 길가의 돌처럼 이리 하찮게 대하시나. 서글픈 마음에 한숨이 절로 났다.

그러나 그럼에도 귀비를 품에 안는 것은 제가 약자이기 때문이다. 그는 황제에게는 항상 약자였다. 제게 마음이 없는 상대를 진정으로 품고 있으니 약자일 수밖에.

"마마, 황후마마께서 뭐라고 하셨는지요?"

궁녀가 걱정스레 물었다. 그러나 그 물음에 송 귀비는 그저 쓰게 웃을 뿐이었다. 서찰은 온통 제게 좋은 소식뿐이었다. 혜비는 귀비전을 찾지 않을 것이며, 귀비전은 마땅히 제가 다스려야 하니 그 어떤 이에게도 일을 넘기지 말라는 내용이었다. 또한 사람을 벌주고 상 주는 것 역시 주인인 제가 할 일이니 이를 잊지 말라는 내용이었다.

단정하게 쓰인 서찰은 하나부터 열까지 다 저를 위한 것이며, 저를 가르치는 것이었다. 송 귀비는 고마우면서도 송구스러운 마음에 어찌해야 할 줄을 몰랐다. 황제와 제가 우를 손에 쥐고 이용하고 있는 것 같아 마음이 좋지 않았다.

"전하고 왔는가?"

"예."

박 상궁의 눈에 우가 보였다. 그는 창밖을 내다보며 식은 차를 마시는 우의 모습이 쓸쓸해 보여 괜스레 소란스레 굴었다. 우 역시 그 마음을 잘 알아서인지 야단치지 않고 그저 슬쩍 웃어 보였다.

결국 또 나서서 제 품 안에 감싸 안고 보호하고, 제 존재는 이렇게 그의 연인을 보호하기 위함인가 하는 마음에 괴로웠다. 저 역시 혜비처럼 굴고 싶었다. 마음만 먹는다면 못할 일도 아니었다. 매사 서툰 사람이니 트집 잡는 것이야 일도 아니었다.

그러나 그럴 수 없었다. 우는 황제, 희윤이 행복하길 바랐다. 그가 웃기를 바랐고, 그가 원하는 것은 무엇이든지 해 주고 싶었다. 그래서 그 사랑, 저를 외면한 그 사랑마저도 이리 품게 되는 것이었다. 저를 다 버려 가며 제삼자의 자리에서 방패막이처럼 휘둘리는 제가 슬펐다. 알고 있으면서도, 매일 겪으면서도 익숙해지지 않는 아픔은 우를 좀먹고 있었다.

소문이 빠른 곳답게 궐은 한동안 송 귀비와 혜비의 일로 시끄러웠다. 송 귀비가 혜비로 인해 하루를 내리 앓았다는 소리에 다들 혜비가 송 귀비를 혼쭐내었구나 하였다. 그동안 송 귀비를 시기, 질투하였던 비빈들 역시 속으로 통쾌해하였다. 뒷배 하나 없는 이가 누린 총애는 그토록 모두의 눈총을 받았던 것이다.

다만 혜비가 결국 황후에게서 귀비전 출입을 금지당한 것과 동시에 벌을 받았다는 사실 역시 널리 퍼져 우의 그 공정함에 다들 혀를 내둘렀다. 궐 안 그 누구보다 송 귀비를 가장 눈엣가시처럼 여겨야 할 이가 황후였음에도 그 같은 처사를 내린 우는 알게 모르게 칭송받았다.

"혜비, 자네 잘못을 반성하는가?"

우가 물었다. 우가 혜비에게 벌을 내린 다음 날부터, 혜비는 하루도 거르지 않고 교태전을 찾았다. 우는 항상 혜비에게 필사한 부분을 낭독하도록 하였고, 그 외에는 아무런 말도 하지 않고 그녀를 물러가게 했었다.

낭독이 끝난 후, 우가 질문을 던지자 혜비가 무어라 대답할지 곰곰이 생각하였다. 우가 내린 벌은 어렵지 않았다. 여아들이 배우는 서책이라 글 또한 어렵지 않았고, 낭독하는 것 역시 크게 어렵지 않았다. 우는 혜비의 필사를 보고 어떠한 품평도 하지 않았으며, 필사의 양에 대해 걸고넘어지지도 않았다. 한 장을 해 오더라도 별말이 없었고, 열 장을 해 오더라도 별말이 없었다. 그래서인지 저 물음이 괜스레 어렵게 다가왔던 것이다.

"예, 마마. 크게 반성하고 있습니다. 다시는 이처럼 행동하지 않겠습니다."

"이리 와 자리에 앉게. 박 상궁, 다과상을 내오게."

우가 무릎 꿇고 있던 혜비를 자리에 앉게 하고, 박 상궁을 불러 다과를 내오도록 하였다. 그동안은 벌을 받기 위해 방문하였기에 제대로 된 다과상 한 번 받은 적이 없었다. 그저 한편에 준비된 방석 위에 무릎을 꿇고 앉아 낭독만 하곤 하였다. 우 역시 저 혼자 차를 마실 뿐이었고, 혜비에게는 어떠한 것도 내려 준 적이 없었다. 그래서 혜비는 드디어 우가 용서했다고 여겼다.

"혜비, 지금 태도를 잊지 말게. 진정으로 그대가 반성했는지 내 알 수 없으나 내게 잘못하였다 고한 것처럼 귀비에게도 해야 할 것이네. 궐에는 법도가 있고, 귀비는 자네 윗사람이니 항상 아랫사람으로서 도리를 다하게."

우가 조용히 말하였다. 혜비가 못내 쓰게 웃으며 그리하겠다 대답하였다. 결국 우는 송 귀비에게 사과하라 명을 내린 것이다. 황제조차 제게 그런 명을 내리지 않았건만 황후는 결국 저를 이리 내몰았다. 그것이 놀라우면서도 분해 혜비는 치맛자락을 움켜쥐었다. 그러나 결코 송 귀비에게 용서를 구하리라 생각하지 않았다. 그저 송 귀비를 찾아가 별거 아닌 인사를 나누고 적당한 말들로 둘러대고 말 생각이었다. 송 귀비에게 용서를 비는 것은 제 체면이 용납하지 못할 일이었다.

"황후마마, 귀비마마 드셨사옵니다."

박 상궁이 고하는 소리에 혜비는 퍼뜩 정신이 들었다. 제가 보는 앞에서 직접 용서를 구하라는 것이 아닌가. 제대로 용서를 구하는지 지켜보겠다는 우의 말소리가 들리는 듯하였다. 저를 이미 잘 알고 있는 우는 제가 이대로 돌아가서 송 귀비에게 어찌할지 다 알고 이와 같은 짓을 꾸민 것이다.

분했다. 저깟 천한 계집이 무어라고 이렇게까지 하는지 알 수 없었다. 벌을 내린 것으로 충분하지 않나. 황후인 우에게 벌을 받으면서 무릎을 꿇고 있는 것은 아무렇지도 않았다. 그는 좋은 집안과 황후에 어울리는 품성을 가진 이였고, 누구보다 황후의 자리에 어울리는 이였다. 하지만 송 귀비는 아니었다. 누가 뭐라 하여도 혜비는 제 윗사람으로서 송 귀비를 인정해 줄 마음이 없었다.

송 귀비는 교태전에 들어서자 그 냉랭한 공기에 차마 우에게 인사도 올리지 못하고 자리에 멈춰 서 있었다. 곁의 상궁이 재촉하지 않았더라면 아마 한참을 그렇게 있었을 것이다. 서둘러 정신을 차리고 인사를 올리자, 우가 앉기를 권하였다. 자리에 앉으니 송 귀비는 혜비를 마주 보고 앉게 되었다. 평소처럼 고운 것이 분명하나 그 그림 같은 미소는 어디 갔는지 사라지고 무표정하다 못해 굳은 얼굴을 하고 있는 혜비가 매서운 눈길로 송 귀비를 쏘아보고 있었다.

"귀비마마께 인사 올립니다."

그 목소리마저 적대감이 가득해 송 귀비는 안절부절못했다. 또 무슨 큰일이 날까 싶어 송 귀비 뒤에 있던 이 상궁 역시 초조하긴 마찬가지였다.

"혜비."

그때였다. 우가 혜비를 부른 것은. 그 조용하지만 힘 있는 목소리가 혜비를 재촉했다. 혜비는 입술을 깨물었다. 그러고는 자리에서 일어나 벌을 받던 자리로 돌아가 천천히 바닥에 무릎 꿇었다. 송 귀비가 놀라 눈을 동그랗게 떴고, 혜비는 분한 마음에 몸을 부들부들 떨었다. 그 와중 오로지 우만이 차분함을 유지하고 있었다.

"……귀비마마, 소첩이 지난날 무례를 범하였으니 용서해 주시기 바랍니다."

파르르 떨려 오는 목소리에 분노가 담겨 있음을 그 자리에 있는 모두가 알았으나 아무도 지적하지 않았다. 송 귀비는 서둘러 용서한다고 답하고는 혜비를 자리에 앉도록 하였다.

혜비는 창백하게 질린 얼굴로 고개를 숙인 채 분노로 어찌할 줄 몰랐다. 그리고 그 분노는 곧장 송 귀비를 향했다. 저 모자란 계집이 윗사람 노릇도 하지 못하니 황제나 황후나 모두 그를 감싸기에 급급하였다. 능력에 넘치는 자리를 차지하고 있음이 문제가 아닌가. 왜 제가 이런 수모를 겪어야 하나 분하고, 황후에게도 화가 일었다. 저와 함께 귀비를 찍어 내려도 모자를 판에 어찌 저를 이리 대하나 싶었다. 그러나 알고 있었다. 황제가 먼저 황후를 내치기 전에는 결코 그가 황제의 뜻에 반하지 않으리라는 것을.

"혜비, 필사는 오늘로 그만두시게."

우가 혜비를 바라보았다. 귀하게 자라나 귀한 자리에 오른 여인, 혜비와 우는 참으로 닮았다. 나라 안 손꼽히는 명문가의 규수로 입궐하였고, 결국 각기 황후와 비의 자리에 올랐다. 아마송 귀비만 아니었다면 귀비의 자리에 오른 것은 혜비였을 것이다.

우는 혜비의 분노를 알 수 있을 거 같았다. 진정 그 마음을 이해한다고 한다면 거짓이겠지만 조금은 짐작할 수 있었다. 마음이 좋지 않았으나 황제를 위한 일이었다. 송 귀비를 위한, 황제의 연인을 위한 일이었다.

"혜비, 처소로 돌아가도 좋네."

우의 허락에 묵묵히 자리를 지키던 혜비가 비틀거리며 일어나 예를 갖추고 뒤돌아섰다. 혜비전의 상궁이 비틀거리는 혜비를 부축하려 하였지만 그는 매섭게 그 손을 뿌리치고는 천천히 교태전을 나섰다.

"마마, 소첩은 사과를 받을 생각은 전혀 없었습니다."

송 귀비가 걱정 어린 얼굴을 하였다. 혜비의 사과를 받았으나 진심이 아닌 것을 이미 알고 있으니 뒷일이 무서운 것이다. 송 귀비는 그저 하루하루를 조용히 넘기고 싶었다. 혜비의 성정에 과연 제가 무사할 수 있을까 싶었다.

"그 무슨 소리인가, 자네는 귀비일세. 엄연히 혜비보다 높은 품계를 가지고 있는 윗사람이란 말일세."

"하오나 마마……."

송 귀비가 웅얼거렸다. 차마 뒷일이 걱정되어 그렇다고 말할 수가 없었기 때문이다.

"이번 한 번 자네가 그리 유야무야 넘어간다 하여도 다음이 없으리란 보장이 있나. 아니지, 반드시 또 이 같은 일이 벌어지겠지. 그때도 그냥 넘어갈 텐가. 한 번이 두 번이 되고, 두 번이 세 번이 되는 법이네. 윗사람으로서 행실을 바로 하게. 아랫사람을 다스리지 못한다는 것은 자네의 능력이 그뿐이라 인정하는 거밖에 더 되겠는가."

엄히 말하는 우에게 송 귀비가 차마 뭐라 대답하지 못했다. 우의 말이 사실이기 때문이었다.

"귀비라네. 그리고 폐하께서 총애하시지."

"어찌 그런 말씀을 하십니까."

송 귀비가 우의 말에 어찌 대답하여야 할지 몰랐다. 총애를 인정하는 것도, 부인하는 것도 눈앞의 이를 무시하는 처사가 될 거 같았기 때문이다.

"지위, 총애, 그리고 명분. 자네에게 필요한 것은 그게 전부라네."

"가르침 감사합니다."

"가 보시게."

우는 송 귀비의 뒷모습을 바라보았다. 작고 여린 사람. 아이같이 순수한 사람. 송 귀비는 궐에 어울리는 사람이 아니었다. 아니, 저도 마찬가지였다. 궐 생활이 힘든 것은 저도 마찬가지였다. 때때로 생각했다. 희윤이 황제가 아니었더라면, 그랬더라면 저 홀로 그 옆에 있지 않았을까.

하지만 결국 황제는 제 연인을 찾았을 것이다. 어찌 생각하여도 그의 연인이 제가 되지 않음을 우는 알고 있었다. 궐에 들어와 그를 만나 당연하다는 듯이 사랑에 빠져 짧다면 짧고, 길다면 긴 세월 그 하나만을 바라보고 모진 생활을 견뎌 왔다. 그 시간에 대한 보답은 결국 돌아오지 않았다. 그리고 우는 그것이 앞으로도 돌아오지 않을 것임을 알았다. 더욱더 저를 냉담히 버릴지언정 말이다.

그날 저녁이었다. 황제가 교태전을 찾은 것은. 황제의 방문에 우의 처소에는 한바탕 소란이 일었다. 우 역시 평소와 달리 목욕재계를 하고 곱게 단장하였다. 그 설렘으로 가득 찬 얼굴이 기뻐 박 상궁이 미소 지었다.

"황제폐하 납시오!"

우는 처소 밖에서 희윤을 기다렸다. 그리고 그리운 그 모습이 나타났을 때 반가운 마음을 가득 담아 인사 올렸다.

"일어나시오."

희윤이 자연스레 우의 처소로 들어섰다. 여러 비빈들의 처소와 달리 정갈하고 검소한 우의 처소는 편안한 느낌이 드는 곳이었다. 꽃향이나 분내보다는 오히려 먹 냄새가 짙게 배어 있어 마치 희윤의 집무실과 같은 느낌이었다. 자리에 앉은 희윤은 눈앞의 우를 바라보았다. 누가 보아도 고운 사람이었다. 행동거지 하나하나 선이 고와 그 역시 눈을 끌었다.

희윤이 방문한 것은 혜비와 송 귀비의 일 때문이었다. 송 귀비가 그 일로 고민하고 있다는 것은 알았으나 그가 해 줄 수 있는 일은 크지 않았다. 송 귀비는 평판이 좋지 않아 제가 그 편을 들면 오히려 역효과가 날 수 있었다. 그렇기에 황후의 이번 처사가 송 귀비에게 많은 도움이 되었다.

그래서 황후를, 우를 찾았다. 고마운 마음이 일어 그를 찾았으나 막상 얼굴을 보니 못내 어색하여 희윤은 당황스러웠다. 제가 항상 소리치고, 화를 냈던 그 모습이 생각났던 것이다. 뭐라 입을 열지 못하고 침묵이 맴도는 가운데 먼저 말을 꺼낸 것은 우였다.

"폐하, 피로에 좋은 차이니 드세요."

다정한 그 말에 희윤이 저도 모르게 답하고 차를 들었다. 우의 얼굴에 화사한 미소가 피어났다. 저를 보고 웃는 그 모습에 희윤이 어색한 표정을 지어 보였다. 우가 웃는 것을 본 것이 처음이었나, 짧지 않은 세월 부부의 연을 맺었으니 기억이 날 만도 하건만 생각이 나질 않았다. 다정한 그 얼굴에 희윤은 괜스레 쑥스러워졌다.

"송 귀비의 일을 들었네."

"그러셨습니까."

희윤의 말에 우가 잠시 미소를 거두었다. 예상은 했었지만 역시나 그랬다. 송 귀비의 일이 방문의 이유라는 사실이 실망스러웠으나 우는 다시 미소 지었다. 눈앞에 그리던 이가 있다는 것이 더 기꺼웠기 때문이다. 제 처소에서 그를 볼 수 있으리라 생각지 못했다.

희윤 역시 우의 얼굴에 실망이 스치는 것을 보았다. 그 마음 역시 짐작 못 할 것은 아니었다. 희윤은 차분히 마주하고 있는 우의 얼굴에서 그동안 놓쳐 왔던 많은 것을 읽을 수 있었다. 그리고 그 얼굴에서 지워지지 않는 것은 그를 향한 열렬한 애정이었다.

"고맙네."

"고맙다니요. 그런 말씀 마세요. 폐하의 뜻이 곧 제 뜻이지요."

우가 답했다. 그 말속에 담긴 애정이 희윤의 마음을 간질였다. 새삼 그는 깨닫고 있었다. 눈앞의 이는 항상 이런 얼굴이었나, 제가 분노를 쏟아 낼 적에도, 무시할 적에도 이런 얼굴이었나. 희윤은 기억을 더듬었다. 그리고 생각해 냈다. 송 귀비 가마 건으로 제게 찾아왔던 우와 그 일로 제게 험한 꼴을 당했던 우를 떠올렸다. 기억이 잘 나지 않았다. 또렷하게 기억나는 것은 제 행실뿐이었다. 그것도 몹시 못난.

희윤과 우는 정원을 거닐었다. 그리고 희윤은 우의 정원을 보았다. 온갖 꽃이 가득한 송 귀비의 정원과 달리 겨울을 향해 달려가고 있는 정원은 쓸쓸하고 고독해 보였다. 그저 지난번 일과 더불어 송 귀비의 일에 대해 이야기하려고 찾아왔었다. 미안한 마음과 고마운 마음을 가지고 방문했으나 희윤은 하나둘 놓쳐 왔던 것이 눈에 차 쉽게 송 귀비의 일을 논하지 못했다. 그는 나쁜 사람이 되고 싶지 않았다.

"내 이곳에 꽃을 가득 심어 주겠네."

"아닙니다, 폐하. 가을이 가고, 겨울이 가면 봄이 오겠지요. 그리고 그것을 이겨 내고 피어난 꽃이야말로 진정 곱지 않겠습니까."

우는 대답하였다. 희윤이 고개를 끄덕였다.

"그저 이리 신첩과 함께 꽃이 피길 기다려 주세요."

우가 희윤에게 속삭였다. 그 애절한 말에 희윤이 우를 내려 보았다. 그의 눈에 가득 찬 것은 저를 곧게 바라보고 있는 우였다. 그 검은 눈동자 안, 오로지 그만이 가득했다. 외면하려야 외면할 수 없는 그 애정이 나쁘지 않으면서도 낯설고, 부담스러워 그는 슬쩍 고개를 돌렸다. 그리고 대답했다.

"겨울을 이겨 낸 꽃이 얼마나 고운지 함께 확인해 봐야겠군."

우의 얼굴이 활짝 피어났다. 그 화사한 미소에 행복이 가득 담겨 있었다.

박 상궁의 얼굴에 미소가 가득했다. 제 주인이 행복하기 때문이었다. 저도 모르게 콧노래를 흥얼거리고 있는 우를 보고 있자니 그동안의 고생이 결국 보답을 받기는 하는구나 싶었다. 원래도 고운 그 얼굴은 행복이 가득 차 반짝반짝하였고, 한결 풍성해진 표정은 그야말로 행복한 사랑에 빠진 여인이었다.

황제는 지난번 방문 이후로, 꾸준히 우를 찾았다. 물론 송 귀비의 처소에 가장 많이 방문하는 것은 변함없었지만 가끔 우를 찾아와 차를 마시고, 산책을 하곤 하였다. 그 때문에 우는 입궐 후 가장 행복한 얼굴을 하고 있었다.

황제가 마음이 변해 황후를 예전처럼 냉대하지 않는다는 소문이 일었다. 다 박 상궁이 낸 소문이었다. 그저 다른 궁의 상궁들을 몇 번 만나 슬쩍 귀띔을 하였더니 금세 소문이 퍼졌다. 그 집안과 황후라는 지위, 황제의 총애만 얻는다면 우는 흠잡으려야 잡을 수 없는 존재가 되는 것이다. 그야말로 완벽한 황후가 될 터였다.

"박 상궁, 날이 좋지 않은가?"

우의 물음에 박 상궁이 즐겁게 화답하였다. 그리 좋은 날씨는 아니었건만 행복에 겨운 이의 눈에는 그마저도 아름답게 보이는 듯하였다. 창밖으로 보이는 쓸쓸한 풍경마저도 그저 운치 있게만 느껴질 뿐이었다. 가슴이 행복과 설렘으로 가득 차니 모든 것이 그저 좋았다.

어제 우의 처소에 황제가 다녀갔었다. 그는 어색하지만 다정히 말을 건넸다. 항상 바라만 보았던 이를 마주한다는 것이, 만난다는 것이 너무도 기뻐 우는 마음을 감출 수가 없었다. 붉게 달아오른 얼굴에는 미소가 걸렸고, 그 맑은 두 눈에는 희윤이 가득했다.

희윤은 그동안의 일을 묻어 두고 우를 바라보았다. 저를 위한 희생과 인내를 마다하지 않는 눈앞의 고운 여인이 마냥 싫다고만 한다면 거짓이었다. 희윤 역시 알고 있었다. 제 못난 마음이 죄 없는 우를 괴롭히고 있다는 것을. 알고 있었지만 항상 우의 행동은 그의 의지와는 어긋나는 것들뿐이었다. 항상 그것이 옳았지만 말이다.

이번 일로 둘의 사이가 원만해진다면 그것 또한 좋은 일이리라 희윤은 생각했다. 어찌 되었건 그와 우는 부부였으니 말이다. 그렇게 희윤과 우는 서로 다른 생각과 마음을 가지고 엉켜 있던 매듭을 푸는 중이었다.

"폐하께 좋은 차를 보내 드려도 괜찮을까?"

우의 질문에 박 상궁이 빙그레 웃었다. 고작 차 하나가 무엇이라고 저리 망설이시는지 알 수가 없다. 요즘 같은 분위기라면 차가 아니라 우가 직접 방문한다 하여도 전과 같은 일은 일어나지 않을 듯한데 말이다.

"물론이지요, 마마. 폐하께서도 기뻐하실 겁니다. 제가 다녀오지요!"

박 상궁이 자신 있게 답했다. 우는 고개를 끄덕였다. 희윤과 관련된 어느 것 하나 우에게는 쉽지가 않았다. 항상 외면당해서인지 아니면 그에 대한 마음이 커서인지 알 수 없으나 걱정이 앞서 두려운 마음이 일어나곤 하였다. 혹시라도 마음에 들지 않으면 어쩌나, 실망하시면 어쩌나 하는 마음이 자꾸만 생겨났다. 지금과 같이 행복한 상황에서도 자꾸만 우는 겁이 났다. 희윤은 우를 자꾸만 겁쟁이로 만들었다.

"황제폐하 납시오!"

갑작스러운 외침에 우의 처소에 한바탕 소란이 일었다. 박 상궁이 채 처소를 나서기도 전이었다. 쿵쿵쿵, 평소엔 들리지 않던 거친 발걸음 소리가 들려왔다. 박 상궁은 무언가 좋지 않은 일이 생겼음을 직감하였다.

"황후는 어디 있느냐?"

황제의 서슬 퍼런 외침이 들렸다. 쾅. 처소의 문을 거칠게 밀고 들어온 황제의 얼굴을 바라본 우는 알았다. 그가 다시 저를 향해 분노와 원망을 가지고 있다는 것을.

"황제폐하를 뵈옵니다."

우의 인사에 황제가 아무런 언질도 없이 그를 거칠게 일으켜 세웠다. 우가 갑작스러운 통증에 미약한 신음을 내뱉었으나 그는 신경도 쓰지 않고 우를 내팽개치는 듯하였다. 그 모습을 보는 박 상궁이 차마 어찌하지 못하고 발만 동동 굴렀다.

"감히 네가, 네가 무슨 짓을! 소화, 그 아이가 무슨 죄가 있다고!"

"제가 아닙니다. 무슨 일인지 모르겠으나 신첩은 아닙니다."

황제는 그 분노를 참지 못하고 크게 소리쳤다. 본 적 없는 모습은 아니었으나 우는 더 크게 절망했다. 결국 이리 쉽게 빼앗길 행복이었다. 그리고 우는 화가 났다. 제가 무슨 일을 했다고 이러시나 억울한 마음에 눈물이 날 것만 같았다.

"믿지 못한다. 내 눈으로 그 아이를 핍박하는 황후를 보아도 그 지위를 생각해 참아 넘겼건만 이번만은 두고 보지 못해!"

희윤의 속에 제가 없음을, 그가 주었던 작은 미소와 손길이 결국 제 것이 아니었음을 우는 알았다. 그의 모든 것이 송 귀비의 것이었다. 이미 알고 있었으나 그래도 괜찮았다. 조금이나마 곁을 내어 준다면, 제 마음을 알아준다면 괜찮으리라 생각하였다. 허나 제게는 그것도 과분했는지 그는 이리도 손쉽게 저를 뿌리치고, 몰아세우고 있었다. 귀비로 인해 제게 주어졌던 희윤의 마음 한 자락은 결국 귀비로 인해 사라지고야 말았다. 제게 향하는 분노와 증오를 바라보며 우는 서러운 울음을 토해 내는 대신 날 선 말들을 내뱉고야 말았다.

"그렇지요, 신첩만큼 귀비를 미워할 사람이 없지요. 그이를 증오하고, 미워하고, 질투하지요. 폐하가 그리 예쁘다던 그 눈을 뽑고, 사랑을 속삭인 그 입을 찢고, 폐하를 향하던 그 다리를 잘라 내고 싶었습니다."

우가 지지 않고 대답하였다. 박 상궁조차 우의 대답에 놀라 입을 벌렸고, 황제 역시 그 대답에 어안이 벙벙하여 잠시 침묵하였다. 꽃과 같은 여인은 냉정한 얼굴로 잔인한 말을 하고 있었다.

"악독하기 그지없구나."

황제가 조용히 말했다. 그는 이미 단정 지어 버린 것이다. 황제, 희윤은 우를 다시 보았다. 천하절색이라던 그의 황후는 꼿꼿이 서서 한 치의 흐트러짐이 없었다. 그 잔인한 말을 뱉어 낸 이라고 하기엔 그이가 너무 아무렇지 않아 보여 그는 질릴 지경이었다.

"그것도 모자라지요. 온몸을 갈기갈기 찢어 형체도 남기지 않고 짐승에게 먹이로 주고 싶었습니다. 허나 그래도 저는 아닙니다. 그리 귀비가 미웠으나 진실로 저는 아닙니다. 그이를 미워하는 마음보다 폐하를 향한 사랑이 더 커 참았습니다. 폐하의 행복을 깨고 싶지 않아 그이를 그냥 두었습니다. 신첩이 한 것이라고는 그저 모난 말뿐입니다. 그저 그뿐입니다."

잔인한 말은 결국 어찌하지 못할 사랑 고백이 되었다. 그것이 사실이었다. 어찌 저라고 질투하지 않을까, 시기하지 않을까. 하루에도 수십 번이고 나락으로 떨어졌다. 그 죄 없는 이를 향한 분노와 질투가 저를 좀먹고 있었다. 우는 이미 생각만으로 그를 수십 번 죽였다.

그러나 그뿐이었다. 희윤을 불행하게 만들고 싶지 않았다. 제가 불행하더라도 그만은 행복하길 바랐다. 그 사랑이 저를 불행하게 만들고 있음에도 놓을 수 없었다.

그러나 희윤은 끝내 그 어찌하지 못할 고백을 짓밟고야 말았다.

"사랑이라 하였느냐? 허튼소리! 사랑이 아니다. 진절머리가 난다. 나는 네가 끔찍하다. 모든 증거가 너를 향하고 있음에도 발뺌하는가! 차라리 목숨을 구걸하라. 여봐라! 이를 하옥하라! 추후 내 직접 심문하리다."

희윤의 얼굴을 본 우는 그 적대감에 상처받았다. 제가 그를 위해 존재한다고 생각했었다. 그리고 그가 저를 기꺼워하지 않더라도 제 희생은 알아주리라 생각했다. 제 마음만은 알아주리라 믿었다.

이리 이유도 모른 채 그저 모두 제가 한 일이라고 믿고 있는 희윤을 바라보며 어떠한 말도 그에게 소용없음을 알았다. 그는 저에게 단 한 치의 마음도, 믿음도 허락하지 않았다.

"제게 이러실 수 없습니다. 제 아비와 오라비를 보아서라도 신첩을 이리 대하실 수는 없는 겁니다. 그만큼 성심을 다하는 신하가 있던가요? 하나뿐인 딸과 누이동생을 이리 모질게 외면하는 폐하를 위해 성심을 바쳐 아비는 이곳에서, 오라비는 변방에서 일하고 있습니다."

우가 마지막 패를 내밀었다. 그동안은 일언반구도 하지 않았던 그 집안을 꺼내 들었다.

"너는 죄를 지었다. 죄를 지었다면 그에 상응하는 벌을 받아야지. 어서 끌고 가라."

희윤은 일말의 고민도 없이 명을 내렸다. 그의 등 뒤에 서 있던 군졸이 앞으로 나섰다. 박 상궁이 굳은 얼굴을 하며 우의 앞을 두

팔 벌려 막아섰다. 박 상궁의 어깨 너머로 우가 희윤을 바라보며
애써 담담히 말했다.

"회임하였습니다."

처소 안 침묵이 맴돌았다. 우가 회임을 하였다. 황후가 드디어
회임을 하였다. 아직 그 누구도 회임한 이가 없는 가운데 황후에
게서 첫아들이 나온다면 이는 확실한 황태자였다. 누구도 부정할
수 없는.

"뭐라?"

희윤이 믿을 수 없다는 듯이 되물었다.

"회임하였다 했습니다. 폐하의 자식입니다. 태중 아이를 위해
서라도 감옥엔 갈 수 없습니다."

마치 별스러운 일이 아닌 것처럼 대답하는 우의 모습에 분노한
황제가 마치 으르렁거리듯 답했다. 그가 조금 더 우를 알았더라면
아마 그 눈에 고인 눈물과 하얗게 질릴 정도로 꼭 쥔 주먹을 보았
을 것이다. 허나 그는 결국 아무것도 보지 못했다. 그저 분노할
뿐이었다.

"냉궁으로 가거라. 너는 폐위되고 유폐될 것이다. 그 배 속 아
이가 내 자식이라 하였느냐? 아니다. 네 배에서 나올 그 아이는
절대 내 자식이 아니다. 여봐라, 황후를 냉궁으로 모셔라."

군졸들이 박 상궁을 밀치고 우의 팔을 잡았다. 그때까지 조금
도 소리를 높이지 않았던 이는 군졸의 손이 닿자 크게 소리쳤
다.

"놓아라! 내 발로 가겠다."

그 기세에 놀란 군졸이 당황해하며 손을 놓자 우가 황제를 바라보며 말했다.

"폐하, 신첩은 아닙니다. 무슨 일이 일어났는지도 모릅니다. 제게만 어찌 이리 잔인하십니까."

끝까지 예를 차리고 스스로 교태전을 나서는 그 모습이 평소와 다를 바가 없었다. 그를 따라나서려는 박 상궁과 궁녀들을 황제가 막아섰고, 결국 우는 홀로 군졸을 앞세워 냉궁으로 향했다. 짧은 순간의 행복은 그처럼 덧없이 황제의 손에서 부서져 버렸다.

❀

"이를 어째…… 이를 어째."

박 상궁은 무엇을 해야 할지, 어떻게 이를 해결해야 할지 몰랐다. 그건 함께 있는 궁녀들도 마찬가지라 그들 역시 초조한 얼굴로 서로 눈치만 볼 뿐이었다. 그러다 그이는 무엇이라도 떠올렸는지 처소를 나섰다.

"이보시오, 대인."

박 상궁이 교태전의 문을 지키고 선 병사에게 말했다. 따지자면 박 상궁의 지위가 더 높음이 분명하건만 지금 상황에서야 한낱 문지기라도 함부로 대할 수 없었다. 박 상궁은 그에게 애걸복걸하였다.

"세 명만 부탁드리오. 나와 대인만 침묵한다면 누구도 모를 것이라오. 서찰 내용 역시 내 다 보여 드리겠소. 두 시진 정도면 될 것이오!"

애원과 함께 돈을 쥐여 주자 그가 승낙하였다. 일반 병사로는 쉽게 얻기 힘든 돈이었다. 그저 두 시진 눈 감아 주는 것으로는 큰 대가였고, 서찰 내용 역시 제게 보여 준다니 크게 문제 되지 않으리라 생각한 것이었다. 허락을 받은 박 상궁은 다시 처소로 들어와 궁녀 세 명을 불렀다.

"무슨 일인지 알아보아라. 아마 이미 소문이 파다하게 났을 것이다. 자세히 알아보고 오너라."

"예, 상궁마마님."

박 상궁의 명을 받은 궁녀는 치맛자락을 붙들고 뛰어나갔다. 궐에서는 뛰는 것이 아니라고 주의를 주어야 할 박 상궁은 거기엔 신경도 쓰지 않고 다시 입을 열었다.

"너희 둘은 내 서찰을 써 줄 터이니 각자 다녀오너라. 조심해야 한다. 꼭 전달해야만 해. 알겠느냐?"

평소답지 않게 무서운 얼굴을 한 박 상궁을 보며 궁녀들이 침을 꼴딱 삼키며 고개를 끄덕였다. 우가 냉궁으로 끌려간 이상 처소의 궁녀들 역시 무사하긴 힘들 것이었다. 아직 움직일 수 있을 때, 방도를 찾아야 했다. 시간이 지날수록 감시가 심해져 더욱 움직이기 힘들 것이 분명했다.

박 상궁은 두 통의 서찰을 썼다. 그것은 우의 사가와 소왕야의 왕부로 보내는 것이었다. 곧 있으면 모두가 알게 될 터였지만 서둘러 전해 빨리 방비할 수 있도록 해야 했다. 죄가 있건 없건 우가 그 모진 일들을 견뎌 낼 수 있을 리 없었다. 그것은 누구나 마찬가지였다. 견디다 못해 없는 죄를 만들어 자백하는 일이 대다수였다. 사실이건 사실이 아니건 누구나 재판장에 들어서면 죄가 생기곤 하였다. 게다가 황제가 직접 나선다니 이처럼 무서운 일이 어디 있겠는가.

우는 회임하였다 했다. 회임한 몸으로 그런 일을 견딜 수 없을 터였다. 설사 심문받지 않는다 하여도 냉궁에서 무사히 지낼 수 있을 리가 없었다. 박 상궁은 머리가 하얘지는 것을 느꼈다.

"혹여 문지기들에게 붙잡히면 어찌해야 합니까?"

조심스러운 물음에 박 상궁이 서둘러 우의 서랍을 뒤졌다. 그리고 푸른빛 옥패 하나를 꺼냈다.

"이것이면 무사히 지날 수 있을 것이다. 너희는 어화원 궁녀인 것이야. 어화원에서 소왕야의 패를 발견하여, 급히 전해 드리러 간다 하여라. 궐 밖을 나서면 흩어져 너는 마마의 사가로, 너는 소왕야의 왕부로 가거라. 서찰을 전한 뒤 다시 함께 돌아와야 한다."

소왕야의 패였다. 이런 일이 있으리라고 생각하였던 건지 전날 박 상궁에게 제 옥패를 주었더랬다. 혹시 모르니 가지고 있으라고 말하며 말이다. 우가 받지 않을 것을 알고 박 상궁에게 준 것이다. 귀한 것을 어찌하지 못하고 우에게 말하였더니 우가 보관

하고 있다가 후에 직접 왕야께 돌려준다 하였던 것이다. 황가의 문양이 새겨진 옥패의 주인이 박 상궁은 지금 이 순간 너무나 간절했다.

첫째로 처소를 나왔던 궁녀는 친우를 찾아갔다. 무슨 일인지 알기 위해 무턱대고 여기저기 돌아다니기엔 이미 큰일이 벌어졌고, 저 역시 겁이 난 탓이었다.

"애, 소아야!"

침방을 찾은 궁녀는 제 친구를 불렀다. 바늘에 실을 꿰고 있던 그는 깜짝 놀라며 조심스레 나왔다.

"여긴 어찌 왔어? 괜찮은 거야?"

걱정스러운 친구의 말에 궁녀가 무슨 일이냐 물었고, 그 친구는 주변을 살피며 귀에 속삭였다. 속삭이는 그 말에 궁녀의 얼굴이 점차 창백하게 질려 갔다.

"어찌하면 좋아, 우리 마마. 나 이만 가 볼게. 고마워!"

궁녀는 제 친구를 한 번 꼭 안더니 다시 뒤돌아 달려 나갔다. 머리끝에 푸른 댕기가 넘실거렸다.

박 상궁은 저도 모르게 자리에 주저앉았다. 독살이라니, 이를 어찌한단 말인가. 말도 되지 않는 모함이었다. 우가 왜 그러한 짓을 한단 말인가. 어디서부터, 누구에게서 시작된 모함인지 알 수조차 없었다. 이대로라면 우는 냉궁에서 회임한 채로 심문을 받고, 아이를 낳으면 처벌을 면치 못할 것이다. 폐비가 되거나 사약을 받거나. 어찌 되었건 지금의 자리를 유지할 수 없는 것은 물론 목숨을 보장받기도 힘든 것이다.

"귀비는 어떻다 하더냐?"

"그것이 아직 깨어나지 못했다 합니다."

궁녀가 울먹이며 말했다. 말로만 들었지 이런 일을 직접 겪게 되리라곤 생각도 못 했던 것이다. 황후였다. 궐 안 가장 귀한 여인이며, 그 집안의 권세가 하늘을 찌를 듯 대단한 이였다. 그리 대단한 이가 주인이었기에 어린 궁녀는 이런 일이 있으리라곤 생각조차 못 하였었다.

박 상궁은 그를 안심시켜 줄 수도 없었다. 저 역시 다리가 후들거려 차마 일어서지 못했다. 우가 보낸 약을 먹고 송 귀비가 피를 토했다고 하였다. 태의가 독이 들었다 하였다. 허나 진정 우가 그런 것이 아님을 박 상궁은 알고 있었다. 그를 죽이려 마음만 먹었더라면 이미 진즉 하고도 남았음이다. 그리고 이리 서툴게 하지도 않았을 것이다. 답답한 마음이 일었으나 제가 할 수 있는 것은 아무것도 없었다. 고작 상궁 나부랭이가 무엇을 할 수 있겠는가. 이내 눈물이 한 방울씩 뚝뚝 떨어졌다. 그저 서찰을 받은 이들이 우를 구해 주길 바랄 뿐이었다.

"이보시오! 이보시오!"

쾅쾅. 분이는 문을 거세게 두드렸다. 급하게 오느라 숨은 턱까지 차올랐으나 한시가 급했다.

"뉘신데 이리 소란이오?"

남종이 나와 분이를 위아래로 훑어보았다. 분이는 머리에 쓰고 있던 일구종을 벗었다.

"궐에서 나왔소. 내 왕야를 뵈러 왔다오."

그러자 남종이 곤란한 얼굴을 하였다. 이미 유랑을 떠난 제 주인이 어디 있는지 알기 어려운 까닭이었다. 궐에서 항아가 나왔으니 일단 모시기는 해야 할 터 그는 분이를 손님방으로 안내하고 서둘러 청지기를 찾았다.

청지기는 분이에게 사정을 전해 듣고는 왕야가 유랑을 떠나 변방에 있는 우의 오라비를 만나고 있을 것이라 전했다. 소식을 아무리 빨리 전한다 하여도 왕야가 수도로 올라오는 것은 보름은 걸릴 것이라 하였다. 분이는 실망스러운 얼굴을 하고, 청지기에게 꼭 전달하여 달라 부탁하였다. 아마 우의 사가에서 그 오라비에게 연락을 하면 왕야가 같이 올라오시지 않을까 하였다.

분이는 다시 궐을 향했다. 궐 앞에는 이미 진선이 기다리고 있었다. 진선은 우의 모친에게 소식을 전했고, 크게 충격받은 그이가 혼절하였다고 분이에게 말했다. 시름이 가득한 그 얼굴을 보니 참으로 큰일이 났긴 났구나 싶어 덜컥 겁이 나 궐에 들어가기도 무서웠다. 허나 박 상궁에게 소식을 전해야 했고, 궁녀가 함부로 궐에서 도망치는 것 역시 큰 죄였기 때문에 둘은 손을 꼭 붙들고 다시 교태전으로 향했다.

"황후마마께서 냉궁으로 가셨다고?"

"예, 마마."

혜비는 알 수 없는 표정을 지었다. 그저 고개를 끄덕이며 침묵하였다. 그것이 잘되었다는 것인지, 잘못되었다는 것인지 알 수 없어 상궁은 그저 침묵하였다.

냉궁이라. 혜비는 냉궁에 대해 생각했다. 냉궁으로 보내겼다는 것은 이미 폐위가 확정되었다는 것과 마찬가지였다. 폐위를 해야 하나 지금 당장은 할 수 없으니 냉궁에 감금하여 그 시기를 조금 미루는 것뿐이었다. 결과는 정해져 있는 것이었다.

"냉궁이라……."

혜비가 중얼거렸다. 혼잣말이었으나 궁녀들 모두 귀를 쫑긋하였다. 냉궁. 냉궁은 시비 없이 오로지 홀로 지내야 하는 곳이었다. 혼자 커다란 궁 안에서 생활해야 할 터였다. 주어지는 것은 오직 끼니뿐이었으나, 그 끼니조차 형편없어 귀한 대접을 받던 이들은 손도 대지 못할 것들이었다. 하물며 스스로 물을 긷고, 스스로 빨래를 해야 한다는 것 역시 어려운 일이었다. 겨울의 찬물에 손을 담가 본 적 없는 이가 그것을 견딜 수 있을까. 불 하나 피우지 못하는 궁에서 어찌 지내려나. 혜비는 생각에 빠졌다.

우는 울었다. 그저 침상에 앉아 울었다. 차마 크게 소리 내지도 못하고 흐르는 눈물을 꾸역꾸역 소매로 닦아 가며 울었다. 참아 온 눈물은 홀로 냉궁에 들어서자마자 터져 나왔다. 꼿꼿했던 몸은 힘이 풀려 쓰러지기 직전이었다. 싸늘한 공기와 먼지 쌓인 냉궁이 우의 위치를 알려 주고 있었다. 억울하고 분했다. 그리고 절망했다. 배신감이 들었다.

이제야 알아주는 듯하였다. 같은 마음은 아니더라도 제 애정을 인정해 주고 받아들여 주는 줄 알았다. 허나 저를 향한 의심 한 번이 이렇게 모든 것을 무너뜨렸다. 희윤에게 우는 이다지도 가벼운 사람이었다.

배 속의 아이를 이런 곳에서 태어나게 할 수는 없었다. 맏이였다. 딸이건, 아들이건 첫아이가 아닌가. 자신의 첫아이이며, 황제의 첫아이였다. 이런 곳은 아니 되었다. 우는 입술을 질끈 깨물었다.

이 재상은 귀가하였다 다시 서둘러 입궐하였다. 그 부인이 통곡을 하며 우의 일을 알렸기 때문이었다. 집 대문을 열고 들어서자마자 그의 내자는 신발도 신지 않은 버선발로 그에게 달려 나와 울부짖었다.

독살이라니, 이는 우뿐만이 아니라 식솔들에게도 위험한 일이었다. 만에 하나 그 집안이 연루되었다는 증거라도 나오는 날이면 하루아침에 풍비박산이 날 터였다.

제 딸아이가 하지 않은 일임을 알면서도 걱정하지 않을 수 없었다. 증거야 만들면 그만인 것이 아닌가. 그 아이가 황후가 되기를 바란 적은 단 한 번도 없었다. 차라리 간택되지 않기를 간절히 바랐건만 귀한 아이는 간택되었고, 황후가 되었고, 그리고 냉궁에 갇혔다. 한숨이 절로 나왔다.

"폐하, 이 재상 들었사옵니다."

황제는 이 재상을 바라보았다. 그는 지친 얼굴을 하고 있었다. 그 아비 된 마음을 추측할 수 없는 것은 아니었으나 우는 죄를 지었고, 그는 그 죄를 꼭 벌할 생각이었다.

"폐하, 소신 이제껏 이러한 청은 드리지 않았습니다. 냉궁에서 황손을 낳을 수는 없는 일입니다."

그 차분한 태도는 우와 빼다 박은 듯하였다. 희윤은 그 모습에 잔뜩 인상을 써 댔다. 좋지 않은 기분이 들었기 때문이다. 우의 그 잔혹한 말이 기억에 남아 있었고, 제 하나뿐인 연인은 아직도 깨어나지 못하고 있었다. 이 모든 것에는 책임을 질 이가 필요했고, 그는 그 책임질 이가 우라고 확신했다. 우는 책임을 져야만 했다.

"죄를 지은 이는 마땅히 벌을 받아야지."

"허나 황손을 잉태한 몸입니다. 어찌 잉태한 몸으로 홀로 냉궁에서 지내라 하십니까. 황손을 낳을 때까지만이라도 유보해 주십시오."

고개를 조아린 이 재상의 어깨가 유달리 작아 보였다.

"아니 될 일이지. 물러가시게."

단호한 황제의 태도에 이 재상이 입을 다물었다. 하나뿐인 여식이 겪어야 할 수모가 눈에 그려지듯 선했다. 이제껏 받아 왔던 냉대조차도 모른 척 넘겨 왔건만 어찌 제 여식 앞에는 이리 험난한 길만이 놓여 있는지 한탄스러웠다.

"죄를 지은 이가 아닙니다. 아직 확인된 것이 아무것도 없는데 어찌 이미 죄인이라 말씀하십니까. 한 나라의 국모를 이런 식으로 처벌하는 일은 없습니다. 게다가 적통인 황손을 잉태하고 있는 황후마마가 아닙니까. 이런 일은 있을 수 없습니다."

이 재상의 말에 황제가 노하였다. 허나 그의 말이 맞았다. 송귀비가 피를 토하고 정신을 잃었다는 그 말에, 우가 준 약초를 달여 먹고 그리되었다는 말에 눈이 뒤집혀 황후의 처소로 향했다. 그리고 그곳에서 들은 그 악독한 말에 우의 죄를 확신했다. 곧바로 그는 우를 벌하기로 마음먹었다.

"황후마마를 다시 원래의 처소로 보내시는 것이 옳습니다. 황손을 낳을 때까지 그 죄상을 낱낱이 조사하고 범인을 밝혀야 함이 옳습니다. 그러니 다시 생각해 주십시오."

"황후가 뭐라 하였는지 그대는 알고 있나? 내 앞에서 송 귀비를 갈기갈기 찢어 짐승에게 먹이로 주고 싶다 하였네. 이런 이가 범인이 아니라 할 수 있겠나? 되었네, 물러가게. 내 생각은 변함이 없네."

황제는 단호했다. 그는 생각을 돌릴 마음이 전혀 없었다. 그가 우를 돌아본 것이 실수였다. 희윤은 진실로 후회했다.

이 재상은 자리에서 일어나 황제를 보았다. 그 단호한 얼굴에 뜻을 돌릴 의사가 없음을 확인한 그는 예를 갖춘 후 물러섰다. 이치에 맞지 않는 일이라 하여도 결국 황제의 뜻대로 될 것이었다. 허나 그 역시 가만히 있지는 않으리라. 이 재상은 태후전으로 향했다.

발걸음은 무거웠으나 이 재상은 서둘러 걸었다. 이미 늦은 시간이었지만 마음이 조급하여 지금이 아니면 안 되었다. 제 자식이 그런 곳에 있을 수는 없었다.

"이 무슨 마른하늘에 날벼락인가. 내 방금 황후가 냉궁에 들었다고 전해 들었소."

"태후마마, 황후마마께옵서 회임 중이라 하십니다."

이 재상은 태후에게 우의 억울함과 황손의 중함을 피력했다. 직접 우를 황후 자리에 앉힌 이가 아니던가. 그 도움이 필요했다.

"회임하신 분을 냉궁에 모실 수는 없는 일입니다."

"알았소, 내 폐하께 말씀드려 보겠소."

태후는 고개를 끄덕였다. 그 역시 이 재상의 생각과 동일하였다. 어찌 황손을 냉궁에서 낳는단 말인가. 설사 우가 참으로 그런 죄를 지었다 하여도 모든 것에서 황손을 우선시해야 했다. 태후는 곧장 황제에게 연락을 취했다.

이 재상은 할 수 있는 것은 모두 하였다. 변방의 아들놈은 서찰을 받아야 올라올 것이고, 태후는 황제에게 압박을 가할 것이며, 저 역시 계속하여 그를 압박할 것이었다. 제 딸아이를 저리 두고 제가 그 귀비에게 손대지 않을 거라 황제가 생각했다면 그 생각을 바로잡아 주어야 했다. 이렇게까지 몰아붙인다면 저 역시 가만있지는 않을 것이었다.

궐을 나서는 이 재상의 얼굴에 굳은 다짐이 서렸다.

희윤은 머리를 붙들었다. 머리가 아팠다. 송 귀비는 깨었다 잠들기만 수차례 반복하는 중이었다. 태의는 그저 잠이 들었을 뿐이니 걱정하지 말라 하였건만 그리할 수가 없었다. 피로 물들었던 이불과 얼굴이 떠올라 그저 초조할 뿐이었다. 게다가 태후와 대신들은 모두 우를 냉궁에서 본래의 처소로 돌려보내라 청하고 있었다. 회임한 일이 알려지자 모두 입을 모아 청하니 그를 처벌하기도 어렵게 되었다.

그는 본을 보여 주고 싶었다. 제아무리 황후라도 제 사람을 함부로 건드린다면 어찌 되는지, 모두에게 경고를 하고 싶었으며, 또한 황후의 가문을 압박하고 싶었던 것이다. 진양 이가, 황가와 함께 가장 오래 권력의 정점에 있었던 그들을 누르고 싶었다.

고작 하루가 지났을 뿐이었다. 몰려드는 상소에 그는 지쳤고,

화가 났다. 죄를 지은 이를 벌하겠다는 것이 무엇이 잘못된 것인가 그는 생각했다.

우는 꼬박 밤을 지새웠다. 아침 일찍 소매를 걷고 직접 물동이에 물을 길어 세수를 하였다. 얼음장 같은 차가운 물에 손이 빨갛게 달아올랐지만 애써 참았다. 황후의 상징인 붉은 봉황이 수놓아진 옷은 회색 먼지로 얼룩져 있었다. 갈아입을 옷조차 마땅하지 않아 손수건에 물을 적셔 옷을 닦았다. 담벼락의 문은 잠겨 있는 상태였고, 안에서는 밖의 어떤 것도 보이지 않았다. 문밖으로는 아마도 병사들이 경비를 서고 있을 터였다.

"황후마마, 식사 준비 하였습니다."

문을 열고 들어선 궁녀가 하나 보였다. 끼니때가 되면 바구니에 음식을 담아 냉궁으로 오는 궁녀였다.

우는 무심하게 그를 바라보았다. 처소 안으로 들어온 궁녀는 들고 온 것을 상 위에 놓더니 서둘러 처소의 문과 창을 닫았다. 그러고는 치마를 걷어 올리더니 큰 보자기를 하나 꺼내는 것이었다. 궁녀는 우가 무엇인가를 물어볼 틈도 주지 않고 서둘러 냉궁을 빠져나갔다.

우는 조심스레 보자기를 풀었다. 보자기에는 서찰이 하나 들어 있었다. 박 상궁이었다. 걱정이 가득한 서찰을 우가 가슴에 품었다. 그리고 찬찬히 보자기 안을 살폈다. 깨끗하고 두툼한 옷가지와 여러 물품들이 들어 있었다. 곁에 있지 못한 안타까움이 절로 느껴지는 듯하였다.

깨끗한 옷으로 갈아입은 우는 식사를 하였다. 차게 식은 딱딱한 밥과 언제 만들었는지 알 수 없는 나물 반찬 두어 개가 전부인 식사였다. 한 술 뜨자마자 구역질이 올라왔다. 태어나 지금까지 이러한 상은 받아 본 일이 없었다. 허나 우는 꾸역꾸역 식사를 하였다. 아이를 위해서도 먹어야만 했다. 버티려면 무엇이라도 먹어야만 했다. 눈에 눈물이 그렁그렁 맺혔건만 그는 끝내 울지 않았다.

송 귀비는 날이 어두워져서야 제정신을 찾았다. 그리고 그의 곁에는 걱정스러운 얼굴의 황제가 있었다.

"네 어찌 이리 나를 애태우느냐."

황제의 억눌린 목소리에 송 귀비가 지친 얼굴로 미소 지었다. 그 모습에 황제가 깊은 한숨을 내쉬었다. 그는 송 귀비의 어깨에 얼굴을 파묻고 숨을 들이쉬었다. 단내가 났다. 땀과 섞인 체취가 그를 안정시켰다.

"어찌 된 일이에요?"

잠긴 그 목소리가 애처로워 희윤은 뺨을 쓰다듬었다. 그는 대답을 해 주는 대신 입을 맞추었다. 메마른 송 귀비의 입술을 조심스레 적시듯 황제는 계속해서 짧게 입을 맞추었다.

"그런 것은 생각지 말고 어서 자리에서 일어나기나 하여라."

퉁명스러운 말투였으나 그 안에 담겨 있는 애정에 송 귀비가 웃었다. 그리고 손을 뻗어 황제의 손을 붙들었다.

"제가 다시 잠들었다가 깨어나도 곁에 있으셔야 해요."

아파서인지 늘어난 어리광에 희윤은 마음이 아팠다. 그는 고개를 끄덕이고는 함께 침상에 누웠다. 그리고 품에 송 귀비를 끌어안았다.

송 귀비는 금방 다시 잠들었다. 땀으로 젖은 머리카락을 조심스레 넘겨 주며 희윤은 제 연인을 살폈다. 한층 더 작아진 듯한 그 느낌이 애처로워 그를 안은 팔에 힘을 주었다. 그와 동시에 제 품에 안긴 작은 이의 숨소리에 감사한 마음이 일었다. 다시 듣지 못할까 걱정하였더랬다. 그는 안도의 한숨을 내쉬며 송 귀비의 등을 토닥였다.

"폐하, 명을 거두어 주십시오."

"폐하, 명을 거두어 주십시오."

대신들이 하나같이 입을 모았다. 그들은 우의 냉궁행을 거듭 반대하였다. 모두가 하나같이 입을 모으니 희윤으로서는 그 이상의 벌을 내리기도 어려울뿐더러 직접 심문할 수도 없었다. 오히려 다시 원래의 처소로 돌려보내야 할 판이었다.

"어찌 죄를 지은 이를 벌하지 말라 하는가? 투기로 독살을 꾀하다니 진정 악독한 이가 아니던가. 어찌 그런 이를 황후의 자리에 두겠는가!"

"폐하, 어찌 죄인이라 속단하십니까. 황후마마께옵서 누명을 썼을지 모르는 일입니다. 또한 황손을 잉태하신 분을 어찌 냉궁 같은 곳에 모실 수 있겠습니까. 모든 일에는 황손의 안전이 우선입니다."

이 재상이 나서서 고하자, 나머지 대신들이 다시 입을 모았다.

"황후는 내게 직접 그 음험한 속내를 털어놓았소! 입에 담기도 어려운 말들을 쏟아 내더군. 그런 이가 아무런 처벌도 받지 않고 교태전에 거한다는 것은 안 될 소리! 내 심문하고 처벌하는 것은 황손이 태어난 후로 미루겠으나 그 거처만큼은 옮길 수 없소."

희윤은 잔인했던 우의 말들만 기억할 뿐이었다. 우의 어찌하지 못할 마음이 담긴 고백 따위는 그의 기억 속에서 이미 사라져 버린 지 오래였다.

"폐하, 어찌 회임한 황후께옵서 홀로 지낼 수 있으시겠습니까. 시중들 이 몇이라도 허해 주셔야 함이 옳습니다."

결국 황제는 한발 물러섰다. 냉궁에 거하되 시중들 궁녀를 허하며, 모든 심문과 처벌은 황손이 태어난 이후 시행될 것으로 정해졌다. 증거품과 궁녀의 심문 등 여러 조사는 그동안 이루어질 것이었다.

허나 결국 이렇게 처벌이 미루어졌으니 흐지부지 넘어갈 가능성이 적지 않고, 대신들 역시 그를 노리고 있음이 확실하였다. 송 귀비를 지지하고 있는 세력이 없는 것은 아니지만 본디 이 재상의 권세가 대단하고, 또 그 아들이 대장군으로 군사력을 가지고 있으니 대적하기 쉽지 않은 것이다.

황제의 허락이 떨어진 후, 박 상궁은 곧장 냉궁으로 향했다. 허나 그것은 우가 냉궁에 온 지 일주일이 지나서였다. 그동안 이리 저리 연통하여 식사와 함께 물품을 보내왔건만 직접 눈으로 본 참상에 그이는 입을 열지 못했다. 그는 체통도 잊고, 우를 보자마자 껴안았다. 그 고운 얼굴과 손이 하얗게 튼 것이 보여 참을 수가 없었다. 제가 없는 사이 홀로 지냈을 우가 눈에 선했다. 그러나 그것도 잠시 박 상궁은 바쁘게 움직였다.

"가만히 계세요, 마마. 제가 다 알아서 할 터이니 이리 앉아 계세요."

박 상궁은 우를 자리에 앉히고는 두툼한 털옷을 어깨에 덮어 주었다. 냉궁에 들어서기 전 이 재상을 만나 받아 온 것 중 하나였다. 그러고는 냉궁을 청소하기 시작하였다. 허름한 곳이라고는 하나 이리 지저분한 곳에 황후마마를 모실 수는 없었다. 쓸고 닦고 바닥에 윤이 나도록 청소했다.

어느 정도 처소가 정리된 다음에는 직접 소매를 걷어붙이고 마른 나뭇가지를 주워 불을 피웠다. 다행이라 할 만한 것은 나무가 많다는 것이었다. 이곳에 오기 전 만약 장작으로 쓸 것이 모자라다면 멀쩡한 나무라도 베어 쓸 생각이었다.

"그만하고 이리 와 앉게."

우가 박 상궁을 불러 의자에 앉혔다. 박 상궁의 옷은 엉망이었다. 제 차림을 의식한 박 상궁이 멋쩍게 웃었다. 제 주인의 앞에서 이런 몰골로 마주 앉아 있게 될 줄은 몰랐던 것이다.

"고맙네."

우가 말했다. 짧지만 진심이 담긴 그 말에 울컥하고 눈물이 차올랐다. 표현은 많지 않아도 우는 다정한 사람이었다. 황제의 앞에서 그리 독한 말을 꺼냈을지언정 그녀가 그럴 리 없다는 것을 박 상궁은 알고 있었다.

"허나 오지 않으면 좋았을 것이네. 냉궁에 유폐된 이가 어찌 되는지 빤한 일이 아니던가. 나와 이리 함께 있어서 좋을 것이 없네."

"그런 소리 마세요! 입궐하셨을 적부터 소인이 모셨습니다. 어찌 그런 말을 하십니까. 더군다나 황손을 잉태하셨으니 돌아가셔야지요. 기필코 돌아가실 겁니다."

그러나 끝내 우는 박 상궁의 말에 동조하지 못했다. 제가 한 일이 아니라 하였건만 황제는 제가 한 일이라 굳게 믿고 있었다. 분하고 억울한 마음에 모난 소리를 뱉어 냈기에 더했다. 다시 저를 받아 줄 리 없을 거 같았다. 서글픈 마음이 일었다. 저에 대한 그 참을 수 없이 가벼운 희윤의 믿음에 상처받았다. 그런데도 여전히 마음 한편 그를 그리는 제 감당할 수 없는 애정의 크기에 우는 질식할 것 같았다.

소왕야, 희원은 궐을 향해 밤새 말을 몰고 있었다. 변방에서 우의 소식을 듣고 떠나온 지 벌써 열흘째였다. 그의 곁에는 우의 오라비인 운이 함께였다.

"희원! 그만 멈추게. 쉬었다 가세."

운이 소리쳤으나 희원은 멈추지 않았다. 운이 그를 뒤쫓으며 계속해 소리쳤다. 희원은 이리 달리면 오히려 말이 지쳐 더욱더 도착이 늦어질 거란 운의 소리에 그제야 멈췄다. 초조한 기색이 얼굴에 가득한 희원을 보며 운이 고개를 절레절레 저었다. 희원은 그동안 꼭 운이 우를 들먹이며 쉬어야 한다고 주장할 때만 멈추었다.

"나 역시 누이동생이 걱정되네. 허나 쉬지도 않고 갈 수 있는 거리가 아닐세. 정신 차리게. 그리 기분에 휩쓸려서야 그 아이를 도울 수 있을 성싶은가?"

운은 지친 말을 토닥이며 물을 먹였다. 그리고 그 옆에는 바닥에 주저앉은 희원이 있었다. 어찌나 급히 달린 건지 그 행색이 엉망이었다. 평소에 항상 웃음을 달고 있던 그 얼굴은 초조와 불안으로 가득 차 있었다. 그가 제 누이에게 가지고 있는 감정을 모르는 바는 아니었다. 제가 보아도 어여쁜 아이이니 그럴 수 있다 여겼으나 친우의 마음은 제 예상보다 훨씬 컸다.

"이리 멈추고 있을 수가 없네. 내 너무 늦게 도착하면 어쩌나."

양손을 모아 움켜쥔 희원이 답했다. 언뜻 보기에는 초조하여 손을 가만두지 못하는 듯하였다.

"잠시일세, 한 시진 정도만 쉬어 가세. 말도 쉬어야 달릴 것 아닌가. 다음 마을은 아직도 멀었네. 이놈들이 버텨야 한시라도 빨리 도착할 것이 아닌가."

운은 불을 피웠다. 잠시라도 온기가 필요했다. 날이 추워 이리 가만히 있다가는 추위에 몸이 성할 거 같지 않았다. 더군다나 제 친우는 상태가 더욱 좋지 않았다. 제대로 먹지도 않고, 말을 달리기만 하더니 무리가 온 것이다. 이럴수록 마음을 가다듬고 차분해야 했다.

황손을 잉태했다고 하였으니 시간이 좀 있을 터였다. 귀하디귀한 아이가 그런 수모를 당하고 있다고 생각하니 분한 마음이 일었지만, 제 곁에 저보다 더욱 안절부절못하는 이를 보니 오히려 마음이 차분해진 것이다.

일렁이는 불을 보며 희원은 우를 생각했다. 불꽃같이 붉은 황후의 복색을 하였던 모습이 떠올랐다. 금실로 수놓아진 봉황 무늬가 마치 제 것인 양 어울리는 모습이었더랬다. 늘 차분해 보이는 그 안에 불꽃같이 뜨거운 것이 들어 있음을 알았다. 그리고 그것이 외면당했을 때, 우가 얼마나 큰 상처를 받을지도 그는 알고 있었다. 그 얼굴을 보아야만 했다. 그 얼굴을 보고 괜찮은 것을 확인해야만 제가 살 거 같았다.

희원은 한 시진이 지나자 자리에서 일어나 말에 올랐다. 그런 희원을 보며 운은 아무 말 하지 않고 모닥불에 흙을 끼얹은 뒤 그 뒤를 따랐다.

쾅.

"이러시면 아니 됩니다. 어휴, 제가 경을 칩니다!"

냉궁에 소란이 일었다. 박 상궁은 무슨 일인지 확인하고자 처소를 나섰다. 그리고 냉궁의 앞에 서 있는 그를 보았다.

"아이고, 왕야!"

반가움에 절로 소리가 나왔다. 경비를 서는 병사는 난감한 듯 희원을 막아서고 있었으며, 담벼락의 문은 활짝 열린 채였다.

"내 전부 책임질 터이니 비켜서게."

처음 보는 그 매서운 얼굴에 박 상궁조차 놀랐다. 병사는 결국 희원에게 신신당부를 하고서는 조용히 물러섰다. 희원은 박 상궁에게 인사조차 하지 않고 서둘러 냉궁 안으로 들어섰다. 들어서는 내내 을씨년스러운 궁의 분위기가 희원의 가슴을 찔렀다.

"우야."

그 애달픈 목소리에 우가 뒤를 돌았다. 그리고 그곳에 엉망이 된 모습의 희원이 있었다.

"왕야, 이곳엔 어찌……."

아무런 장식도 없는 흰색의 무명옷을 입은 우가 보였다. 전에 보았을 때보다 훨씬 수척해진 얼굴이 그간의 고생을 보여 주고 있었다. 희원은 성큼성큼 우에게 다가가 손을 잡았다. 우의 손은 차갑게 얼어 있었다. 처소 안에 불을 피웠다고는 하나 온기를 느끼기엔 부족했기 때문이었다. 그는 치밀어 오르는 분노를 삼키며 억지로 미소를 보였다. 그러고는 제 손으로 우의 손을 따뜻하게 감싸 쥐었다.

"네 나를 이리 걱정시키니 내 유랑은커녕 궐을 떠나지도 못하겠구나."

희원의 말에 우가 웃었다. 예상치 못한 방문이었으나 희원은 언제나 반가운 이였다. 우는 희원을 의자로 이끌었다. 마땅히 내어 줄 것도 없으나 그는 딱히 내색도 하지 않고 빙그레 웃어 보였다. 희원은 우의 모습이 안쓰러워 차마 쉽게 입을 열지 못했고, 우 역시 제 상황 때문에 어떤 이야기를 꺼내야 할지 알 수 없었다. 그리 한참을 서로가 말없이 마주 보며 다정스레 웃기만 하였다.

"지낼 만하느냐? 아니지, 이런 곳에서 어찌 지낼 만하겠느냐."

어렵사리 꺼낸 한숨 섞인 다정한 목소리는 그 안에 걱정을 품고 있었다. 우는 희원의 모습을 찬찬히 살펴보았다. 일구종 곳곳에 흙이 잔뜩 묻고, 몹시 구겨져 있었다. 신발 역시 엉망이었다. 화사하기만 하던 얼굴 곳곳에는 피곤한 기색이 역력하였다. 아마도 소식을 듣고 곧장 궁으로 온 듯하였다. 내색하진 않았으나 고마운 마음이 일었다. 항상 그는 제가 필요할 때면 달려오곤 하였다. 그가 가진 온기가 냉궁의 추위를 조금이나마 몰아내는 느낌이었다.

"괜찮습니다. 박 상궁이 고생이 많지요. 홀로 이리저리 분주하니……. 미안할 따름입니다."

초라한 처소 안, 예전과 변함없는 태도의 우를 보며 희원은 안타까우면서도 다행이라 여겼다. 그는 불안했다. 그가 보게 될 우가 절망으로 가득 차 저를 놓아 버리지는 않을까 걱정하였다. 그는 그것이 무서웠다. 걱정과 염려로 가득했던 그는 제가 우에게 말을 놓고 있다는 것도 인지하지 못했다.

"소왕야, 우리 마마 좀 혼내 주시고 가세요. 자꾸만 소인의 일을 도와주신다고 찬물에 손을 담그십니다!"

박 상궁이 차를 내어 주며 말했다. 박 상궁은 우와 냉궁에서 함께 지내면서 더욱 허물없는 사이가 된 것처럼 보였다. 우 역시 더욱 친근해진 박 상궁의 태도에 그저 미소 지을 뿐 야단치지는 않았다. 저를 따라 냉궁으로 와 준 사람이니 고작 그런 것쯤이야 무엇이 대수일까 싶었던 까닭이다. 제 사람으로 낙인찍혔으니 앞으로의 저와 운명을 함께할 사람이 아니던가.

"그랬더냐? 그랬어."

희원이 씁쓸히 말했다. 눈앞의 이는 보기만 해도 기꺼운 이였다. 생각만 하여도 어여쁜 이였다. 그런 이가 이런 곳에 갇혀 지낸다는 사실이, 험한 일을 하고 있다는 사실이 그는 매우 견디기 힘들었다. 모든 것을 주어도 아깝지 않은 이가 이런 곳에 있는데 제가 아무것도 할 수 없다는 것이 그를 슬프게 만들었다.

"회임한 몸이시니 조심하셔야 합니다."

박 상궁이 말을 이었다. 그제야 희원은 기억이 났다. 회임하였다 들었다. 냉궁에 갇혀 있다는 사실만 떠올리느라 잊고 있었다. 황제의 아이를 가졌다는 것은 그에게 한 번 더 슬픔과 분노를 가져왔다. 결국 우는 황제의 여인이라는 것이 슬펐고, 제 아이를 가진 이를 이런 곳에서 지내게 하는 황제의 잔인한 처사에 화가 났다. 우는 이런 대우를 받아서는 아니 되었다. 정녕 이런 곳에 있어서는 아니 되었다.

"내 다시 오마."

"다시 오시다니요? 오지 마세요, 그러다 경을 치십니다."

희원이 자리에서 일어나자 우 역시 따라 일어났다. 희원은 우에게 다가가 그 눈을 마주 보며 말했다. 염려 섞인 우의 대꾸에 웃음이 났다. 힘든 상황이면서도 저를 염려해 주는 다정함에 기꺼웠다. 참으로 올곧은 아이였다. 희원은 조심스레 우를 품에 안았다.

"왕야."

당황한 우의 목소리가 들렸다. 박 상궁 역시 깜짝 놀란 눈치였다. 친동기간처럼 가까운 것은 알았으나 이러한 모습은 본 적이 없었다. 또한 본 적이 있어서도 아니 될 일이었다. 허나 차마 끼어들 수 없어 보지 못한 척 눈치만 볼 뿐이었다.

"내 너를 이곳에 두고 어찌 오지 않을 수 있겠느냐? 그러니 오지 말라는 말은 말아라."

천천히 팔을 풀어낸 희원은 무릎을 구부려 우의 눈을 마주 보고서는 웃어 보였다. 연한 갈색 눈동자가 애틋했다.

"다시 오마. 내 금방 다시 오마."

오지 말라 하였으나 오겠다는 희원의 말이 우는 좋았다. 그는 따뜻하고, 다정하고 반가운 이였다. 저를 아껴 주는 그의 말이 싫을 리가 없었다. 다만 그가 염려될 뿐이었다. 황제의 눈 밖에 나면 곤란할 터였다. 그러나 우는 더 이상 말을 꺼내지 않았다. 그저 고개를 끄덕였을 뿐이다.

희원은 그렇게 냉궁을 나섰다. 그리고 그는 냉궁을 나가기 전 박 상궁에게 지니고 있던 패물과 돈을 쥐여 주었다. 아무래도 냉궁에 있으니 이것저것 필요한 것이 많으리라 여겼다.

희원은 곧장 발걸음을 돌려 황제에게 향했다. 한참을 걸어서야 황제의 처소로 갈 수 있었다. 그만큼이나 구석진 냉궁에 우가 있다는 사실에 그는 분했다. 죄인 취급을 받고 있는 우가, 그러한 대접에도 태연한 우의 모습이 분하고 안타까워 가만히 있을 수가 없었다.

"폐하, 아친왕 들었사옵니다."

희원은 황제의 침전에 들었다. 황제, 희윤은 반가우면서도 어색한 미소를 지어 보였다. 유랑을 떠난 그가 갑작스럽게 궐로 돌아온 까닭을 이미 알고 있기 때문이었다. 달갑지 않은 이유로 찾아온 이였으나 황제는 희원이 반가웠다. 하나뿐인 형제가 아니던가.

"이리 금방 뵙게 될 줄은 몰랐습니다, 폐하."

희원이 빙그레 웃으며 말했다.

"그러게 말입니다, 아친왕. 일 년 뒤에나 다시 볼 줄 알았습니다."

희윤은 짐짓 모른 척 태연히 말을 받았다. 둘 사이에 정적이 흘렀다. 환관과 상궁이 흘끗 눈치를 보고 있었다. 형제가 만나 이리 침묵이 길었던 적이 없었던 것이다. 희원과 희윤, 서로가 알면서도 모른 척 그렇게 줄다리기를 하고 있었다.

"그런 곳에서 버티실 수 없으실 겁니다."

희원이 먼저 침묵을 깨고 입을 열었다. 직접 칭하지 않았지만 희윤은 희원이 말하는 이가 누군지 이미 알고 있었다.

"허나 죄지은 이를 교태전에서 머물게 할 수야 없는 일입니다."

"아직 확실치 않습니다. 또한 황손을 잉태하신 분을 어찌 그런 곳에 머물게 하십니까."

희윤은 다시 입을 다물었다. 하필 회임이라니. 모두가 입을 모아 태중 아이를 생각하라 청하고 있었다. 더군다나 첫 황손이었다. 사내아이가 태어난다면 가장 고귀한 피를 가지고 태어날 적통이며, 그 아이는 당연한 순서로 황태자가 될 것이다.

"그 이야기는 하고 싶지 않습니다."

"그런 일을 할 분도 아닐뿐더러, 그런 곳에 있어서는 아니 될 분입니다."

희윤이 끝내 불편한 기색을 드러냈다. 그는 그의 단 하나뿐이 형제와 이런 식으로 대화하고 싶지 않았다. 허나 희원은 어찌 되었건 우를 그곳에서 **빼내고** 싶었다. 저는 할 수 없는 일이니 황제에게 청할 수밖에.

"아친왕, 그만하세요. 태중 아이를 보아 모든 것을 미루었습니다. 그 이상은 아니 됩니다."

"본보기로 삼으려 하십니까? 귀비마마를 이용해 폐하를 흔들려 하는 이들에게 과시하려 하십니까? 아니면 황후마마의 집안, 진양 이가의 세력을 누르려 하심입니까? 허나 황후마마만큼 폐하께 도움이 되는 이는 없을 겁니다. 이 재상과 이 장군도 마찬가지입니다."

희원의 말에 희윤의 눈가가 파들파들 떨려 왔다. 분한 기색이 역력한 얼굴이 보였다. 확실히 진양 이가는 거대한 세력을 지니고 있었다. 아비가 재상이요, 오라비가 대장군이니 문권과 군권을 장악하고 있음이었다. 그것은 알게 모르게 황제에게 위협으로 작용하고 있었다. 황제의 자리에 오를 수 있었던 것도 이 재상의 덕이었다.

희윤이 태어난 후, 적통은 아니었지만 첫째 황자였던 희원과 적통이었지만 둘째로 태어난 희윤을 둘러싼 세력 다툼이 있었다. 기나긴 다툼은 결국 현 태후의 회유로 이 재상이 희윤의 편에 서면서 종결되었다. 그뿐인가, 그 집안과의 결탁을 더 견고히 하기 위해 태후는 직접 우를 황후로 간택하였다.

"말조심하시오, 아친왕."

희윤이 으르렁거리듯 말했다.

"짐이라고 생각하십니까? 그 무게가 무거울지는 모르겠으나 전하는 가장 튼튼한 갑옷을 두르고 계신 겁니다."

읊조리듯 말하는 그 소리에 결국 희윤은 참지 못하고 소리쳤다.

"그 입 다물라 하였소!"

"소신, 이만 물러가겠습니다."

태연히 물러나는 그 모습이 눈에 거슬려 희윤은 고개를 돌렸다. 침전을 나서던 희원이 갑자기 멈추어 섰다. 그리고 희윤을 향해 입을 열었다.

"만일 버리신다면 소신이 가져도 되겠습니까?"

희윤의 고개가 돌아갔다. 그의 시야에 희원의 모습이 들어왔다. 저보다 조금 더 큰 키의 고운 사내는 항상 짓고 있던 미소를 지우고 싸늘한 눈으로 저를 바라보고 있었다. 그런 제 형제가 낯설고, 당황스러워 그는 아무 말도 하지 못했다.

희원은 그런 황제를 보며 싸늘한 얼굴에 해사한 미소를 지어 보였다. 고운 얼굴에 걸린 고운 미소였으나 그 눈만은 냉담했다. 그는 끝끝내 답하지 않는 황제를 바라보다 침전을 나섰다. 그의 등 뒤, 닫힌 문 너머로 무엇인가 깨지는 소리가 들려왔다.

"란이는 어디 갔지?"

송 귀비가 입을 열자 모두가 당황스러워하였다. 란은 독살 사건으로 인해 하옥되어 있었고, 조사를 받는 중이었다. 그 아이를 포함한 몇몇이 관련 인물로 끌려갔을 당시 송 귀비는 정신을 잃은 채였기에 아무것도 모르고 있었다.

귀비전의 많은 궁녀 중 란은 송 귀비가 유난히 귀여워하던 궁녀였다. 아직 어린 소녀였던지라 실수를 하여도 혼내지 말라 명하였을 만큼 송 귀비가 직접 보살펴 준 아이였다.

"란이는 그 어미가 건강이 좋지 않다 하여 고향에 갔습니다."

이 상궁이 나섰다. 그 말에 송 귀비가 걱정스러운 얼굴을 하더니 채비는 잘 챙겨 주었느냐 물었다. 그 따뜻한 마음씨에 거짓을 고한 궁녀들의 얼굴이 좋지 않았다.

"그런데 태의는 뭐라고 하였어? 내 몸에 무슨 문제라도 있는 거야?"

송 귀비는 아직도 제가 독살당할 뻔했다는 사실조차 모르고 있었다. 그 여린 마음에 상처를 입을까 하여 황제가 송 귀비에게 진실을 알리지 않도록 하였다. 송 귀비가 모든 것을 알게 되는 날은 그녀의 건강이 회복되고, 사건이 해결되고, 관련된 이가 모두 처벌을 받을 때여야 한다고 황제는 신신당부하였다. 황제의 명에 따르면서도 이 상궁은 이 비밀이 언제까지 지켜질 수 있을지 의문이었다.

"아닙니다. 그저 안정을 취하면 된다 하였습니다. 그동안 많이 지쳐 몸에 누적된 피로가 많았다 합니다."

"그래도 피까지 토했으니…… 큰 병은 아닌 거지?"

이 상궁은 송 귀비의 불안해 보이는 모습에 다정스레 그를 다시 눕히고는 이불을 덮어 주었다.

"병이라니요, 그저 좀 피곤하셨을 뿐입니다. 주무세요."

마치 어미 같은 그 모습에 송 귀비가 소리 내어 웃었다. 이 상궁은 마치 제가 부리는 사람이라기보다는 제 어미 같았다. 원래도 저를 아기같이 대하는 이였건만, 제가 아프고 난 뒤에는 더욱 과잉보호를 하였다.

송 귀비는 훈훈한 온기 속에 포근한 이불을 덮고 다시 잠이 들었다. 아픈 송 귀비로 인해 귀비전은 춥기는커녕 오히려 더울 지경이었다. 독으로 인해 몸이 많이 상했을 터이니 그 보살핌에 모자람이 없어야 한다는 황제의 명 때문이었다. 아무것도 모른 채, 잠이 든 송 귀비의 얼굴은 마냥 편안해 보였다.

황제는 하루도 잊지 않고 송 귀비를 찾아갔다. 아무리 바빠도 잠깐이나마 짬을 내어 그 잠자는 얼굴이라도 보고 가는 것이다. 그 대단한 총애는 궐내에 소문이 자자했고, 황후가 어찌 될는지 모두의 시선이 쏠렸다.

"폐하, 궁녀 하나가 자결하였습니다."

"뭐라?"

희윤은 굳은 얼굴로 반문했다. 심문을 받던 궁녀 중 하나가 결국 혀를 깨물었던 것이다. 제 범행을 인정하고, 배후를 밝히는 도중 자결하였으니 그 배후는 밝히기 어렵게 되었다. 황후의 명이었다는 자백이 필요했다. 그저 그이가 보낸 약에서 독이 나왔다는 것으로 황손을 잉태한 이를 폐하기엔 어려움이 많았다.

심문받던 이 중 몇몇이 고문을 견디지 못하고 자백을 하였으나, 그것은 사실과 매우 다른 것들이었다. 그저 아무것도 모르고 휘말린 이들일 뿐, 모든 진상을 알고 있는 이는 자결한 이뿐이었다. 희윤은 일이 어렵게 되었음을 직감했다.

"주변인들을 조사해 보게. 자결한 이와 가까운 이들부터 하나씩 알아보게. 무엇이라도 찾아내야 하네."

확실한 것이 필요했다. 애매모호한 심증 따위로 모든 일을 처리할 수는 없었다. 희윤은 한숨을 뱉었다. 쉽게 이루어지는 것이 아무것도 없었다. 소화와 그의 일은 왜 이다지도 어려운 것들뿐인가. 그저 그는 제 연인을 안전하게 보호하고 싶었다. 제 연인이 황후의 자리에 어울리지 않는 이라는 것을 모르는 바가 아니었다.

그러니 우를 그리 두고 그저 귀비의 자리를 준 것이다. 황후의 자리를 주려는 생각은 없었다. 그런 자리를 견딜 수 있을 이가 아니었다. 그저 제가 줄 수 있는 모든 권리를 누리되, 크게 책임질 일이 없을 정도의 자리가 필요했다. 그뿐이었다. 애초부터 우의 자리를, 황후의 자리를 내주려는 생각 따위는 없었다.

만일 이번 일만 아니었더라면 그는 우를 냉궁에 가두는 일 따위는 하지 않았을 것이다. 그러나 우가 제 연인을 위협하는 이라면 그리 둘 수 없었다. 그는 소화를 위협하는 모든 것들을 제거하고 싶었다. 또한 우를 폐하는 동시에 진양 이가를 압박할 수 있다면 그것보다 좋은 선택은 없다고 그는 생각했다.

"자결하였다 합니다."

귓가에 속삭이는 소리에 혜비의 얼굴에 미소가 번졌다. 화사하고 고혹적인 미소였다. 그러나 그 미소가 뜻하는 바가 무엇인지 아는 상궁은 그런 그녀가 두려울 뿐이었다.

"황후마마는 회임하신 지 얼마나 되었다고 하느냐?"

"두 달이 지났다 들었습니다."

암적색 비단으로 휘감은 혜비의 모습은 위압적이었다. 암적색의 비단에 화려한 모란이 수놓아져 있었다. 상궁은 그 모습에 잠시 넋을 놓고 있다 다시 입을 열었다.

"태의에게 직접 들었습니다. 본디 황후마마 홀로 알고 계셨다 합니다. 태의에게는 비밀로 함구하라 명하셨기에 박 상궁도 몰랐다 합니다."

"지금은?"

"예? 아, 냉궁에 태의는 드나들고 있지 않는 터라……."

혜비가 실소를 터뜨렸다. 적통의 황손, 황제는 그조차 버리려 함이다. 그 고귀한 이가 그런 곳에서 아이를 낳을 수가 있으랴. 그러니 대신들조차 저 난리인 게지. 아직 후사 하나 없는 황제이니 황후의 배 속에 자리 잡은 그 아이는 귀하기 그지없었다. 태후마저 하루가 멀다 하고 황제에게 청하고 있었다. 그러나 황제는 끝끝내 물러서지 않았다.

참으로 미련한 자가 아니던가? 그런 이가 황제라는 것이 우스울 따름이었다. 송 귀비가 그리 귀하다면 차라리 우를 그대로 두었어야지, 우가 없는 내명부에서 과연 그치가 멀쩡히 지낼 수 있으리라 생각하는 건가?

어쩌면 신하들의 권리를 찍어 누르기 위해 우를 내치려 함인지도 모른다고 혜비는 생각했다. 진양 이가는 권세와 명예까지 지닌 명문이 아니던가. 비록 황제가 있다고는 하나 그 권세가 하늘 높은 줄 모르니 그를 찍어 눌러 황권을 안정시키기 위함인지도 모른다. 젊은 문인들은 이 재상을 존경하여 그와 같은 이가 되고 싶어 하였고, 젊은 무인들은 운과 같은 이가 되고 싶어 하였다. 문과 무, 두 곳을 장악하고 있는 그의 집안이 알게 모르게 황제에게 부담이 되었음은 분명했다.

"그 가족은 어떻게 할까요?"

상궁이 조심스레 물었다.

"그 아이에게 가족이 있었던가?"

방긋하고 해사하게 웃어 보이는 혜비에게 상궁이 고개를 숙였다. 그 뜻을 이해하였기 때문이다. 결국 제 가족을 위해 자결한 아이만 불쌍하게 되었다. 그 가족이 호의호식할 줄 알았겠지. 그러나 결국 모두가 없는 사람이 될 터였다. 처음부터 존재하지 않았던 것처럼. 모든 것은 그녀의 뜻대로 이루어져 가고 있었다.

"귀비마마의 명은 참으로 길기도 하지. 아, 어쩌면 그 아이 마음이 약했던 건지도 모르겠구나."

태연히 차를 음미하며 읊조리는 그 모습에 상궁이 두려워 몸을 떨었다. 황후와 같은 시기에 약재를 보낸 것도, 궁녀 하나를 꾀어낸 것도 모두 혜비의 명이었다. 약재를 바꿔치기하는 것쯤이야 쉬운 일이었다. 같은 종류의 약재를 보내고 그 내용물만 바꾼다면 누구라도 알기 어려울 터였다.

혜비는 송 귀비가 죽기를 바랐다. 이리 금방 자리에서 일어나리라고는 생각지 못했다. 그이가 독에 힘겨워하며 앓다가 결국 이기지 못하고 눈감기를 바랐다.

문제는 그 궁녀였다. 송 귀비를 향한 고마움으로 차마 그를 죽일 수 없었을 것이다. 자결한 아이는 그치가 무척 어여뻤다고 하였으니 말이다. 안타까운 일이었다. 한 번 독살에 실패하였으니 두 번은 어렵게 되었다. 다시 무슨 수를 써야 할까, 혜비는 생각에 잠겼다.

희원은 다음 날 다시 우를 찾았다. 그는 수레에 무엇인가를 잔

뚝 담아 가져왔다. 그가 데려온 일꾼들은 수레에서 짐을 내려 냉궁 이곳저곳에 옮기고 있었다.

"왕야."

우가 곤란한 얼굴을 하며 희원을 불렀으나, 희원은 그저 그 얼굴을 보며 웃어 보이더니 일꾼들을 재촉하였다. 죄를 지은 황족을 유폐하기 위해 지어진 냉궁은 불을 땔 수 있는 시설이 설치되어 있지 않았다. 그렇기에 처소 안에 직접 장작을 가져다 놓고 불을 피운다 하여도 따뜻해지지는 않았다. 전날 방문했을 때, 차가운 우의 손이 마음에 걸려 희원은 화로를 잔뜩 가지고 왔다. 넓지 않은 처소 안에 십여 개의 화로가 놓였다. 처소 밖에는 장작을 잔뜩 쌓아 놓았다.

"왕야께서 오셔야 이리 웃을 일이 생기는 것을 보니 역시 소왕야이십니다!"

박 상궁은 그저 우가 따뜻하게 지낼 수 있으리란 생각에 기분이 좋아졌다. 회임한 이가 찬 곳에서 지내는 것은 위험한 일이었다. 희원은 화로뿐 아니라 우에게 필요할 만한 여러 물품을 가지고 왔다. 두툼한 이불과 겨울옷 등 무엇 하나 부족하지 않도록 신경 쓴 티가 역력했다. 초라한 처소 안에 값비싼 물건들이 가득 채워지고 있었다.

"박 상궁이 고생이 많다 하니 내 이렇게나마 지원을 해야 하지 않겠나?"

능청스럽게 농을 건네는 희원의 말에 박 상궁이 기분 좋은 웃음을 터뜨렸다. 저 때문에 더욱 밝은 모습을 보이려 하는 둘의 모습에 우도 못내 미소를 지어 보였다.

"정리 다 되었으면 자네들은 먼저 돌아가게."

일꾼들을 돌려보낸 희원은 자리에 앉았다. 우 역시 희원이 가져온 모피를 어깨에 걸치고 마주 앉았다. 냉궁 안은 어느새 훈기로 가득했다. 십여 개의 화로가 제 역할을 해내고 있었다.

박 상궁 홀로 화로를 관리하려면 힘들겠지만 회임한 우를 위해 그쯤은 감수할 수 있었다. 귀한 분이 귀한 생명을 잉태하였으니 그 정도쯤이야 고생이랄 수도 없었다. 그저 무사히 황손이 태어나 우가 원래의 자리로 돌아가길 바라는 간절한 마음뿐이었다.

"몸은 어떠하냐?"

희원이 말을 꺼냈다. 다시 돌아온 후부터 희원은 말을 편히 하고 있었다. 그는 결심했다. 이제 더 이상 손 놓고 있지 않겠다고, 한발 더 우에게 가까이 다가가겠다고. 저 스스로 우를 황후라 생각하고 그 주위만을 빙빙 도는 짓 따위는 이제 하지 않을 생각이었다.

희원의 질문에 우는 아직 제대로 부풀지도 않은 배를 쓰다듬으며 괜찮다 답하였다. 다른 사내, 제 이복동생의 아이를 가진 여인이었다. 허나 그런 것 따위가 무슨 상관인가. 그는 그저 우를 행복하게 만들어 주고 싶을 뿐이었다.

"궐을 떠나고 싶지는 않으냐?"

우는 희원을 바라보았다. 평소의 다정한 웃음을 지우고 어느새 진지한 얼굴을 하고 있는 그가 보였다. 어쩌면 그 얼굴에 초조함이 묻어 있는 듯도 하였다.

"글쎄요, 잘 모르겠습니다. 제가 살아서 궐을 나갈 수 있으리라는 생각을 해 본 적이 없으니까요. 폐하께서는 평생 이곳에 계실 것이고, 저 역시 당연히 그 곁에 있으리라 생각했으니까요."

조곤조곤 내뱉는 말에는 한숨과 미처 말하지 못한 체념이 들어 있었다. 희원은 그것을 금방 알아차렸다.

"네가 죽어서 궐을 나가는 일 따위는 없으니 괜한 생각 말아라."

그는 단호히 말했다. 어쩌면 조금 화가 난 듯도 하였고, 어쩌면 조금 슬픈 듯도 하였다. 우는 제가 괜한 소리를 하여 희원의 기분을 상하게 한 것인가 하였다.

"예, 그래야지요. 아이가 있으니까요."

부드러운 미소였다. 냉궁으로 왔으나 우가 포기하지 않은 것은 모두 배 속의 아이 때문이었다. 제가 살아야, 아이가 살 수 있었다. 배도 부르지 않았건만 저도 모르게 자꾸만 배를 쓰다듬고, 아이에게 말을 건네곤 하였다. 혼자가 아니라는 사실이 저를 더 강하게 만들어 주는 듯하였다.

희원은 그런 우를 보며 다행이라 생각하였다. 황제의 아이지만 우가 저를 포기하지 않고 지내게 해 준다면 그것으로 되었다고 희원은 그리 여겼다. 우에게 좋은 일이라면 그는 어떤 것이든 받아들일 수 있었다.

"다행이구나."

그는 홀로 나지막이 말했다. 그의 시선 끝에는 위태롭지만 힘
겹게 버티고 있는 우가 있었다.

희원이 돌아간 후, 박 상궁은 어렵사리 입을 열었다.

"그나저나 소왕야께서 마마께 어찌 말을 놓으시는 걸까요? 전
에는 이런 일이 없었는데 말입니다."

슬쩍 눈치를 보며 말을 꺼낸 박 상궁은 우의 대답을 기다리며
화로에 장작을 더 집어넣었다. 날이 어두워지기 시작했고, 곧 밤
이 찾아올 터였다.

"그런 것은 신경 쓰지 말게. 고마운 분이 아닌가. 또, 냉궁에
들어와 있으니 곧 폐비가 되어도 이상할 것 없는 상황이지 않나.
그런 것을 따지는 것도 우습지."

"허나, 소왕야께서는 그럴 분이 아니시지 않습니까. 일어날 리
없는 일이지만 혹시나, 만에 하나 그런 일이 일어난다 하여도 말
을 낮출 분이 아니신데 말입니다."

그 말 그대로였다. 희원은 상대의 지위를 봐 가며 말을 높이는
이는 아니었다. 항상 스스로를 낮추며 행동하는 이였기에 이상한
일이긴 하였으나, 우는 크게 신경 쓰지 않았다. 오히려 희원이 말
을 낮추는 것이 편하기도 하였다. 사가에 지냈을 적이 떠오르기도
하였고 말이다. 입궐 후, 황태자비가 되고, 황후가 되고 보니 제
게 말을 낮추는 이는 단 한 명도 없었다. 제 아비와 어미, 오라비

마저 제게 말을 높였다. 그래서인가 더욱 살갑게 느껴져서 좋았다.

"그나저나 귀비마마께서 정신을 차리셨다 합니다."

"그래."

송 귀비. 제가 준 독약을 먹었다 하였다. 송 귀비가 그런 일을 벌이지는 않았으리라 우는 생각했다. 제가 보아 온 그녀는 그저 어리고 여린 소녀였고, 그이에게 이렇게 큰일을 벌일 정도의 능력이 있다고는 생각되지 않았다. 허나 그리 생각하면서도 혹시나 하는 마음은 어찌할 수 없었다.

어찌 이런 일이 벌어진 것인지, 누가 벌인 것인지 알 수 없으니 그저 모두가 의심스러웠다. 어쩌면 황제가 스스로 이런 일을 벌인 것인가 하는 생각마저 들었다. 허나 황제가 제 연인에게 독약을 먹일 리 없음을 우는 알고 있었다.

아무리 생각하고 생각하여도 알 수 없는 일이었다. 제가 냉궁에 갇혀 폐비가 되든, 혹은 사형을 받든 가장 크게 혜택을 받을 이는 송 귀비였다. 저를 제외하고 가장 높은 지위에 있으니 황후의 자리에 가장 가까웠다. 또한 황제의 총애 역시 그에게 있었다. 그리고 송 귀비를 제외하며 혜비가 남았다. 비록 송 귀비보다 지위는 낮지만 그 세력은 그녀와 비교조차 할 수 없었다.

그러니 황후의 자리가 비면 송 귀비와 혜비의 권력 싸움이 일어날 것이다. 황제의 총애와 함께 그 지위를 가진 송 귀비와 가문과 큰 세력을 지닌 혜비, 두 사람 중 우는 혜비가 더 의심스러웠다. 허나 아무런 증거조차 없었고, 또 그 두 사람 중 하나라고만 생각할 수도 없었다. 제가 할 일은 그저 버티는 것뿐이었다.

"박 상궁, 진정으로 내가 돌아갈 수 있으리라 생각하나?"

"당연하지요, 마마! 황손이 계시지 않습니까? 마마를 위해 이런 시기에 오셨음이 분명합니다. 벌써부터 효를 행하고 계시는 거지요."

호들갑을 떨며 말하는 박 상궁을 보며 우는 못내 울 듯한 얼굴이었다. 그런 우의 얼굴에 박 상궁은 하던 일을 멈추고 우에게 다가가 그 손을 꼭 붙들었다. 박 상궁의 손은 험한 일로 거칠거칠해져 있었다. 수십의 궁녀를 부리던 교태전의 상궁이 직접 모든 일을 다 하고 있으니 고될 만도 하였고, 몸이 상할 만도 하였다. 허나 박 상궁은 그를 내색지 않고 묵묵히 제 할 일을 할 뿐이었다.

"걱정하지 마세요, 마마. 폐하가 아니더라도 황손께서 계시지 않습니까."

"어찌 이러시나 모르겠네. 어찌 폐하께서는 내게 이러시나. 내가 한 것이라곤 그저 폐하를 위한 것들뿐이었네. 귀비에게 내 한 것이라곤 모난 말뿐이었네. 내겐 어찌 한 치의 믿음도 주지 않으시나."

우의 눈에 눈물이 차올랐다. 냉궁에 있다곤 하나 귀가 없는 것은 아니었다. 식사를 건네주러 드나드는 궁녀는 여러 가지 이야기를 박 상궁에게 하곤 하였고, 경비를 서는 병사들 역시 이러저러한 소문을 떠들곤 하였다. 그들의 이야기에서 알 수 있는 것은 황제가 저를 내치려 함이었다. 회임까지 한 저를 이렇게까지 내치려 함은 무슨 연유인가.

"내게는 폐하뿐이었네. 허나 폐하께는 귀비뿐이지 않은가? 하지도 않은 일로 내게 악명을 씌우고 계시지 않은가? 내 어찌 돌아갈 수 있겠나. 모르겠네, 나는 모르겠어. 내 어찌해야 할지 모르겠네."

결국 눈물이 흘렀다. 그 고운 얼굴에 눈물이 가득했다. 젖은 뺨을 박 상궁이 조심스럽게 닦아 주었으나 한번 터지기 시작한 눈물은 멈출 줄 몰랐다. 회임으로 인해 감정의 변화가 심해진 것인지 혹은 그동안 쌓인 것이 터진 것인지 알 수 없었으나 박 상궁은 그저 그 곁에서 위로의 말을 건네며 자꾸만 흐르는 눈물을 닦아 주었다.

"결국 나를 내치려 하심이 아닌가? 악명을 뒤집어쓰게 될 걸세. 그동안의 내 모든 노력이 악행으로 포장되어 귀비를 칭송하는 데 쓰이게 될 걸세. 모든 것이 질투와 시기라고 하실 거야. 견딜 수가 없네. 견딜 수가 없어."

차마 큰 소리로 울부짖지도 못하고, 끅끅거리며 울음을 참는 우의 모습에 박 상궁까지 참던 울음을 터뜨리고 말았다.

하나부터 열까지 황제를 위해서 하지 않은 일이 없었다. 송소화가 귀비가 될 수 있었던 것 역시 우의 도움이었다. 내명부를 주관하는 우가 아니었다면 아무리 황제의 총애가 있었어도 귀비의 자리는 어려울 것이 분명했다. 상처받는 제 마음을 뒤로하고, 황제를 위해 한 모든 일이 보답으로 돌아오기는커녕 제 목을 옥죄는 올가미로 돌아왔다.

그는 제 모든 희생과 인내를 추악한 것으로 만들고 있었다. 제 모든 애정을 부정하였다. 같은 마음이 아니더라도 견디었으나, 이리될 줄은 몰랐다. 제가 쌓아 온 십여 년을 황제는 순식간에 무너뜨리고, 송 귀비에게 내어 주고 있었다. 제가 가지고 있던 그 황후라는 자리마저 빼앗고, 저에게 악명을 뒤집어씌우고 결국 송 귀비에게 찬란한 것들을 내어 주려 함이 분명했다. 그동안의 희생이 부족하였나? 어찌하여 그의 사랑에 저는 늘 희생되어야만 하나.

궐의 가장 구석진 곳, 냉궁. 그곳에서 고통의 밤이 지나고 있었다.

第 三章
냉궁

　버려지고, 또 버려져도 그 마음만은 쉽사리 끊을 수가 없었다. 수백 번, 수천 번 했던 다짐은 그 앞에서 물거품처럼 흔적도 없이 사라지기 일쑤였다. 그를 향하는 것이 스스로를 상처 입히는 일임에도 멈출 수가 없었다. 스스로도 제어할 수 없을 만큼이나 커진 마음은 자꾸만 저를 좀먹고 있었다.

　저를 향한 감당할 수 없는 그의 분노는 그를 향한 제 애정만큼이나 커다랬고, 그 속에서 어쩔 수 없이 상처 입는 것은 오로지 자신뿐이었다. 그런데도 끝까지 그를 향한 마음을 놓지 못하는 것은 아마도 저만 놓으면 쉽게 끊어질 인연이라는 것을 알기 때문이 아닐까 하였다.

우와 박 상궁은 냉궁에서의 생활에 조금씩 적응하였다. 그것은 소왕야, 희원의 도움이 가장 큰 이유로 작용하였다. 하루가 멀다 하고 냉궁을 찾는 희원은 방문할 때마다 이것저것 가져와 냉궁 안을 가득 채웠다. 그러나 그와 박 상궁의 정성 어린 손길에도 우의 몸은 점점 약해져만 갔다. 아무리 희원이 살피고, 곁에 박 상궁이 있다 한들 그 마음의 상처만은 어쩔 수 없었다.

"오늘은 어떠세요?"

박 상궁이 멍하니 침상에 앉아 있는 우를 향해 물었다. 끓인 물에 적신 수건으로 그 얼굴을 조심스럽게 닦아 주자 우가 희미하게 미소를 지어 보였다. 미소 짓고 있음에도 지친 기색이 역력한 얼굴이 안쓰러워 박 상궁이 한숨을 내쉬었다.

희원의 도움으로 세간을 갖춘 냉궁은 제법 사람 사는 곳 같았다. 박 상궁이 부지런히 움직이면 우가 불편하지 않게 지낼 정도는 된 것이다. 전처럼 호화롭지는 못하나 이제는 견딜 수 없을 만큼의 곳이 아니었다. 허나 그 마음의 상처가 회복될 수 없어 우의 상태는 날이 갈수록 눈에 띄게 나빠졌다.

"태의를 불러야겠습니다."

우는 답하지 않았다. 우는 황제가 태의를 허해 줄 것이라 생각지 않았다. 지금이야 친왕의 출입을 못 본 척해 주고 있지만, 그 역시 곧 금지될 것이다. 제 아비를 비롯한 여러 사람으로 인해 잠시 놓아두는 것이 분명했다. 그의 뜻이 아니다. 허나 우는 박 상궁에게 아무런 말도 하지 않았다. 아마 박 상궁 역시 알고 있을 터였다. 다만 그 실낱같은 희망을 버리지 못하는 것뿐.

박 상궁은 처소를 나서 담벼락의 문으로 갔다. 칼날 같은 겨울바람이 매서웠다. 쾅쾅. 주먹 쥔 손으로 문을 두드리자 병사가 슬쩍 문을 열고 얼굴을 들이밀었다.

"거 무슨 일이오?"

"태의를 불러야겠소. 우리 마마께서 상태가 좋지 않소. 회임하신 분이니 보살핌이 필요하오. 말 좀 전해 주시오."

박 상궁이 고개를 조아리며 부탁했다. 병사는 고개를 끄덕이며 알았다 하고서는 금방 다시 문을 잠갔다. 닫히는 문 앞에 선 박 상궁은 치미는 슬픔에 잠시 그곳에 멈추어 서 있었다. 희원이 회임한 이에게 좋은 약재를 가져다주었지만 진찰이 필요했다. 처음 회임했음을 진찰한 후로 제대로 된 진료가 없었으니 태중 아이의 상태가 어떠한지도 알 수 없을뿐더러 산모의 체력이 심히 저하되어 있어 불안하기 그지없었다. 차라리 희원이 온다면 그에게 의원을 보내 달라고 말이라도 꺼내 볼까 생각하였다.

심신이 고달픈 우와 달리 송 귀비는 여유롭게 오수를 즐기고 있었다. 우가 냉궁에 유폐되어 문안 인사가 사라졌으나 송 귀비는 제가 몸이 약해 한동안 쉴 것을 허락받았다고만 알고 있었다. 희윤이 그리 말해 주었으니 그리 믿을 뿐이었다. 걱정이 되기는 하였으나 저 역시 몸 상태가 좋지 않아 쉴 필요가 있다 생각하였던 터라 그 말에 따르기로 하였다.

　시간이 정오에 이를 만큼 늦게 일어나 식사를 한 뒤, 잠시 서책을 읽거나 그림을 그리고, 다시 오수를 즐기고 일어나 황제와 함께 저녁을 먹곤 했다. 잠들기 전 함께 차를 마시며 도란도란 얘기를 하였고, 그는 꼭 송 귀비가 잠들 때까지 품에 안아 재워 주곤 하였다.

　이런 송 귀비의 평온을 깨뜨린 것은 혜비의 등장이었다.

　"고하시게."

　"허나 혜비마마, 소인이 알기로 이곳 출입을 금지당하셨다고……."

　철썩. 혜비가 힘껏 이 상궁의 뺨을 내리쳤다. 험악한 손길에 달아오른 뺨에는 혜비의 반지로 인해 생채기 나 핏물이 배어나고 있었다.

　"냉궁에 있는 분을 거론함이냐? 네가? 내 귀비전에서 그 이야기를 들을 줄은 꿈에도 몰랐구나. 고하라."

　혜비의 말에 이 상궁이 결국 송 귀비를 깨웠다. 누구도 생각지 못한 것이다. 우의 명으로 귀비전 출입을 금지당한 혜비가 다시 귀비전을 찾으리라고는. 허나 직접 명을 내린 이가 냉궁에 유폐되었으니 그를 빌미로 방문을 거절하기도 어려웠다. 이 상궁은 불안한 마음에 궁녀 하나를 시켜 황제에게 이 소식을 전하도록 하였다.

　송 귀비는 어리둥절하였다. 분명 우의 명으로 제 처소의 출입이 금지된 이가 이토록 당당히 출입했다는 사실이 믿기 어려운 것이었다.

"어쩐 일이신가요?"

"귀비마마의 몸이 좋지 않다 하여 문병 왔습니다. 독살이라니 참으로 무섭습니다. 이만하시길 천만다행이 아닙니까."

찻잔을 잡은 송 귀비의 손이 덜덜 떨렸다.

"독살이요?"

모든 것을 보고 있음에도 혜비는 태연히 모른 척하며 다시 말을 꺼냈다.

"황후마마께서 어찌 그러셨는지……. 회임하신 몸으로 냉궁에 계시지 않습니까? 무서우면서도 안타까운 일입니다."

혜비를 보는 이 상궁의 얼굴이 희게 질렸다. 혜비는 모든 것을 알고, 송 귀비에게 이 모든 사실을 알리러 온 것이 분명했다.

송 귀비는 들었던 찻잔을 덜그럭거리는 소리와 함께 내려놓았다. 손이 떨려 찻잔을 들고 있을 수 없을 정도였기 때문이었다. 머릿속은 재빠르게 모든 상황을 파악하고 있었다. 독살, 황후, 냉궁, 회임. 모두가 저를 속이고 있었던 것이 확실했다. 그 역시 혜비가 일부러 저를 찾아와 이 모든 것을 알려 주고 있음을 모르지 않았다. 그 이유는 알 수 없었지만 그보다 더 중요한 것은 제게 일어난 일임에도 아무것도 모르고 있었다는 것이다. 독살이라니, 독에 그 목숨을 잃을 뻔하였는데 그저 몸이 약해진 것이라 믿고 있었던 제가 멍청하기 그지없었다.

"아직도 몸이 편치 않으신가 봅니다. 소첩이 마마의 휴식을 방해한 거 같으니 이만 물러가겠습니다. 편히 쉬세요."

혜비는 자리에서 일어났다. 더 앉아 있을 이유도 없었다. 알려 줄 것은 다 알려 주었으니 저 한심스럽기 짝이 없는 얼굴을 그만 보고 싶었다. 황제건, 송 귀비건 제가 보기엔 모두가 한심스러웠다. 우의 희생을 밟고 일어났으면서도 그를 모르는 송 귀비와 알면서도 그를 외면하는 황제, 얼마나 잘 어울리는 한 쌍인가? 멍청하기 그지없는 계집과 치졸하기 짝이 없는 사내라니 천생연분이 분명했다.

일을 꾸몄을 당시, 황후가 의심을 받을 것을 알고는 있었다. 허나 황제가 이렇게까지 할 줄은 혜비 역시 예상하지 못했다. 확증이 없음에도 불구하고 일을 이렇게까지 벌인 것은 예상 밖의 일이었다.

혜비가 떠난 처소 안, 침묵이 맴돌았다. 송 귀비는 아무런 말도 하지 않고, 그 자리에 한참을 앉아 있었다.

"이 상궁."

"예, 마마."

"모두 알려 줘. 알아야겠어."

보기 드물게 굳은 송 귀비의 모습에 이 상궁이 걱정스레 그 얼굴을 살폈다. 몸져누웠다가 일어난 지 얼마 되지 않은 이라 걱정이 되었다. 그러고는 조심스레 그간의 일을 고하였다.

"황후마마께서 그럴 리가."

"허나 황후마마께서 보낸 약재에서 독이 나왔습니다."

송 귀비가 혼란스러운 얼굴을 하였고, 때마침 황제가 송 귀비의 처소에 나타났다. 환관이 고함과 동시에 귀비전 처소의 문이 활짝 열렸고, 희윤이 성큼성큼 그녀에게 다가섰다. 의자에 앉아서 일어날 생각도 하지 않는 그녀를 보며 희윤은 그 앞에 쪼그려 앉아 덜덜 떨고 있는 송 귀비의 작은 손을 붙들었다. 그리고 희윤은 그 손에 입을 맞추었다.

"겁내지 마라. 내가 있지 않으냐."

다정히 건넨 말에 오히려 송 귀비가 그 손을 뿌리치며 소리쳤다.

"언제까지…… 언제까지 속일 작정이었어요?"

겁에 질렸다기보다는 화가 난 그 모습에 희윤은 당황한 얼굴을 해 보였다. 이 상궁은 조용히 궁녀와 환관을 이끌고 처소 밖으로 나섰다.

둘만이 남겨진 처소 안, 송 귀비는 눈물이 가득한 얼굴로 씩씩대고 있었다. 그 가쁜 숨이 걱정이 되어 그는 그녀를 품에 안고 등을 토닥였다.

"아프지 않았느냐, 아픈 이에게 어찌 그런 일을 얘기해 줄 수 있겠느냐."

희윤의 품에 안긴 송 귀비는 그 작은 주먹으로 계속해서 그를 내리쳤다. 그럴수록 그는 그녀를 안은 두 팔에 힘을 주었다. 한참이 지나 송 귀비가 진정이 되자 조심스레 그는 안았던 두 팔을 풀고 그 앞에 마주 앉았다.

"나를 이렇게 한심한 사람으로 만들어야 하나요?"

"너를 위해서가 아니라 나를 위해서 그런 것이다. 나는 네가 그저 평소처럼 걱정 없이 지냈으면 했다."

모르는 바는 아니었다. 희윤은 그저 저를 보호하고 싶었던 것이 분명했다. 그럼에도 제가 멍청하고 한심한 계집이 되었다는 것은 변하지 않는 사실이었다.

"황후마마께서 회임하셨다 들었어요. 그리고 냉궁에 계시다구요."

우의 이야기가 나오자 금세 황제의 얼굴이 험악해졌다. 그 험악한 얼굴에도 송 귀비는 전혀 겁먹지 않았다. 제가 무슨 요구를 하든 항상 져 주는 것은 황제, 희윤이었기 때문이다.

"내 알아서 할 터이니 네가 신경 쓸 것 없다. 그저 지금처럼 건강히 지내기만 해 다오."

희윤의 애정은 항상 넘치고 넘쳤다. 그는 끊임없이 제 사랑을 확인시켜 주었다. 그러다 제가 내어 주는 작은 것에도 그는 크게 기뻐하였다. 저를 제 울타리 안에 가두고 아무것도 보여 주지 않는 희윤을 어떻게 대해야 할지 송 귀비는 알 수 없었다.

그가 주는 애정이 기껍지 않은 것은 아니었으나, 그는 저를 그저 품 안에 가두고 있을 뿐이었다. 큰 울타리를 두르고, 그 안을 온갖 아름다운 것들로 치장한 뒤 울타리 너머의 세계에는 관심 갖지 않도록 만들고 있었다. 희윤이 저를 믿지 않아서인지, 아니면 지나치게 사랑해서인지 송 귀비는 알 수 없었다.

혜비는 냉궁으로 향하고 있었다. 우의 얼굴이 궁금했다. 어떤 얼굴을 하고 있을지 너무나 궁금했다. 보답을 바라지 않은 그 마음을 알고 있었다. 허나 보상은커녕 배신을 당한다면 어떠할지 궁금증이 일었다.

"마마, 폐하께서 진노하실 겁니다."

혜비는 방문을 만류하는 상궁의 소리도 무시한 채, 냉궁으로 향했다. 경비를 서는 이에게 뇌물을 쥐여 주자 그는 쉽게 문을 열어 주었다. 아친왕이 종종 방문한다고 하더니 그 때문에 더욱 출입이 쉬운 것 같았다. 혜비는 상궁에게 고하라 시키지도 않고 스스로 그 처소의 문을 열고 들어섰다. 생각과 달리 처소 안은 훈훈한 온기로 가득했다. 바닥 가득 놓여 있는 화로 때문인 듯하였다.

"박 상궁, 그만하게. 더 먹지 못하겠네."

창가에 앉아 살짝 열어 놓은 창문 밖을 보고 있는 우가 말했다. 초라한 무명옷을 입은 우는 뒤돌아보지도 않은 채 입을 열었다.

혜비는 아무런 말도 하지 못하고, 그 모습을 한참이나 바라보았다. 홀로 냉궁에 들어선 혜비는 우를 하나하나 찬찬히 살폈다. 얼굴은 창백하고 몸은 조금 마른 듯해 보였다. 제 것같이 어울리던 봉잠과 붉은 비단옷은 어디에 둔 건지 그이는 그저 흰 무명천으로 머리를 단정히 말아 올려 묶었을 뿐이었다. 아직 황후의 자리에 앉아 있건만 진실로 유폐된 이의 모습을 하고, 죄인의 복장을 하고 있는 그 모습에 혜비는 왠지 모르게 입술을 깨물고 말았다.

"……혜비마마?"

처소 안에 들어선 박 상궁이 혜비를 부르지 않았다면 아마 그녀는 몇 시간이고 그렇게 우를 바라보았을 것이었다. 박 상궁의 소리에 우가 뒤를 돌아보았다. 피곤해 보이지만 여전히 고운 얼굴은 아무런 감정도 섞이지 않는 눈으로 그녀를 바라보았다. 그러다 알 수 없는 흐린 미소를 지어 보였다.

"이리 먼 곳까지 어쩐 일인가?"

마주 앉은 혜비에게 우가 물었다. 전과 다름없는 그 모습에 그녀가 피식 웃어 보였다. 박 상궁이 그런 그녀를 보고 발끈하였으나 차마 뭐라 하지 못하고 좋지 않은 표정을 지어 보였다.

"그저 궁금해서 말입니다. 냉궁에서 어찌 지내시는지 말이지요."

"나는 잘 지내고 있네."

혜비는 제 앞에 놓인 찻잔을 바라보았다. 교태전에 방문하였을 때마다 우는 제가 좋아하는 차를 내어 주었건만 지금 제 앞에 있는 것은 백차. 좋은 것임은 분명했으나 제게 이것을 내어 준 것으로 보아 이곳에는 백차뿐인 듯하였다. 그 작은 것들이 그녀의 신경을 거슬렸다.

"귀비마마는 오늘에서야 마마께서 이곳에 있는 것을 알게 되었지요."

"그런가?"

혜비의 말에도 우는 전혀 관심이 없는 것처럼 보였다. 우의 무관심에 오히려 혜비가 그를 일러 주지 못해 안달복달하였다.

"궁금하지 않으십니까? 누가 이런 짓을 벌였는지, 귀비마마의 반응이 어떠한지 말입니다."

그 말에 우가 혜비를 향해 웃어 보였다. 그 고운 미소에 혜비는 입을 다물었다. 무어라 더 이상 말을 꺼낼 수가 없었다.

"누구의 짓인지가 무엇이 중요하겠나. 중요한 것은 폐하의 생각이고, 폐하는 이미 나를 이곳에 유폐하는 것으로 그 생각을 보이셨네."

혜비는 그제야 알았다. 평소와 다름없는 그 모습 속에 가려져 있는 상처와 좌절을. 그 태연한 얼굴에 체념이 섞여 있다는 것을 그제야 그녀는 알아차렸다. 우는 그저 태중 아이를 위해 참고 있을 뿐이었다. 아이가 태어나면 제가 버려질 것을 그녀는 이미 확신하고 있었다.

"확증 없이는 어려운 일이지요."

"자네뿐인가 보네. 혜비, 자네뿐이었지, 전부터 나를 찾아오는 이는. 궐 안에 있는 이들 중 나를 찾는 이는 자네뿐이네."

혜비는 아무런 대답도 하지 못했다. 저조차도 알 수 없는 일에 무슨 이유를 대야 할지 알 수 없었기 때문이다. 다만 그녀는 알았다. 앞으로도 저는 이렇게 우의 주위를 맴돌리라는 것을. 눈앞의 이를 한심하다 하면서도 이리 계속 찾으리라는 것을.

"가 보아야겠습니다."

혜비가 자리에서 일어났다. 평소의 야릇한 미소가 사라진 그 얼굴에선 아무런 것도 찾아낼 수 없었다.

"더는 오지 마시게."

우의 말에 혜비가 미간을 찌푸렸다. 그러고는 아무런 대답도 하지 않고 뒤돌아섰다.

혜비는 우와 함께 입궐하여 이제껏 같이 궐 생활을 하였다. 가깝지 않은 사이였으나 함께 지내 온 세월은 무시하기 어려웠다. 궐 안의 이들 중 서로의 생각을 가장 정확히 꿰뚫어 볼 수 있는 사이였다. 그리고 우는 알았다. 귀비 독살 미수 사건의 범인이 혜비라는 것을. 아마 그녀는 일이 이렇게 번지리라고는 생각지 않았을 것이다. 확증 없이, 심문 없이 황후를 이리 유폐하는 일 따위는 없었으니 말이다.

허나 그는 황제의 사랑을 얕본 것이다. 하늘 아래 가장 존귀한 이는 욕심만 부린다면 어느 것이든 제멋대로 처리할 수 있었다. 다만 그렇게 하기에 여러 가지 넘어야 할 장애물이 있으니 넘겨온 것일 뿐. 그가 마음만 먹는다면 지금 당장이라도 사약을 받아이 목숨줄이 끊어질 수도 있는 일이었다. 그는 그저 안전한 길을 찾고 있는 것이었다. 저를 버리고, 제 연인을 안전하게 보호하기 위한 가장 최선의 방법을.

"마마."

혜비가 돌아간 후 박 상궁이 약을 내밀었다. 희원이 가져온 약
재로 달인 탕약이었다. 산모에게 좋다는 온갖 약재들로 귀한 약을
지어 왔으나 약을 마시는 이는 하루가 다르게 약해져 돌보는 이
를 불안하게 하였다.

박 상궁은 약을 마시는 우를 살폈다. 우는 태중 아이를 생각해
서인지 매 끼니와 약을 주는 대로 잘 먹었다. 허나, 속에서 받지
않는지 게우기 일쑤였다. 점점 여위어 가는 그 모습에 박 상궁은
초조했다.

희원은 며칠 전 일이 생겨 한동안은 오지 못할 것이라는 서찰
을 보내왔고, 박 상궁은 그것이 아마 황제, 희윤의 명 때문이리
라 생각하였다. 그는 직접적으로 냉궁의 출입을 금지하는 대신 냉
궁 출입을 방해하려 하는 듯하였다. 그 때문에 우의 곁에는 오직
박 상궁뿐이었다. 우의 곁에는 저뿐인데, 제가 할 수 있는 일이라
고는 그저 허드렛일뿐이라 박 상궁은 스스로가 한심하기 짝이 없
었다.

우는 침상에 누웠다. 요즘 하는 일이라고는 그저 누워 있는 일
뿐이었다. 하다못해 끼니마저 침상에 앉아 먹게 하는 박 상궁의
유난 때문에 종일 침상을 벗어나지 못하곤 하였다. 그런데도 그
말에 따르는 것은 박 상궁의 걱정이 무엇인지 잘 알고 있기 때문
이며, 그것이 저를 위함이라는 것을 알기 때문이었다. 그러나 그
런 걱정과는 상관없이 몸은 점점 이상 신호를 보내고 있었다. 우

는 자꾸만 불안해지는 마음을 다잡았다.

✤

송 귀비는 아침잠에서 깬 이후, 계속 처소 안을 서성이고 있었다. 이 상궁이 송 귀비의 눈치를 보더니 조심스레 말을 건넸다. 혜비가 다녀간 이후, 그녀의 기분이 좋지 않았기 때문이다.

"마마, 어찌 그러십니까?"

대답도 하지 않고 골똘히 생각에 빠진 그녀는 한참을 그리 서성이다 생각을 마친 듯 이 상궁을 불렀다.

"가 볼 곳이 있어."

송 귀비는 어디로 간다는 말도 없이 궁녀를 불러 치장을 시켰다. 편히 입고 있던 의복 대신에 예법에 알맞은 의복을 입었다. 문안 인사를 드릴 적에만 차려입었던 그녀였던지라 이 상궁은 못내 불안한 기색을 지우지 못했다. 그녀가 어디로 가려 함인지 그는 이미 알아챘다. 허나 그런데도 말리지 못하는 까닭은 거짓을 고했던 제 죄가 있기 때문이었고, 말려도 듣지 않을 이라는 것을 알고 있기 때문이었다.

"내가 직접 가서 보아야겠어."

송 귀비는 제 처소를 나섰다. 그 뒤를 이 상궁이 따르고 있었다. 한참을 걸어서야 냉궁에 도달할 수 있었다. 조금 더 걷는다면 아마 궐 밖으로 나갈 수도 있을 터였다. 그만큼이나 냉궁은 궐의 구석진 곳에 있었다. 그런 냉궁에 황후가 있다는 사실을 그녀는 믿기 어려웠다.

　이 상궁은 서둘러 경비에게 다가가 그 문을 열게 하였다. 경비는 송 귀비가 방문하였다는 사실을 알고는 곧장 문을 열어 주었다. 나는 새도 떨어뜨린다는 송 귀비 아닌가. 황제의 총애가 그에게 가득함을 모르는 이가 없을 정도였다. 게다가 독에 당한 당사자가 찾아왔으니 그는 어쩌면 출세의 기회라고 여겼을지도 모른다.

　쉽게 냉궁에 들어선 송 귀비는 놀람과 당황으로 입을 벌렸다. 버려진 곳이었다. 사람의 손길이 닿지 않은 듯 보이는 그 모습에 놀라지 않을 수 없었다. 이 상궁은 냉궁의 처소 문을 열었다. 조심스레 발을 옮긴 송 귀비는 침상에 누워 있는 우를 볼 수 있었다.

　침상 곁에 있던 박 상궁이 송 귀비를 발견하고 다가왔다. 한차례 속을 게우고 잠든 우를 깨우고 싶지 않았기에 그 움직임은 매우 조심스러웠다.

　"귀비마마께 인사 올립니다."

　"황후마마께서는……?"

　박 상궁의 어깨 너머로 보이는 우를 살피며 송 귀비가 물었다. 어제는 혜비가 방문하더니 오늘은 송 귀비였다. 한숨이 절로 나왔다. 원치 않는 이들의 방문은 우를 더 지치게 할 것 같았다. 박 상궁은 우가 염려스러워 송 귀비의 방문을 거절하려 하였다. 어렵사리 잠이 든 우를 깨우고 싶지 않았다.

"귀비가 이곳엔 어쩐 일인가?"

결국 말소리에 깬 우가 자리에서 일어났다. 제 주인의 몸 상태를 아는 박 상궁은 정말 가능하다면 송 귀비를 내쫓고 싶었다. 허나 우는 그녀를 자리에 앉게 하였다.

"참말로 저를 죽이시려 하셨습니까?"

자리에 앉자마자 송 귀비는 질문했다. 돌려 물을 줄 모르는 그 성품은 여전하구나 싶었다.

"나는 아니라네. 허나 그를 믿거나 믿지 않는 것은 자네가 결정할 일이지."

우가 지친 기색이 역력한 얼굴로 말했다. 자리에 앉아 있는 것도 버거워 보여 송 귀비는 어찌해야 할 줄 몰랐다. 딱히 이유가 있어서 찾아온 것은 아니었다. 허나 저를 죽이려 했다고 하니 그 얼굴을 보아야 할 것만 같았다.

헌데 우는 제가 한 일이 아니라 하니 혼란스러웠다. 제 곁의 모든 이가 우를 범인이라 하였는데, 본인은 아니라 하였다. 아무렇지도 않게 말하는 그이를 보며 믿음이 가는 것이 제가 멍청해서인지, 진실이라서인지 알 수 없었다.

박 상궁이 우의 기색을 살피더니 결국 참지 못하고 송 귀비에게 축객령을 내렸다. 우의 상태가 심상치 않기 때문이다. 마주 앉아 저 얼굴을 버틸 수 없을 것 같아 보였다. 사달이 나더라도 일단 우를 쉬게 해 주어야 할 듯싶었다.

"송구하오나 귀비마마, 황후마마께옵서 건강이 편치 않으십니다."

"아, 소첩이 괜히 왔나 봅니다. 그럼 소첩 이만 물러가겠습니다."

송 귀비의 인사에도 우는 그저 고개를 힘겹게 끄덕일 뿐이었다. 그 이마에는 땀방울이 송공송골 맺혀 있었다. 한눈에 보아도 건강이 좋지 않아 보였다. 왠지 모를 아쉬움을 뒤로하고 송 귀비가 뒤돌았을 때였다.

"아이고, 마마! 마마!"

송 귀비의 눈에 보인 것은 바닥에 쓰러진 우와 그를 안고 있는 박 상궁이었다. 박 상궁은 우를 품에 껴안은 채로 그를 계속 부르고 있었으나 우는 정신을 차리지 못했다. 그리고 하얀 치마에 붉은 자국이 점차 크게 번지고 있었다. 하얗게 질린 얼굴과 하얀 의복, 온통 하얗기 그지없는 그 모습에 마치 오점처럼 붉은 흔적이 생겨나기 시작했다.

"태의를, 태의를 불러 주십시오! 우리 마마 좀 살려 주셔요."

박 상궁이 엉엉 울며 송 귀비에게 소리쳤다. 그제야 화들짝 놀라며 정신을 차린 송 귀비는 이 상궁을 시켜 태의를 부르라 명했다. 이 상궁은 경비에게 서둘러 태의를 불러오라 전한 후, 박 상궁과 함께 우를 침상으로 옮겼다.

박 상궁은 그 곁에서 계속 애타게 부르짖었다. 다 제 불찰이었다. 어찌 주인이 이리될 때까지 모를 수가 있나. 엉망이 된 얼굴로 한참을 그렇게 울며 우의 손을 꼭 쥐었다. 그 모습을 송 귀비와 이 상궁이 바라보고 있었다.

송 귀비가 방문하였을 때 일이 이렇게 된 것은 분명 좋지 않았다. 정적이라고도 할 수 있는 사이가 아니던가. 이 상궁은 난감한 얼굴을 하고는 박 상궁을 보았다. 박 상궁이 제 주인을 끔찍이 아끼는 것은 궐 안 궁녀들 사이에서도 유명하였다. 냉궁에 따라 들어온 것만 보아도 그 마음을 알 수 있었다. 지금 이 상황이 안타깝기는 하였으나 제게는 송 귀비를 보호해야 할 의무가 있었다. 어리고 여린 주인이라 하나부터 열까지 조심해야 했다.

우에 대한 박 상궁의 충심과 송 귀비에 대한 저의 충심은 조금은 달랐다. 주인을 위하는 그 마음이야 다를 리 없겠지만 행하는 것은 사뭇 달랐다. 박 상궁이 그 명을 받들고 뜻을 헤아려 움직인다면, 저는 송 귀비의 뜻보다는 그 안위를 위해 움직이곤 하였다. 그리고 이 상궁이 보기에 지금 이 상황은 확실히 좋지 않았다.

"유산하셨습니다."

박 상궁은 철퍼덕 자리에 주저앉았다. 예상하지 못한 바는 아니었으나 태의의 입을 통해 확인받자 실감이 나기 시작했다. 돌아갈 수 있는 마지막 패가 아니었던가. 귀한 아기씨로 인해 냉궁에서 교태전으로 돌아갈 수 있으리라 생각했다. 유산이라니, 이를 어찌 우에게 전해야 할지 박 상궁은 눈앞이 깜깜해졌다.

태의는 처방전을 내려 주고, 유산하였으나 출산한 이와 똑같이 산후조리를 해야 하며 몸이 많이 약해진 상태이니 곁에서 각별히 보살펴야 한다고 한 뒤 냉궁을 떠났다.

송 귀비는 이 처참한 상황에 입을 열지 못했다. 제가 괜히 찾아와 이 사달이 벌어진 것 같아 죄책감이 일었다. 그리고 굳게 마음을 먹고 입을 열었다.

"내 책임질 터이니 냉궁 말고 다른 곳으로 거처를 옮기는 것이 어떻겠나? 이런 곳에 환자를 둘 수 없는 일이지 않나?"

박 상궁이 송 귀비의 말에 서슬이 퍼런 눈을 하였다.

"책임지신다구요? 무엇을요? 또 무슨 짓을 하려 하십니까? 하지도 않은 일로 모함을 받아 이리 냉궁에 갇히고, 그…… 그 귀한 아기씨까지 잃어버리게 하셔 놓고 또 무엇을 하시려고요!"

그이는 고래고래 피를 토할 것처럼 소리쳤다. 그 분노에 송 귀비가 겁을 먹고 한 발짝 물러섰다. 그리고 그 앞을 이 상궁이 막아섰다.

"이보시오, 박 상궁. 아무리 험한 일을 당했다고 하나 귀비마마께 그 무슨 망발이오!"

"망발이라 하였소? 내 틀린 말 하였소? 우리 마마께서 귀비마마를 얼마나 싸고도셨는지 온 궐이 다 알고 있소! 우리 마마가 아니었다면…… 우리 마마가 아니었다면 그 여린 성정에 버텨 냈을 성싶소? 우리 마마가 무엇을 잘못하였다고 이러시오. 왜 가만히 있는 분을 이리 괴롭히오! 어찌 은혜를 이리 갚소?"

그 말에 이 상궁은 뒤돌아 송 귀비를 살폈다. 송 귀비의 얼굴에 나타난 죄책감이 이 상궁은 못마땅하였다. 이런 말을 들었으니 한동안 그 죄책감에 무엇이라도 해 주려 할 것이고, 그것이 제 주인에게 좋은 일이 아님은 분명하였다.

"그 입 닥치시오! 더 이상 함부로 말한다면 내 가만있지 않겠소! 태의를 불러 준 것만으로도 감사하게 생각하시오!"

"감사라 하였소?"

씩씩거리며 자리에서 일어난 박 상궁은 험한 얼굴로 이 상궁에게 다가가 그 머리채를 잡았다. 고래고래 소리를 지르며 이 상궁의 머리를 쥐고 흔드는 박 상궁을 송 귀비가 말리려 애썼으나 우의 일로 이성을 잃은 박 상궁을 말리기에는 역부족이었다. 그런 박 상궁을 말린 것은 끊어질 듯 가느다란 우의 목소리였다.

"박 상궁."

아스라이 사라질 듯 가냘픈 목소리에 박 상궁이 잡고 있던 머리채를 놓고 우에게 다가갔다.

"마마."

박 상궁이 차마 말을 잇지 못하고 눈물만 흘려 댔다. 그리고 우는 알았다. 제 아이가 저를 떠났음을.

"아아, 내 아이. 내 아이."

처소 안 우의 울음소리가 울려 퍼졌다. 희미한 그 울음소리가 처소를 가득 메웠다. 박 상궁은 우를 끌어안으며 함께 울었다. 숨을 헐떡이며 울던 우는 결국 정신을 잃었고, 박 상궁은 깜짝 놀라 허둥지둥하였다.

우와 박 상궁을 보던 송 귀비는 결국 눈물 흘리고 말았다. 한참을 그렇게 못이 박힌 듯 서 있던 송 귀비는 다시 한 번 박 상궁에게 말을 꺼냈다.

"다른 처소로 옮기는 것이 어떠한가?"

"우리 마마, 그 목숨까지 앗아 가시려 하십니까?"

박 상궁이 험악한 눈초리를 하였다. 이 상궁이 곁에서 송 귀비를 만류하였으나 결국 그녀는 죄책감을 이기지 못하고 다시 권유하였다.

"그럴 리가. 그저 내 호의라 생각하……."

"황명으로 유폐된 이가 제멋대로 냉궁에서 벗어나면 어떻게 될까요? 왜 황제폐하께서 귀비마마의 부탁이라면 모른 척해 주실 거 같으십니까? 그럴 리가요! 회임하신 분이 이곳에 계신 것이 다 그분의 뜻입니다! 설사 이곳에서 나간 것을 모른 척해 주신다 하여도! 황명을 멋대로 어긴 우리 마마의 명예는 어찌합니까? 제발! 신경 쓰지 마십시오, 우리 마마를 이용하지 마세요. 그 순진함을 무기로 내세워 우리 마마를 방패막이로 삼고 계시지 않습니까! 제발, 제발 우리 마마 좀 내버려 두세요."

박 상궁이 질린 듯이 소리쳤다. 온몸으로 악을 쓰는 그이를 보며 이 상궁은 송 귀비를 잡아끌었다. 더 이상 이곳에 있어서 좋을 것이 없었다. 송 귀비 역시 뭐라 하지 못하고 그저 이 상궁에게 끌려갔다.

박 상궁은 걸레를 가지고 바닥을 닦기 시작했다. 바닥에 남은 붉은 자국들이 참혹하기 그지없었다. 십여 년이 훌쩍 넘는 세월을 곁에서 보필하였다. 어린아이가 소녀가 되고, 소녀가 여인이 되는 것을 지켜봐 왔다. 모진 시간이었다. 희생과 인내에 대한 보상은 커녕 황제는 제 주인의 목을 조르고 있었다.

어찌 이리 잔인한가. 우가 한 말이 아무리 잔혹하다 하여도 지난 세월만 하겠는가, 지금 이 상황만 하겠는가. 분을 이기지 못해 나온 그 못난 말이 무에 대수라고 제 아이를 밴 여인을 이리 나락으로 내모는지 모를 일이었다.

궐에는 우가 유산하였다는 소문이 퍼졌다. 어떤 이는 황제의 냉혹함과 잔인함을 욕하였고, 어떤 이는 아이를 지키지 못했으니 우가 결국 내쫓길 거라 하였다.

"황상, 어찌 이리 잔인하시오!"

태후는 희윤을 나무라고 있었다. 황제의 침소에 찾아온 태후는 아무런 말도 하지 않는 황제를 향해 계속해서 우를 교태전으로 돌아오게 하라 말했다.

"어마마마, 처소로 그만 돌아가세요. 제가 알아서 하겠습니다."

그는 결국 태후의 말조차 듣지 않았다. 아무런 확답을 주지 않은 채, 축객령을 내렸다. 태후는 크게 한숨을 내쉬더니, 자리에서 일어났다.

"아셔야 합니다. 황상을 위해 그만큼 참아 줄 수 있는 사람은 없을 겁니다. 이 어미도 그리하지는 못합니다. 그런 이를 내쳤을 때 돌아올 것이 얼마나 큰지 알아야 할 겁니다."

태후가 돌아간 후, 희윤은 두통으로 머리를 짚었다. 유산이라. 생각하지 못한 것은 아니었다. 가능성이 있다는 것은 알고 있었다. 그런데도 그 가능성을 외면한 것은 저였다. 좋지 않은 마음이 드는 것은 사실이었으나 우를 냉궁에 보낸 것을 후회하지는 않았다. 진양 이가는 너무나 거대해져 있었고, 그는 명분이 필요했다. 게다가 송 귀비에게 도움이 되는 일이라면 마다할 이유가 없었다. 그 대단한 권세에 황제의 외척이라는 신분까지 더해 줄 필요는 없지 않은가.

다음 날, 희윤에게는 상소가 빗발쳤다. 그중 대다수가 황후의 냉궁 유폐를 철회하라는 내용이었다.

"폐하, 이 재상 들었사옵니다."

희윤은 이 재상을 살폈다. 그는 무표정한 얼굴을 하고 있었으나, 희윤은 알 수 있었다. 그가 매우 분노했음을 말이다.

"어쩐 일인가?"

"황후마마의 냉궁 유폐를 철회하여 주시옵소서."

같은 소리가 반복되고 있었다. 상소며, 어전회의며 모든 것이 똑같은 말의 반복이었다.

"또 그 소리인가? 황후가 유산하였으니 그 죄의 진상을 파헤칠 생각이네."

"진정 그리하셔야겠습니까?"

이 재상이 태연한 얼굴을 하였다. 그러나 그 기세만은 대단하여 희윤은 의아한 얼굴을 하였다. 무엇을 믿고 저리 당당하게 구는 것인지 알고 싶었다.

"하고 싶은 대로 하십시오. 그 아이는 폐하의 사람이니 죽이든 살리든 뜻대로 하시옵소서. 허나!"

이 재상이 굳은 얼굴로 희윤을 곧게 쳐다보았다. 그 눈에 어린 다짐이 확고해 보였다.

"그 아이 혼자 다치게 두지는 않을 겁니다. 그나저나 귀비마마께서 전날 남몰래 냉궁을 찾으셨다 들었습니다. 그리고 그 아이가 유산했다지요."

경고였다. 우를 몰아세운다면 송 귀비도 무사하지 못하리라는. 때가 좋지 않았다. 우의 유산을 송 귀비의 탓으로 몰고 갈 수도 있었다. 송 귀비가 불순한 의도로 냉궁을 방문하였다 하여도 뭐라 할 말이 없었다. 그럴 이가 아님을 알지만 증명할 방법이 없었다. 우와 송 귀비는 정적과 같은 사이였고, 회임한 우를 굳이 송 귀비가 방문할 이유가 없는 것이었다.

"그냥 돌아올 수는 없네."

희윤이 말했다. 황제는 결국 제 연인을 위해 한발 물러섰다. 송 귀비가 독살당할 뻔한 것과 황손 시해 사건은 다르다. 태어나지도 않은 아이이건만 그 핏줄의 존귀함이 다른 것이다. 희윤이 나서서 송 귀비를 옹호한다 하여도 쉽게 넘어갈 수 없는 일이다. 그 목숨을 보전할 수는 있겠으나 그의 연인은 엉망이 될 터였다. 그 여린 이가 버틸 수 없으리라 그는 생각했다.

"그저 독살 미수 사건을 덮고, 아무런 탈 없이 냉궁에서 나올 수 있게 해 주시면 족합니다."

이 재상이 답하였다. 희윤은 고개를 끄덕였고, 물러가라는 손짓을 하였다.

"폐하, 이번이 마지막입니다. 제가 폐하를 이리 찾아오는 일은 더 이상 없을 겁니다."

이 재상이 지친 얼굴로 말했다. 그리고 예를 갖추고 물러났다. 그는 제 딸아이를 위해 움직였다. 딸아이만 아니었다면 이미 그는 황제의 반대편에 서서 그를 옥죄고 있었을 것이다. 그의 세력을 무너뜨리고, 황권을 눌렀을 것이다. 황제는 알아야만 했다. 제가 이리 황좌에 앉아 모두를 내려다보고 있는 것이 누구의 덕인지를.

냉궁으로 향하는 이 재상의 발걸음은 무겁기 그지없었다. 어떤 얼굴로 아이를 보아야 할지 자신이 없었다. 그 얼굴을 보고 어떤 위로의 말을 꺼내야 할지, 어찌 보듬어 주어야 할지 알 수가 없었다. 제 아이가 황제를 은애하고 있음을 잘 알고 있었다. 황제의 외면에 상처받으면서도 그 열렬한 마음을 숨기지 못했다. 귀하디 귀한 아이는 그렇게 점차 황제의 손아귀에서 망가지더니 결국 이리 하찮은 취급까지 받고 있었다. 제 도움 없이는 황제의 자리에 앉지도 못했을 이가, 제 아이를 방패로 삼아 황제의 자리를 지키고 있는 이가 그 주제도 모르고 날뛰고 있었다. 허나 결국 제 아이가 그 마음을 놓지 않는 한 이는 계속될 터였다.

"애야."

멍하니 창밖을 보고 있는 우가 보였다. 제 아비가 왔건만 우는 마치 보이지도, 들리지도 않는 것처럼 품 안에 유골함만을 끌어안고 있었다. 부쩍 마른 얼굴은 형편없었다. 박 상궁이 이 재상을 보며 설레설레 고개를 저었다.

"깨어나시고는 계속 저러십니다. 드시지도 않고, 주무시지도 않으십니다."

박 상궁이 소매로 눈가의 눈물을 닦았다. 이 재상은 우에게 다가가 그 앞에 쪼그려 앉았다. 어렸을 적엔 항상 품에 안고 다녔더랬다. 어린 것이 어찌나 어여쁘던지 틈만 나면 품에 안고 바깥 구경을 나섰다. 금이야 옥이야 귀애하며, 좋은 것만 주었다. 그렇게 귀한 자식은 마음의 문을 닫고 아비마저 돌아보지 않았다.

"놓아주어라. 네가 놓아주어야 좋은 곳에 가지 않겠느냐."

우는 끝끝내 아무런 반응도 하지 않았다. 못난 아비가 딸자식 하나 지켜 주지 못했구나 하는 자책감에 이 재상은 목이 메었다. 예상하지 못한 것은 아니었다. 본성이 다정다감한 아이였다. 제 사람 귀한 줄 알고, 제 것 아낄 줄 아는 아이니 그 상처가 크겠거니 그저 예상만 하였더랬다. 허나 그 상처는 이 재상이 예상한 것보다 훨씬 거대했다.

그는 제 딸아이의 손에 제 손을 얹었다. 권력 다툼의 중심지에서 오직 황제를 향한 그 마음 하나로만 지낸 아이가 안쓰러웠다. 황제는 제 아이를 보고 제 집안을 떠올렸을 것이고, 제 아이는 황제를 보며 연모의 마음을 키웠을 것이다. 어긋난 마음에 상처받는 것은 오로지 제 아이 하나뿐이었다. 이 재상은 말없이 우의 손을 잡았다. 자식을 잃은 마음을 어찌 위로할 수 있을까.

소왕야, 희원이 냉궁을 찾은 것은 우가 유산한 지 사흘째 되는 날이었다. 황제의 명으로 지방에 다녀와야 했던 그는 수도에 들어서자 우가 유산했음을 알게 되었다. 이 재상을 통해 소식을 듣자마자 냉궁을 찾은 그 역시 이 재상이 본 것과 똑같은 것을 보았다. 멍하니 넋을 놓고 있는 우였다. 속으론 상처받았으면서 항상 태연한 척하던 그 두 눈은 초점을 잃은 채였다.

희원은 천천히 우에게 다가갔다. 우는 여전히 유골함을 끌어안고 있었는데, 희원은 유골함 위에 살포시 야광주를 올려놓았다. 그러자 우의 눈에서 눈물방울이 하나둘씩 흐르기 시작했다.

"내 이 나라 안 모든 야광주를 구해 주마. 이 아이가 땅속에서도 어둡지 않게 해 주마."

가느다란 어깨를 들썩이며 토해 낸 그 울음이 서러웠다.

"내 아이, 불쌍한 내 아이."

희원은 말없이 우를 안아 주었다. 그의 도포 자락이 젖어 들었다. 우 역시 어린 나이에 입궐하였을 적엔 종종 어두운 것이 무서워 촛불을 켜 놓고 늦게까지 서책을 읽곤 하였다. 잠자리에 들자니 촛불을 끄는 것이 무서워 억지로 서책을 펴 놓곤 하였다. 낯설고 커다란 처소가 어색하고 무서워 밤에 잠들지 못한 우는 낮에 꾸벅꾸벅 졸았다. 그런 우에게 희원은 지금과 같이 야광주 하나를 건네주었다. 아주 오래된 기억이었다.

희원은 궐에 들어오기 전 이 재상을 만났다. 이 재상에게서 우의 이야기를 전해 들은 그는 곧장 알아차렸다. 한겨울에 창문을 열어 놓고 유골함을 껴안고 있는 우의 마음을 그는 이해하였다. 세상의 빛도 보지 못한 채, 가엽게 죽은 제 아이를 어둡고 차가운 땅속에 묻기 싫었으리라.

끊임없이 흐르는 눈물이 우의 마음을 대변하였다. 못난 어미를 만나 세상 빛도 보지 못한 채, 가엽게 죽음을 맞이한 제 아이. 못난 어미를 만나 아비의 사랑조차 받지 못한 제 아이. 끝내 죽은 아이는 제 아비의 인사조차 받지 못했다.

희원은 우를 안아 주며, 등을 토닥였다. 그리고 그것은 우가 울음을 멈출 때까지 계속되었다.

"좋은 곳으로 갈 게다. 힘든 시기에 선물처럼 온 아이가 아니더냐. 착한 아이가 분명할 터이니 좋은 곳으로 갈 게야."

희원의 위로에도 우는 계속 울음을 토해 내었다. 한 손으로는 유골함을 끌어안은 채, 다른 한 손으로 거세게 제 가슴을 내려치며 우는 울었다.

"네 탓이 아니다. 네 탓이 아니야."

처소 안, 우의 울음소리와 소왕야의 애틋한 목소리가 가득하였다. 그렇게 시린 겨울, 우와 희원은 작은 생명 하나를 떠나보냈다.

❦

희원은 하루가 멀다 하고 냉궁을 찾았다. 우는 그 일 이후 조금씩 기력을 회복하고 있었다. 박 상궁이 보기에 그것은 다 희원의 덕이었다. 둘의 모습을 보며 박 상궁은 흐뭇한 미소를 지었다. 차라리 처음부터 희원과 우였어야 했다. 황제가 아니라 희원이 우의 옆자리에 있었더라면 우가 이리 불행해질 일도 없었을 터였다.

"우야, 봄이 오면 나와 유랑을 떠나자꾸나."

"왕야, 냉궁에 유폐된 이가 어찌 유랑을 떠난답니까."

희원의 말에 우가 못 말리겠다는 듯이 웃었다. 조금이지만 웃기도 하고, 말도 하는 우를 보며 그 역시 미소 지었다.

"네가 원한다면 내 하지 못할 일이 어디 있을까."

희원은 조금씩 제 마음을 보여 주고 있었다. 그리고 소원했다. 제 마음 전부를 우가 받아들이는 날이 오기를. 오래 걸려도 좋으니 그런 날이 오기만을 간절히 바랐다.

"허면 나중에, 나중에 꼭 가겠습니다."

다정다감한 모습이었다. 우를 바라보는 희원의 눈은 따뜻하기 그지없었다. 희원은 이렇게 온종일 냉궁에서 머물다 궐문이 닫히기 직전에야 우의 곁을 떠났다. 그는 우의 곁에서 시답잖은 이야기를 꺼내는 것으로 대부분 시간을 보냈다. 그에게 지금 가장 중요한 것은 우의 곁에 있어 주는 것이었다. 유폐된 우가 조금이라도 안정을 찾기를 바랐다.

"네 오라비가 나를 가만두지 않겠구나."

"운이 오라버니께서요?"

한숨을 내쉬는 희원에게 우가 동그란 눈을 하고선 물었다. 그 얼굴이 어렸을 적 그대로였다. 맞지 않는 자리에 어울리려 무던히 노력해 숨기기에 바빴던, 그 고운 얼굴에서 보기 어려웠던 진솔한 표정들을 이제 와 제게 조금씩 보여 주고 있었다.

"같이 올라왔으나 지금 나만 이렇게 널 보고 있지 않으냐. 운이 녀석, 널 보지도 못하고 다시 변방으로 내려갔으니 속이 탈 거다."

우가 고개를 끄덕이며, 서찰이라도 쓰겠다고 답하였다. 생각지도 못하고 있었다. 제게 너무나도 큰일이 닥쳐 주위를 돌아보지 못했다. 지금도 아마 희원이 말해 주지 않았다면 떠올리지 못했을 것이다.

우는 희원을 바라보았다. 그 연한 갈색빛의 눈동자가 따뜻했다. 기다란 손가락이 여인네보다도 고왔다. 그는 고운 사내였다. 허나 곱디고운 그 외견보다도 더 고운 것은 그 속내였다. 그런 이가 누군가의 생명을 앗아 갈 수 있는 검에 능하다는 사실은 믿기 어려웠다. 허나 제 오라비의 입에서 직접 들은 소리이니 확실할 터였다.

생각에 잠긴 우의 미간이 찌푸려지자 희원은 손으로 그 미간을 매만졌다. 다정한 손길에 우가 고개를 들어 그를 살폈다. 그의 얼굴은 우의 얼굴 바로 앞에 있었다. 어느새 자리에서 일어나 그가 저에게 다가와 있었던 것이다. 반짝이는 눈동자가 묘한 빛을 띠고 있었다.

그는 천천히 우의 미간에서 손을 떼더니 그 미간에 입을 맞추었다. 아주 느리게 일어난 일이었으나 우는 피할 생각도 하지 못하고 그 입맞춤을 그대로 받아들였다.

"나를 앞에 두고 무슨 생각을 하는 게냐."

낮고 부드러운 목소리가 속삭였다. 우의 얼굴이 붉게 달아올랐다. 희원 역시 내심 당황한 것은 마찬가지였다. 저를 앞에 두고 딴생각을 하며 인상을 찌푸리고 있는 우를 보자 저도 모르게 충동적으로 한 것이었다. 아무렇지 않은 척하고 있지만 그 역시 제가 한 행동에 당황하여 귀가 붉게 달아올라 있었다.

"흠흠."

헛기침을 하며 자리에 돌아간 희원에게 우가 대답하였다.

"오라버니께서 하신 말을 생각하였습니다."

"운이 녀석이 무어라 하였길래?"

둘 다 묘하게 목소리가 상기되어 있었다. 운에 대해 얘기하고 있었으나 서로 지금 이 순간이 어색하고 당황스러운 것은 마찬가지였다.

희원은 당황스러우면서도 이 순간이 기꺼웠다. 붉게 달아오른 우의 얼굴이 좋았다. 그는 그저 거절당하지 않은 것만으로 기꺼워 크게 소리치고 싶었다.

"왕야께서 검에 능하다고 들었습니다."

희원이 활짝 미소 지었다. 제 생각을 하고 있었단 소리가 아닌
가. 그는 이 순간순간이 소중하고 기뻤다. 눈앞의 이와 함께 있는
것이 좋았고, 그이와 대화하는 것도 좋았다. 그이와 함께 하는 것
이라면 무엇이 기쁘지 않을까. 희원의 얼굴에 만족이 스쳤다.

어전회의는 소란스러웠다. 그 와중에 이 재상은 침묵을 지키고
있었고, 황제는 그런 그를 싸늘한 눈으로 내려다보고 있었다.

"아니 되옵니다, 폐하."

대신들이 하나같이 입을 모으고 있었다. 그러나 황제는 그의
고집을 꺾지 않았다.

"황후인 이우는 질투로 인해 독살을 사주하였으니 황후의 자리
에 있을 수 없소. 허나 냉궁 유폐로 그 대가를 충분히 받았다고
생각되는 바, 그 지위를 폐하는 대신 비로 격하하고 냉궁 유폐를
철회하오."

이 재상은 물끄러미 황제를 바라보았다. 무어라 표현할 수 없
는 갑갑한 마음이었다. 딸자식을 생각해 결정한 것이 옳은 것이었
는지 알 수 없을 듯하였다. 차라리 폐비가 되어 궐에서 나가게 해
야 했나 싶기도 하였다. 허나 아직 그 마음에 황제가 있는 것 같

았다. 무엇이 옳은 것인지, 무엇이 제 아이에게 더 좋은 것인지 이 재상은 알 수가 없었다.

다만, 그는 다짐했다. 이것으로 끝이었다. 황제를 위한 방패막이가 되고, 그의 편에 서 주는 것은 이것으로 되었다. 그 마음을 얻을 수 없다면 차라리 함부로 대할 수 없게끔 찍어 누르리라.

"이 재상, 어찌 폐하를 말리지 않으시고요?"

대신 하나가 어전회의 후 이 재상을 붙들었다.

"폐하의 뜻대로 따라야지요. 죄를 지었다면 그에 상응하는 벌을 받아야지요."

"허 참, 황후마마가 무슨 죄를 지었겠소? 밝혀진 게 없지 않소?"

기가 막힌 표정을 한 이를 이 재상이 바라보았다. 그리고 태연한 얼굴로 답하였다.

"폐하께서 죄를 지었다 하시면 지은 것이 되는 겁니다."

질린 얼굴을 한 그는 이 재상이 자리를 뜨는 것을 바라보았다. 그러고는 고개를 절레절레 흔들더니, 이윽고 다른 이에게 말을 건넸다.

"그 충심이 너무 지나친 거 아닌지 모르겠소."

"자네 아직 멀었군. 이 재상도 제 딸이 죄짓지 않았다 한 게 아닌가. 아무래도 이제 폐하와 이 재상이 척을 질 거 같군. 우리는 줄이나 잘 타 봄세."

이 재상은 곧장 궐을 나가 자택으로 돌아갔다. 부인은 아직도 자리에 누워 있었다. 딸자식이 냉궁으로 갔다는 소식을 들은 후, 충격으로 자리에 몸져누운 지 오래였다. 차마 그에게 유산했다는 소리까지 하지는 못한 터라 이 재상은 한숨을 내쉬었다.

"오늘 기분은 어떠하오?"

이 재상은 그 부인의 귀밑머리를 넘겨 주며 물었다. 원래부터 성정이 여린 이라 걱정이 되었다.

"우리 우는…… 우는 어떠합니까?"

"걱정 마시오, 냉궁에서 곧 나오게 될 것이오."

이 재상의 말에 누워 있던 부인은 갑자기 자리에서 벌떡 일어나더니 그의 손을 꼭 부여잡았다.

"그게 참말이지요? 우리 우를 그런 곳에 두고 제가 어찌 편안히 있을 수 있겠습니까."

눈물이 가득한 얼굴을 보며 이 재상은 부인을 품에 안았다. 귀한 집안에서 태어나 험한 일이라곤 겪어 본 적 없는 이라 이번 일이 큰 충격으로 다가왔을 것이었다.

"물론이오. 금방 냉궁을 나올 것이외다. 어미가 이리 몸져누운 것을 알면 그 아이가 걱정할 거요."

"괜찮습니다. 우가 괜찮다면 저도 괜찮습니다."

이 재상은 부인을 달래 준 후, 사랑방에 들어서 서찰을 썼다. 아들, 운에게 전하는 것이었다. 정갈한 글씨로 써 내려간 서찰은 곧 하인에게 전달되었다. 변방에 있는 아들은 이 서찰을 보고 행동하기 시작할 것이다.

그는 또 다른 서찰을 하나 더 작성하였다. 이는 문중에 보내는 것이었다. 문중에 제 생각을 알리고 도움을 받아야 할 터였다. 이제 와 이리 시작하는 것이 우습기도 하였으나 그는 두고 볼 수 없었다. 제 손으로 세운 황제가, 저를 찍어 누르고, 제 자식을 핍박하다니 그것 역시 우스운 일이 아니던가.

황제는 알아야 할 것이다. 제 도움 없이는 원하는 것 하나 제대로 가질 수 없음을. 건국 시기부터 이어져 온 것은 황실뿐만이 아니었다. 건국 공신 가문으로 이제껏 명문을 유지해 온 진양 이가 역시 황실과 같은 시간을 권력의 정점에 있었다. 황제, 희윤은 그 무서움을 알아야 했다.

"박 상궁."

박 상궁은 우에게 다가갔다. 우가 빙그레 웃으며 털옷을 내밀었다.

"잠깐 밖에 나가 걷고 싶네. 일은 그만하고 나와 좀 걷는 게 어떤가?"

우의 말에 박 상궁이 호들갑을 떨었다. 냉궁에 온 후 처음이었다. 우가 산책을 하고 싶다 한 것은. 추운 날씨가 걱정되지만 그래도 하루쯤이야 하는 생각에 박 상궁이 우의 옷차림을 여몄다. 추위를 느끼기는커녕 답답할 정도로 우에게 옷을 입히고 나서야 박 상궁은 처소를 나섰다. 냉궁의 정원이야 버려진 지 오래고, 죄를 짓는 이들이 오는 곳이라 형편없기 그지없었다. 여기저기 잡초에 죽은 나무뿐이었다. 그런데도 우의 얼굴은 편안해 보였다.

"상쾌하구나. 시원해."

찬바람을 만끽하는 우가, 냉궁에 갇혀 있는 우가 자유로워 보였다. 박 상궁이 흐뭇한 얼굴을 하였다.

"춥지도 않으냐?"

희원이었다. 그가 말간 얼굴로 화사하게 웃으며 우를 바라보았다. 기척도 없이 다가선 그를 향해 우가 자연스레 웃어 보였다. 희원은 우에게 다가와 그 손을 잡았다. 그는 찬바람에 언 우의 손을 녹여 주었다.

"상쾌합니다."

희원 역시 편안해 보이는 우의 얼굴에 안심하였다.

"어여쁘다."

희원이 빙그레 웃었고, 박 상궁이 슬쩍 눈치를 보더니 자리를 피했다. 본디 말려야 하는 일이건만 박 상궁은 그저 우가 편안하고 행복하기를 바랐고, 그렇게 해 줄 수 있는 이가 소왕야라고 생각하였다. 내심 속으로 둘이 도망이라도 갔으면 하는 바람이었다. 황제 따위 그 좋다는 송 귀비만 있으면 그만이지 않겠나 싶었다.

허나 안 될 말이지, 박 상궁이 고개를 절레절레 저었다. 희원은 둘째 치고, 우의 집안이 풍비박산 날 것이다. 그래도 그녀는 희원의 편이었다. 아니, 정확히 말하자면 우의 편이었다. 그게 무엇이든 우가 바란다면 도와줄 것이다.

박 상궁이 뒤돌아 두 사람을 보았다. 우의 뒷모습과 함께 두 눈에 애정을 가득 담고 있는 희원이 보였다. 박 상궁은 다시 뒤돌아 처소로 들어섰다. 궐 생활을 하며 그나마 는 것이라고는 눈치뿐이었다. 지금은 제가 없는 것이 좋을 것이다.

우는 희원의 어여쁘단 소리에 무어라 답하지 못했다. 냉궁에 온 후, 묘하게 달라진 희원의 태도를 느끼고 있기는 하였다. 그는 시간이 지날수록 제게 더 가까이 다가오고 있었는데, 그것은 지난 날과는 조금 달랐다. 그리고 우는 그것에 어찌 반응해야 할지 몰랐다. 우가 해 왔던 것은 오로지 저를 외면하는 상대에게 제 마음을 바쳤던 것뿐, 그 마음을 받아 본 적은 없었기 때문이다. 희원의 다정다감한 말은 우를 당황하게 하고, 어색하게 하였으나 한편으론 그 마음을 간질이기도 하였다.

"나는 네가 어여쁘다, 우야."

희원이 한 번 더 말했다. 우는 그저 그를 바라만 보았다. 한겨울, 버려진 냉궁의 정원에서 부드럽게 미소 짓는 희원이 있었다. 그 햇살같이 따사로운 미소가 봄을 부를 거 같았다. 그는 그런 사람이었다. 다정하고, 따뜻. 우는 그가 마치 제 겨울을 몰아내는 것만 같았다.

가만히 서서 아무런 대답도 하지 않는 우를 보며 희원은 계속해서 미소 지었다. 냉궁이면 어떠한가, 버려진 정원이면 어떠한가. 그는 우와 함께 있었고, 우와 함께 있을 수 있다면 어떤 것도 중요치 않았다. 그의 어미가 눈을 감은 후, 그에게 중요한 이는 오로지 우뿐이었다. 그런 소중한 이가 제 눈앞에 있었고, 어설프게나마 제 마음을 전할 수 있다는 사실에 그는 감사했다.

희원은 우에게 다가서서 그 옷깃을 여며 주었다. 그러고는 우의 손을 붙잡고 냉궁의 정원을 거닐었다.

"얼마 지나지 않아 나갈 게다. 교태전으로 가지는 못하겠지만 냉궁은 나가게 될 게야."

"궐을 나가게 될 줄 알았습니다. 독살 사주에, 황손까지 지키지 못했으니 폐비가 되어도 할 말이 없지요."

콩. 우의 말에 걸음을 멈춘 희원이 제 이마를 우의 이마에 박았다. 우가 깜짝 놀라 이마를 어루만지며 희원을 바라보자 그는 엄한 얼굴을 하고 있었다.

"네가 잘못한 것이 어디 있다고 그런 말을 하느냐."

그는 화난 얼굴을 하였으나, 그것은 얼마 가지 못했다. 금방 다시 부드러운 얼굴을 하더니 한숨을 포옥 내쉬었다. 그 와중에도 그는 우의 손을 놓지 않고 있었다.

"냉궁에서 나가는 것은 좋은 일이다만 더 이상 지금처럼 보지는 못하겠구나. 그것이 아쉽다, 나는."

"그래도 자주 오세요. 기다리는 이를 생각하셔서 너무 오래 유랑 떠나지는 마세요."

그는 냉궁을 나서게 되었음에도 전혀 감정의 변화가 없는 우가 신경 쓰였다. 허나 그보다 저를 기다린다는 우의 말이 기뻤다. 이

185

렇게 기쁜 일들은 하나둘씩 늘어 가고 있었고, 그는 이것이 계속되길 바랐다. 그리고 당연히 제가 떠나리라 생각하고 있는 우에게 아무 데도 가지 않는다 말하지 않았다.

"네가 가지 말라 청한다면 내 가지 않으마."

장난스러운 얼굴을 하고 희원이 물었다.

"가지 않으셨으면 좋겠습니다."

한 치의 망설임도 없는 그 대답에 가슴이 쿵 하고 떨어지는 것 같았다. 그는 우가 가지 말라 할 줄은 생각하지 못했다. 지난날 그가 가기를 원한다면 가야 하지 않겠느냐고 항상 답하던 우였다. 이번에도 그처럼 대답하지 않을까 하였다. 듣고 싶은 말을 들었으나 놀라운 일이었다.

"냉궁에서 나가는 것도 싫고, 왕야가 떠나는 것도 싫습니다."

그는 두 손으로 우의 어깨를 잡아 보았다. 걱정으로 가득한 그 말이 안쓰러웠다. 우는 겁이 나는 것처럼 보였다. 모든 것을 감내하던 아이는 지쳐 쓰러져 더 이상 견딜 힘이 없는 듯하였다. 고개 숙인 우의 정수리가 그의 눈에 보였다.

"나를 보아라."

희원이 우를 잡은 두 손에 힘을 주었다. 우가 가만히 고개를 들어 희원을 바라보았다.

"가지 않으마. 네가 떠나라 하지 않는다면 계속해서 네 곁에 있으마."

그 약속에 우가 고개를 끄덕였다. 우는 다시 돌아갈 자신이 없었다. 전처럼 그 모든 것을 인내할 자신이 없었다. 모든 것이 겁이 났다. 어리광이라는 것을 알면서도, 희원에게 이러면 안 된다는 것을 알면서도 우는 결국 그에게 손을 뻗었다. 그리고 희원은 늘 그렇듯 당연하다는 듯이 그 손을 잡아 주었다.

"항상 네 곁에 있으마. 무슨 일이 있더라도."

나지막이 울리는 그 목소리가 우를 안심시켰다.

"황후 이씨는 나와 어지를 받들라."

냉궁이 소란스러워진 것은 겨울의 끝자락에서였다. 꽃샘추위가 한창이었다. 우가 처소 밖으로 나서자 어지를 전하러 온 이들이 우의 모습을 보고 숨을 들이켰다. 곱기로는 천하에 당해 낼 이가 없을 듯하였다. 하얀 무명천마저도 그이가 입고 있으니 선녀의 날개옷과 같아 보였다.

"황후 이씨는 투기로 인해 귀비 송씨를 독살하려 하였으니 그 죄가 무겁다. 허나, 냉궁에 유폐되어 그 죄를 반성하였으니 그 죄를 사하여 냉궁 유폐를 철회하고, 그 지위를 비로 격하한다."

"폐하의 뜻을 받듭니다."

예를 지키며 황제가 있는 곳을 향해 절을 올리는 우의 모습이 서글퍼 박 상궁이 눈물 바람을 하였다. 차라리 냉궁에 유폐된 것이 낫지 않을까 하였다. 비라니, 송 귀비를 윗사람으로 모셔야 한다는 소리가 아닌가. 내명부의 제일 윗사람이 송 귀비라는 것은 어불성설이었다. 그 어리숙한 이가 무엇을 제대로 하겠는가.

우에게는 작은 궁 하나가 내려졌다. 그 역시 궁궐 외곽이었으며, 관리가 되지 않아 출입할 수 있다는 것 외에는 냉궁과 다를 바 없었다. 그런데도 우는 아무렇지도 않은 듯 오히려 박 상궁을 다독였다.

"되었네. 마음 쓰지 말게. 하잘것없는 목숨이 붙어 있는 것만으로도 다행이라 생각하면 되지 않겠나."

박 상궁이 고인 눈물을 훔치고, 짐을 챙겼다. 아랫것이 이리 청승 떠는 것도 주인에게 못 보일 꼴이었다.

그동안 희원이 많이도 내어 준 탓에 냉궁 안은 살림살이로 가득했었다. 그야말로 냉궁 안에는 그의 마음 씀씀이가 가득했다. 하루가 멀다 하고 냉궁에 드나들며 그는 항상 무엇인가를 가져왔고, 그것은 조금이라도 더 우가 편히 생활할 수 있도록 도왔다. 많은 짐만큼이나 다정한 그 마음에 우가 희원을 생각하였다.

"마마, 여기 계세요. 제가 좀 왔다 갔다 해야겠습니다. 제가 먼저 짐을 옮겨 놓고 나서 오시는 게 좋겠습니다."

박 상궁의 말에 우가 고개를 끄덕였다. 혼자 동분서주하는 박 상궁을 보며 우는 미안한 마음이 일었다. 못난 저로 인해 고생만 하는 이를 보고 있자니 마음이 복잡하였다.

박 상궁이 채 처소를 나서기 전에 먼저 들어선 이가 있었으니 바로 아비, 이 재상이었다.

"우야."

그는 우에게 다가와 그 손을 꼭 붙잡았다. 전과 달리 많이 정비가 된 처소는 이제야 사람 사는 곳 같았다.

"아버지."

저를 똑바로 보는 우의 모습에 이 재상이 고개를 끄덕이며 우의 손을 두드렸다.

"그래그래. 아비다. 이제야 이 아비를 보는구나."

이 재상은 울컥하였는지 그 목소리가 떨렸고, 우는 제 아비에게 죄송한 마음에 억지로 웃어 보였다. 박 상궁은 부녀의 상봉을 보더니 또다시 눈물을 찔끔 흘렸다.

이 재상이 소리 높여 누군가 부르자 일꾼들이 들어와 수레에 짐을 날랐다. 박 상궁이 안도의 한숨을 내쉬며 그들을 부리기 시작하였고, 우와 이 재상은 마주 앉아 이야기를 나누기 시작했다.

"어떠하냐?"

"아무렇지도 않습니다."

대답과는 달리 지친 얼굴이 눈에 보여 이 재상은 씁쓸히 웃었다. 상처받는 것은 오직 제 딸뿐이었다. 황제는 그저 그런 아이를 이용할 뿐이었고, 저와 송 귀비의 이익을 챙기기 바빴다.

이 재상이 조금 굳은 얼굴로 입을 열었다. 우는 한참을 머뭇거리는 제 아비가 이상하여 계속 기다리고 있었다.

"이제 내 알아서 하마. 네 뜻대로 폐하의 뜻을 따르고, 지지하였으나 네게 남은 것이 무엇이냐. 이제 그만 아비의 뜻에 따르는 것이 어떠하냐."

"보상을 바라던 것은 아니었습니다. 그저 무언가 해 주고 싶었을 뿐입니다."

자조적인 우의 얼굴에 이 재상이 잠시 숨을 멈추었다. 그는 한숨을 내쉬었다. 결국 또 이리되는 것인가 하였다.

"허나 아버지께서 뜻하신 바가 있으시다면 그 뜻대로 하세요. 저는 이제 아무것도 하지 않을 겁니다."

우의 말에 이 재상이 고개를 끄덕였다. 항상 우가 바라 왔던 것은 황제에 대한 지지였다. 제 집안과 제 아비, 그리고 오라비가 황제의 뜻을 따라 주길 바랐다. 그가 원하는 것을 더 쉽게 이룰 수 있도록 도와주고 싶고, 그가 가는 길이 조금이라도 더 편안하기 바라는 마음에 아비와 오라비에게 청을 하곤 하였다. 그랬던 우가 아무것도 하지 않는다 말하자 이 재상은 다행스러운 한편, 제 아이가 절망으로 의지를 잃은 것은 아닌지 염려되었다. 그 지친 얼굴이 마음에 콕콕 박혔다.

"진정 괜찮겠느냐?"

"제가 무엇을 하겠습니까. 받아 주지 않는 이에게 모든 것을 준다 하여도 그저 버려질 뿐인 것을요."

담담히 말하는 그 모습이 더 애잔하여 이 재상은 입술을 깨물었다. 아이가 태어났을 때, 어찌나 귀히 여겼는지 모른다. 이름을 '우' 라 지은 것 역시 옥돌같이 귀한 보배라 그리 지었다. 그런 아이가 제 입으로 버려졌다 하니 그것이 너무나 슬펐다. 그러나 그는 슬픔을 꺼내지 않았다.

"네 뜻은 잘 알았다. 냉궁을 나가면 보는 눈이 많을 테니 또다시 마마로 불러야겠구나."

온화한 미소를 지어 보이는 아비의 모습에 우 역시 웃어 보였다. 제 걱정으로 가득 찬 아비에게 송구스러운 마음이었다. 우는 아비가 저를 위해 바삐 움직이고 노력한 것을 모르지 않았다. 못난 자식으로 걱정이 가득한 아비에게, 그리고 사가에서 앓고 있을 어미에게 미안하였다.

"죄송합니다."

우의 말에 이 재상이 고개를 절레절레 저었다.

"네가 무엇을 잘못했다고. 그런 말 말아라."

항상 저를 먼저 탓하는 딸이 안쓰럽기 그지없었다. 조금은 황제를 탓하고, 조금은 귀비를 탓하여도 아무도 뭐라 할 자 없었다. 아니, 오히려 다들 당연하다 생각하겠지. 그러나 모든 것을 제 탓으로 끌어안아 버리는 우였고, 이 재상은 그를 보고 더욱 마음을 확고히 먹었다. 제 아이가 하지 못한다면 저라도 나서야 하지 않겠는가.

모두가 착각하고 있었다. 지금의 황권이 황제, 희윤의 것이라고. 그것은 헛소리일 뿐이다. 우를 위해 제가 침묵을 유지한 채, 그에게 힘을 실어 주고 있기 때문이었다. 이제 다시 소리를 높여야 할 때가 되었다. 황제에게 주었던 것을 빼앗아 다시 쥐고 흔들 시간이 되었다. 아마 우도 알고 있을 터였다. 제 아비가 어떤 마음으로 이런 이야기를 하였는지, 그런데도 받아들였다는 것은 더 이상 어떤 식으로든 황제의 일에 개입하지 않겠다는 뜻이었다. 그리고 이로써 이 재상은 마음의 짐 없이 황제를 상대하게 되었다.

그날 저녁이 되어서야 우는 새로운 궁으로 옮길 수 있었다. 박 상궁이 부지런히 움직인 덕택에 어느 정도 정리가 된 상태였다. 궁녀 두 명이 내려졌으나 우는 그들을 돌려보내고, 박 상궁과 둘이서만 지내기로 하였다. 이는 박 상궁의 뜻이기도 하였는데, 얼굴도 모르는 궁녀 둘을 데리고 지내는 것이 왠지 꺼려졌기 때문이다.

교태전에서 데리고 있던 아이들은 모두 다 그이가 손수 뽑아 몇 년씩 가르치고, 데리고 있던 아이들이어서 믿을 수 있었다. 그러나 지금 박 상궁은 그럴 형편이 되지 못했다. 또 제가 조금 더 힘이 들더라도 우가 안전한 것이 가장 중요했기에 그리 결정했다.

우는 조금은 걱정스러운 얼굴을 하고 있었다. 문안 인사가 걱정된 탓이었다. 황후 자리가 비었으니 귀비가 내명부의 가장 윗사람이었고, 다들 그이에게 인사를 하러 가야 했다. 불편하기 그지없는 일이었다. 첫인사부터 함부로 넘길 수도 없는 일이고, 또한 가서 구경거리가 되어야 한다는 사실이 마음에 부담감으로 작용하였다. 그런 우의 상태를 눈치챈 박 상궁 역시 내일을 위해 움직이기 시작했다. 비록 지위는 비일지 모르나 그 자리에 있는 그 누구에게도 흠 하나 잡히지 않게 하려 준비하고 있었다.

박 상궁은 우가 문안 인사를 드리러 가는 입장이 된 것이, 금실로 수놓아진 봉황이 있는 붉은 비단과 봉잠을 착용할 수 없는 것이 서글펐다. 가진 것 중 가장 좋은 것을 꺼내 놓고 이것저것 대보고 있던 박 상궁을 우가 말렸다.

"그리 애쓰지 말게."

우는 그리 말하며 검은색 의복을 골랐다. 화사한 것을 고르려 하던 박 상궁은 그 선택에 뭐라 말하지 못하였다. 그나마 다행인 것은 검은 비단에 은실로 화려한 수가 놓인 것이었다. 결국 박 상궁은 제 주인의 뜻을 따르기로 하였고, 그에 알맞은 장신구를 고르기로 하였다. 그사이 우는 침상에 앉아 서책을 읽고 있었다. 내일이 부담스러운 두 사람이었지만 그 풍경은 평화로웠다.

그리고 그 평화로운 순간이 깨진 것은 예고되지 않은 방문 때문이었다.

"몸은 어떠한가?"

희윤이었다. 우는 그저 시선을 내려 무릎 위 마주 잡은 제 손만을 바라보았다. 어찌 된 영문인지 예상할 수 없는 것은 아니었다. 아마 송 귀비의 청이 있었을 것이다. 저를 불쌍히 여겨, 황제를 보낸 것이라고 우는 생각했다. 본디 그녀는 그런 사람이었다. 오히려 이것이 우를 더 초라하고, 슬프게 만들 것이라고는 생각지 않을 사람이었다.

"괜찮습니다. 어인 일로 이런 누추한 곳까지 오셨는지요?"

희윤은 전과는 달리 제게 눈길을 주지 않는 우가 낯설었다. 우는 항상 그와 함께할 때면 곧은 눈으로 그를 바라보곤 하였다. 오히려 그 시선을 피하는 것은 항상 희윤이었다.

"어디에 묻었나?"

"아직 보내지 못했습니다. 조금 더 날이 따뜻해지면, 그때 보내려 합니다."

억눌린 목소리가 파르르 떨리는 것이 느껴졌다. 우는 분노하고 있었다. 제 앞에서 아무렇지도 않게 아이에 대해 이야기하는 희윤을 향해 소리치고 싶었다. 우의 마주 잡은 두 손은 얼마나 세게 쥐었는지 하얗게 질리고 있었다.

"내 가장 좋은 자리를 내어 주고, 가장 화려한 묘를 짓도록 하겠다."

그 순간이었다. 우가 희윤과 눈을 마주한 것은. 우의 눈에는 눈물이 가득하였고, 그것은 곧 뺨을 타고 흘러내렸다. 희윤은 그런 우의 모습에 아무런 말도 잇지 못했다. 그 역시 아이의 죽음이 마음에 걸리지 않은 것은 아니었다. 그래서 우를 찾았다. 허나 우의 이런 모습을 보리라곤 생각하지 못했다. 그의 기억 속에 우는 언제나 이성적이고, 감정의 동요가 없는 사람이었다. 그가 모진 말을 할 때도, 하다못해 냉궁으로 유폐할 적에도 눈물 따위 보인 적 없는 이였다.

"아니요, 제가 할 겁니다. 제 아이니까요."

"무슨 말이지?"

희윤의 얼굴이 굳었다. 그는 화가 났으나 참았다. 송 귀비의 청이 있긴 하였지만 그 이유만으로 온 것은 아니었다. 그 역시 마냥 마음이 편한 것은 아니었다. 후회하지는 않았지만 그렇다 하여 아무렇지 않은 것은 아니었다.

"폐하의 자식이 아니라고 하셨지요. 그러니 그 아이는 폐하의 아이가 아닙니다. 오로지 제 아이일 뿐입니다. 봄이 오면 제가 직접 좋은 곳에 묻을 겁니다. 그 아이를 묻을 때 궐 밖으로 나갈 수 있게만 해 주세요. 궐 안에 그 아이를 머물게 하고 싶지 않습니다."

우의 얼굴에선 눈물이 멈추지 않고 계속해서 흐르고 있었다. 박 상궁은 그런 주인을 말리지도 못하고 그저 눈치만 볼 뿐이었다. 우의 목소리에는 울음이 섞여 있었다. 그런데도 그 목소리는 작아 마치 흩어질 듯하였다.

희윤은 우의 말속에 담겨 있는 원망에 기분이 좋지 않으면서도 뭐라 할 수 없었다. 다 제가 한 말이었고, 행동이었다. 이제 와 산 아이도 아니고 죽은 아이의 아비 노릇은 제가 생각해도 우스웠다. 그보다도 그는 울고 있는 우의 얼굴이 낯설어 마치 우가 처음 만나는 사람처럼 느껴졌다.

"언제부터 이리 오만방자하게 굴게 된 것이지?"

희윤은 태평하게 말했다. 그는 울고 있는 우를 앞에 두고도 여전히 아무렇지 않은 얼굴이었다.

"허나 좋다. 아비의 권리를 포기했으니 어미에게 모든 걸 맡겨야겠지. 궐을 나갔다 올 수 있도록 허락해 주마."

희윤은 자리에서 일어나 곧장 뒤돌아서 우의 처소를 떠났다. 그의 등 뒤로 우의 억눌린 울음소리가 들려왔다. 그 소리에 잠시 걸음을 멈춘 희윤은 다시 뒤를 돌아보았다. 그의 눈에는 보잘것없이 초라한 궁만이 보였다. 그는 우를 버렸고, 아이를 버렸으며, 우에게 버려진 궁을 주었다. 보잘것없는 것만을 안겨 준 이가 바로 그였다.

무표정하게 우의 궁을 바라보던 희윤은 다시 우의 처소를 뒤로 하고 걷기 시작했다. 그리고 그런 그의 뇌리에 눈물로 얼룩진 우가 남아 있었다.

第 四章
회궁

　간절히 원하는 것은 언제나 늘 그렇듯 쉽게 주어지지 않았다. 끝끝내 원하는 것은 그 어떤 것도 주어지지 않았다. 내게 주어진 것은 오로지 고통뿐이었다. 견딜 수 없는 고통 속에서도 어째서 그는 내가 변치 않으리라 생각했을까. 어째서 그는 그런 오만한 생각을 했을까. 그리고 나는 왜 멈추어 있는 걸까.

　변치 않을 것이라 믿었던 것들이 하나둘씩 변해 가고 있을 때도 그는 내가 변치 않으리라 생각할까. 내가 멈추어 있는 것이 변화가 아니라 생각할까. 손을 놓은 것은 그였음에도 어째서 그는 내가 그의 손을 놓지 않으리라 생각했을까. 후회는 아무리 일러도 늦었다. 나는 그의 손을 놓고 멈추어 섰다.

"귀비마마께 인사 올립니다."

여러 비빈이 귀비에게 예를 갖추어 인사하였다. 그리고 그중 우가 있었다. 봉호도 받지 못한 처지라 비들 중 가장 말석에 앉은 우는 조용히 침묵을 지켰다. 그러나 가만히 있어도 다들 우를 슬쩍슬쩍 훔쳐보는 것을 멈추지 못했다. 검은색 비단이라니, 다들 꺼리는 색이었다. 궐에서는 상을 당하면 흰옷을 입으니, 상복이라고는 할 수 없지만 민가에서는 상을 당하면 검은색 의복을 입기에 다들 잘 입지 않는 색이었다. 화려하게 차려입은 비빈들 사이에서 검은색 비단을 입은 우가 눈에 띄는 것은 당연지사였다.

말석에 앉아 있는 이였지만 누구도 우에게 함부로 말을 걸지 못하였다. 하얀 얼굴과 무표정한 얼굴이 검은 비단과 어우러져 선뜻 말 걸기 힘든 분위기를 풍겼다. 타고나기를 귀하게 타고난 이처럼 저들과 같은 자리에 있건만 저들과는 다른 사람 같아서 여러 비빈은 훔쳐보기만 할 뿐이었다.

"흠흠, 이제 곧 봄이니 봄을 맞을 준비를 해야지요."

어색한 송 귀비의 말에 혜비가 웃음을 터뜨렸다. 분명 일부러 소리를 낸 것이었다. 순식간에 송 귀비의 얼굴은 붉게 달아올랐고, 그 모습에 몇몇 이들이 작게 웃음을 터뜨렸다. 이 상궁이 송 귀비의 뒤편에서 걱정스러운 얼굴을 하였으나 차마 그 자리에 끼어들지는 못했다.

"봄을 맞을 준비는 어떻게 하는 것이 좋겠습니까?"

그 교태 섞인 음성으로 혜비가 물었다. 송 귀비 역시 저를 놀리는 혜비를 알고 있었으나 뭐라 대답해야 할지 몰랐다. 궐 생활이 다른 비빈들처럼 오래되지도 않았거니와 주어지던 것을 깊이 생각하지 않고 받기만 하였으니 제대로 기억이 나지도 않았다. 분명 이 상궁과 함께 준비하였음에도 송 귀비는 눈앞이 컴컴해졌다.

"······녹봉이 내려질 겁니다. 그를 가지고······."

송 귀비가 더듬더듬 말을 이어 갔으나, 결국 끝맺지 못하였다. 아는 것이 없으니 불안하고, 앞에 있는 이들이 공격적이라 더욱 불안하였다. 공부해 왔으나 공부한 것을 채 다 말하지 못하였다. 그 얼굴이 붉게 달아오르고, 눈에 눈물이 가득 고였으나 송 귀비는 꾹 참아 내고 있었다.

우는 그 모습을 보며 순간 나서서 도와줄까 하였으나 이제는 비가 된 제 처지를 상기시키고 침묵을 지켰다. 혜비가 그런 우를 보며 활짝 웃었다. 만족스러웠다. 이제 우는 제 품 안에 송 귀비를 감싸 안는 것을 그만둔 모양이었고, 이제 혜비를 말릴 이는 내명부에는 없었다.

"아, 귀비마마께서 잘 모르시나 봅니다. 혹시 생각이 나시거든 서찰로 보내 주셔요. 글은 쓰실 줄 아시지요? 이비는 몸이 괜찮습니까? 귀비마마께서 찾아가신 후에 유산하셨다지요?"

혜비가 우의 유산 문제를 들고나오자, 송 귀비가 참았던 눈물 한 방울을 결국 흘리고야 말았다. 그 모습에 오히려 혜비가 이를 악물었다. 울어야 할 이가 누구인가, 제가 무어라고 울어 대는지 혜비는 그 멱이라도 잡고 묻고 싶었다. 왜 네가 우느냐, 울어야 할 이는 따로 있지 않으냐 하고.

유산이라는 말에 우의 표정이 차게 굳었다. 결국 지키지 못했던 아이는 단 한 순간도 아프지 않은 적이 없었고 그것은 앞으로도 계속될 터였다. 우는 그저 노력하고 있을 뿐이었다.

"혜비, 이리 신경 써 주셔서 감사합니다. 허나 소첩은 몸이 좋지 않아 다음부터는 문안 인사를 드리지 못할 듯합니다. 귀비마마께서 허해 주셨으면 합니다."

송 귀비가 숙이고 있던 고개를 들어 우를 바라보았다. 그러나 그 단정한 얼굴에서 보이는 것은 아무것도 없었다. 원망, 분노, 그 어떤 것도 느껴지지 않았다. 차라리 저를 미워하고, 때리고, 저주라도 퍼붓는다면 이 죄책감이 덜할 거 같았다. 송 귀비는 고개를 끄덕이면서 허락의 말을 하였다.

모두가 우를 바라보았다. 그리고 떠올렸다. 황후였고, 황손을 회임했었다. 그 모든 것을 빼앗기고 비의 자리에 겨우 남은 이가 아니던가. 어째서 모두가 우의 눈치를 보고 있는 것인가. 그리고 모두가 눈치챘다. 송 귀비의 지위가 가장 높으나, 실질적으로 가장 강한 힘을 가지고 있는 이는 우였다. 그 집안이 망하지 않는 한, 이는 계속될 터였다.

황제의 엄청난 총애를 받는 이를 독살하려 했음에도 불구하고 이 자리에 남아 있을 수 있다는 것이 얼마나 대단한 일인지 그들 모두 깨달았다. 그리고 그런 우를 제한다 하여도 혜비가 있는 한 송 귀비는 내명부의 일인자가 될 수 없었다. 그 자리에 있는 모두가 순간 같은 생각을 하고 있었다.

엉망이었던 문안 인사가 끝난 후, 우는 제 처소로 향했다. 그를 박 상궁만이 홀로 뒤따르고 있었다. 여러 비빈은 그 모습을 물끄러미 바라보았다. 전과 다를 바 없이 꼿꼿한 그 태도와 우아한 모습에 저들끼리 쑥덕였다.

찬바람이 매서웠다. 박 상궁은 우의 옷깃을 여며 주었다. 건강이 아직 충분히 회복되지 않은 상태였으니 늘 조심해야 했다. 날이 차긴 했으나 상쾌하였고, 하늘은 높았다. 걱정했던 것보다 훨씬 우의 상태는 괜찮아 보였고, 박 상궁은 안심하였다. 박 상궁은 괜스레 조잘조잘 떠들며, 우의 눈치를 살폈다. 그리고 박 상궁의 목이 아플 때쯤 처소 앞에서 우를 기다리고 있는 희원을 보았다.

"이제 오는 것이냐? 내 추위에 동사하는 줄 알았다."

농을 건네며 다가온 희원은 자연스레 우에게 손을 내밀었다. 그의 손에 우 역시 제 손을 얹었다. 얼마나 기다렸는지 차게 언 그 손에 우는 내심 놀랐으나 내색하지 않았다.

처소 안에 들어서자 희원은 우의 외투를 벗겨 박 상궁에게 주었다.

"따뜻한 차 한 잔 부탁하네."

그는 곧장 우를 화로 곁의 의자로 이끌었다. 박 상궁은 밖으로 나가 불을 지폈고, 차를 준비하였다.

그 역시 걱정이 된 터라 참지 못하고 입궐한 것이었다. 여러 비빈과의 자리에서 우가 잘 버텨 낼 수 있을지, 괜찮을는지 계속되는 생각에 입궐하여 한참을 우의 처소 앞에서 서성였다. 주인도 없는 곳에 함부로 들어갈 수는 없는 일이었기에 그는 추위 속에서 꽤나 오랜 시간 우를 기다렸다. 그의 걱정과 달리 우는 생각보다 훨씬 좋아 보였다. 다행이었다.

"걱정하셨나 봅니다."

"내 속이라도 들여다본 거처럼 말하는구나."

우가 희미하게 희원에게 웃어 보였다. 희원도 우를 따라 웃었다. 그런 그들 사이로 따뜻한 차가 놓였다. 박 상궁 역시 편안한 모습으로 다과를 놓아 주고는 자리를 피해 주었다.

"봄이 오면 궐을 나갔다 오려 합니다."

희원이 놀란 눈으로 우를 바라보았다. 그리고 금방 고개를 끄덕였다. 이유가 생각났기 때문이었다. 아직도 묻지 못한 유골함이 그의 눈에 띄었다. 유골함 곁에는 희원이 가져온 야광주가 가득 놓여 있었다.

"좋은 곳에, 궐이 아닌 따뜻하고 좋은 곳에 묻어 주고 싶습니다."

희원은 그저 고개를 계속해서 끄덕였다. 우는 찡그린 얼굴로

눈물을 참고 있었다. 슬픔은 우의 가슴에 남아 때때로 튀어나오곤
하였다.

"같이 가 주실 수 있겠습니까?"

억지로 웃어 보이는 우를 보며 희원 역시 못내 밝은 목소리로
답했다. 어찌하지 못할 상처로 아파하는 모습이 안타까웠다. 그러
나 우는 홀로 버티고 서 있었다. 그것이 못내 안타까우면서도 다
행스러웠다. 희원은 밝은 목소리로 제가 유랑 다녔던 여러 곳을
이야기해 주었다. 저를 위해 애쓰고 있는 희원의 다정함이 우는
기꺼웠다.

희원의 노력 때문인지 점차 슬픔이 가신 분위기는 평온해졌다.
둘은 함께 식사하고, 다시 이야기하고 그렇게 시간을 보냈다. 하
늘이 붉게 물들 때까지.

🌿

황제는 골머리를 앓고 있었다. 이 재상은 그날 이후, 황제에게
서 돌아섰다. 그것을 모르는 이는 궐 안에 존재하지 않았다. 사사
건건 제 말에 반박하기 바쁘고, 훼방 놓기에 바빴다. 그리고 지금
은 제 후계에 대해 압박하고 있었다.

"국모의 자리를 비워 둘 수는 없습니다."

이 재상이 말하면 대다수의 신하들은 그를 따라가기 바빴다.
황제가 아닌 이 재상의 눈치를 보는 것이었다. 희윤의 얼굴이 분

노로 붉게 달아올랐다.

"폐하, 황후를 세우시고 후계를 보시어 황권을 굳건히 하시고, 대계를 이루소서."

황후를 세우고, 대계를 이루라. 허울뿐인 충언들이었다. 황제의 나이 이제 고작 스물셋이다. 후사가 없어 불안하다고 하기에는 이른 나이였다. 황후라, 결국 다 제 이익을 보기 위해 여식들을 들이밀 것이고, 황제는 그중 제가 감당할 수 있는, 도움이 되는 이를 골라야 할 것이다. 그는 이를 악물었다. 제가 고르기나 할 수 있을는지도 의문이었다.

"국모의 자리는 이리 조급히 해결할 일이 아니니 시간을 두고 이야기하지."

희윤은 정무를 본 뒤, 송 귀비를 찾았다. 그가 쉴 곳은 송 귀비의 곁밖에는 없었다. 고운 제 연인 곁에서야 그 숨통이 트이는 듯하였다. 저를 짓누르던 모든 것이 송 귀비 곁에서는 잊히는 듯하였다. 그리고 다시금 다짐하였다. 제 연인을 지키기 위해 더 강해져야 한다고.

송 귀비는 화로 곁에서 꾸벅꾸벅 조는 중이었다. 희윤은 조용히 그녀에게 다가가 잠든 그이를 살펴보았다. 화로 곁에 있어서인지 불그스름한 뺨이 사랑스러웠다. 희윤은 조심스레 그 뺨에 입맞추었다. 그리고 다시 그 입술에 입 맞추었다. 그 애정 어린 모습에 궁녀와 환관이 자리를 피했다.

"소화야."

그는 계속해서 송 귀비의 입술에 입을 맞추며 귀비의 이름을 불렀다. 잠에서 깨어난 송 귀비가 몽롱한 눈으로 그를 볼 때까지 그는 멈추지 않았다. 그리고 그녀가 그의 이름을 불렀을 때, 그는 그녀의 입술을 탐했다. 그것은 송 귀비의 단잠을 깨웠던 입맞춤처럼 부드럽지만은 않았다.

방금 잠에서 깬 이의 숨은 따뜻했고, 달았다. 희윤은 마치 송 귀비의 숨을 빼앗으려 하는 것처럼 그녀를 탐했다. 그렇게 그는 작은 연인의 몸에 저를 가득 채우고, 저를 가득 새겨 넣었다.

"어찌 이러는 거예요?"

잠긴 목소리로 송 귀비가 물었다. 그에게 안겼을 때 어찌나 소리를 질렀던지 잠긴 목소리 때문에 말하는 것이 창피할 지경이었으나 묻지 않을 수 없었다. 오늘따라 유난히 희윤이 이상했던 것이다.

"그냥, 네가 보고 싶었다."

희윤은 송 귀비의 목에 얼굴을 파묻었다. 포근한 살 내음이 좋았다. 그는 그저 이렇게만 있고 싶었다.

송 귀비는 한숨을 내쉬더니 작은 손을 들어 희윤의 등을 토닥였다. 그를 안아 주려 했으나 그가 안긴 것인지 제가 안긴 것인지 알 수 없었다.

"제가 보고 싶었다는 소리가 듣기 좋으니 이번만은 넘어가 드릴게요."

그 말에 송 귀비의 목에 얼굴을 파묻고 있던 희윤이 낮게 웃음을 터뜨렸다. 제 품에 안기지 않을 정도로 그는 커다란 사내였다. 그리고 뜨거웠다. 그는 언제나 제 마음을 표현하는 것을 망설이지 않는 사내였다. 그런 그가 좋았다. 그 널따란 품에 안기면 모든 것이 잊히는 듯하였고, 간혹 제게 이리 매달리는 것도 좋았다. 이 대단한 사내가 제게 목매는 것이 좋았다.

제게 사랑을 말하는 사내는 사랑스러웠다. 그의 곁이라면 오늘과 같은 수모도 견딜 만하였다. 송 귀비에게는 확신이 있었다. 희운이 항상 저를 사랑해 줄 것이라는, 저를 위해 최선을 다할 것이라는 그런 믿음이 있었다. 사랑을 주고, 사랑을 받아 송 귀비는 행복하였다.

※

우는 조용히 노래를 흥얼거렸다. 어렸을 적 제 어미가 저에게 해 주던 노래였다. 우는 품에 가만히 유골함을 끌어안고 노래를 흥얼거렸다. 이미 날은 어두워져 있었고, 하늘엔 별 하나 뜨지 않았다. 열어 놓은 창으로 시린 바람이 들어왔으나 우는 괘념치 않았다. 그저 별이 보이지 않는 게 안타까울 따름이었다.

오늘 하루 많은 비빈이 우의 처소를 찾았다. 비록 황제에게 외면받았으나 본디 집안의 권세가 대단하니 다들 슬쩍 동태도 살피고, 우의 편에 발이라도 담가 볼까 하는 마음이었다. 우는 그 모든 방문을 단호히 거절했다. 지금껏 단 한 순간도 편히 궐에서 생활해 본 일이 없었다. 제가 하고 싶은 것을 접어 두고, 해야 하는 일들만 했을 뿐이다. 그래야 한다고 생각하였고, 그렇게 해서라도 그를 돕고 싶었다.

허나 우는 이제 그러지 않기로 하였다. 그저 이곳에서 조용히 누구의 방해도 받지 않고 평온히 지내기로 하였다. 제 하고 싶은 대로 지낼 터였다. 궐의 누구도 만나고 싶지 않았다. 우는 그렇게 칩거하기로 하였다.

같은 시각, 송 귀비는 제 연인과 영원한 사랑을 속삭였고, 우는 혼자이기를 결심했다.

우가 칩거한 채, 아무런 방문도 허하지 않는다는 것이 여러 비빈 사이에 소문으로 퍼졌다. 수많은 이가 찾아왔었고, 그중엔 혜비 역시 있었다. 허나 혜비 역시 다른 이들과 마찬가지로 결국 우의 얼굴을 보지 못하였다. 아예 그 처소의 문을 안에서부터 걸어 잠가 버렸던 것이다. 그 때문에 궐 안에는 우가 유산으로 인해 건강이 좋지 않다는 것부터, 제정신이 아니라는 소문까지 돌았다. 그러나 소문의 당사자는 어떤 해명도 하지 않고 그저 묵묵부답일 뿐이었고, 결국 소문은 시간이 지나자 차츰 사그라들었다.

희원은 조금 멋쩍은 얼굴을 하였다. 우의 칩거가 궐 안에 소문으로 돌았을 때도 그는 우의 처소를 드나들었기 때문이다. 그가 소문을 염려하여 우에게 난색을 표하였을 때, 우는 말했다.

"수많은 이 중 진실로 저를 걱정하는 이는 없을 겁니다. 그러니 거절할 수밖에요. 그런 이들을 다시 돌아보기엔 제가 이미 너무 지쳤습니다."

차분히 내뱉는 그 진심이, 그리고 제가 우의 사람이라는 사실이 희원은 안타까우면서도 기뻤다. 이율배반적이게도 그는 우가 이리 벽을 치고, 사람을 만나지 않는 와중에 제 방문을 허해 주는 것이 좋았다. 사람을 만나지 않는 것이 걱정되긴 하였으나, 저만이 허락받은 이라고 생각하니 기뻤다. 희원은 애써 설레는 마음을 감추려 부러 농을 걸었다.

"내 너에게 특별한 사람이라니 영광이구나."

"왕야는 언제나 제게 특별한 분이시지요."

일부러 농을 걸었던 희원은 오히려 가슴이 철렁하였다. 이렇듯 한 번씩 내보여 주는 우의 마음에 그는 항상 끌려다녔다. 심장이 뛰는 소리가 귀에서 들리는 듯하였다. 아무렇지 않게 내뱉는 그 말들이 저를 얼마나 설레게 하고, 기쁘게 하는지 우는 아무것도 몰랐다.

"너 역시 내게 그렇다."

희원은 설핏 미소 지으며, 읊조리듯 말했다. 제 말을 들은 것인지, 못 들은 것인지 그저 웃어 보이는 우에게 희원은 입 맞추고 싶었다. 사랑을 고백하고 미소가 걸려 있는 그 입술에 다정히 입

맞추고 싶었다. 그러나 그는 그저 우를 따라 웃었다. 한 걸음, 한 걸음 천천히 다가가고 있었다. 제 감정을 앞세워 우를 곤란하게 하고 싶지 않았다. 그는 아주 조심히 하나둘 조금씩 제 마음을 보이고, 사내로 다가가고 있었다.

❀

"후계 없이 어찌 나라가 안정될 수 있겠습니까? 더군다나 국모의 자리가 비어 있으니 한시가 급한 일입니다. 황후를 세우고, 후계를 보셔야 합니다."

희윤이 머리를 짚었다. 저 입을 틀어막고 싶었다.

"그만들 하시오! 그것보다 급한 것은 주나라와 변방에서 마찰이 끊임없다는 것이오. 식량이 부족한 이들이 자꾸 국경을 넘어오니 이부터 해결해야 하지 않겠소?"

희윤의 말에 이 재상이 앞으로 나섰다. 한 발짝 앞으로 나온 그는 공손히 예를 갖추고 입을 열었다.

"주나라 백성들이 죽음을 각오하고 국경을 넘으니 그를 막으려면 어찌할 수 없이 공격해야 하고, 공격하지 않으면 결국 받아들일 수밖에 없습니다. 그 수가 많으니 위협만으로는 막기 어렵습니다. 상황이 이렇다 보니 주나라 측에서야 달가울 리 없는 일이라 주나라 병사들과 마찰이 잦다 합니다."

"그래서 이 재상의 생각은 무엇이오?"

주나라는 소국으로, 산이 많고 지대가 험해 농사짓기 어려웠다. 그러다 보니 항상 식량난에 시달렸고, 몇 해 전에는 결국 희윤의 나라, 기나라에 공녀와 공물을 바치고 대가로 식량을 얻어 간 일도 있었다.

백성이 있어야 세금을 걷을 수 있고, 나라의 재정이 굳건해지니 백성의 이탈이야말로 심각한 문제였다. 점차 그 수가 불어나 양국의 화친 역시 불안해지기 시작하였다. 기나라 측에서야 백성이 늘어나는 것은 환영할 일이었으나 주나라와의 분쟁은 귀찮은 일이었다. 전쟁이라는 것은 언제든 하지 않는 것이 가장 좋았다. 이길 것이 분명하였으나, 그로 인한 소득은 적을 것이고 오히려 피해만 남을 것이었다. 주나라에서 얻을 수 있는 것은 필요치 않은 산악 지대뿐이었다.

"국경을 넘는 이들을 받아들이고 주나라에는 대신 식량을 지원하는 것이 어떠할까 합니다."

"주나라 측에서 이를 받아들이겠소?"

"급한 불을 끄려면 일단 받아들일 겁니다. 가장 필요한 것을 내어 준다는데 쉽사리 거절하기는 힘들 거라 봅니다."

희윤이 고개를 끄덕였고, 그렇게 이 재상의 제안이 받아들여졌다. 당장의 식량 손실은 아쉽겠지만 장기적으로 본다면 백성을 받아들이는 것이 기나라에도 좋았다. 그들이 들어와 정착하여 땅을 얻어, 농사를 짓고, 세금을 낸다면 결국 나라를 굳건히 하는 것에 보탬이 될 터였다. 주나라 측이야 넘어가는 이들을 막을 수

없으니 일단 식량이라도 받아 급한 불을 끄는 것이 급선무일 것
이다.

"황후 책봉 문제는 어찌하시렵니까? 금혼령을 내리시고, 사주
단자를 받으시지요."

희윤이 내놓은 문제를 넘긴 이 재상은 다시 황후 문제를 꺼내
들었다. 황후 자리에 누군가 앉기 전에는 끝나지 않을 언쟁이었
다. 희원은 이를 더 미루지 못하고 결국 입을 열었다.

"그럴 필요가 있나. 비빈 중 적합한 이를 택하여 황후에 책봉
하기로 하지."

이 재상이 선뜻 그에 응하자, 나머지 대신들 역시 그를 따랐다.
특히나 딸자식이 비빈 자리에 앉아 있는 이들은 기쁜 기색을 숨
기지 못하였다. 아쉬운 표정을 한 것은 제 딸자식을 이제야 궐로
밀어 넣으려 했던 이들이었다. 송 귀비가 있는 탓에 황제는 새로
운 여인을 찾지도, 취하지도 않았기 때문이었다. 황후가 아니더라
도 일단 입궐하여 첩지를 받기라도 하였으면 하는 것이 그들 마
음이었다.

"마마, 마마! 들으셨어요? 황후 책봉을 한답니다. 이미 첩지를
받은 마마 중에서 간택한다 합니다!"

숨을 헐떡이며 달려온 궁녀가 속사포처럼 말을 내뱉었다. 이

상궁은 송 귀비의 어깨를 주무르며, 궁녀에게 눈치를 주었다. 허나 어린 궁녀는 그를 알아채지 못하고 계속 떠들었다.

"마마께서 황후가 되실 것은 빤한 일이 아니어요? 다들 샘이나 죽을 겁니다! 혜비전에서는 특히나 더 그렇겠지요? 아휴, 신나라!"

어린 궁녀가 뭣도 모르고 떠들어 대는 소리에 이 상궁이 참지 못하고 나서려 하였으나 그보다 빨리 송 귀비의 입이 열렸다.

"내가 황후가 된다고 누가 그러든? 그리고 나는 황후 자리가 그리 필요하지도 않아."

목소리에 밴 그 울적함에 이 상궁이 못내 한숨을 쉬었다. 여린 송 귀비는 문안 인사를 받고 난 후면 항상 이리 울적해하였다. 하루빨리 적응하여 제가 가진 권력을 제대로 휘두르면 좋으련만, 천성이 어리고 유약한 사람이라 쉽지가 않았다.

차라리 여느 귀족 가문에 시집갔으면 좋았을 성품이었다. 황가와 달리 일부일처만을 허용하기 때문에 이런 고생을 하지 않아도 좋을 터였다. 어쩌면 그 성품이 봄날처럼 따스하니 아랫것들에게 칭송 들어 가며, 지아비에게 사랑받으며 살 수 있었을 것이다. 허나 이곳은 궐이었고, 송 귀비의 지아비는 황제였다. 수많은 비빈 사이에서 살아남기 위해서 그녀는 변화할 필요가 있었다.

"당연히 귀비마마께서 되지요! 황제폐하의 총애가 마마께 가득한데, 무엇이 걱정이세요? 그리고 모든 마마께서 폐하와 부부의 연을 맺었다고는 하나 진정한 짝은 황제폐하와 황후마마뿐이라고들 하니 꼭 황후 자리에 앉으셔야지요! 민가로 따지면 그저 안방 차지한 첩에 불과하다 그리 말하는 이들의 코를 납작하게 눌러 줘야지요, 암요!"

"이 무슨!"

어린 궁녀의 말에 송 귀비의 안색이 퍼렇게 질렸고, 노한 이 상궁이 소리쳤다. 송 귀비는 어린 궁녀의 말에 제 처지를 알아차렸다. 안방 차지한 첩이라니, 진정한 부부의 연은 황제와 황후라니……. 제 꼴이 이렇구나 싶었던 것이다.

이 상궁이 결국 큰소리를 내자 그제야 제 실수를 인지한 궁녀는 서둘러 무릎을 꿇고 바닥에 머리를 조아리며 달달 떨었다. 송 귀비가 워낙 친근하게 대하니 이렇듯 할 말, 못 할 말 가리지 못하는 천둥벌거숭이들이 많았다. 그리고 그들은 이 상궁에 의해 다른 곳으로 보내지곤 하였다.

이 상궁은 송 귀비에게 아무런 말도 하지 않았다. 총애로 따지자면 송 귀비를 앞서는 이가 없는 것이 사실이었으나 어디 황후 자리가 총애로만 얻을 수 있는 자리이던가. 게다가 황후 자리에 오른다 하여도 여린 주인이 제대로나 할 수 있을지 걱정이 되기도 하였다. 귀비의 자리 역시 이리 버거워하는데 황후 자리는 언감생심이었다. 그렇다 하여도 황제의 옆자리는 황후라는 것은 변함없는 사실이었고, 욕심이 나지 않을 수 없는 자리라는 것 또한 진심이었다.

"희윤은 정말 높은 곳에 있구나. 그가 이리 나를 제 곁으로 올려 주어도 항상 나는 그 아래에 있구나."

"마마, 어찌 그리 말씀하십니까. 폐하의 곁은 마마의 자리이지요. 황후 자리가 아니어도 그분께서 그 마음을 내어 주셨으니 그보다 더 좋은 자리가 어디 있겠습니까. 그보다 더 진정한 옆자리가 어디 있겠습니까."

이 상궁은 궁녀를 쫓아내고는 송 귀비를 위로했다. 그 말이 위로가 된 것인지 그녀는 고개를 끄덕였다. 천금을 주어도 얻지 못할 이의 마음을 받았으니 그것으로 된 것이었다. 진정 사랑을 주고받은 이가 저였으니 그것으로 되었다. 그녀는 그리 생각했다.

혜비전에는 예부상서가 찾아왔다. 그는 마르고 신경질적인 모습이었는데, 하는 행동거지가 자로 잰 듯 정확하였다.

"혜비마마, 황후 책봉 이야기는 들으셨습니까?"

"예, 아버지."

혜비는 이 만남이 불편하기 그지없었다. 예부상서직에 있는 아비는 마치 서책을 옮겨다 놓은 이 같았다. 항상 한 치의 어긋남 없이 행하고, 말하며, 자식들에게도 이를 강요하였다. 그래서인지 혜비 역시 지난날 아비의 가르침이 몸에 배 있었다. 식사 중 수저 한 번 놓쳤다가 거센 회초리질을 당한 기억이 있었다. 말 한마디 잘못하여 반나절을 땡볕에 서 있기도 하였다. 그 어미조차 아비의 눈치를 보느라 혜비의 어린 시절에 따뜻한 기억은 없었다. 그나마 조금 숨통이 트였던 것은 여섯 살 차이의 남동생이 태어난 후였다. 대를 이를 사내아이가 태어나자 아비는 그 아이의 훈육에 정성을 쏟았고, 저는 뒤편으로 물러났다. 제가 그것을 얼마나 기뻐하였던가.

"비빈들 중 간택한다 하니 몸가짐을 단정히 하셔야 합니다. 책 잡힐 일 없도록 조심, 또 조심하셔야 합니다."

"그리하겠습니다."

혜비는 대답하였다. 그 아비가 이리 황후 자리를 욕심내는 것은 집안을 위한 것이었다. 본디 혜비, 이란이 입궐할 적에도 황후 자리를 욕심냈으나 진양 이가로 인해 실패하였다. 모든 것이 집안의 명예를 중심으로 돌아가는 아비였다. 제 집안 역시 명문가로 손에 꼽히기는 하나 진양 이가에 비하면 한 수 뒤처지곤 했고, 아비는 그것을 견디질 못하였다. 그 동생 역시 가문을 이을 아이였기에, 아비의 관심을 받는 것이었다.

그토록 냉정한 이였다. 아마 가문을 위해서라면 제 처와 자식들에게 망설임 없이 죽음을 강요할 수도 있는 이가 예부상서, 바로 제 아비란 자다. 그래서 혜비는 차라리 궐에 들어온 것이 좋았다. 낯선 곳이었고, 낯선 이들이었지만 그들과 지내는 것은 제 아비의 가르침을 받는 것보다 훨씬 편했던 것이다.

"황후 자리에 오르셔야 합니다. 내년 가을에는 이순이 과거를 볼 겁니다. 마마가 황후 자리에 올라 후계를 잇고, 이순이 과거에

급제한다면 더 바랄 일이 있겠습니까."

"아버지께서 힘써 주세요. 황후 책봉이야 예부의 일 아닙니까. 제가 황후가 되고, 되지 않고는 다 아버지께 달린 일이지요."

예부상서와 혜비는 그렇게 말을 주고받았다. 혜비 역시 황후 자리가 욕심이 나지 않는 것은 아니었다. 그러나 황후 자리에 대한 욕심보다도 혜비는 제 위에 송 귀비가 있는 것이 마음에 들지 않았다. 그이는 송 귀비가 황후가 되는 것을 두고 보지 않을 것이고, 결국 황후 자리는 혜비와 송 귀비의 다툼이 될 것이었다.

혜비는 아비를 바라보았다. 짙은 눈썹과 긴 눈, 그리고 마른 얼굴이 보였다. 아비는 좀처럼 흥분하는 일이 없었다. 대신 그 일처리가 냉정하고 잔인했다. 어린 시절 아비에게 예를 배울 때 얼마나 울었는지 모른다. 제 아이에게도 그럴진대 부리는 사람에게는 어떠했을까. 그런데도 그 집에 부리는 사람이 많았던 것은 쥐여 주는 돈이 많았기 때문이다.

그것을 보고 배운 혜비는 알았다. 마음보다 중요한 것은 돈이었고, 힘이었다. 돈 몇 푼에 변하는 이들은 수없이 많았다. 궐에서도 마찬가지였다. 그것은 지위가 높아도, 재물이 많아도 똑같았다. 혜비는 제 아비를 앞에 두고 알았다. 그리 끔찍하게 여기던 이의 모습이 지금의 제게 있음을.

예부상서가 돌아간 후, 혜비는 우를 떠올렸다. 우는 혜비에게 뭐랄까, 알 수 없는 사람이었다. 모두가 변하는 와중에 홀로 변치 않는 사람이었던 것이다. 저는 받아 본 일 없는, 그리고 줄 일 없는 그 애타는 마음이 신기하였다. 상처받으면서도 초라하지 않았고, 거절당하면서도 구차하지 않았다. 어찌 그럴 수 있나. 사랑받고 자란 이라 그런 것인가 하다가도 궐 안 여러 비빈 중 사랑받지 않고 자란 이가 얼마나 되겠는가 싶었다. 그리고 생각했다. 저 역시 그런 마음을 받고 싶었다. 주고 싶은 이는 없었으나 그런 마음을 받고는 싶었다. 가슴 깊이 새겨진 외로움은 어찌할 수 없게 커져 나가곤 하였고, 그럴 때면 우를 찾았다. 홀로 변치 않는 마음을 가지고 있는 이를 보며 제 마음을 달랬다.

만약 우가 죽음을 맞이하는 일이 있다면 그것은 제 손에서여야 했다. 그 가치를 모르는 황제의 손이 아니라, 그 미천하기 짝이 없는 송 귀비의 손이 아니라 그이를 알아보고, 지켜본 제 손이어야 했다.

"오늘도 혜비마마께서 찾아오셨습니다. 어찌 이리 마마를 뵈려 하는지 소인은 정말 모르겠습니다."

박 상궁이 못마땅한 얼굴로 중얼거렸다.

"마음 붙일 곳이 필요한 게지. 가까운 사이가 아니라 하더라도 그이와 나는 가장 오래 본 사이가 아니던가."

우의 말에 박 상궁이 고개를 절레절레 저었다. 그가 본 혜비는 세월에 영향을 받을 이는 아니었고, 더군다나 외로움 따위 느낄 이도 아니었다. 그 서슬이 퍼런 얼굴을 보자면 오금이 저리는 듯하였다. 궐 안에서 제일 까다롭고 모시기 힘든 비빈 중 으뜸이 바로 혜비였다. 아는 게 많고, 요구하는 것 역시 많으며, 그 심기를 헤아리기 어렵다 소문이 자자했었다.

그러나 박 상궁은 굳이 그런 말을 꺼내지 않았다. 어차피 문이야 열어 주지 않을 테니 무슨 상관인가 싶었다. 그보다도 황후 책봉에 대하여 말을 꺼내야 하나 말아야 하나 고민하였다.

"아, 그리고 황후 책봉을 한다고 들었습니다. 비빈마마들 중 간택된다고……."

망설이다 결국 박 상궁은 입을 열었다. 걱정 가득한 얼굴로 우를 바라보며 그 눈치를 살폈으나, 당사자는 오히려 태연하였다.

"그래. 오래 비울 수 없는 자리지. 책봉이 되면 내게 일러 주게. 황후마마 첫 문안 인사까지 거를 수야 없는 일이지."

그렇게 우는 선을 그었다. 황후가 정해지기 전까지는 그 일에 대해 듣지 않겠다는 뜻이었다.

황후였던 우의 입에서 나오는 그 호칭이 매우 낯설고, 그에 화가 나 박 상궁이 울상을 지었다. 냉궁에 있을 적만 하여도 박 상궁은 우가 다시 교태전으로 돌아가리라 의심치 않았다. 한숨을 내쉰 그는 이미 지나간 과거야 생각해서 무슨 소용인가 싶어 하던 걸레질을 마저 하였다. 그이는 속으로 황제와 송 귀비를 욕하며 걸레질을 하였다. 절로 손에 힘이 들어가 걸레질한 자리에 반질반질 윤이 났다.

우는 멍하니 앉아 생각에 잠기었다. 처음엔 좋았었다. 황태자
비가 되고, 황후가 되어 그의 옆자리에 있다는 것에 겨워 그가 어
떤 눈으로 저를 보는지도 몰랐다. 멀리서 지켜보고, 이야기만 들
었던 소년은 제가 상상한 것과 똑같았다. 아니 더욱 좋았다. 다정
하진 않았지만 무심히 내어 주던 손이 좋았다.

희윤에게 우는 너무나 쉬웠다. 그저 눈길 한 번, 손길 한 번 내
어 주는 것으로 우는 그에게 모든 것을 바쳤다. 그리고 우는 지금
그것을 후회하고 있었다. 그에게 내어 주고 남은 것이 무엇이던
가. 보상을 바라지는 않았지만, 이리 하찮게 버려지길 원한 것도
아니었다. 우는 유골함을 바라보았다. 어미가 버려지자 그와 동시
에 자식이 같이 버려졌다. 죄책감이 일었다. 제 자식도 지키지 못
한 한심한 어미. 그게 바로 저였다.

우가 치마를 꼭 쥐었다. 온몸이 부들부들 떨려 왔다. 견딜 수
없는 슬픔이고, 고통이었다. 한참을 두 눈을 꼭 감은 채, 마음을
진정시킨 우는 다시 차분히 차를 마셨다. 이렇듯 슬픔은 갑작스레
하루에도 몇 번씩 찾아왔다. 그것을 견디고, 또 견뎌야 했다. 모
든 것이 인내의 반복이었다.

쾅쾅. 문을 치는 소리와 함께 밖에 선 호위 무사들의 소리가 들
려왔다. 박 상궁은 한층 밝아진 얼굴로 처소를 나섰다.

"마마! 소왕야 오셨습니다."

다시 처소로 들어오는 박 상궁의 뒤로 희원이 있었다. 그는

화사한 미소를 만면에 띠고 있었다. 그를 보는 우의 얼굴에도 자연스레 미소가 걸렸다. 짙푸른 비단은 그에게 그림같이 어울렸고, 웬일인지 화려한 차림을 한 그는 우의 눈에도 아주 고왔다.

"소왕야, 이리 꾸미시니 궐의 마마들보다 어여쁘십니다!"

박 상궁이 우스갯소리를 하자 희원이 웃음을 터뜨렸다. 농으로 한 소리였지만 그는 참으로 고와 보였다. 그는 잘난 사내였다. 이국의 어미를 닮아 외견이 곱기도 하거니와 황제의 하나뿐인 형으로 태생 또한 두말할 필요 없이 귀했다.

"박 상궁 말처럼 오늘은 참으로 멋지십니다."

우가 말했다. 박 상궁의 칭찬에는 웃음을 터뜨리던 그가 우의 칭찬에는 쑥스러운 탓인지 약간 어색한 얼굴로 미소만 지어 보였다.

"오늘은 내 할 말이 있어서 왔다."

자리에 앉은 희원이 말을 꺼냈다. 그는 긴장한 얼굴로 손을 가만두지 못하였는데, 우는 가만히 그가 말을 꺼내기를 기다렸다.

"전에 네 나에게 봄이 오면 궐을 나가자 하지 않았더냐? 눈이 녹기 전에 나가는 것은 어떠하냐? 내 꼭 너에게 보여 주고 싶은 곳이 있다."

희원이 어렵사리 꺼낸 말에 우는 쉬이 고개를 끄덕였다. 그제야 긴장이 풀린 희원은 작게 안도의 한숨을 뱉었다.

"그 말씀을 하시려 이리 입고 오셨습니까?"

우의 장난스러운 질문에 희원의 얼굴이 달아올랐다. 그는 헛기침을 하며 꼭 그런 것은 아니라며 답하였다. 그런 둘을 보며 박 상궁이 흐뭇한 미소를 지었다. 보기 좋은 한 쌍이었다. 황제가 아니라 희원이 곁에 있으면 우는 편안히 미소 지었다. 그래서 박 상궁은 희원이 오기를 기다리곤 하였다. 진심으로 우가 행복하기를 바랐다.

"내 폐하께 말씀드리마."

"아닙니다. 제가 하겠습니다. 일전에 제가 이미 언질을 드렸으니 허하실 겁니다."

희원은 우의 결정에 따르기로 하였다. 이미 언급하였다고 하니 굳이 제가 나설 필요는 없어 보였다. 오히려 제가 나섰을 때, 좋지 않은 영향이 끼칠 거 같았다. 그는 조용히 기다리기로 하였다. 우가 해결하지 못하면 그때 나서도 늦지 않을 것이다.

"폐하, 이비마마 드셨사옵니다."

"들라 하라."

희윤은 우를 살폈다. 언제나와 같이 단정한 모습이었다. 칩거하였다 하더니 어찌하여 저를 찾았나 싶어 궁금증이 일었다. 또다시 저를 위한답시고 이것저것 행하나 싶어 그는 미심쩍은 눈초리를 하였다. 예를 갖추어 인사 올린 우는 희윤을 마주 보고 앉았다.

"무슨 일이지?"

"전날 드렸던 청 때문에 왔습니다."

희윤이 전혀 모르겠다는 얼굴을 하였다. 그는 언제나 우와의 기억을 쉬이 잊었다.

"궐 밖에 다녀오려 합니다."

우의 말에 태평하던 그의 표정이 순식간에 굳었다. 그는 진정으로 우가 궐을 나가려 한다고 생각지 못했었다. 그저 분한 마음에 뱉는 소리라 생각하였는데, 그것은 우의 진정이었다. 한때의 분풀이로 생각하고 받아 준 것이 참이었다니 조금 곤란하였다.

"이제 곧 황후 간택이 있을진대 네 진정 나가고 싶은 것이냐?"

"저와는 상관없는 일이 아닙니까."

희윤은 그것이 우의 진심인지 궁금하였다. 저 태평한 얼굴처럼 그 속내도 태평한지 궁금하였다.

"네 자리가 아니었더냐? 탐이 나지 않느냐? 네 아비에게 부탁만 하여도 쉽게 내어 줄 텐데 말이다."

속삭이는 그 목소리에 우는 진저리가 났다. 저를 시험하는 그가 무서울 지경이었다. 지울 수 없는 상처를 남긴 이는 끝까지 제게 잔인하였다.

"아무런 욕심도 없습니다. 제가 탐할 수 있는 자리가 아니라 생각합니다. 아버지께 그런 부탁을 할 생각은 추호도 없습니다."

"진정이냐? 네 아비는 너로 인해 내게 척을 진 거 같더구나. 내 너에게 다시 황후 자리를 내어 주면 그이가 다시 내게 돌아서겠느냐?"

우가 입술을 깨물었다. 모욕적이었다.

"저와는 상관없는 일입니다. 그저 신첩 궐 밖에 다녀오길 바랄 뿐이니 허해 주십시오."

희윤은 우를 살폈다. 좋지 않은 말들로 인해 그 표정이 어두웠으나 진정 궐 밖으로 나가는 것만을 바라는 것 같았다. 그는 괜한 소리로 우를 시험하는 것을 멈추었다. 그 역시 알고 있었다. 본디 우가 욕심 없는 성격이라는 것을. 황후의 자리에 앉아 많은 것을 누릴 수 있었음에도 그러지 않던 이가 아니던가. 이 재상과의 문제가 저에게서 비롯됨을 모르지 않으면서도 그 책임을 우에게 전가하려고 하는 스스로가 한심하였다.

"좋다. 내 호위할 이들을 내어 주마. 어디로 갈 것이냐?"

"필요 없습니다. 아친왕께서 안내해 주시기로 하였습니다."

우는 솔직히 대답하였다. 숨길 이유도, 숨길 필요도 없는 일이라 여겼으나 희윤은 아니었다. 제 비가 궐 밖을 나가면서 제가 붙여 준 호위가 아니라 아친왕과 함께한다는 것은 말도 안 되는 일이었다. 더군다나 요새 아친왕의 움직임에 말이 많았다. 그동안 우의 처소에 드나들던 것을 눈감아 주었다. 그도 부족해 함께 여행한다니 그것은 선뜻 허락해 줄 수 없는 일이었다. 지난번 희원과의 만남 이후 그는 희원이 가진 우에 대한 마음을 알게 되었다. 그러니 더욱 민감할 수밖에 없었다. 아무리 제가 내친 이라 하더라도 우는 저의 비였다.

"내 비가 친왕과 함께하겠다? 이 무슨 말도 안 되는 짓인지 알기는 하고 그 입을 연 게냐?"

그가 못내 참지 못하고 거칠게 물었다.

"호위 무사는 되고 친왕이 안 될 이유가 무엇입니까? 그리고 제가 폐하의 사람이었습니까?"

"네 지금 내 사람이 아니라고 말하는 것이냐?"

희윤이 소리쳤다. 비록 황후에서 폐하고, 비에 봉했으나 그 또한 제 여인임은 틀림없었다. 스스로 나서서 제 여인이기를 거부하는 우에게 그는 화가 일었다. 스스로 그 손안에 있기를 원하던 이는 어느새 날개를 펴고 저를 벗어나고 있었다.

"저를 버리신 것은 폐하이십니다. 버리신 것을 어찌 폐하의 소유라고 하십니까? 버리셨으니 버려질 수밖에요."

"불허한다."

"허나 전에 직접 허하신다 약조하셨습니다. 정히 그러시다면 폐하께서 내려 주시는 호위도 함께하도록 하겠습니다."

희윤은 대답하지 않았다. 굳은 그의 얼굴이 대답을 대신하고 있었으나 우는 개의치 않아 보였다. 그저 그 앞에 앉아 희윤의 대답을 기다리고만 있었다. 그 태도에 희윤은 못마땅한 얼굴을 해 보였다. 제가 허한다면 크게 문제 되지 않을 일은 맞았다. 말이 나오지 않을 리 없겠으나 크게 부풀려질 일도 아니었다. 조용히 소수의 인원으로 아무도 모르게 다녀온다면 그저 넘어갈 일이 될 터였다.

허나 이미 희윤은 희원의 마음을 알고 있었고, 그것이 자꾸만 허락을 주저하게 하였다. 이미 제 손으로 내쳤으나 아직도 제 것이었다. 원하는 것은 아니었으나 아직은 필요하였다. 저와 적대하기로 한 이 재상에게 내밀 수 있는 가장 효력이 좋은 패가 우 아니던가.

"좋다. 내 약속하였으니 어쩔 수 없지. 내 직접 내려 주는 호위 무사를 대동하고, 그 기간 역시 스무 날이 넘지 않도록 한다면 허해 주겠다."

희윤이 말했다. 그는 우에게 양보하였다. 친왕과 함께한다는 사실이 못마땅하였으나 여행의 목적이 무엇인지 그 역시 잘 알고 있었기 때문이었다. 그는 처음으로 우에게 져 주었다. 이 상황을 제가 초래한 것임을 알고 있었고, 그 죽음 역시 제가 불러들인 것을 알고 있기에 내린 결정이었다. 그 가여운 죽음을 가는 길까지 막고 싶지는 않았다.

우가 대답을 듣고 자리에서 일어났다. 지체 없이 뒤돌아 나가는 그 모습에 희윤이 헛웃음을 터뜨렸다. 저 나름대로 마음을 정리한 것인지 매몰차게 행동하는 것이 영 어색하였다. 언제나 제가 나가라 명하여야 듣는 이가 아니었던가.

우의 행동으로 짐작하건대 이제는 황후 자리에 미련이 없는 듯하였다. 그렇다면 남은 것은 혜비와 송 귀비였다. 희윤은 생각에 잠겼다. 혜비는 다루기 어려운 이였다. 예부상서 역시 마찬가지였으니 그이를 피하는 것이 좋았다. 송 귀비가 황후 자리에 어울리지 않는다고는 하나 외척이 없으니, 그 세력을 견제할 필요가 없어 좋을 터였다. 그리고 하나뿐인 연인이 제 옆자리에 앉는다는 것 역시 좋았다.

그는 송 귀비에게 가장 좋은 것, 가장 귀한 것을 주고 싶었다. 여린 이가 감당하기 어려울 수 있으나 제가 잘 이끈다면 불가능한 일도 아니리라. 가장 중요한 것은 이 재상이 과연 누구의 손을 들어 주느냐는 것이었다. 송 귀비의 손을 들어 줄 리는 만무하였으니 그는 무슨 수라도 써야만 했다.

우는 무거운 발걸음을 옮겼다. 아직도 가슴이 고장 난 것처럼 마냥 쿵쾅쿵쾅 요동을 쳐 대고 있었다. 일종의 오기였다. 희윤이 저를 버렸으니 저 역시 그를 버리겠다는 오기였다. 그러면서도 진정으로 제 안에서 그를 지울 수 있을지는 스스로 확신하지 못하였다. 사랑에 빠지기는 너무나도 쉬웠으나 그 마음을 홀로 돌려놓기란 그처럼 쉽지도, 간단하지도 않았다. 그나마도 죽은 아이가 아니었다면 흔들리지도 않았을 일이었다.

"이비."

"귀비마마께 인사 올립니다."

송 귀비와 마주친 우가 예를 갖추어 인사를 올렸다. 박 상궁 역시 우를 따라 인사하였는데 심히 그 표정이 좋지 않았다. 다른 것은 다 제쳐 놓더라도 송 귀비에게 인사 올리는 것은 박 상궁에게 특히나 자존심 상하는 일이었다. 칠푼이 같은 계집이 우보다 윗사람이라니 끔찍하기 그지없었다. 송 귀비 뒤에 서 있는 이 상궁 역시 꼴 보기가 싫었다.

"건강은 괜찮으십니까?"

송 귀비가 조심스레 말을 건넸다. 제 딴에는 안타까운 마음에 그냥 지나치지 못한 것이었겠으나 우에게는 달갑지 않은 관심이었다. 더군다나 이처럼 희윤과 만난 후, 송 귀비를 보는 것은 정말 피하고 싶었다. 눈앞에 있는 이의 친절은 늘 언제나 그래 왔듯이 전혀 상대를 배려하지 못하였다.

"괜찮습니다. 소첩은 이만 물러가 보겠습니다."

"아, 저 이비!"

서둘러 자리를 피하려는 우를 기어코 붙잡은 송 귀비가 우물쭈물하였다. 그러더니 결국 그 작은 입을 열어 우에게 사과의 말을 하는 것이다.

"지난 냉궁에서는 제가 큰 실례를 저질렀습니다. 죄송합니다. 도와 드릴 수 있는 것이 있다면 제가 꼭……."

"그만하세요."

우가 송 귀비의 말을 끊고 외쳤다. 우의 얼굴이 하얗게 질려 있었다. 송 귀비는 우의 반응에 어찌할 줄 몰랐고, 이 상궁은 또 한숨을 내쉬었고 박 상궁은 씩씩거리며 송 귀비를 노려보았다. 갑자기 엉망이 된 분위기에 송 귀비가 눈치를 보면서도 어리둥절해하였다. 그이는 그저 사과하고 싶었던 것이다. 눈앞에 있는 이에게 진정으로 사과하고 제가 할 수 있는 것이라면 무엇이라도 도와주고 싶었을 뿐이었다.

"제가 유산한 일을 말씀하시는 겁니까? 그저 실례하였다, 죄송하였다 말하면 되는 일이라고 생각하시는 겁니까?"

송 귀비가 화들짝 놀란 얼굴을 하였다. 이리 반응하리라고는 생각지 못한 탓이었다.

"하지도 않은 일로 유폐되어, 귀하디귀한 아이마저 잃었습니다. 그것이 이리 쉽게 말로 갚아질 수 있는 일 같습니까? 오며 가는 이 길 위에서 언급할 일인 거 같습니까? 그리 겁먹은 얼굴 하지 마세요. 그 친절을 무기로 저를 상처 입히고 있는 이는 귀비마마 아닙니까."

말을 마친 우가 박 상궁과 함께 송 귀비에게 인사하고 자리를 떠났다. 마지막으로 본 우의 얼굴에는 차마 흘리지 못한 눈물이 가득하였다. 무서운 얼굴을 하고 있었지만 정작 상처받은 것은 우였다. 그리고 송 귀비는 또다시 제 무지를 탓하였고, 이 상궁은 차마 그런 송 귀비에게 무어라 말도 하지 못했다.

송 귀비는 그저 우가 칩거한 이유로 만날 수 없어 사과할 수 없었기에 우연히 마주친 기회를 놓칠 수가 없었다. 마음 한편에 놓여 있는 그 죄책감이 견딜 수 없었던 것이다. 송 귀비는 그 자리에 멍하니 있다 곧 발걸음을 옮겼다.

송 귀비를 뒤로하고 걸으며 우는 비참한 기분을 느끼고 있었다. 희윤은 저를 다시 또 이용하고 싶어 하였고, 송 귀비는 저를 동정하고 있었다. 그중 제가 바란 것은 아무것도 없었다. 고개를 들고 허리를 꼿꼿이 세우고 있었으나 그 속내 역시 그런 것은 아니었다. 내쳐지고, 버림받은 이의 속내가 어찌 멀쩡할 수 있을까. 그저 괜찮은 척, 아무렇지 않은 척할 뿐이었다.

"에구머니! 왕야! 아직 안 가셨습니까?"

우의 처소 앞에 멀뚱히 서 있는 희원을 발견한 박 상궁이 그에게 빠른 걸음으로 다가갔다. 우 역시 조금은 놀란 얼굴을 하였다. 희원은 멋쩍은 얼굴로 걱정이 되어서 가지 못했다 하였고, 그것은 우의 기분을 조금 나아지게 하였다.

"아이구! 소왕야뿐입니다. 그렇지 않아도 오다가 귀비마마와 마주쳐서 화병이 날 거 같습니다."

호들갑을 떨며 말하는 박 상궁에게 우가 슬쩍 눈치를 주었다. 희원은 우의 손을 잡아끌며 안으로 향했다.

"그랬더냐? 그래서 얼굴이 좋지 않은 게야?"

"아닙니다."

우의 얼굴을 살피며 희원이 물었다. 그 얼굴에 서려 있는 다정함과 걱정이 한결같았다.

"귀비마마께서 잔인한 구석이 있으시지. 순진하기 그지없는 얼굴로 마구 헤집어 대니 어린아이 같지 않으냐? 원래 가장 잔인한 이들은 제 하는 일을 모르고 있는 어린아이들이지."

희원의 말에 박 상궁이 고개를 끄덕이며 맞장구를 쳐 댔다. 순진한 얼굴로 다가와 친절이란 미명하에 속을 뒤집어 놓는 행동거지가 딱 그 짝이었다. 받고 싶지 않은 친절에 나쁜 사람이 되는 것은 언제나 그 상대편이 아니던가. 가장 나쁜 것은 진정 그 속내에 나쁜 의도가 없다는 것이었다. 송 귀비는 진정으로 상대하기 귀찮은 이였다. 우와 혜비 정도가 되어야 그나마 그이를 적당히 상대하였지 나머지 비빈들은 괜스레 움직였다 황제의 눈 밖에 난 경우가 허다했다.

"허나 그것을 떠나서 나도 귀비마마가 싫다."

"예?"

뜬금없는 소리에 우가 희원을 쳐다보자 그는 슬쩍 웃더니 대답하였다.

"너를 힘들게 하는 것들은 다 싫다."

희원의 그런 다정한 대답에 뒤를 따르던 박 상궁은 놀라더니 이리저리 눈을 굴리며 눈치를 보았다.

힘든 만남 때문이었는지 우에게 그의 말은 무척이나 달았다. 얼굴에 열이 오르는 것이 느껴졌다. 희원은 얼굴을 붉히는 우와 놀란 박 상궁의 모습에도 아무렇지 않은 듯해 보였다. 그저 우의 손을 잡은 채 처소 안으로 이끌었다.

우는 저도 모르게 희원의 눈을 피하였다. 그 모습에 살포시 웃음을 터뜨린 희원은 그 커다란 손으로 우의 뺨을 감싸더니 저를 바라보게 하였다.

"지금은 내게 집중하여라."

우의 얼굴이 붉어지다 못해 새빨갛게 달아오르는 것을 모른 척한 희원은 여행에 대한 이야기를 꺼내기 시작하였다. 결국은 제가 다 준비할 터이니 걱정 말라는 내용뿐이었다.

저도 모르게 우는 자꾸만 희원의 눈치를 보게 되었다. 그가 하는 얘기에 집중하려 하였으나 어색하기 그지없었다. 의식하기 시작하니 끝이 없었다. 그동안은 아무렇지 않게 넘겼던 일들이 자꾸만 생각났고, 어슴푸레 희원의 마음이 느껴져 난감하기도 하였다. 그렇다 하여 그가 싫은 것은 아니었다. 우는 희원을 어찌 대해야 할지 혼란스러웠다. 그가 내어 주는 것을 이리 받기만 하여도 괜찮은 건지, 그 마음을 이리 모르는 척하여도 괜찮은 건지 알 수 없었다.

희원은 궐을 나가기 전, 희윤을 찾았다. 이복동생은 그를 꽤나 험악한 눈초리로 보고 있었다. 일부러 대신들과 술자리를 가지고, 이 재상의 자택을 뻔질나게 드나들었다. 친우가 없는 그곳에 드나드는 것은 이목을 끌기 쉬웠고, 분명 희윤의 귀에도 들렸을 것이다. 그래서 그의 아우가 저런 표정을 하고 있는 것일 터였다.

"아친왕, 어찌 오셨습니까?"

항상 환대하던 이의 얼굴에는 싸늘함만이 가득하였다. 저를 기다리던 아우는 사라지고 그 자리엔 황제만이 남아 있었다.

"이비마마께서 이야기하셨다 들었습니다. 제가 이비마마를 모시고 궐 밖에 나설 예정입니다. 알고 계신다 하나 저 역시 따로 말씀드려야 할 거 같았습니다."

그 말에 희윤은 한숨을 내쉬었다. 희윤에게 희원은 하나뿐인 형제이자 제 고충을 이해해 주는 이였다. 비록 그 타고난 어미가 다르다고는 하나 희원은 희윤에게 좋은 형이었다.

"도대체 왜 이러십니까? 이비 때문에 이러시는 겁니까? 그이를 결국 폐하지도, 죽이지도 않았습니다. 아친왕과의 만남도 눈감아 주었습니다. 제발 등 돌리지 마세요. 제가 아우가 아니라 황제로 행하게끔 하지 마세요."

희윤은 제 형을 아꼈다. 정치에 관심이 없는 이라 관직도 거절하고, 유랑만 다닌다고들 하나 실은 그이가 저를 위해 그리 움직이는 것을 알고 있었다. 제가 황제라고는 하나 제가 죽는다면 황제 자리는 그의 것이 될 터였고, 그것은 황권에 좋지 않았다. 후계가 없는 황제와 본래 황제의 자리에 올랐을지도 모르는 친왕의 관계는 불안하기 짝이 없었다. 그것을 알고 희원이 미리 조용히 숨죽여 가며 살아온 것을 희윤은 잘 알고 있었고, 고맙게 여겼다. 그랬기에 여인 하나로 이리 형제 사이가 망가지는 일은 피하고 싶었다.

희윤은 희원에게 제 속내를 털어놓았다. 희원에게 하는 그의 말은 부탁이자 경고였다. 그는 진정으로 하나뿐인 형제를 죽여야 하는 참혹한 일이 벌어지지 않기를 바랐다.

"송구합니다, 폐하."

"아친왕!"

희윤이 소리쳤다. 그는 결국 제게 등을 돌리겠다는 의사 표현을 한 것이었다. 희원은 희윤에게 끝내 변명 혹은 핑계도 대지 않은 채, 자리를 떠났다. 결국 희윤은 그렇게 홀로 남았다. 밤새 농을 지껄이며 술잔을 나누던 하나뿐인 형제는 그렇게 미련 없이 희윤을 끊어 내었다.

희원 역시 그 속이 편한 것은 아니었다. 그 역시 이복동생을 좋아하였다. 그러나 우와 희윤, 둘 중 하나를 골라야 했고 그는 우를 선택하였다. 우와 희윤 모두를 가지기는 어려운 일이었다. 그리고 그는 그 선택을 후회하지 않을 자신이 있었다. 그는 제 모든 것을 우에게 걸기로 다짐하였다. 곁에서 바라보는 것으로 족하지 않기로 마음먹었다. 희원의 발걸음은 가벼웠고, 그의 등 뒤로 황제의 처소가 빠르게 멀어져 갔다.

여행 준비는 순조로웠다. 궐에서 짐을 챙겨 나가는 것이 혹시 눈에 띌까 하여 우는 박 상궁에게도 짐을 챙기라 하지 않았으며, 그이가 챙긴 것 역시 유골함과 야명주가 전부였다. 처음부터 모든 것을 준비하겠다고 한 희원은 그것을 달갑게 여겨, 우와 박 상궁의 마음을 편하게 해 주었다. 희윤은 총 네 명의 호위를 내렸으며, 그들은 출발 당일에 우의 처소로 찾아오기로 하였다. 우는 황제의 허락을 받아 조용히 아무도 몰래 궐 밖으로 나가기로 하였다.

"마마, 이제 곧 나가셔야지요!"

평복을 한 박 상궁이 설레는 얼굴을 하고 있었다. 그와 달리 유골함을 끌어안고 있는 우는 조금 우울한 얼굴이었는데 주인의 마음도 모르고 설레발을 친 박 상궁은 홀로 반성하며 조심스레 야광주를 챙기고는 우의 곁에 다가섰다.

처소 밖에는 이미 호위 무사들이 당도한 상태였다. 그들 또한 평복을 입고 일반 백성으로 위장하였으나 허리춤에 매달려 있는 장검이 그 위장을 방해하였다. 우는 천천히 일어나 처소 밖으로 나섰다. 입궐 후 처음으로 사사로이 궐 밖을 나서는 일이었으나 이유가 이유인지라 슬플 수밖에 없었다. 품에 안은 차가운 유골함의 무게가 우에게 자꾸만 제 존재를 각인시켰다.

호위 무사 중 가장 나이가 많은 이가 유골함을 제가 들겠다고 하였으나 우는 그를 단호히 거절하였다. 새벽녘, 그 품 안에 유골함을 꼭 안은 채, 궐 밖을 나서는 우의 뒤를 호위 무사들과 박 상궁이 따르고 있었다.

우의 처소가 외진 곳에 있는 탓에 궐 밖으로 나서는 건 금방이었다. 황제가 내려 준 패를 이용하여 밖으로 나서자 그곳엔 희원이 있었다. 그는 우를 보자마자 반갑게 맞이하였다. 왠지 마음 한 구석이 불안하여 혹시라도 우가 나오지 않으면 어쩌나 걱정했던 탓이었다. 그런 희원의 마음을 아는지 모르는지 우는 무표정하였다.

희원은 우와 박 상궁을 마차에 태웠다. 호위 무사들에게는 각각 말이 주어졌고, 희원 역시 제 말을 탔다. 마차에는 두 명의 일꾼이 마부석에 앉아 있었고, 짐이 가득 실려 있었다. 희원이 앞장서서 말을 달렸고, 그 뒤를 마차가, 마차의 뒤를 호위 무사들이 따랐다.

마차 안, 박 상궁은 우를 향해 이런저런 말을 걸기 시작하였다. 비록 유골함을 묻기 위해 나왔다고는 하나 모처럼의 궐 밖 외출이었으니 우가 조금이나마 마음을 편히 하길 바랐다. 산 사람은 살아야 하지 않겠는가.

"마마, 아차! 아가씨 밖 좀 내다보셔요."

박 상궁을 이기지 못한 우가 밖을 내다보았다. 새벽이라 사람이 없는 길은 조용하여, 저들의 말 달리는 소리만 가득하였다. 문을 닫은 상점들과 곳곳에 쌓인 눈 더미가 어렸을 적 추억을 상기시켰다. 그제야 제가 궐 밖에 나선 것이 실감이 되었다. 항상 보던 높은 담벼락과 화려한 처소가 아니라 볏짚으로 얼기설기 지은 초가들이 눈에 가득 찼다. 갑자기 벅차오르는 감정에 우의 눈에서 눈물이 흘렀다.

"아가씨, 어찌 그러십니까?"

깜짝 놀란 박 상궁이 우의 눈물방울을 닦아 주며 물었다. 기뻐하리라 생각하였던, 우의 반응에 박 상궁은 당황하여 어찌할 줄 몰랐다. 그저 그 고운 얼굴에 흐르는 눈물들을 닦아 주기 바빴다. 우는 박 상궁을 돌아보며 눈물 젖은 얼굴로 미소 지었다.

"아니, 아닐세."

황후였다. 제국의 가장 귀한 여인이었다. 그리고 희윤, 제가 사랑하는 이가 궐 안에 있었다. 저의 자리도, 사랑하는 이도 모두 궐 안에 있었다. 우의 세상은 궐 안이 전부였다. 그러나 제 자리는 빼앗겼고, 사랑하는 이는 저를 내쳤다. 그렇게 우의 세상은 산산조각 나며 부서졌다. 이미 부서진 조각들, 아니 바스러진 것들로 모래성을 쌓는 듯 놓지 못하고 아등바등하였다.

우는 그 몸뚱이가 궐 밖으로 나와서야 희윤이 있는 그곳이 더 이상 제 자리가 될 수 없음을 실감하였다. 아무리 원한다 하여도 희윤은 우에게 자리를 내어 주지 않을 터였다. 우는 애써 모른 척하던 것들을 받아들였다. 그렇게 우는 희윤을 조금씩 지워 가며 새로운 곳으로 향했다.

한참을 달려 도착한 곳은 수도 외곽의 주막이었다. 희원은 말에서 내려 마차의 문을 두드린 후, 그 대답을 기다렸다. 잠시 후, 박 상궁이 대답하자 그는 마차 문을 열었고 내리려는 우의 허리를 잡아 마차에서 사뿐히 내려 주었다. 그 모습에 호위 무사들이 움찔하였으나 차마 뭐라 하지 못하고 눈치만 살폈다. 희원과 우, 그리고 박 상궁마저 아무렇지 않아 보이니 차마 나서지 못할 뿐, 그들은 저들끼리 눈짓을 주고받았다.

"괜찮으냐? 마차가 불편하지는 않고?"

희원은 우를 살뜰하게 챙기기 시작하였다. 달리는 마차 안이 편할 리는 없으나 우는 그저 괜찮다 하였다. 마차 곳곳에 어찌나 신경을 쓴 티가 나던지 불평은커녕 감사한 마음에 우는 설핏 웃었다. 그리 신경을 쓰고도 제 안색을 살피는 희원에 기꺼웠다.

"오늘은 여기서 묵어야겠다. 외곽까지 나왔으니 괜찮을 게야. 나를 알아보는 이들도 적을 테고. 피곤할 터이니 쉬어라."

주막의 주인에게 돈을 낸 희원은 우에게 가장 좋은 방을 내주었다. 다행인 것은 외곽이어도 수도의 근처인지라 방이 꽤 된다는 것이었고, 안타까운 것은 시설이 형편없었다는 것이었다. 희원이 굳이 이런 곳을 선택한 이유를 우는 짐작할 수 있었기에 아무런 말도 하지 않았다.

방에 들어선 박 상궁은 이런 초라한 곳에서 우가 지내도 괜찮을는지 걱정이 가득하였다. 우는 저를 과보호하는 박 상궁이 안심하도록 찬찬히 설명해 주었다.

"좋은 곳으로 가면 귀한 이들이 많을 터이니 나나 왕야나 그 신분이 노출될 위험이 더 클 것이다. 이곳에 있는 것이 좋을 게야. 이 정도면 냉궁보다야 양호하지 않은가. 따뜻하기도 하고."

그제야 박 상궁이 이해한 듯 밝은 얼굴을 해 보이더니 잠자리를 봐 주었다. 침상이 아닌 바닥에 요를 깔고 자는 것은 처음 있는 일이었다. 더군다나 누가 썼는지 알 수도 없는 이불을 사용하는 것은 처음이었다. 여러 가지 불편한 것들이 잔뜩 있었으나 우의 마음만은 편안하였다. 머리맡에 유골함을 놓은 우는 정말 오랜만에 편안한 마음으로 달게 잠이 들었다.

우가 잠에서 깬 것은 아침이 훌쩍 지나서였다. 다들 이미 식사를 마치고 출발할 준비를 마친 상태였기에, 우는 미안한 마음으로 방을 나섰다. 그리고 역시나 그런 우에게 가장 먼저 다가선 것은 희원이었다. 그는 우의 아침을 준비해 달라 하더니 곧장 우의 손을 끌어 상 앞에 앉게 하였다.

"잘 잤느냐? 많이 불편했느냐?"

생글생글 웃으며 이런저런 질문을 던지는 그의 얼굴에는 만족감이 가득하였다. 궐이 아닌 곳에서 우와 함께하는 일이 있으리라고는 단 한 번도 생각하지 못했었다. 뜻하지 않은 이 여행은 그에게 너무나 소중하였다. 황제의 여인이 아닌 평범한 모습의 우와 마주 보고 있다는 것이 그는 믿을 수 없을 만큼 놀랍고, 설레었다.

"송구합니다. 저 때문에 늦어지겠습니다."

우가 미안한 얼굴을 하자 희원이 고개를 절레절레 흔들었다.

"그리 신경 쓸 필요 없다. 너를 위한 것이니 모든 게 네 위주로 움직이는 것이 옳지. 어떤 것이든 너 하고픈 대로 하여라."

다정한 둘의 모습에 눈치만 보던 호위대장 겸직은 결국 참지 못하고 박 상궁을 잡아 구석진 곳으로 데려갔다. 저를 빤히 바라보는 박 상궁을 곤란한 얼굴로 바라보던 그이는 망설이다가 결국 조심스레 입을 열었다.

"박 상궁."

박 상궁이 도끼눈을 뜨더니 겸직의 말을 정정해 주었다.

"궐에서 나왔다 사방팔방 소문이라도 낼 생각이시오? 박가! 뭐 그게 싫으면 순애라 부르시오. 내 이름이 박순애라오."

"흠흠. 이보오, 박가. 왕야 아니 도련님과 아가씨가 너무 가깝지 않소?"

목을 가다듬은 겸직은 어색한 얼굴로 박 상궁에게 다가가 속삭였다. 저들도 눈치가 있으니 희원이 어떤 눈으로 우를 보고 있는지 빤히 보이기에 모른 척하기가 힘들었던 탓이다. 게다가 희윤이 특별히 우를 위해 호위들을 내려 주었기에 더욱 그랬다.

"무사 어른! 눈 감고, 귀 막고, 입 닫으시오. 내 특별히 해 주는 조언이니 가슴에 새기시오. 보아도 본 게 아니고, 들어도 들은 게 아니어야 하오. 특히나 그 입! 궁금하여도 묻지 말고, 알고 있어도 말하지 마시오."

쌩하니 박 상궁이 돌아서자 겸직의 뒤로 나머지 호위들이 나타났다. 그들은 제각기 추측한 바를 떠들기 시작하였는데, 곧 겸직이 정신을 차리고 그 머리통을 한 대씩 쥐어박고 나서야 그 입을 다물었다. 왠지 한숨이 절로 나온 겸직은 우와 희원에게로 돌아가 목적지를 물었다. 새벽녘에는 자세한 설명을 듣지 못하였고, 아침엔 우가 일어나면 그때 설명해 주겠다는 희원의 말에 이제껏 기다렸던 것이다.

"청산으로 갑니다."

청산이라는 말에 사람들이 저마다 고개를 끄덕였다. 청산이라면 스무 날 이내에 충분히 다녀올 수 있는 곳이었다.

"청산이요?"

"그래. 청산. 내 그곳을 꼭 너에게 보여 주고 싶구나."

희원이 묘한 표정을 지었다. 어찌하여 청산을 간다 하는지 알 수는 없으나 청산은 예로부터 사계절 내내 푸르다 하여 명승으로 유명하였다. 지금은 황제에게 그 소유권을 인정받아 희원이 가지고 있었다.

희원은 희윤이 황제로 등극한 후 얼마 지나지 않아 친왕으로 봉해졌다. 친왕으로 봉해지면서 그는 대농장의 수조권을 받는 대신 청산을 받기를 청하였고, 희윤은 그것을 선선히 허락해 주었다. 세금은커녕 수익을 낼 수 있는 것들이 없는 곳이라 대신들의 반발 역시 미미하였다. 그래서 희원은 아주 쉽사리 청산의 소유권을 얻었다. 한동안 그 일로 희원이 정신이 나갔다는 소문이 돌기도 하였다. 우 역시 그 소문을 모르는 바는 아니었다. 더군다나 그가 사람들의 청산 입산을 금지한 후로는 그 소문이 더욱 거셌기에 모르려야 모를 수 없는 일이었다.

그들이 출발한 것은 점심 식사를 마친 뒤였다. 아침 식사를 늦게 한 우로 인해 시간이 애매해지자 희원은 점심까지 해결한 뒤 출발하자고 제안하였다. 저로 인해 출발이 계속 늦어지자 난감해하는 우를 보며 희원은 오히려 즐거워하였다. 이는 궐 안에서 볼 수 없던 우의 새로운 모습들 때문이었다. 과연 궐 안의 어떤 이가 우가 늦잠을 자리라 생각이나 할까. 그런 아주 작은 것들이 그들을 더욱 가까이 만들고 있었다.

"저, 왕야."

"어찌 왕야라 하느냐? 온 세상 사람들에게 나를 알리기라도 할 셈인 게야?"

희원은 깜짝 놀라는 척하며, 검지를 제 입술로 가져갔다. 그 모습에 우가 망설이는 얼굴을 하자 그는 다시금 입을 열었다.

"희원. 이름으로 불러 다오."

저도 모르게 애타는 마음이 섞여 들어간 건지 희원이 애원하듯 말했다. 그는 쉽사리 입을 열지 못하는 우를 바라보고 있었는데, 그 시선이 하도 간절하여 호위들이 고개를 절레절레 저었다. 친왕과 황제의 비라……. 황제의 귀에 들어간다면 결국 사달이 날 터였다. 그런데도 희원은 조심조심 우가 도망갈세라 조금씩 제 마음을 표하고 있었고, 그 외의 것에는 일말의 관심도 없었다.

"희원 오라버니."

우의 말에 희원이 기쁜 듯 미소 짓더니 그 부름에 다정히 답했다.

"우야."

그런 그들을 지켜보는 박 상궁은 뿌듯한 얼굴이었고, 호위 무사들만 곤란한 표정을 지었다. 호위들 역시 궐 안에서 지내는 이들인지라 우에 대한 무성한 소문을 모를 수 없었다. 순진하기 짝이 없는 귀비에게 독약을 먹였으나 천운으로 회임하여 그 죽음을 모면하고, 용서받았다 들었다. 만일 유산하지 않았으면 제 아이를 황태자로 세우고 훗날 다시 송 귀비에게 죽음을 사주했으리라는 소리도 있었다. 어찌나 냉혹하고 잔인하기 그지없는지 세 하나 없는 송 귀비가 독약을 먹고 사지를 헤맬 때도 황제에게 송 귀비를 저주하였다 들었다.

그러나 호위들은 지금 그 소문의 주인공이 눈앞의 이가 맞는지 아리송하였다. 그들이 보는 우는 비록 조용하긴 하나 잔인한 이는 아니었던 것이다. 친왕의 표현에 난처한 듯 웃는 모습만 보아도 그랬다. 더군다나 불편한 일이 많을 터인데 한마디 불평불만이 없는 것만 보아도 그 성품은 괜찮아 보였다.

본디 귀한 이들은 저들이 누리는 것들이 얼마나 특별한 일인지 모르는 일이 허다해 늘 당연하듯 생각하고 요구하였다. 허나 우는 그리하지는 않았다. 진정 호위하기에는 딱 좋은 인물이었다.

"곱기는 참 곱소. 여러 마마를 내 많이 보았지만 저처럼 고운 이는 처음 보오."

막둥이가 넋을 놓은 얼굴로 중얼거리자, 곁의 둘째, 셋째가 고개를 끄덕였다. 처음 보았을 때, 어찌나 놀랐던지 막둥이는 딸꾹질을 하였더랬다. 사내들만 득실하던 연무장에서 지내다가 꽃보다 어여쁜 이를 보니 놀랄 수밖에.

"그건 성진이 말이 맞소. 하마터면 너무 놀라 내 쌍욕 할 뻔하지 않았소?"

"놀라서 쌍욕이 나올 정도면 평소 얼마나 욕지거리를 한다는 거야?"

한 살 터울의 만호와 형우가 티격태격하였다. 나이는 많으나 평민인 만호와 나이는 어리지만 귀족 출신인 형우는 서로를 못 잡아먹어 안달이었다. 그나마 꽤나 오랜 시간 미운 정이라도 들었는지 처음과는 달리 말뿐인 다툼이라 다행이었다. 그러는 와중에도 아직 스무 살도 되지 않은 막둥이 성진은 우의 얼굴에 정신이 팔려 있었다.

콩.

"아오! 대장 머리 깨지는 줄 알았소!"

막둥이가 겸직에게 성질을 내었다. 그의 주먹이 매웠던 탓인지 막둥이는 머리를 문지르고 있었는데 그 얼굴이 꽤나 억울해 보였다.

"행실 똑바로 하여라!"

엄히 말하는 겸직을 힐끗 본 막둥이는 입을 삐죽이더니 혼자 구시렁거리기 시작하였고, 만호와 형우는 박장대소를 터뜨리며 막둥이의 머리를 거칠게 쓰다듬었다.

"거 눈이 달렸으니 보지. 눈앞에 저리 고운 이가 있으면 장님이 와도 눈이 뜨이겠소만! 그리고 왜 나만 가지고 그러시오!"

그런 그들을 보고 박 상궁이 혀를 찼다. 그러면서도 우가 곱다는 소리에는 기분이 좋았는지 입꼬리가 스리슬쩍 올라가는 것을 막지는 못하였다.

얼마 있지 않아 눈이 내렸다. 눈이 거세지기 전에 그들은 서둘러 출발하였는데, 다행히 눈이 많이 내리지 않아 여정에는 큰 무리가 없었다.

우는 처음과 달리 창을 통해 밖을 구경하고, 때로는 노래를 흥얼거렸으며, 유골함을 다정한 손길로 쓰다듬기도 하였다. 한결 편해진 그 모습에 마음이 놓인 박 상궁 역시 즐거운 얼굴로 여행을 즐기기 시작하였다.

"황상, 이 어미의 말을 들으시오. 이비를 다시 황후 자리에 올려야 하오. 이 재상과 사이가 틀어져 황상에게 좋을 일이 없소이다. 그이에게 조금만 곁을 내어 주면 쉬울 일을 왜 이리 어렵게 하시오?"

태후는 희윤을 설득하는 중이었다. 지금의 사태는 희윤에게 좋지 않게 흘러가고 있었고, 태후는 그를 마냥 두고 볼 수는 없었다. 황후인 제가 낳은 아이는 안타깝게도 적통이었으나 둘째였다. 만일 이 재상이 아니었다면 희윤은 황제 자리에 오르지 못했을 것이다.

희원의 생모는 이국 출신으로 그 배경이 없었기에 오히려 그를 황위에 올려 좌지우지하려는 이들이 많았다. 당시에도 태후는 이 재상에게 적통이라는 근거와 함께 이 재상의 아들이건 딸이건 황제의 측근으로 두겠다, 제가 살아 있는 한 무엇이든지 한 번은 은

혜를 갚겠다 하고 그의 지지를 얻어 냈었다. 그것을 황제가 망가뜨리고 있었다.

"어마마마! 제가 황제입니다. 어찌 그리 눈치만 보라 하십니까. 이 나라가 이 재상의 나라입니까? 아니요, 내 나라입니다. 그만하세요. 이미 저는 마음을 정했습니다. 그가 황권에 도전한다면 나 역시 두고 보지 않을 겁니다."

짜증과 울분이 섞인 목소리로 희윤이 답했다. 허울뿐인 황좌에 앉아 꼭두각시처럼 조종당하고 있는 거 같아 분노가 일었다.

"똑바로 보세요! 우, 그 아이 마음 하나 달래 주면 이 재상과 대장군이 따라옵니다. 황상의 손안에 문권과 무권 둘 다 쥘 수 있다는 말입니다. 그들이 왜 황상의 뜻에 따랐겠습니까? 황권을 다지는 일에 왜 일언반구 하지 않았겠습니까? 다 이비를 통해 작게는 이 재상과, 크게는 진양 이가와 손잡고 있었기 때문이지요. 여인 하나 받아들이지 못해서야 어찌 나라를 다스린다고 하십니까!"

"어머니!"

끝내 태후와 황제 사이에 큰 소리가 오갔다. 노한 얼굴의 희윤은 제 어미에게 화를 내지 않으려 노력하고 있었다.

"제발, 다시 한 번 생각해 보세요. 이비 그 아이, 아마 황상이 죽음을 명했다면 죽는 시늉이라도 할 겁니다. 성품도 그만하면 윗사람으로 모난 곳이 없지요. 궐 안에서 그리 중심을 잘 잡을 수 있는 이가 또 있을 거 같습니까? 황후 자리에 앉아 욕심 없이 그리 제 역할 잘 해내는 아이는 찾기 어렵습니다. 황상에 대한 마음마저 나무랄 곳 하나 없는 사람을 왜 그리 내치십니까, 황상."

태후의 애원에 희윤이 더 이상 참지 못하고 결국 자리에서 일어났다. 태후전을 나서는 그의 얼굴은 잔뜩 일그러져 있었다. 빠른 걸음으로 성큼성큼 제 처소로 향하던 희윤은 갑자기 멈추어 섰다. 그러더니 뒤돌아 고개를 숙이고 있는 환관을 향해 질문하였다.

"종추야, 너 역시 내가 잘못된 결정을 하였다 생각하느냐?"

환관 종추는 고개를 조아렸다.

"폐하, 어찌 폐하께서 하신 결정이 잘못된 결정일 수 있겠습니까."

원하던 대답이 아닌 것인지, 성에 차지 않은 대답인 것인지 희윤이 알 수 없는 표정을 지었다. 종추는 제가 어렸을 적부터 데리고 있는 사람이었다. 이십여 년 동안 제 곁에 있었으니 믿을 수 있는 사람이기도 하였다. 희윤은 평소라면 절대 물어보지 않았을 것을 종추에게 물었다.

"너만이 그렇게 생각하는 거 같구나. 허면 네가 보는 이비는 어떠하냐?"

희윤이 다시 질문을 던졌다. 그 질문에 종추는 한참을 곰곰이 생각하는 듯하더니 차분하게 입을 열었다.

"이비마마야, 언제나 공정하신 분입니다. 항상 그리 행하시려 노력하시는 분이고, 또한 무슨 일을 행하시든지 간에 최선을 다하시지요. 아마 궐 안 여러 마마 중 가장 책임에 대해 잘 아시는 분이 아닐까 합니다."

"그럼 송 귀비는 어떠하냐?"

희윤이 다시 물었다. 그 질문에 동그란 종추의 얼굴이 조금 난감한 기색을 띠었으나 금세 그는 평정을 유지하였다.

"귀비마마께옵서는 그분 정원의 꽃 같으십니다."

그것이 다였다. 종추가 설명하는 송 귀비는 단순하기 그지없었다. 송 귀비를 그이가 가진 정원의 꽃이라 표현한 것이다.

"어찌 그냥 꽃이라 하지 않고?"

"본디 겨울이면 져야 할 것이 사계절 내내 폐하의 은총으로 피어 있는 것이 닮았습니다."

희윤이 험악한 얼굴을 하고 종추를 노려보았다. 허나 그는 종추를 탓하지 않았다. 그것이 사실이기 때문이었다. 송 귀비의 정원엔 사계절 내내 화려한 꽃들이 피어 있었다. 그것은 모두 황제가 내린 것이었다. 대신 그는 다시 걷기 시작하면서 종추에게 한 번 더 물었다.

"송 귀비가 져야 할 꽃이라는 게냐?"

"제힘으로 겨울을 날 수 없는 것들은 본디 지는 게 자연의 이치이지 않습니까? 그를 벗어난다면 그것이야말로 꽃의 복이지요."

종추의 말이 옳았다. 송 귀비는 만약 희윤이 아니었다면 이미 벌써 궐내 세력 다툼에 치여 뒷방 신세가 되었거나 그 목숨을 유지하지 못했을 것이다. 송 귀비가 가진 것은 오직 황제뿐이었다. 그러나 그 하나가 가장 중요한 것이었고, 그래서 그이는 궐의 중심에 존재할 수 있었다.

만약 우의 일이 아니었다면 지금 희윤과 이런 이야기를 나누는 이는 희원이었을 것이다. 안타까운 마음에 희윤은 한숨을 내쉬었다. 제 형제가 유난히 그리운 날이었다.

종추는 희윤을 뒤따르며 걱정 어린 얼굴을 하였다. 하나부터 열까지 요즘 희윤은 심적으로 매우 힘들어 보였다. 하나뿐인 아끼던 형제와는 사이가 틀어졌고, 정치적으로도 이 재상과의 마찰로 인해 부담을 느끼고 있었다. 태후마저 희윤을 지지해 주기는커녕 그의 마음을 돌리려 노력하고 있었기에, 그의 뜻에 따르는 이는 현재로서는 그의 주변에 존재하지 않았다. 종추의 눈에 보인 희윤의 뒷모습은 외롭기 그지없었다.

"어쩐 일로 이 뒷방 늙은이를 다 찾으셨소?"

태후는 눈앞의 이가 그리 썩 달갑지 않았다. 이 재상과의 사이가 점점 벌어지고 있는 이 시기에 예부상서와의 만남은 불편하기 짝이 없었던 것이다.

"신, 태후마마께 부탁드릴 것이 있어 왔습니다."

부탁이라면 한 가지뿐이었다. 태후는 인자한 얼굴로 그 답답한 속내를 숨기며 말했다.

"무슨 부탁인지 들어나 봅시다."

"혜비마마를 도와주십시오."

"이보시오, 예부상서. 내겐 그럴 힘이 없소이다. 게다가 황후 간택이야 예부에서 하는 일이지 않소?"

태후의 말에 예부상서는 지지 않고 답하였다. 그는 태후의 마음을 얻어야만 했다. 황제의 총애가 송 귀비에게 있으니 태후의 지지라도 얻어야 승부를 걸어 볼 만할 터였다. 이 재상이야 황제와 척을 졌으니 송 귀비의 편을 들지 않을 것이 당연하리라 예부상서는 생각하였다. 세력 하나 없는 송 귀비였다. 오로지 황제의 총애만이 가득하다 하여 그녀가 황후가 될 수 있을 리 없었다.

"마마, 이 재상과는 이미 끝나셨습니다. 폐하께서도 그렇지만, 이 재상 역시 쉽사리 마음을 돌릴 이는 아닙니다. 떠난 이 옷자락은 이제 그만 놓으시고 다른 손을 잡으셔야지요."

태후는 예부상서의 말에 점차 흔들렸다. 그렇지 않아도 황제와 이 재상의 사이가 좋지 않으니 이쯤에서 새로운 이와 손을 잡아야 하나 생각이 들었던 참이었다. 게다가 예부상서 정도의 세력이라면 이 재상보다는 못하여도 나무랄 데 없었다.

태후가 송 귀비를 어여삐한다고는 하나 그이는 아무리 생각하여도 그 출신이 마음에 걸렸다. 하다못해 주나라의 공주쯤이나 된다면 모를까 한낱 몰락 가문 출신이니 황후의 자리에는 어울리지 않았다. 더군다나 송 귀비는 황제에게 아무런 도움이 되지 않을 터였다. 송 귀비가 황후 자리에 올라 훗날 황태자라도 낳는다면 이 역시 황권 강화에는 아무런 도움도 되지 않을 것이 분명했다. 출신이 미천한 어미에게서 나온 황제의 아이는 제 어미의 출신을 약점처럼 지녀야 할 것이다. 여러모로 송 귀비보다는 혜비가 황후에 적당하다고 태후는 생각했다.

"내 생각 좀 해 보겠소."

태후의 대답에 예부상서는 만족한 얼굴로 떠났다. 흔들리기 시작하였으니 넘어오는 것은 금방일 것이다. 어차피 황제와 이 재상의 관계는 회복할 수 없을 정도로 틀어졌다. 이 재상, 그 대쪽 같은 이가 돌아섰을 때는 이미 그것으로 끝인 것이다.

예부상서를 포함한 몇몇 이들이 동분서주하며 제 잇속을 차리고 있을 때, 이 재상은 모든 상황을 지켜보고 있었으나 황후 간택에 대한 어떠한 행동, 발언도 하지 않았다. 모든 이가 그를 지켜보고, 그의 의중을 궁금해하였다. 결국 이 재상이 손들어 주는 이가 황후의 자리를 차지하리라고 다들 생각하였기 때문이다.

퇴궐한 그는 문중의 어른들과 자리를 함께하고 있었다. 그의 자택에 찾아온 이들은 다들 이미 중앙에서 물러나 후학 양성에 힘쓰고 있었으나, 그의 요청으로 수도로 올라온 것이다.

"자네 뜻대로 하시게. 우리는 오히려 그동안 너무 숨죽여 지낸게 아닌가 하였네."

"황제는 그저 멋들어진 장식품에 불과하지. 그저 궐 안에서 올라오는 글자 몇 자로 어찌 세상을 알 수 있겠나? 거르고, 걸러진 것들에 의존하여 나라를 다스린다고? 그것은 헛말이지. 그저 황제를 위한 눈속임일 뿐이야."

"황제가 제 세를 넓히려 우리를 잡으려 한다면, 우리 역시 그에 답을 해 주어야지."

저마다 각각 늘어놓는 말들은 모두 이 재상을 지지하고 있었다. 오히려 그동안 이 재상은 황제의 뜻에 따라 제 이권도 포기하였기에 문중에서는 이런 그의 변화를 반갑게 맞이하였다. 그래서 다들 이런 먼 길도 마다하지 않고 이 재상을 직접 찾아와 지지의 뜻을 보이는 것이었다. 이미 은퇴하고 물러난 이들이라고는 하나 그 명성이나 인맥은 사라지지 않는 것이었고, 그들의 지지는 이 재상에게 힘이 될 것이 분명하였다.

날이 어두워져서야 우의 일행은 달리는 것을 멈추었다. 아무리 좋은 마차라고는 하나 불편하지 않은 것은 아니었기에 박 상궁과 우의 얼굴색은 좋지 않았다. 밖으로 보이는 눈 내리는 풍경이 아름답긴 하였으나 그것은 잠시뿐이었다.

박 상궁은 엉덩이를 두드렸다. 그 모습에 우가 웃음을 터뜨렸다. 호들갑 떨며 신나하던 이는 얼마 지나지 않아 마차 안에서 계속 울상을 하고 있었고, 마차에서 내리고 나서야 겨우 안도의 한숨을 내쉬었다.

"아이구야."

"괜찮은 게야?"

우가 다정히 묻자 박 상궁은 괜찮다 답하였으나, 그 모습은 전혀 그렇지 않아 보여 또 한 번 우가 웃음을 터뜨렸다. 그 맑은 웃음소리에 희원이 기쁜 얼굴을 하였다.

"오늘은 이곳에서 쉬도록 합시다."

지난번 주막과는 달리 화려하진 않아도 시설이 꽤나 좋은 곳에 머물기로 한 그들은 서둘러서 짐을 풀었다. 사람이 많기는 하였으나, 대부분이 상인들인 듯하였다. 여인인 우와 박 상궁에게 많은 시선이 쏠렸으나 일구종을 깊숙이 뒤집어쓴 탓에 그 얼굴이 잘 보이지 않아 다들 곧 관심을 거두었다.

"식사는 방에서 하는 게 좋겠구나. 내 그리 준비하라 일러두겠다."

희원은 우를 방까지 데려다주었다. 막둥이인 성진이 우의 방문 앞에 주저앉아 호위를 서기 시작하였다. 지나가던 이들의 시선이 따가웠으나 언제나 안전이 제일 중요한 것이 아닌가. 막둥이는 어린아이가 가져온 식사 역시 제가 받아 박 상궁에게 전달하였다. 어린아이라 하여 안전한 것은 아니었고, 무엇보다 우는 사람들과의 접촉을 피하는 것이 좋았다.

식사를 마친 후, 희원은 우를 찾아 시장 구경을 권했다. 안전상 우가 사람들과 부딪치지 않는 것이 좋기는 하지만, 장이 들어섰으니 잠시 구경이라도 하여 우를 즐겁게 해 주고 싶었던 것이다. 망설이며 기어코 거절하는 우를 밖으로 내몬 것은 박 상궁이었다. 유골함은 제가 잘 지키고 있을 터이니 다녀오라는 박 상궁의 말에 우는 희원과 밖으로 나섰다. 만호와 형우가 이들을 따라나섰고, 겸직과 막둥이가 남아 박 상궁을 호위하였다.

"참으로 오랜만입니다."

묘하게 들뜬 우의 목소리가 희원의 귓가를 간질였다. 얼굴이 잘 보이지 않았지만 그 목소리와 몸짓 하나하나가 우가 즐거워하고 있음을 알려 주었다. 만약 데리고 나오지 않았다면 또 멍하니 유골함을 끌어안고 슬픔에 겨워 있을 터였다.

사람이 많아 우가 여기저기 치이기 시작하자 희원은 제 손을 내밀었다. 우 역시 자연스레 그의 손을 잡았고, 북적이는 시장의 골목 안 손을 잡은 두 사람은 다정히 야시장을 구경하였다. 그 모습을 만호와 형우가 혀를 끌끌 차며 지켜보고 있었다.

"이거 아주 나 죽이시오 하는 꼴 아니냐?"

"알려진다면 그리되겠지."

한숨 섞인 형우의 대답에 만호는 히죽 웃었다. 만호가 보기에 몰락한 집안이라고는 하나, 귀족 집안의 자제인 형우는 세상 무서운 줄 모르고 정이 많았다. 천한 출신인 제가 쌍욕을 지껄여도 화만 낼 뿐 그 칼 한 번 휘두르지 못하던 이였다. 그런 형우의 눈에는 저들이 안타까운 듯하였다. 만호는 형우의 머리통을 휘갈겼다.

"아! 이게 뭐 하는 짓이야!"

버럭. 걸음을 멈추고 화를 내는 형우를 보며 끌끌 웃던 만호는 대답은 아니 하고 우와 희원의 뒤를 쫓았다.

우는 좌판을 구경하였다. 만든 이가 제법 솜씨가 좋은 것인지 아기자기한 것들아 꽤나 보기에 좋았다. 희원은 그런 우 곁에서 더 적극적으로 이리저리 물건을 살피며 우에게 어울릴 만한 것들을 찾고 있었다.

불쑥 내밀어진 손에는 비녀 하나가 들려 있었다. 분홍빛 자개가 꽃잎을, 작은 진주들이 꽃술을 이루고 있었다.

"네게 잘 어울리겠다. 내가 해 주마."

희원의 말에 파는 이도 옳다구나 하고 동조하기 시작하였다. 우는 결국 뒤집어쓰고 있던 일구종을 어깨로 내렸다. 희원은 우의 뒤로 가서는 제가 고른 비녀를 꽂았다. 이미 나무 비녀가 있는 탓에 조금은 이상한 모양이 되었지만 희원은 그저 제가 고른 비녀를 꽂고 있는 우를 보며 어여쁘다 하였다. 부끄러운 기색도 없이 듣기 좋은 말만을 늘어놓는 희원 때문에 우는 웃음을 참지 못했다. 어여쁜 이가 활짝 웃어 보이자 꽃송이가 피어나듯 너무나 고와 지나가던 이들의 눈길을 사로잡았다.

희원은 상인에게 비녀의 값을 치르고는 다시 우의 손을 잡아끌어 시장 곳곳을 누볐다. 한겨울임에도 맞잡은 손이 너무나 따뜻하여 그들은 추위도 느끼지 못하였다. 얼굴을 드러낸 후, 몇몇 사내들이 우의 뒤를 쫓았으나 형우와 만호에 의해 다들 혼쭐이 났기에 희원과 우는 아무 방해도 받지 않고 나들이를 즐겼다. 한참을 거리를 거닐다 희원과 우는 사람이 적은 곳을 찾아 커다란 돌 위에 나란히 앉았다.

"네가 웃으니 좋구나."

희원이 말했다. 그 낮고 부드러운 목소리는 행복에 젖어 있었다. 우는 그의 말에 일구종을 내리고는 그를 바라보았다. 희원은 이미 우를 바라보고 있었다. 마주친 시선은 어색하고, 당황스러웠으나 그 속에 담긴 애정과 기쁨이 차마 우를 고개 돌리지 못하게 만들었다.

"너와 함께 있어 좋고, 네가 웃어서 좋다. 네가 좋구나. 나는 우, 네가 좋다."

우는 쉽사리 뭐라 입을 열지 못하였다. 그 마음이 진정인 것은 알겠으나 저는 황제의 여인이었다. 제가 그 마음을 받아 준다 하여도 이루어질 수 없는 사이였다. 이미 아이까지 가졌던 황제의 여인, 그리고 그런 저에게 사랑을 고백하는 황제의 형제. 상상으로라도 해서는 안 되는 일이었다.

그런데도 어찌 된 것인지 우는 희원에게 거절의 말을 꺼내지 못했다. 그 마음이 애틋하여 그런 것인가 아니면 그의 모습에서 제 모습을 보고 있어서인가. 어쩌면 따뜻하고 다정한 품을 놓치기 싫은 이기심 때문일지도 몰랐다.

"기다리겠다. 그저 네 곁에 내가 있다는 것을 잊지 말아다오."

희원이 우의 앞에 쪼그려 앉더니 우의 손을 꼭 잡았다.

"진정이다. 진정 네가 나의 유일한 사람이다."

그는 붙잡고 있는 손 위로 얼굴을 묻었다. 우는 그런 그를 그저 내려다볼 뿐 잡힌 손을 뿌리치지도, 그렇다고 손을 맞잡아 주지도 않았다. 한참을 얼굴을 묻고 있던 희원은 일어서더니 우에게 일구종을 씌워 주었다. 그리고 그 손을 잡고는 주막으로 향하기 시작하였다. 어색한 공기가 둘 사이에 흘렀다. 돌아가는 길, 희원의 얼굴에는 굳은 다짐이, 우의 얼굴에는 걱정이 서려 있었다.

방문 앞까지 와서야 우는 어렵사리 입을 열었다.

"저로 인해 흙탕물에 발 담그지 마세요. 제 이기심 때문에 놓아주어야 할 분을 붙들고 있었습니다. 몰랐다고 한다면 거짓말일 겁니다. 애써 모른 척하고 있었던 거 같습니다."

"나를 밀어내지 말아 다오. 이기심이라도 좋고, 동정이라도 좋다. 나를 네 곁에 있게 해 다오."

우를 힘껏 끌어안은 희원이 애원했다. 그러나 우는 희원을 밀어내었다. 그 미약한 저항에도 힘없이 물러난 희원은 슬픈 눈을 하고 있었다.

"시간이 늦었구나. 피곤할 터인데 들어가서 쉬어라."

애써 웃음 짓는 희원을 뒤로하고 방 안으로 들어선 우는 미안함과 죄책감에 어찌할 줄 몰랐다. 좋지 않은 얼굴로 돌아온 우를 박 상궁이 걱정스레 쳐다보았다. 방 안에는 겸직과 막둥이도 함께였는데 그들은 우가 돌아오자 슬쩍 인사를 한 뒤 방을 나섰다. 아마도 그들은 밤새 순번을 정해 문 앞을 지키고 서 있을 것이다.

불이 꺼진 방 안, 우는 쉽사리 잠들지 못했다. 우가 한숨을 내쉬자 박 상궁이 벌떡 일어나더니 말을 건넸다.

"어찌 그러십니까? 무슨 일이라도 있으셨습니까?"

우가 한참을 망설이다 답하였다. 박 상궁 역시 눈치챘으리라 생각했기에 숨길 일도 되지 않는다 생각하여 우는 제 속내를 털어놓았다.

"아친왕께서 나를 여인으로 마음에 두신 듯한데, 어찌하면 좋을지 모르겠네. 나는 폐하의 사람이지 않은가. 나로 인해 괜히 사달이 날까 염려가 되어 그러네."

"마마의 마음은 어떠세요? 왕야가 싫으신 겁니까?"

"불가능한 일에 내 마음이 뭐가 중요하겠나."

우의 말에 박 상궁이 침상으로 다가와 그 손을 붙들었다. 그러고는 고개를 절레절레 저었다.

"아니요, 마마. 쇤네가 보기엔 그것이 가장 중요합니다. 폐하께서는 마마를 기억도 하지 않으실 겁니다. 아마 그분이 마마를 떠올릴 때는 이 재상께서 그분의 뜻대로 움직이지 않아 마마의 지원이 필요할 때뿐일 겁니다. 허나 왕야께서는 다르지 않습니까? 그까짓 법도야 다 잊어버리고 마마께서 진정 원하는 선택을 하세요. 뭣하면 함께 도망이라도 가면 그만이지요."

"불가능한 일이네."

박 상궁이 지지 않고 답했다. 그이에겐 우의 행복이 가장 중요하였다. 이제껏 궐 안에서 우가 진정 행복에 겨운 날이 있었던가. 박 상궁은 우에게 행복을 찾아다 주고 싶었다.

"마마, 행복할 수 있는 선택을 하세요. 왕야께서 이리 마마께 표현한다는 것은 그분께서도 모든 위험을 감수하겠다는 뜻 아니겠습니까. 그러니 그 마음을 보셔서라도 생각이나 해 보셔요. 이리 아무런 고민 없이 외면하는 것은 그분께 너무 잔인한 일입니다."

우가 생각에 잠긴 듯 아무런 말도 하지 않자, 박 상궁은 우의 손을 토닥였다. 그이는 그렇게 한참을 우가 잠들 때까지 곁에 있었다.

아침 일찍 자리에서 일어난 우는 박 상궁의 말을 떠올렸다. 그리고 희원을 생각하였다. 필요할 때면 언제든지 그 따뜻한 손을 내밀어 주었고, 그 품을 내주었다. 우는 희원에게 상처 주고 싶지 않았고, 저로 인해 망가지도록 내버려 두고 싶지도 않았다. 사랑이라 할 수는 없으나 우에게 희원은 소중한 사람이었다.

"희원 오라버니께 내 식사를 같이 하자 한다고 전해 주게."

박 상궁이 아리송한 얼굴로 방을 나섰다. 박 상궁이 다시 돌아오고 얼마 뒤, 희원이 들어섰다. 그는 약간 긴장한 얼굴이었는데 어색해하지 않으려 부단히 노력하는 듯하였다.

우는 희원에게 식사를 권했다. 전날의 일에 대해 아무런 말도 하지 않는 우를 보았다. 희원은 애써 아무렇지 않은 척하며 숟가락을 들었다. 그렇게 조용한 식사가 시작되었다. 아무런 대화도 없이 그저 가끔 작게 달그락거리는 수저 소리만이 정적을 가르고 있었다.

희원은 식사를 하면서도 우의 얼굴을 살피느라 정신이 없었다. 그는 식사가 마무리된 후에도, 자신이 어떻게 식사를 하였는지, 무엇을 먹었는지 기억하지 못할 정도였다.

"희원 오라버니."

식사를 마친 우가 희원을 불렀다. 그 소리에 차를 마시던 희원은 입을 데었으나 그를 표하지도 못하였다. 그를 눈치챈 박 상궁만이 웃음을 꾹 눌러 참았다.

"저는 잘 모르겠습니다. 제게 소중하신 분은 맞습니다만 그것이 연모의 마음이냐고 물으신다면 모르겠습니다. 허나 생각해 보겠습니다. 제 마음이 어떠한지, 표하신 마음 외면하지 않고 생각해 보겠습니다."

"그거면 되었다. 나는 그것으로 족해."

희원이 우의 말에 흥분하여 큰 소리를 내었다. 그 목소리에는 미처 숨기지 못한 기쁨이 가득하였고, 그 모습에 우는 저도 모르게 미소 지었다.

그들은 아침 식사를 한 뒤, 다시 청산으로 향했다. 앞장선 희원의 얼굴은 편안해 보였고, 마차 안의 우 역시 전보다 편안한 얼굴이었다. 차디찬 겨울, 그들 모두는 사계절 내내 변치 않고 푸르른 곳으로 달려가고 있었다.

✤

한편, 궐 안에서는 황후 간택으로 인한 논란이 계속되고 있었다. 이미 송 귀비와 혜비로 그 후보가 정해졌으나 그 둘 중 누가 황후의 자리에 오를 것인지는 정해지지 않았다. 그런 와중에 가장 중요한 것은 혜비가 태후의 지지를 얻었다는 것이었다.

"혜비마마께서 황후가 되는 것이 옳습니다. 황후 자리는 그 출신이 매우 중요하지 않습니까? 주나라 출신은 아니 됩니다."

"귀비마마께 그 무슨 망발이오! 품계로 보아 귀비마마께서 오르는 것이 맞습니다."

"허참! 태후마마께서 혜비마마를 따로 태후전에 자주 부르신다 하시니 이것만 보아도 그 뜻이 어디 있는지 보여 주는 일 아니겠습니까?"

신료들 역시 각자의 이익을 위해 주장하고 나섰다. 혜비를 지지하는 세력은 예부상서와 주로 가까운 이들로 제각기 한자리씩 차지하고 있는 이들이 대부분이었다. 기존의 세력을 혜비로 인해 더욱 견고히 하기를 원하는 이들이었다. 송 귀비를 지지하는 세력은 아직 젊은이들로 큰 세력을 꾸리지는 못하였으나 그 수가 많았다. 기나라에 연이 없는 송 귀비를 지지하고 세력을 꾸려 한자리 잡아 보려는 이들이 대다수였으며, 귀족 출신이긴 하나 그 집안이 대단치 않은 이들이었다.

"이 재상의 뜻은 어떠하오?"

소란 끝에 혜비 측의 누군가가 이 재상의 의견을 물었다. 황제와 모든 신료의 이목이 이 재상에게 집중되었다.

"혜비마마나 귀비마마나 두 분 모두 황후 자리에 손색이 없는 분들이지요. 품계로 보자면 귀비마마께옵서 앞서시고, 또한 그 온화한 성품은 궐내 소문이 자자하지 않습니까. 또 혜비마마께서는 알다시피 그 집안이 기나라에서 내로라하는 명문이며, 입궐하신 지 가장 오래된 분이니 손색이 없지요."

"그래서?"

희윤이 물었다.

"폐하의 뜻이 가장 중요하지 않겠습니까."

이 재상의 말에 희비가 갈렸다. 혜비를 지원하는 이들은 예상치 못한 전개에 당황하며, 난색을 표하였고 송 귀비를 지지하는 이들은 기쁜 기색을 감추지 못했다.

"맞습니다, 폐하! 폐하의 뜻이 가장 중요하지요. 신들 모두 폐하의 뜻에 따르겠나이다."

송 귀비 지지 세력이 때를 놓치지 않고 외쳤다. 희윤은 이 재상을 뚫어져라 쳐다보았다. 그의 속내가 어떠한지 알 수가 없었다. 희윤은 송 귀비가 황후의 자리에 오르길 원하였으나 어째서 이 재상이 저의 손을 들어 줬는지는 알 수 없었다. 분명 제게서 돌아섰다 생각하였기에 그는 의심 없이 기쁜 마음으로 이것을 받아들이기 어려웠다.

의심스러운 눈으로 저를 바라보는 희윤을 알고 있으면서도 이 재상은 그저 편안한 얼굴을 하고 있었다.

"폐하, 뜻대로 하십시오."

예부상서는 이 재상의 말에 분을 감추지 못했다. 또 한 번 이 재상으로 인해 황후 자리에서 밀려날 판이었다. 태후의 지지까지 얻어 냈건만 끝내 이리 밀리는 것인가 하여 그는 이 재상을 노려보았다.

어전회의가 끝나자 예부상서는 이 재상을 붙들었다.

"이 재상! 어찌 귀비 편에 선 것이오?"

예부상서는 분을 감추지 못하면서도 그 말만은 차분히 하였다. 그는 이 재상과 사이가 좋지 않았으나, 우의 일이 있었기에 그가 당연히 송 귀비를 누르기 위해 저를 지지할 것으로 생각하였다. 이 재상은 예부상서를 보며 그의 어깨를 두드려 주었다.

"붉은 옷이 얼마나 무거운지는 입은 자만이 알 수 있지 않겠소?"

이 재상은 인자한 미소를 지어 보이더니 곧 자리를 떠났다. 그의 뒷모습을 보며 예부상서는 묘한 표정을 짓고 있었다. 그는 기뻐하지도, 분노하지도 않고 있었고, 송 귀비의 지지 세력들은 그런 예부상서를 보고 그가 이 재상으로 인해 황후 자리를 포기하였다고 생각하였다.

곧 궐 안에는 이 재상이 송 귀비의 손을 들어 주었으며, 다시금 황제와의 사이를 돈독히 하려 한다는 소문이 돌기 시작하였다. 어쩌면 연 하나 없는 송 귀비와 손을 잡아 그를 제 편으로 만들려는 것이 아닌가 하고 다들 궁금해하였다. 어찌 되었건 이 재상으로 인해 송 귀비가 황후 자리에 더욱 가까워졌으며, 혜비 측은 최선을 다해 지금의 상황을 뒤집으려 하였다.

청산으로 향하는 여정은 여유로웠다. 수도와 그리 멀지 않은 곳에 있는 터라 우의 체력을 살피며 움직일 수 있었다. 그래서 희원은 볼거리가 있는 곳이면 중간에 꼭 멈추어 우에게 보여 주려 하였다.

우가 희원에게 생각해 보겠다고 답한 후, 그는 우에게 어떤 부담도 주지 않으려 노력하는 듯하였고, 그런 그를 알아서인지 우는 미안한 마음에 그가 권유하는 것은 무엇이든지 받아들이려 하였다. 그리하여 지금도 그들은 다 함께 눈꽃을 감상하는 중이었다.

"어여쁘지 않으냐?"

메마른 나뭇가지의 눈꽃이 우의 시선을 빼앗았다. 멀리서 보면 하얗고 앙증맞은 꽃들이 나뭇가지마다 활짝 피어나 있는 듯하였다.

"겨울이라 하여 꼭 쓸쓸한 것은 아닌가 봅니다."

우는 궐에서 보던 메마른 정원이 떠올랐다. 지금 궐의 나무에도 눈꽃이 피었을까 하는 의문이 생겼다. 우의 기억 속 궐의 겨울 정원은 메마르고 외로운 풍경뿐이었고, 우는 그것을 홀로 바라보며 저도 모르게 슬픔에 잠겼더랬다. 그러나 지금 희원과 함께 보고 있는 아름다운 풍경이 그 메마른 기억을 몰아내고 있었다. 앞으로 겨울을 떠올릴 때면 메마른 정원이 아니라 이토록 눈부시게 아름다운, 희원과 함께 본 눈꽃들이 떠오를 터였다. 홀로 외롭고 쓸쓸했던 기억들은 하나둘 희원 덕분에 점차 희미해지고 있었다.

"아, 참말로 보기 좋소."

그런 그들과 멀찍이 떨어져 있던 박 상궁이 말하였다. 박 상궁의 눈엔 그들이 눈꽃을 바라보는 모습이 들어 있었다. 박 상궁이 말하는 보기 좋은 것이 눈꽃인지, 우와 희원인지 겸직은 알 수가 없었다.

겸직이 보기에 희원과 우는 잘 어울리는 한 쌍이었다. 사정을 알고 있는 저도 그럴진대 모르는 이가 본다면 아마 더하면 더하지 덜하지는 않을 것이었다. 특히나 아친왕, 희원의 순정은 대단하기 그지없었다. 아무런 대가도 바라지 않고 그저 우가 행복하기만을 바라는 그의 마음이 놀라웠다. 만일 그가 우를 떠나 우가 행복해진다면 그는 분명 그리 행할 사람이었다. 겸직은 그런 그가 안타까워 혀를 찼다. 어찌 황제의 여인에게 마음을 빼앗겼단 말인가.

"저러다 둘이 도망이라도 가겠소."

만호가 귀찮은 듯이 말했다. 박 상궁은 만호의 말은 들은 체도 하지 않고 그저 우와 희원 쪽을 바라보며 흐뭇한 얼굴을 하고 있었다.

"어차피 돌아가면 끝날 일이오."

형우는 못내 안타까운 어조였다. 특히나 그는 희원에게 호감을 가지고 있었는데, 황족의 신분으로 욕심 하나 부리지 않던 이가 단 하나 욕심낸 것이 가질 수 없는 황제의 여인이라는 것이 안타까웠다.

황제에게 내쳐진 비와 친왕이라 비난할 소지가 충분하였으나 그러기엔 그 둘의 태도가 여간 조심스러운 것이 아니었다. 희원은 우가 상처 입을까, 부담스러워할까 전전긍긍이었고 우 역시 희원에게 상처 줄까 저어하는 눈치였다. 주변 이들이 안타까워할 정도로 서로를 배려하고 조심스러워하는 모습이었다. 더군다나 높은 지위에도 불구하고 소탈하게 행동하며, 평민 출신인 만호와 막둥이에게도 함부로 대하지 않았다.

그렇게 우와 희원은 호위 무사들에게 좋은 인상을 주었기에 다들 어지간한 일에는 눈감아 주려 하였다. 어차피 버려진 후궁이니 크게 일을 벌이는 것도 괜히 긁어 부스럼이라며 피곤할 일은 만들지 말자고 주장한 만호의 입김이 있었지만 말이다.

"대장, 이제 하루만 더 가면 청산이지 않소?"

막둥이의 말에 겸직이 고개를 끄덕였다. 궐을 떠나온 지 열흘이었다. 저들끼리 달렸다면 그 반절이면 도착할 거리였다. 그나마도 이것저것 구경하며 멈추고, 또 멈추었으나 시간은 늘 빨랐다. 아마 돌아가는 길은 더 빠를 터였다. 그러니 희원이 자꾸만 멈추고 싶어 하는 것이라 겸직은 추측하였다. 그러다 문득 생각하였다. 만일 궐로 돌아가서도 끝나지 않을 마음이라면 과연 어찌 되는 것인가. 막연히 떠오른 생각은 불길한 미래를 떠올리게 하였고, 그는 애써 생각하지 않으려 노력하였다.

저를 보며 착잡해하는 호위의 마음은 짐작도 하지 못하고 우는 해맑게 웃으며 아이처럼 즐거워하고 있었다. 하얀 눈밭에서 제 발자국을 남기기도 하였고, 손이 시린 줄도 모르고 희원과 함께 눈사람을 만들기도 하였다. 궐의 일은 모두 잊은 채, 그저 이 순간을 즐기고 있는 우가 희원의 눈에 가득하였다.

해사하게 웃는 그 얼굴을 보며 희원은 지난날의 우를 떠올렸다. 상처와 절망으로 가득 차 울던 모습이 아직 그의 뇌리에 있었다. 그는 지금 우의 모습을 지켜 주고 싶었다. 다시는 상처받지 않도록 제 품 안에서 오롯이 그 웃음을 지키고 싶었다. 우의 곁에 머물기로 한 그 순간부터 마음은 점점 커지고 있었다.

"오늘은 이리 눈꽃을 구경하고 내일 다시 출발하는 게 좋겠구나. 밤이 되면 달빛에 반짝이는 눈꽃 역시 어여쁠 것이다."

희원의 제안을 우는 흔쾌히 승낙하였다. 궐에 있을 적에도 분명 눈은 내렸을 터인데, 어째서 분명 아름다웠을 그 풍경이 떠오르지 않는 것인지 알 수 없었다.

여각은커녕 주막도 없는 마을인지라 우의 일행은 민가에 묵기로 하였다. 집주인은 마을의 유지 같았으나 워낙 작은 마을인지라 내어 주는 방이 둘뿐이었다. 결국 우와 박 상궁이 한방을, 희원과 호위들이 한방을 쓰기로 하였는데, 방이 워낙 좁아 한 명이 호위를 서는 것이 다행일 지경이었다. 그나마 방도 배정받지 못한 일꾼들은 마구간에서 자야 할 판이었으나 집주인 내외가 살펴 주어 인근의 다른 민가에서 묵기로 하였다.

"어디서 오셨소?"

집주인 내외는 넉살 좋게 식사하는 우의 일행의 곁에 앉아 이런저런 질문을 하였다. 특히나 그들은 우와 희원의 차림새에 놀라는 눈치였다. 우의 일행이 소탈하게 입는다고 입은 것이 이런 작은 마을에서는 보기 힘든 화려한 옷차림이었던 것이다.

"도성에서 왔습니다."

"아! 수도에서 오셨구려! 황후가 폐해지고, 비가 되었다는 소식은 내 들었다오. 황후 자리 놓고 난리라던데 참말이오?"

"이이는 참, 식사들 좀 하시거든 물어보지 않고."

그의 내자는 말리면서도 못내 궁금한 듯 눈을 빛냈다. 워낙 오가는 사람이 많지 않은 작은 마을이라 객이 들려주는 외지 소식이 그들이 접할 수 있는 소식의 전부였다. 그나마도 겨울이 되자 외지인의 발길이 뚝 끊겨 버리고 말았기에 그들 내외에게 우의 일행은 꽤나 반가웠다. 옷차림을 보니 보상도 섭섭지 않게 해 줄 듯 보였고 말이다.

"뭐, 그렇지요. 아직 정해지진 않았소만 곧 정해질 거요."

만호가 귀찮은 듯 밥을 한 술 뜨며 말했다. 궐의 이야기에 우는 아무런 표정도 짓지 않고 그저 차분하게 식사를 계속하였고, 나머지 이들은 슬쩍 우의 눈치를 보며 밥공기에 얼굴을 묻었다.

"쯧쯧, 그러게 마음을 곱게 써야지. 투기로 독살하려 한다는 것이 말이 되오? 어찌 그런 이가 국모의 자리에 있었는지 믿을 수가 없소이다. 악만 가득한 독화(毒花)라고 하더이다. 사람 잡는 독화."

순간 희원은 식사를 멈추고 우를 살폈다. 다행히 아무런 동요가 없어 보였으나 그 속내야 알 수 없으니 심히 걱정이 되었다. 집주인 사내는 받아 주는 이도 없건만 눈치도 없이 그 입을 계속 놀렸다.

"사약을 내렸어야지. 그 뭐더라 하여간에 죽을 뻔한 이가 성품이 워낙 선해서 용서해 줬다고 들었소. 있는 이가 더한다고, 황후 자리에 앉은 이가 뭐가 부족해 사람을 죽이려 했는지 모르겠구려. 높으신 분들의 속내는 내 알 수가 없소."

사내는 한참을 떠들다 결국 답하는 이가 없자 못마땅한 얼굴로 자리에서 일어났다. 그 내자는 남편의 수다에 민망한 얼굴로 미소를 지으며 인사를 건네고 그 뒤를 따랐다.

"신경 쓰지 마라. 한낱 소문일 뿐이다."

희원이 말했다. 그는 사내의 말이 신경 쓰인 듯 미간을 찌푸리고 있었다. 박 상궁 역시 성이 난 듯 씩씩거리고 있었고, 만호 홀로 히죽 웃으며 우의 얼굴을 뚫어져라 쳐다보고 있었다.

"제가 받은 것이 이 오명뿐이네요."

"우야."

우의 담담한 목소리에 희원이 안쓰러운 듯 그 이름을 불렀다.

"걱정 마세요. 제가 받은 것이 오명뿐이라 하여 그것을 받아들이진 않을 겁니다."

다부지게 말하는 우의 모습에 만호가 박수를 쳤다. 뜬금없이 울려 퍼지는 박수 소리에 모두의 시선이 만호에게 향했다.

"참으로 보기 좋구먼. 어여쁜데 당차기까지!!"

만호의 칭찬이 뜻밖이라 당황스러워 우는 놀란 얼굴을 하였다. 박 상궁은 상처받지 않고 당당한 그 모습이 감격스러워 저고리 소매로 눈가의 눈물을 훔쳤다. 희원 역시 우의 태도에 만족한 듯 고개를 끄덕였다.

식사를 마치고 대청에 앉아 밤하늘을 바라보는 우의 곁 멀찌감치 만호가 앉았다. 그는 휘파람을 불다 우에게 슬쩍 말을 걸었다.

"어이, 이보쇼."

우가 만호를 바라보자, 그는 그 시선을 마주 보며 히죽 웃었다. 장난기 가득한 능글맞은 웃음에 우가 눈을 동그랗게 떴다.

"그거 아오? 세상에서 독이기만 한 것은 없다오."

"그 무슨……?"

우가 묻자 그는 자리에서 일어나 우의 옆으로 한 걸음 다가왔다. 그러더니 그 곁에 털썩 주저앉아 다시 입을 열었다.

"독이라고는 하는 것들은 말이오. 어떻게, 누구에게 쓰이느냐에 따라 약이 되기도 하고 독이 되기도 한다오. 그러니 결국 그것을 사용하는 이가 무지해 독이 된 게 아니겠소?"

만호의 말에 우가 웃었다. 예의범절이라고는 지키지도 않고, 그저 농이나 지껄이던 이는 우를 위로하고 있었다.

"고맙네."

"뭐 고마우라고 한 소리는 아니고."

만호가 머리를 긁적이며 자리에서 일어났다. 그의 얼굴에는 여전히 능글맞은 미소가 걸려 있었는데 왠지 그 얼굴이 약간 붉어진 듯 보였다. 그는 휘파람을 불며 멀찍이 떨어져 앉아 눈을 감았다.

톡. 어깨를 건드는 손길에 우가 고개를 돌리자 그곳에 희원이 있었다.

"어찌 나와 있느냐? 방에 있지 않고. 뺨이 빨갛다."

그는 제 손으로 우의 뺨을 감쌌다. 따뜻한 손의 온기에 얼었던 뺨이 녹는 듯하였다. 우와 희원은 낮의 약속대로 눈꽃 구경을 하러 나섰다. 조용한 가운데 바람 소리만 가득하였고, 달빛을 받은 눈꽃이 은은히 빛났다. 낮과는 또 다른 아름다운 풍경이었다.

"곱다."

"예, 참으로 곱습니다."

우와 희원은 나란히 걸었다. 우가 넘어질세라 손을 잡아 주며 그 느린 걸음에 발을 맞춰 주는 희원이었다.

희원에게 이 풍경은 우가 있어서 아름다운 것이었다. 홀로 유랑하며 떠돌던 곳 어디도 이다지 아름답지 못했다. 절경이라 소문난 곳들 역시 빼놓지 않고 다녔으나 그 어느 곳도 이리 마음이 아릴 만큼 아름답지 못했다.

희원의 세상은 우가 있어야만 빛이 났다. 멈추었던 시간이 돌아가듯, 흑백으로 보이던 것들이 수천 가지, 아니 셀 수 없이 많은 색으로 찬란하게 빛나듯 희원의 세상이 움직이기 시작하였다. 욕심내지 않으려 하였던, 원한다면 놓아주려 하였던 그의 속에서 작은 욕심 하나가 그렇게 싹을 틔웠다.

다음 날, 일찍이 희원은 집주인 내외에게 후하게 값을 치르고 곧 다시 청산으로 출발하였다. 집주인 내외는 외지 소식을 잘 전해 듣지 못해 아쉬운 눈치였으나 희원이 건네주는 돈에 만족한 얼굴을 하였다. 특히나 그 내자는 박 상궁에게 주먹밥을 잔뜩 전해 주기까지 하였다.

길이 매끄럽지 못한 터라 박 상궁은 마차 안에서 앓는 소리를 하고 있었고, 우는 편치 못한 얼굴로 무릎 위 유골함을 내려다보았다. 외롭고 쓸쓸한 궐에 묻어 주기 싫어 나서게 된 여행이었다. 희원의 배려로 즐거운 여행이 되고 있었으나, 마음 한편 제가 이렇게 행복할 자격이 있는가 싶었다. 제 아이 하나 제대로 보호하지 못한 이가 이리 웃어도 되는 것인가 하는 생각이 끊임없이 이

어져 죄책감이 들었다. 즐겁게 웃고 있다가도 슬픔은 갑자기 튀어나와 다시 우를 나락으로 잡아당겼다.

허리를 통통 두들기던 박 상궁은 우를 슬쩍 보았다. 며칠 새 밝던 얼굴은 어디 가고 수심에 겨운 얼굴로 우는 멍하니 유골함을 보고 있었다. 그 속내를 충분히 짐작할 수 있던 터라 박 상궁은 입을 열었다.

"그거 아세요? 태어나지 못한 채 죽은 아이는 좋은 곳으로 간다고 합니다. 그 영혼이 죄를 짓지 않았으니 가장 행복하고, 아름다운 곳으로 간다고들 하지요."

우가 박 상궁의 이야기에 귀 기울였다.

"다만 그 부모가 보내 주어야 갈 수 있다 했습니다. 애타는 마음으로 놓지 못하면 영혼이 붙들려 저승으로 갈 수 없다 들었습니다. 보내 주셔야 합니다."

박 상궁의 말에 우가 다시금 유골함을 끌어안았다. 마차 안에는 침묵이 맴돌았다. 박 상궁 역시 우의 답을 기대하지 않은 듯, 그저 안타까운 눈으로 그를 바라볼 뿐이었다. 그저 조금이라도 편해진 마음으로 우가 저를 떠난 생명을 보낼 수 있기를 바랐다.

오전에 출발한 이들은 점심시간이 되었을 때, 잠깐 마차를 멈추었다. 그들은 잠깐 멈추어 서서 출발할 때 받은 주먹밥을 먹었다. 우와 박 상궁은 멈춘 마차 안에서, 나머지 이들은 대충 바닥에 모포를 깔고 앉아 식사하였다. 변변치 않은 식사였건만 그 누구도 불평 한마디 하지 않았다.

묘하게 가라앉은 우의 모습에 희원이 신경 쓰는 것 같았으나, 그는 그저 별다른 말없이 우의 손을 한 번 꼭 잡아 주었을 뿐이었다.

"소화야."

희윤이 소화를 힘껏 끌어안았다. 갑작스레 불쑥 나타난 희윤 탓에 송 귀비는 화들짝 놀랐으나 이내 팔을 올려 그를 끌어안았다. 송 귀비 역시 귀가 있는 터라 황후 자리로 인해 희윤이 골머리를 앓는 것을 알고 있었다. 그리고 그가 제게 황후 자리 내어 주고 싶어 하는 것 역시도 알고 있었다. 미천한 출신, 몰락한 귀족 가문에다가 주나라 출신이었다. 어진 부모님께 사랑받아 행복하게 자랐으나 지금 희윤을 보고 있노라면 제 출신이 그의 발목을 잡는 거 같아 송 귀비는 슬펐다.

그런데도 그에게 이런 속내를 꺼내지 않음은 그 역시 홀로 모든 것을 감내하고 있기 때문이었다. 송 귀비는 점차 조금씩 알아가고 있었다. 제가 두 눈을 제대로 뜨고, 모든 것을 알고 있다 하여도 저 혼자 스스로는 아무것도 하지 못할 것. 그래서 송 귀비는 그가 내어 주는 품 안에 고이 안겨 스스로 눈을 감고 귀를 막아 버리고 싶었다.

"나는 네가 내 곁에 있었으면 좋겠다. 네가 내 옆자리에 있고, 훗날 태어날 우리의 아이가 빛나는 자리에 있었으면 좋겠다."

황제라고는 하나 어찌 보면 한낱 사랑에 빠진 사내일 뿐이었다. 그 역시 송 귀비가 황후의 자리에 어울리지 않는 것을 알고 있었다. 외척이 없으니 그 세력을 견제할 필요가 없을 거라는 억지스러운 이유를 만들어서라도 제 옆자리를 주고 싶었다. 송 귀비가 제게 유일한 여인이 될 수는 없겠으나, 가장 좋은 자리라도 내어 주고 싶은 마음에서였다.

"저는 언제나 당신 곁에 있을 것이고, 우리의 아이는 어느 곳에 있든 빛날 거예요."

송 귀비가 희윤의 얼굴을 부드럽게 쓰다듬었다. 제 손에 와 닿는 까칠한 그 촉감에 마음이 좋지 않았다. 송 귀비는 희윤의 목에 손을 감고 그의 고개를 제게로 끌어당겨 저항 없이 내려오는 희윤의 얼굴에 다정히 입 맞추었다. 위로하듯 부드럽게, 그리고 다정하게 감겨 오는 입술에 희윤은 깊은 숨을 내쉬었다. 짧은 입맞춤 후, 둘은 서로 이마를 맞대었다. 조금은 쑥스러운 듯 미소 짓는 송 귀비를 보자 희윤의 굳었던 얼굴이 살짝 풀렸다.

"이대로도 좋아요. 저를 위해 애쓰지 않아도 좋아요. 그저 지금처럼 변함없이 사랑해 주세요."

송 귀비가 희윤의 가슴에 얼굴을 파묻었다. 희윤은 제 품 안을 채워 오는 온기에 위로받고 있었다. 온전하게 제게 주어진 유일한 사람이자 사랑, 그것이 송 귀비라고 희윤은 생각하였다.

혜비는 조용히 제 처소에서 서책을 보고 있었다. 이 재상이 황제를 지지하여 제가 황후 자리에서 멀어졌다는 소식에도 오히려 태평한 얼굴을 하고 있었다. 궁녀들은 그 속을 알 수 없으니 괜히 지레 겁을 먹고 몸을 사리기 바빴다.

"저 마마, 예부상서 어른께 연통이라도 넣을까요?"

"뭐하러? 아버지께 연통하면 이 재상이 황제의 편에서 돌아선다 하더냐?"

상궁이 조심스레 운을 떼었지만, 혜비의 반응은 냉담하였다. 혜비는 상궁을 물리고 다시금 서책에 집중하기 시작하였다. 우아하기 그지없는 손길로 책을 넘기던 이는 이내 참지 못하고 종이를 찢어 버리고 말았다. 그런데도 그 표정은 아무런 변화가 없어 만일 책을 찢은 손만 아니었다면 그 누구도 혜비의 속내가 편치 않다는 것을 알 수 없었을 것이었다.

겁먹은 궁녀가 서둘러 찢겨 바닥에 버려진 종이를 치웠다. 그는 숨소리라도 들릴까 조용히 움직이려고 애쓰고 있었는데 혜비가 갑자기 맑은 웃음을 터뜨렸다.

"가질 테면 가지라지. 그 허울뿐인 자리 위에서 내게 고개 숙이게 될 게다."

생긋 웃어 보이는 혜비는 한결 기분이 좋아진 듯하였다. 혜비는 궁녀에게 차와 다과를 내오라고 한 뒤, 다시 서책을 집었다. 황후 자리, 탐이 나긴 하였다. 허나 생각해 보니 그 자리에 오르지 않아도 내명부는 제 손안에 둘 수 있었다.

오히려 황후 자리에 오른 송소화, 그 계집을 밟아 주는 것 역시 재미있을 거 같았다. 황제가 내려 주는 황후 자리, 그것만 가지고 어디 저를 이길 수 있을까 싶었다. 져도 상관없고, 이겨도 상관없는 싸움이라는 생각이 들었다. 황후 자리에 오르든, 오르지 못하든 결국 그 계집이 제게 이길 수는 없을 것이다. 혜비는 차의 향을 음미하며 훗날 다가올 즐거운 미래를 그리고 있었다. 모두가 제 발 밑에 엎드리게 될 그날을.

"귀비마마께 인사 올립니다."

모든 비빈이 귀비전에 모였다. 저마다 각기 화려한 복색으로 한껏 멋을 내고 나타난 이들은 호기심 어린 얼굴을 하고 있었다. 제일 상석의 귀비와 그 오른편에 앉아 있는 혜비, 그 둘에게 모두의 이목이 집중되고 있었다. 허나 어찌 된 일인지 항상 한마디씩 하여 송 귀비를 곤란하게 하던 혜비는 침묵을 지키고 있었고, 송 귀비 역시 별다른 말없이 그저 인사치레만 하였다. 어색한 분위기 속에서 시간이 흐르고, 여러 사람의 기대에도 불구하고 아무런 일

없이 모든 것이 끝이 났다.

"하아."

송 귀비는 깊은 한숨을 내쉬며 의자에 몸을 늘어뜨렸다. 긴장을 어찌나 하였던지 온몸이 저릴 정도였다. 이 상궁이 송 귀비의 팔과 다리를 꾹꾹 주물렀다.

"황후마마, 아니 이비는 이것을 어찌 견뎌 냈을까?"

송 귀비가 이 상궁에게 묻자, 이 상궁은 그저 어색하게 웃어 보이며 대답을 회피하였다. 궐 안 여인들은 화려하다 못해 주눅이 들 정도로 눈이 부신 옷차림과 장신구로 치장하였다. 게다가 그 미색 역시 다들 출중하였다. 대부분이 대단한 명문가 출신으로 어려서부터 좋은 가르침을 받은 이들이었다. 그런 이들이 오로지 저 하나만을 보고 있으니 부담되어 입을 열기도 쉽지 않았다. 특별한 일 없이 그저 인사만 주고받았음에도 심신은 이미 지쳐 있었다.

송 귀비가 어색한 얼굴로 그저 평온한 척 연기하고 있음을 아마도 대부분이 눈치챘을 것이다. 저 높은 곳, 황후의 자리가 제 것처럼 어울리던 우와 달리 송 귀비는 그저 주인 없는 빈자리에 운 좋게 앉게 된 이에 불과했음을 다들 알았을 것이다.

"그 얼굴 보셨소? 입술이 파르르 떨리더이다. 소국 출신이라 그런가. 그 배포가 콩알만 한 거 같소."

호들갑스레 입을 놀리는 비빈들 사이로 혜비가 묘한 얼굴로 지나갔다. 비빈들은 모두 송 귀비를 제 아래로 보고 있었다. 황제의 총애가 있으니 직접 대놓고 말하는 이들은 없지만 그들에게 송 귀비는 그저 운 좋은 미천한 계집일 뿐이었다, 언젠가 사라질.

"그나저나 이 재상이 송 귀비 쪽에 붙었다 하더이다. 이 재상이 제 딸은 끔찍이 여기는 줄 알았더니 그도 아닌가 보오."

혜비가 지나가자 비빈들은 조심스레 저들끼리 속닥였다. 비빈들은 그러면서 누가 황후의 자리를 차지할지 저들끼리 패물을 걸며 내기를 하기도 하였다. 그렇게 그들은 우스갯소리를 하면서도 속으로는 어디에 줄을 대야 하나 고민하였다.

느리지도, 빠르지도 않은 걸음으로 제 처소를 향하던 혜비는 문득 걸음을 멈추더니 갑자기 뒤를 돌아보았다. 당황한 상궁이 재빨리 고개를 조아렸다. 귀비전을 바라보던 혜비가 조소하더니 휙돌아 다시 제 처소로 향하였다. 그 발걸음이 가벼워 경쾌하기 짝이 없었다.

❀

우 일행이 희원의 아왕부에 도착한 것은 저녁 시간이 한참 지나서였다. 눈 때문에 생각보다 도착 시간이 늦어졌던 터라 우와 박 상궁은 조금 지친 상태였다. 다행히 희원의 왕부는 일꾼들이 관리를 잘해 깔끔했고, 도착하자마자 편히 쉴 수 있게끔 준비가 되어 있었다. 청산을 뒤로 두고 지은 희원의 왕부는 겨울 산과 어우러져 한 폭의 그림 같았다.

그는 우의 손을 잡아끌고 안채로 이끌었다. 이미 불을 지펴 방 안에는 훈훈한 온기가 가득하였고, 곧 따뜻한 차가 준비되었다.

"불편한 것이 있다면 기탄없이 이야기하여라."

희원은 곧 자리를 피해 주었다. 제가 있으면 편히 쉬지 못하리라 생각해서인지 그는 곧장 방을 나섰고, 곧 호위들의 처소와 마차를 몰고 온 이들의 거처를 살피기 시작하였다.

"왕야!"

희원이 고개를 돌린 곳에는 중년의 여인이 있었다. 여인의 얼굴에는 반가움이 가득하였다.

"오랜만이군, 그래."

장희자, 궁녀 장 씨는 희원의 모친인 희빈의 몸종이었다. 그이는 희빈이 죽고 나서도 아직 이렇듯 아왕부를 관리하며 지내고 있었다. 세월의 흔적이 고스란히 느껴지는 그 얼굴에는 반가움과 걱정이 뒤섞여 있었다. 희원의 마음을 모르지 않는 장 씨로서는 이 방문을 기꺼워해야 할지, 꺼려야 할지 알 수 없었다.

"잘 부탁하네. 모자람 없이 지낼 수 있도록 신경 써 주게."

그는 장 씨의 마음을 알면서도 모르는 척 그렇게 넘겼다. 이미 그는 마음을 정하였고, 더 이상은 그 어떤 이유에서건 마음을 돌리지 않기로 하였다.

장 씨는 차마 무어라 말하지 못하고 그저 알겠다고 답하였다. 그 어디에도 정착하지 못해 떠돌기만 하던 이가 결국 마음을 둔 곳이 너무도 쉽지 않은 곳이었다. 하여 앞으로 펼쳐질 가시밭길이 눈에 선해 말리고 싶었으나 차마 말리지는 못했다. 그 어떤 것에도 욕심내지 않던 사람이니 하나쯤은 원하는 것을 가져도 괜찮을 것이라고, 가져야 한다고 그이는 생각했다.

희원은 제 어미를 꼭 빼다 박은 얼굴을 하고 있었다. 사내치고 선이 고운 얼굴이 그러하였고, 옅은 갈색빛의 머리색이나 눈동자 색이 그러하였다. 장 씨는 희원을 보며 희빈을 떠올렸다.

죽은 희빈은 선황제의 총애를 받던 후궁이었다. 총애로는 궐 안에 그이를 당할 이가 없었고, 또한 후사를 본 이 역시 그 하나뿐이라 권세가 막강하였다. 희원은 태어나 그 아비와 어미의 사랑을 모자람 없이 받았다. 황태자 책봉은 받지 않았으나 그 누구도 그가 황태자가 되리란 것에 의문을 품지 않았다.

허나 문제는 당시의 황후, 즉 지금의 태후가 갑작스럽게 회임을 하여 희윤을 낳게 되면서 생겨났다. 당시 태후는 황후 자리에 오른 지 십여 년이 훌쩍 넘도록 단 한 번도 회임하지 못하였기에 궐내에서는 그이가 불임이라는 소문이 알게 모르게 퍼져 있었다. 그런 연유로 모두가 예상치 못한 싸움이 시작되었다.

첫째이기는 하나 후궁 출생의 희원과 황후에게서 나온 적통 출생의 희윤, 황태자 자리를 두고 두 황자의 세력 다툼이 시작되었다. 파벌 싸움이 거세짐과 동시에 황제는 갑작스럽게 승하하였다.

상황은 순식간에 변화하였다. 결국 희빈과 희원은 궐에서 쫓겨났고, 그리 쫓겨나 온 곳이 이곳, 청산이었다.

우는 안채의 창을 훤히 열어 놓고 있었다. 매서운 바람이 불었으나 추운 줄도 모르고 하염없이 하늘의 달만 바라보았다. 유골함을 끌어안고 어미가 불러 주던 자장가를 불러 주었다. 우는 알았다. 날이 밝으면 저 푸른 곳에 아이를 묻어야 할 터였다. 차라리 묻지 않고 다시 궐로 돌아갈까, 제가 죽고 나면 함께 묻어 달라 청할까 하는 생각이 들었다. 그러면 이 아이가 외롭지 않을 듯하였다. 눈물방울이 하얀 뺨을 타고 흘렀다. 어찌 이 모자란 어미에게 와 이런 꼴을 당하였을까, 불쌍하고 안타까워 마음이 찢어지는 듯하였다.

장 씨는 멀찍이서 울고 있는 우를 바라보다 발걸음을 돌렸다. 희원이 마음을 준 여인이 궁금했을 뿐이었는데, 봐서는 안 될 것을 본 기분이었다. 소리를 죽여 가며, 제 입을 틀어막고 울고 있는 우를 차마 더 이상 볼 수 없어 그이는 조용히 돌아섰다.

"아가씨! 기침하셨는지요?"

아침 일찍 박 상궁은 우를 찾았다. 아왕부의 규모가 꽤나 대단하였기에 모두들 각각 방을 배정받았고, 박 상궁 역시 우와 따로 밤을 보냈었다.

박 상궁이 방에 들어서자 우는 이미 말끔한 모습으로 소복을 입은 채 앉아 있었다.

"왕야께 내 준비되었다고 전해 다오."

우의 목소리는 조금씩 떨리고 있었다. 꾹 참는 듯 울음 섞인 목소리에 박 상궁이 서둘러 방을 나서 희원에게로 향하였다. 그리고 얼마 지나지 않아 우의 방에는 희원이 당도하였다. 그는 하얀 도포를 두르고 있었는데, 그 역시 얼굴이 좋지 않았다. 그는 아무 말 없이 우에게 손을 내밀었다.

"아닙니다. 제가, 제가 들겠습니다."

우는 희원의 손길을 거절하고는 스스로 유골함을 끌어안았다. 희원은 야광주를 가득 챙겨 들고는 왕부를 나섰다.

유골함을 끌어안고 눈 덮인 산을 오르는 것은 꽤나 힘든 일이었다. 우는 비틀거리며 힘겹게 산을 올랐다. 희원은 한 손에는 야광주를 들고, 나머지 한 손으로 비틀거리는 우를 붙잡아 주었다. 눈 쌓인 산을 오르다 보니 발은 눈 속에 푹푹 파묻히기 일쑤였다. 본디 높지 않은 산이기는 하나, 겨울이라 눈이 많이 쌓였고, 사람들의 입산을 금하다 보니 제대로 된 길이 나지 않아 우는 어렵게 산을 올랐다. 그나마도 겸직과 만호가 앞에서 길을 만들어 주고 있었고, 뒤에선 형우와 성진이 따르고 있었기에 우는 유골함을 안은 채 산을 오를 수 있었다.

넘어질 뻔하기를 수차례, 아마도 희원이 옆에 없었다면 우는 이미 산에서 굴렀을 터였다. 그런데도 우는 양손으로 유골함을 꼭 부여잡고 있었다. 추위에 손과 얼굴이 빨갛게 달아올라 있었고, 발에는 이미 감각이 없어진 지 오래였다. 그러나 함께하는 이 중 누구도 쉽사리 우에게 말을 걸지 못하였다.

"여기다."

마침내 도착한 곳에는 커다란 봉분과 함께 묘비가 세워져 있었다. 희빈의 묘였다. 희원이 황제에게 청해 청산을 달라 한 것도 이 때문이었다. 사시사철 푸르른 아름다운 산, 그곳에 제 어머니를 모시고 싶었기 때문이었다.

막둥이와 형우는 희원의 지시에 따라 희빈의 묘 옆에 땅을 파기 시작하였다. 눈을 거두어 내고 꽝꽝 언 땅에 삽질을 하였다. 그런 그들 곁에서 우는 고개를 들어 하늘을 바라보았다. 시린 겨울의 하늘은 맑고 푸르렀다. 눈 덮인 푸른 나무와 맑은 하늘, 모든 것이 아름다웠다. 햇빛에 눈이 반짝여 눈이 부셨다.

"다 되었습니다."

형우의 말에 희원은 구덩이 안에 야광주를 가득 넣고서는 우를 바라보았다. 작은 구덩이 안 야광주가 가득한 것을 본 우는 그만 울음을 터뜨리고 말았다. 눈 위에 그대로 주저앉은 우는 차마 유골함을 그 안에 넣지 못하였다. 그 안쓰러운 모습에 호위 무사들은 고개를 돌렸다. 항상 평온하던 얼굴은 온데간데없이 사라지고 없었다.

"못 하겠습니다. 못 하겠어요."

눈물로 엉망이 된 얼굴로 우가 소리쳤다. 희원은 그저 아무 말

않고 우를 껴안아 그 등을 토닥여 주었다. 우를 달래며 바라본 하늘은 시리게도 아름다웠다.

얼마나 지났을까. 우는 멈추지 않는 눈물을 애써 참으며 조심스레 유골함을 구덩이 안으로 넣었다. 그리고는 소매 안에서 작은 버선을 꺼냈다. 버선에는 붉은 실로 '복' 자가 수놓아져 있었다. 회임한 사실을 안 이후로 만든 것이었다. 밤마다 홀로 한 땀, 한 땀 온 마음과 정성을 다해 태어날 아이를 축복하는 마음으로 만들었다. 우는 그것을 한 번 품에 꼭 안더니 곧 구덩이 안에 넣었다.

형우와 막둥이는 유골함에 흙을 덮기 시작하였다. 우는 점차 가려지는 유골함에서 시선을 떼지 못하였다. 희원은 우의 곁에서 우를 단단히 붙잡아 주고 있었고, 겸직과 만호는 못내 안쓰러운 듯 우를 보지 못하였다. 동그랗게 솟은 봉분에 막둥이가 준비해 온 자갈을 올리기 시작하였다. 비가 와서 흙이 쓸려 내려가는 것을 대비하기 위한 것이었다. 그리고 아무것도 적지 않은 묘비가 세워졌다.

우는 묘비 앞에 주저앉아, 차가운 돌을 애틋한 손짓으로 쓰다듬었다. 이름조차 가지지 못한 가여운 죽음이었다.

"우야!"

한참을 울던 우는 결국 정신을 잃고야 말았다. 쓰러지는 우를 안아 든 것은 희원이었다. 그는 우를 둘러업고서는 산에서 내려가기 시작하였다. 뛰듯이 산에서 내려가는 희원의 등 뒤로 두 개의

봉분이 점점 작아지고 있었다.

　정신을 잃은 우를 보고 박 상궁은 깜짝 놀라 허둥지둥하였다. 이미 우의 소복은 흙과 눈으로 엉망이 된 상태였으며, 그 몸 역시 한기가 돌아 깜짝 놀랄 만큼 차가웠다. 박 상궁은 서둘러 우의 옷을 갈아입히고, 몸을 따뜻이 해 주었다.

　"아⋯⋯."

　우가 정신을 차린 것은 새벽녘이었다. 그 곁에서 꾸벅꾸벅 졸던 박 상궁은 희미한 신음 소리에 정신을 차리고는 우에게 물을 먹여 주었다.

　"어찌 이러십니까, 마마. 산 사람은 살아야지요."

　안타까운 박 상궁의 목소리에 우는 아무 말도 하지 못하였다. 차라리 죽었다면 이리 고통스럽지 않을 거 같았다.

　"왕야께서 계속 기다리고 계셨습니다. 지금도 문밖에 계실 겁니다."

　박 상궁은 희원을 방으로 불렀다. 그는 청산에 오르던 때와 같은 옷차림이었다. 걱정으로 씻을 생각도, 옷을 갈아입을 생각도 하지 못한 그는 한참을 그런 모습으로 우가 깨어나기만을 기다렸다. 그러나 그는 깨어난 우에게 말 한마디 건네지 못했다. 무슨 말을 해야 할까, 그저 다시 눈을 떠 저를 보고 있는 것이 감사할 따름이었다.

　우는 희원을 보자마자 다시 울기 시작하였다. 차마 소리 내지도 못하고 눈물만 뚝뚝 흘리는 우를 보며 희원은 어찌할 바를 몰라 그저 조심스러운 손길로 눈물만 닦아 주었다.

"못 하겠습니다. 정말 더 이상은 못 하겠습니다. 도와주세요, 제발."

"내 네가 원하는 대로 해 주마. 모두 해 주마."

끝내 우는 견디지 못하고 희원에게 도움을 청하였다. 언제나 혼자 견뎌 왔던 이가 끝내 무너져 내리는 것을 본 희원의 마음 역시 참담하였다. 짧은 시간 웃어 주던 이의 속내는 엉망으로 망가져 있었다. 아닌 척, 괜찮은 척 평정을 유지하던, 웃고 있던 우를 희원은 기억하였다. 희원은 미처 그 속을 헤아리지 못한 자신을 탓하였다.

우는 그렇게 내리 사흘을 앓아누웠다. 돌아가야 하는 시간은 다가오고 있었는데, 기력이 쇠하여 일어나지 못해 출발이 늦어지고 있었다.

"돌아가기가 무섭구나."

멍하니 누워 허공을 바라보며 내뱉는 우의 말에 박 상궁이 놀란 얼굴을 하였다. 제게 단 한 번 장난으로라도 두렵다거나 무섭다는 소리를 하지 않았던 우의 입에서 나온 말이라 믿기 어려웠다.

"평생을 내 자리라 생각했던 곳이건만 돌아가기가 무서워."

지친 기색이 역력한 목소리가 애잔하여, 무어라 위로라도 하고 싶었건만 박 상궁은 마땅한 말이 생각나지 않았다.

"마마."

"그래도 돌아가야겠지. 출발하자. 왕야께 전해 주게."

우는 그리 말한 뒤, 눈을 감았다. 현실을 외면이라도 하고 싶은 것인지, 애써 잠을 청하는 모습을 보며 박 상궁이 조심조심 방을 나섰다.

그날 저녁, 우의 일행은 궐을 향하여 출발하였다. 우는 마차의 창을 열어 멀리 보이는 청산을 바라보았다. 사시사철 푸르른 곳, 그곳에 제 아이가 있었다. 아마 평생을 그리워할 곳이 될 터였다.

기간 내에 돌아가야 했기에 우의 일행은 말을 서둘렀다. 청산으로 향하던 때와 달리 돌아가는 길에는 침묵만이 맴돌았다. 잠시 멈추어 섰을 때도 정적만이 가득하여, 그저 서로서로 눈치만 볼 뿐 그 누구도 쉽게 입을 떼지 못하였다. 박 상궁 역시 평소라면 가라앉은 분위기를 풀기 위해 과장되게 허리를 통통 두들기며 불평을 늘어놓았을 테지만, 지금은 우의 안색을 살피며 시중들기 바빴다.

그렇게 하루, 이틀, 사흘이 가고 점차 궐에 가까워질수록 점점 더 우 일행의 분위기는 좋지 않았다. 특히나 우의 안색이 좋지 않았는데, 우는 궐이 가까워질수록 식사는커녕 잠도 제대로 자지 못하였다. 그리고 마침내, 그들은 궐의 문 앞에 다다랐다.

우는 커다란 문을 우두커니 서서 바라보았다. 날은 이미 어두워져 있었고, 거리엔 사람 하나 없었다. 그저 궐의 입구를 지키고

서 있는 병사들이 슬쩍슬쩍 우의 일행을 바라보고 있었다.

이유를 알 수 없이 몸을 파르르 떨고 있는 우를 본 희원은 우의 앞에 서며 궐을 향한 그 시선을 차단하였다. 그러고는 가녀린 어깨를 양손으로 부여잡았다.

"날 보거라. 내가 있을 것이다. 언제나, 어디에서나 네 곁에 있을 것이다."

희원이 우의 어깨를 끌어당겨 우를 제 품에 가두었다. 힘없이 안겨 오는 우는 희원에 비해 너무도 작아서 차마 힘주어 안으면 부서질까 꼭 끌어안지도 못하였다. 희원은 차가운 우의 손을 잡고는 함께 궐로 들어섰다.

겨울의 끄트머리, 봄의 시작과 함께 그들은 또다시 궐로 돌아왔다.

第 五章
하루

꽃들은 저마다 제 꽃을 피우기 위해 필사적이었다. 황제의 정원에서 꽃을 피우기 위한 치열한 싸움이 시작된 것이다. 어떤 이는 사랑을, 어떤 이는 권세를, 각기 다른 저마다의 이유로 인한 싸움이었으나 그 목표는 같았다. 황제의 옆자리, 가장 빛나는 자리를 가지기 위함이었다.

가장 영예로운 자리였으며, 모두가 탐내는 자리였다. 허나 그 찬란함은 다가선 이의 눈을 멀게 하고, 그 뜨거움으로 다가선 이를 시들게 하였다.

송 귀비는 당황한 얼굴을 하였다. 접견실에는 빈자리가 가득하였다. 그나마 몇몇 비빈이 자리를 지키고 있었으나 그마저도 권력 다툼에서 밀려난 이들뿐이었다. 송 귀비는 차마 자리를 지키지 못하고, 돌아섰다. 돌아서는 그 얼굴이 붉게 달아올라 있었다.

"어머나! 자리를 지키지도 못하였나요?"

"예, 얼굴이 빨개져선 도망이라도 치는 것처럼 서둘러 일어나던걸요."

혜비의 처소에 모인 이들은 송 귀비의 이야기를 하고 있었다. 본디 지금 이 시간이라면 송 귀비의 처소에서 문안 인사를 올리고 있어야 할 이들이었다. 그러나 이들은 송 귀비의 부름을 무시하고 혜비의 처소에 찾아와 함께 다과를 즐기고 있었다.

혜비는 방금 도착한 빈의 이야기를 들으며 만족한 얼굴을 하고 있었다. 그들 대다수가 혜비가 이 싸움에서 이기리라 생각하고 선택을 한 것이다. 이 재상이 황제 측에 서서 귀비를 지원하고 나섰으나 비빈들은 혜비에게 줄을 대었다. 높은 지위에 있으면서도 단한 번도 혜비에게 우위를 가져 보지 못한 송 귀비에게 줄을 댄다는 것은 자존심이 허락하지 아니하였고, 내키지도 아니하였던 것이다.

"그저 조금 탈이 났을 뿐인데 다들 이리 와 주시다니 참으로 고맙습니다. 그나저나 귀비마마께서 많이 상심하셨을까 걱정입니다."

혜비가 빙그레 웃어 보였다. 아픈 이라고 보기 어려울 정도로 해사한 얼굴이었으나 그 자리에 있는 누구도 그를 지적하지 않았다.

"편찮으시다는데 어찌 안 오겠습니까? 문안 인사야 매번 있는 일이니 넓은 마음으로 이해해 주시겠지요."

"암요, 마음씨 곱다고 소문이 자자한 귀비마마 아니십니까. 이런 일에 상심하실 리가요."

혜비가 진실로 아프지 않다는 것을 알고 있으면서도, 귀비가 상처받을 것을 알고 있으면서도 다들 모른 척하고 있었다. 이 재상이 귀비를 지지하고 나선 후, 내명부에서도 저들끼리의 세력 다툼이 본격적으로 시작되었다. 혜비는 병환을 핑계로 문안 인사를 거르기 시작하였고, 다른 비빈들은 혜비의 병문안을 이유로 문안 인사를 걸렀다. 송 귀비의 접견실은 모두가 모여 있어야 했음에도 항상 텅텅 비어 있었다.

우는 박 상궁을 통해 혜비와 송 귀비의 일을 전해 듣고 있었다. 제 아비가 송 귀비를 지지하고 나섰다는 것 역시 전해 들어 알고 있었다. 우는 그저 그 모든 사실을 그러려니 받아들였다. 지금에 와서 황후 자리에 미련이 있는 것도 아니었고, 송 귀비나 혜비가 견딜 수 없이 증오스러운 것도 아니었다. 우는 너무나 지쳐 그 어떤 것에도 신경 쓸 만큼 기력이 남아 있지 않았다.

"황제폐하 납시오."

입궐 후, 여전히 처소의 문을 걸어 잠그고 지내던 우를 찾은 것은 희윤이었다. 희윤은 다시 궐로 돌아온 우의 동향을 살피었다. 그러나 그 어떤 일에도 우는 제 처소 밖으로 나서지 않았다. 처소에 빗장을 걸고, 오직 희원을 비롯한 몇몇의 방문만을 허하며 지내고 있었다.

"어쩐 일이십니까?"

우가 희윤에게 인사 올린 뒤, 물었다. 자리에 앉으란 말도 하지 아니하고 대뜸 용건을 물어 오는 우가 낯설어 희윤은 헛웃음을 터뜨렸다. 그는 곧장 의자에 가서 앉고는 차를 내오라 명하였다. 우는 그런 희윤을 그저 멍하니 바라볼 뿐, 그 자리에 꼼짝하지 않고 서 있었다.

"내 목이 아프니 앉는 게 어떠한가?"

두 사람의 사이에는 따뜻한 차가 놓였고, 향긋한 차향이 가득하였다.

"어디에 묻었지?"

희윤의 물음에 우가 찻잔을 바라보던 고개를 들어 시선을 맞추어 왔다. 항상 열망 어린 시선으로 곧게 저를 보던 우를 기억하고 있는 희윤의 눈에 보인 것은 그저 타인을 바라보는 듯 냉담한 눈빛이었다. 우는 열망은커녕 어떠한 감정도 담기지 않은 눈으로 희윤을 바라보고 있었다.

"제가 알려 드려야 합니까?"

우의 질문에 희윤은 대답하지 못하였다. 지난날의 모진 제 말이 떠올라서였다.

"폐하께서 하신 말씀 그대로 읊어 드려야 합니까?"

"되었다."

희윤은 묘한 얼굴을 하였다. 항상 저를 바라보며 두 눈을 반짝이고, 볼을 붉히던 이는 사라지고 없었다. 그저 저를 길가에 돌을 보듯 바라보는 이가 있을 뿐이었다.

불편한 침묵이 이어지고 있었다. 희윤은 그저 차를 마실 뿐이었고, 우는 멍하니 창밖을 바라보았다. 그 얼굴은 그대로였으나 온몸으로 느껴지는 무관심이 희윤은 낯설었다. 우는 더 이상 희윤에게 아무런 감정이 없는 듯 행동하고 있었다.

"내가 알던 이가 맞나 싶을 정도로 달라졌군그래. 그나저나 왜 이리 칩거하는 것이지?"

"폐하, 이제 신첩은 폐하께 그 어떤 것도 바라지 않습니다."

우의 담담한 말에 희윤이 다시 질문하였다.

"허면 전에는 내게 무엇인가 바란 것이 있었느냐?"

진정으로 희윤은 궁금하였다. 그는 우에게서 어떤 부탁의 말도 들어 본 기억이 없었다.

"다 부질없는 것들이지요. 전부 지난 일입니다. 이제는 아무것도 바라지 않습니다. 그저 이대로 있을 겁니다. 신첩으로 인해 일어나는 일들은 아무것도 없을 겁니다. 이대로 죽은 듯이 지낼 터이니 신첩을 찾지도 말고, 휘두르려 하지도 마세요."

우가 대답하였다. 그 얼굴에 지친 기색이 역력하여 희윤은 차마 더 이상 말을 꺼내지 못하였다. 늘 항상 제가 밀어내던 상대가 저를 밀어낸다는 것은 어색하고 낯선 일이었으며, 동시에 새로웠다. 희윤은 그저 다시 오겠다는 말만을 하고는 자리를 떠났다.

"폐하께서 어찌 오신 걸까요?"

박 상궁이 혹시나 싶은 기대가 섞인 얼굴로 조심스레 말을 꺼냈다.

"내가 필요하신 게지. 혜비와 귀비의 싸움에 내가 필요한 거 아니겠느냐."

우가 한숨을 내쉬었다. 깊게 내쉰 그 한숨에는 희윤 앞에서 미처 꺼내 보이지 않았던 감정이 섞여 있었다. 오랜만에 보는 희윤의 얼굴은 조금은 마른 듯 수척해 보였었다. 허나 그뿐이어야 했다. 더 이상은 어떤 기대도 하고 싶지 않았고, 상처받고 싶지 않았다. 진정으로 우는 그만하고 싶었다. 그를 위해 저를 바치는 일 따위 더 이상은 하고 싶지 않았다. 그러니 제발 희윤이 저를 찾아와 흔들지 않기를, 그리고 그런 그에게 제가 흔들리지 않기를 바랐다. 희윤과의 관계에서 우는 철저히 약자였고, 그것을 벗어나려고 하는 지금에서야 희윤은 우를 찾고 있었다.

"답답하구나."

우의 말소리가 바람결에 흩어졌다. 궐의 모든 것들이 우를 짓눌러 마치 질식할 것 같았다. 홀로 힘겹게 버텨 온 시간은 오히려 지금에 와서야 더 큰 무게로 우에게 되돌아왔다. 상처받은 우는 더 이상 버틸 아무런 힘도 남아 있지 않았다. 차라리 우는 이대로 땅으로 꺼지거나, 하늘로 솟구쳐 제 존재 자체가 사라졌으면 하였다.

✤

겨울이 스러지고, 봄이 다가왔다. 봄이 왔음에도 아직은 싸늘한 공기가 겨울이 다녀갔음을 알려 주고 있었다. 희원은 이른 아침부터 우를 찾았다. 그가 오자 자연스레 호위들이 박 상궁을 불러내어 우의 처소에 들어갈 수 있도록 문을 열어 주었다. 그는 화려한 옷차림을 하고 있었는데, 그것이 그림처럼 잘 어울려 모두 혀를 내둘렀다.

"소왕야, 소인 하나만 여쭈어 봐도 됩니까?"

"무엇을 말이냐?"

박 상궁이 슬쩍 눈치를 보다 질문을 던졌다. 꽤나 망설이는 눈치로 보아 심각한 질문이 아닐까 희원은 긴장하였다. 궐로 들어온 이후, 우의 기분이 좋지 아니하였기에 혹 무슨 일이라도 난 것인가 하였다.

"그것이……. 어찌 계속 이런 옷차림을 하십니까? 전에는 이러지 않으셨는데 말입니다."

저의 생각과는 전혀 다른 질문에 희원이 너털웃음을 터뜨렸다.

"왜 보기 싫은가?"

희원이 묻자 박 상궁은 그것은 아니라며 손을 휘휘 저었다. 화려한 색의 비단은 마치 그를 위해 만든 것처럼 잘 어울렸다. 아마 지나가던 여인네들은 다들 눈길을 빼앗길 것이 불 보듯 뻔하였다. 게다가 온화하고 다정한 어투하며, 잘나기 짝이 없어 이미 궐 안에서도 소왕야, 희원을 남몰래 사모하는 궁녀들이 늘어나고 있었다.

"그럼 되었다. 보기 싫지 않으면 된 것이지."

박 상궁의 질문엔 제대로 된 답도 하지 않고, 희원은 맑게 웃으며 우에게로 다가갔다. 궐로 돌아온 이후, 하루도 빼놓지 않고 우를 찾아오는 희원이었다. 둘은 딱히 대화를 나누는 것은 아니었다. 그저 각기 책을 읽다 식사를 하고, 차를 마시며 잠시 후원을 거닐곤 하였다. 침묵 속에서 이루어지는 그 행동들은 어색하지도 불편하지도 않았다. 그러다 가끔 우와 희원은 눈이 마주칠 때면 서로에게 다정히 미소를 지어 보이곤 하였다.

궐의 구석진 곳, 우의 처소는 둘만의 평화로운 공간이었다. 마치 이 넓고 커다란 궁궐 안, 우의 처소만이 다른 세상인 듯하였다.

송 귀비는 우울한 얼굴로 정원의 꽃을 보고 있었다. 저도 사람인지라 이리 홀대당하며 무시당하는 것을 참기는 어려웠다. 텅텅 빈 접견실도 그렇거니와 그나마 자리를 지키고 있는 이들이 재미난 구경거리를 보듯 하는 시선이 괴로웠다. 처음은 수치로 자리조차 지키기 어려웠으나 그 다음엔 꿋꿋이 자리를 지켰다. 허나 그렇게 점차 익숙해진다 하여 상처받지 않는 것은 아니었다.

"어떻게 해야 하지?"

송 귀비의 물음에 이 상궁이 난감한 얼굴을 하였다. 비빈들의 기싸움이야 언제나 있어 왔던 것이었다. 하물며 그 대단하다던 우가 황후 자리에 있을 때도 있었다. 궐이란 곳이 본디 영원한 승자도, 강자도 없는 곳이었고, 다들 죽은 듯 지내다가도 적당한 시기를 노려 다시 권세를 얻으려 하였다. 그러니 송 귀비가 황후 자리에 오른다 하여도, 그저 귀비 자리에 머무른다 하여도 사라질 리 없는 것이었다.

"마마, 견디셔야 합니다."

이 상궁은 차마 이것이 계속되리라 말하지 못했다. 이미 송 귀비는 얼굴을 찡그리고, 그 맑은 눈에 눈물을 가득 담아 두고 있었다. 그나마 울지 않으려 주먹을 꼭 쥐고는 터벅터벅 정원을 걷기 시작하였다. 마음을 진정시키려는 듯 거친 심호흡 소리가 이 상궁에게 들렸다.

송 귀비는 제 마음을 다스리려 노력하였다. 화려하고 아름답게 피어난 꽃들을 바라보며 좋은 생각을 하려 하였지만 뜻처럼 쉽지는 않았다. 겨울에도 화사하게 피어난 꽃들을 자랑하는 송 귀비의 정원은 여전히 아름다웠으나, 그녀는 더 이상 그것에 마음을 빼앗기지 못했다. 하릴없이 그저 행복에 겨워 지내던 때는 모두 지나가 버렸고, 저 역시 다른 비빈들과 마찬가지로 세력 다툼을 하고 있었다. 귀비 자리도, 황후 자리도 제가 바란 것은 아니었다.

송 귀비는 그저 황제, 희윤을 사랑했을 뿐이었다. 그저 그가 내어 주는 것들을 받았을 뿐, 그녀가 달라 청한 것은 아무것도 없었다. 분에 넘치는 것들은 점점 그녀의 목을 조르고 있었다. 허나이제 와 도망칠 수는 없는 일이었다. 송 귀비는 희윤의 곁에 머물고 싶었고, 그는 이 궐에 있어야만 하는 이였다.

"이제야 알겠어. 왜 그리 혜비가 나를 싫어하였는지 말이야. 어째서 항상 경멸의 눈으로 바라보았는지."

송 귀비가 걸음을 멈추며 말했다.

"경멸이라니요. 신경 쓰지 마세요, 마마. 함께할 수 없는 이의 감정 따위는 신경 쓰지 마세요."

이 상궁은 송 귀비의 어깨를 다독였다. 송 귀비에 대한 궐내의 평을 모르는 것은 아니었다. 어리석고, 제 할 일을 제대로 해내지 못하는 미천한 계집이 운 좋게 황제의 눈에 들어 귀비의 자리를 차지하고, 그것도 모자라 황후의 자리를 탐낸다고들 하였다. 이 상궁은 송 귀비가 이를 모르기를 바라고, 그저 잘 버티기만을 바랐다.

혜비는 이 재상과 마주 앉아 차를 마시고 있었다. 이 재상은 우와는 닮은 구석이 잘 보이지 않았는데, 오직 단 하나 그 행동거지가 판에 박은 듯하였다. 단정하고 군더더기 없는 몸가짐이 보는 사람의 눈을 잡아끌었다.

"무슨 생각이십니까?"

"무슨 말씀이신지 모르겠습니다, 마마."

시치미를 떼는 이 재상을 보며 혜비가 미소를 지어 보였다. 활짝 피어나는 그 미소에 이 재상 역시 따라 웃어 보였다.

"저는 자격이 없는 이가 그 자리에 앉는 것을 용납할 수가 없습니다."

"자리에 오르는 이야말로 자격이 있는 거 아니겠습니까."

묘한 긴장감이 둘 사이에 팽팽하였다. 암적색 비단옷을 두르고 있는 혜비는 화려하기 그지없었다. 이 재상은 우와 동년배인 혜비를 찬찬히 살폈다. 비슷한 조건의 아이들이었다. 집안이며, 나이며, 하다못해 입궐 시기까지 모든 조건이 비슷하였다. 그런데 눈앞의 이는 제 딸아이와는 달랐다. 연심으로 모든 것을 바친 그 아이와는 달리 혜비는 담담하게 제게 거래를 제안하려 하고 있었다.

"제 손을 잡으세요. 나는 눈에 거슬리는 이를 그냥 둘 정도로 마음이 넓지 않습니다. 이비를 생각하셔야 하지 않겠습니까? 그 복수, 누군가가 대신해 줄 수도 있는 일입니다."

혜비는 당당히 요구하고 있었다.

"저는 누구와도 손잡을 생각이 없습니다. 과거에도 그랬고, 앞으로도 그럴 것입니다. 마마, 그 자리를 오르고 싶으시다면 스스로 잡으셔야 할 겁니다. 자격이 없는 이가 자리에 오르는 것을 보지 못하신다고 하셨습니까? 저는 없는 자격이라도 만들어 줄 생각입니다. 멀리선 보지 못하는 것들이 있기 마련이니 직접 확인할 수 있도록 말입니다."

이 재상은 어진 얼굴로 담담하게 말했으나, 그 말의 내용은 그냥 넘길 만한 것이 아니었다. 그는 기필코 송 귀비를 황후로 올릴 생각이었다. 그것이 마냥 좋은 의도라고는 볼 수 없음을 혜비는 알았고, 곧 고개를 끄덕였다. 이 재상은 혜비에게 그의 뜻을 에둘러 말하고 있었고, 혜비는 그의 말뜻을 이해하였다. 어째서 제 아비가 이 재상을 그냥 두고 보고 있는지 알 듯도 하였다.

이 재상은 눈앞의 혜비를 보며 차라리 우가 이리 행동하였다면 어찌 되었을까 상상하였다. 허나 그것 역시 그는 달갑지가 않았다. 그저 집안의 명예와 권력을 위해 귀한 딸아이를 내몰 수 있을 리 없었다. 적어도 지금처럼 이리 상처받지는 않았을 테지만 그것으로 족할 수 있을까 싶었다. 그저 상처받지 않는 것으로 만족하기엔 그의 아이가 너무 귀했다. 어쩌면 첫 시작부터가 잘못된 것이었다. 이미 늦은 일이었으나 가능하다면 천만금을 주어서라도 시간을 되돌리고 싶었다.

혜비는 이 재상이 떠나고 난 뒤, 산책을 나섰다. 서늘한 공기에 몸이 떨렸다. 혜비는 꽤 오랜 시간 우를 만나지 못하였고, 그 래서인지 궁금하였다. 우가 궐 밖을 나갔다 온 것을 알고 있었으 나 어떤 연유인지는 알지 못했다. 어째서 아무도 몰래 궐 밖을 나갔다 온 것인지, 어째서 아무도 만나지 않는지 궁금하였다. 그 깟 황제가 무어라고 이리 숨죽여 지내는지 혜비는 우의 속내가 궁금하였다. 허나 혜비는 우를 찾지 않았다. 어차피 곧 태후의 탄 신일이니 그 얼굴을 볼 수 있을 터였고, 그녀는 그날을 기다리고 있었다.

"귀비마마, 송구합니다. 그간 소첩이 몸이 좋지 않아 문안 인사 에 참여하지 못했습니다."

혜비는 나긋나긋한 음성으로 송 귀비에게 용서를 구했다. 그 뻔뻔한 행동에 귀비는 어쩔 수 없이 그저 괜찮다 할 뿐이었다. 혜 비가 몸이 아팠던 것이 아님을 알고 있었으나 어찌할 수가 없었 다.

"몸은 괜찮으십니까?"

"소첩이 보낸 약재는 잘 드셨는지요? 때가 때이니 몸에 신경 쓰셔야 합니다."

혜비가 참여한 문안 인사는 빈자리 없이 이루어지고 있었다. 지난번, 대부분 자리가 비었던 것을 생각하자면 이 변화는 혜비로 인한 것이었다. 이 자리에 모인 이들이 귀비전에서 혜비에게 문안 인사를 하고 있음을 송 귀비는 뒤늦게 알아차렸다.

제일 상석에 앉아 있는 송 귀비는 홀로 떨어진 외딴 섬처럼 그들의 대화에서 제외되고 있었다. 거기 있는 어느 비빈도 그이에게 말을 걸지 않았다. 오직 혜비만이 밝은 미소를 지으며 송 귀비에게 눈을 맞추어 왔을 뿐이다.

송 귀비는 여유롭게 미소 지으며 혜비를 상대할 수 없었다. 수치스러움에 얼굴이 달아올랐다. 분노가 일기도 하였으나 그 자리에서 큰소리를 낼 만큼 배짱이 있는 이도 아닌 터라 그저 송 귀비는 그 자리가 파할 때까지, 혜비가 이 문안 인사를 마무리할 때까지 접견실 가장 상석에 외로이 앉아 있었다.

"귀비마마, 그럼 소첩들은 이만 물러가겠습니다. 안색이 좋지 않으신 걸 보니 좀 쉬셔야 할 듯합니다."

혜비가 송 귀비에게 다가와 그 얼굴을 들여다보며 말했다. 다가온 혜비를 보며 이 상궁 역시 움찔하였다. 전날 호되게 당한 기억이 있어 송 귀비와 이 상궁 모두 불안한 얼굴을 하였으나 혜비는 그저 송 귀비의 뺨을 다정히 쓰다듬었다.

"그럼 다들 이만 가시지요."

혜비의 말에 모든 비빈이 자리에서 일어나 송 귀비에게 인사를 올리고 떠났다. 귀비전에서, 송 귀비가 주관한 문안 인사는 그렇게 혜비에 의해 이루어지고, 혜비에 의해 끝이 났다. 이미 혜비에게 품계의 위치는 상관없는 일이 되어 버렸고, 이제는 더 이상 혜비를 막아 줄 우 역시 없었다. 우가 저를 얼마나 감싸 주었는지 송 귀비는 요새 들어 더욱더 절실히 실감하고 있었다.

"이 상궁, 언제까지 참아야 해?"

달달 떨리는 목소리로 송 귀비가 물었다.

"참으세요, 마마. 황후 자리에 오르시면 괜찮아질 겁니다."

이 상궁은 결국 송 귀비에게 거짓을 고했다. 송 귀비에게 끝이 있다고 믿게 해 주고 싶었다. 그래야 견딜 수 있을 것 같아 이 상궁은 뻔히 들킬 거짓을 고하고야 말았다.

"그래, 그렇구나. 그 자리에 올라야 끝이 난다는 것이지?"

끝이 있다는 소리에 그나마 마음을 다잡은 송 귀비였다.

궐 안에는 소왕야에 대한 소문으로 한창 궁녀들이 난리였다. 한량같이 떠돌던 이가 매일 궐을 방문하는 것도 모자라 그 차림새가 화려하기 그지없어 눈에 잘 띄었던 것이다. 이국 출신의 어미를 닮아 선이 고운 얼굴은 아름답기 짝이 없었으나, 듣기 좋게 낮은 목소리와 다정한 미소에 은근히 묻어나는 사내다움이 묘한 매력으로 뭇 궁녀들에게 다가왔다. 궐을 제집 안방처럼 활보하는 희원을 향해 그들은 은근한 눈빛을 주기도 하였다.

"이 재상!"

"왕야, 이비마마께 가시는 길입니까?"

입궐한 희원은 퇴궐하려는 이 재상과 마주쳤다. 희원의 얼굴에 반가운 기색이 역력하였고, 그것은 이 재상도 마찬가지였다. 아들의 친구이자, 딸을 보살펴 주는 고마운 이니, 반가울 수밖에.

"그렇습니다. 퇴궐하시는 길이면 잠시 저와 이야기 나누고 가시는 건 어떻습니까?"

이 재상이 궁금한 얼굴로 희원을 보았다. 그와 희원은 그저 인사만 나누던 사이로 딱히 둘이서 이야기를 나눈 적은 없었기 때문이다. 특히나 그는 원래 저와 단둘이 만나는 것을 꺼렸던 터라 무슨 이유로 제게 만남을 청하는지 궁금증이 일었다.

"오늘은 그렇고, 다음에 제 집으로 오시는 건 어떠합니까? 부족하나마 제가 차 한잔 대접하겠습니다."

"그거 좋겠습니다."

그렇게 마주친 이 재상과 희원은 다음을 약속하고 헤어졌다. 그러나 이 짧은 만남이 궐에 준 영향은 결코 작지 않았다. 평소라면 별일 아니라 넘길 일이었으나 근래 들어 희원과 희윤의 사이가 좋지 않아서인지 희원이 제 세력을 불리려 한다는 괜한 소문이 돌았다.

소문은 꼬리에 꼬리를 물고 계속 이어졌다. 그동안 희원의 행적이 하나둘씩 드러나기 시작하였고, 궐의 사람들은 불안해하면서도 그에 대해 떠들어 댔다. 희원이 이 재상뿐 아니라 젊은 문인, 그리고 관리들과도 어울렸으며, 우의 오라비인 운을 통해 무인들과도 만남을 가졌다며 소문이 돌았다. 그리고 그 모든 소문은 대부분 진실이었다.

희원은 서서히 제 세력을 가지기 시작하였다. 그는 제 위치를 십분 활용하기로 마음먹었다. 현재로서는 그가 차기 황제였다. 그리고 그는 황자가 태어나 황태자에 책봉되기 전까지 제 세력을 견고히 하기로 하였다.

소문은 우의 귀에도 들어왔다. 우는 희원에게 무어라 말해야 할지 생각하였다. 눈앞의 이는 아무것도 모른다는 얼굴로 그저 저를 보며 웃고 있었다.

"왕야, 어찌하여 그러십니까?"

우는 제 질문에 모른 척하는 희원을 보며, 결국 직접적으로 다시 물었다.

"무슨 생각으로 관리들을 만나고 계시는 겁니까? 궐내에 소문이 파다한 것을 모르시진 않으리라 생각합니다."

우는 미간을 찌푸렸다. 그 모습이 신경 쓰인 희원은 제 손가락으로 우의 미간을 문지르며 입을 열었다.

"그저 내게 이유가 있다 생각해 주면 안 되겠느냐?"

우가 잠시 희원을 바라보더니 한숨을 내쉬며, 고개를 끄덕였다. 우는 분명 희원만의 이유나 생각이 있으리라 생각하였다. 걱정이 되긴 하였으나 그의 앞길을 막고 싶진 않았다. 또한 제게 그럴 자격이 있다고도 생각하지 않았다. 그의 마음을 알고 있으면서도, 이리 받아들이지 않는 제게 그를 걱정하거나 말릴 자격이 감히 주어질 수 없다고 우는 생각하였다. 그런데도 우는 희원이 걱정스러워 한마디 덧붙이고야 말았다.

"위험한 일은 하지 마세요."

"내가 네 걱정도 다 받아 보고. 나쁘지 않구나."

"왕야!"

우가 결국 큰 소리를 내었다. 심각한 일을 그저 아무렇지 않게 넘기는 희원이 걱정스러웠다. 그 심통 난 얼굴이 반가워 희원이 웃음을 터뜨렸고, 우가 결국 못내 미소 지었다.

"진정 위험한 일이라면 그만두세요. 아셨지요?"

황제와 맞선 이 중 대다수는 처참한 죽음에 이르렀다. 그동안 희원이 애써 권세와 담을 쌓고, 유랑한 것은 희윤의 황권에도 도움이 되었지만, 그보다 희원의 목숨 유지에 더 도움이 되었다. 아무리 형제 사이가 좋다고는 하나 희윤은 결국 황제였고, 황권이 흔들린다면 희원을 그대로 두고 보지 않을 것이 분명했다. 그런데도 희원은 제가 목적한 바를 이루기 위해 궐의 중심에서 제 존재를 보이고 있었다.

희원은 우에게서 희윤의 이름을 지우고 싶었다. 황제의 여인이 아닌 우가 보고 싶었고, 그런 우가 저를 선택해 주기를 바랐다.

그는 우의 관심을 돌리려 얼마 있지 않아 열릴 태후의 탄신 행사에 대해 언급하였다. 그의 얕은수에 우는 모른 척 넘어가 주며 대답하였다.

"저는 가지 않을 겁니다."

"허나 경을 치지 않을까 걱정이구나. 나도 함께할 터이니 그저 자리만 지키다 오는 것은 어떠하냐?"

"가지 않기로 하였습니다. 그런 일로 냉궁에 다시 보내겠습니까. 그도 아니면 처소 밖으로 나오지 말라 하겠습니까."

희원은 생각했다. 저는 세상에 나서려 하고 있었고, 우는 세상에서 숨어 버리려 하고 있었다. 우가 도망쳐 숨는 곳이 제가 되기를 바라고 있지만, 그것도 쉽지 않으리라는 것을 그는 알았다. 그저 지켜보기만 하던 순간들을 기억하였다. 헛된 바람이라 여기며, 저를 숨기고 싸움에 진 개처럼 꼬리를 말고 도망쳤었다. 닫아도, 닫아도 비집고 나오는 욕심들을 다시금 꾹꾹 눌러 담아 갈무리하곤 하였다. 지금에 와서야 그는 그 오랜 세월을 후회하였다.

그는 우가 계속 도망치기를 바라기도 하였고, 한편에선 다시 세상으로 나오기도 바랐다. 그는 우가 도망친다면 도망쳐 도착하는 곳이 저이기를. 세상으로 나온다면 나오는 이유가 저이길 바랐다. 그렇기에 이렇게 위태로운 일들을 무릅쓰고 있는 것이었다. 그에게 우가 없는 내일은 필요 없었다.

그는 우에게 눈을 맞추고, 다정스레 웃어 주었다. 보고 있기만 하여도 설레는 마음을 주체할 수가 없었다. 희원의 눈에 비치는 우는 그 존재만으로도 찬란히 빛나 눈이 부셨다. 그는 태연한 척 미소 짓고 있었으나, 그 심장은 쿵쿵 뛰다 못해 터질 듯하였다.

손짓 하나, 미소 하나에도 그 기쁨을 주체할 수 없었다.

　우의 처소를 나온 희원은 희윤을 찾았다. 혹여 제 방문을 거절하지 않을까 생각하였으나 희윤은 희원의 방문을 허해 주었다.

　"폐하."

　"어쩐 일입니까? 내게 돌아선 것이 아닙니까?"

　희원이 그 어미를 닮았다면, 희윤은 선황제를 꼭 빼다 닮은 얼굴을 하고 있었다. 다부진 체격에 매서운 눈을 지닌 희윤은 희원을 서늘한 눈으로 바라보았다. 자리에 앉으라는 소리도 없었건만 희원은 태연히 웃는 낯으로 그 앞에 마주 앉았다.

　"제가 원하는 것은 단 하나입니다, 폐하."

　희윤은 아무런 대답도 하지 않았다.

　"우, 그 아이를 놓아주십시오. 제게 내어 달라 하지 않겠습니다. 그것은 그 아이 몫이지요. 그저 그 아이를 자유롭게 놓아주십시오."

　희원이 청했다. 그가 진정 원하는 것은 우가 제 곁에 있는 것이었지만, 그것은 누군가의 강요가 아니라 우가 직접 선택하는 것이어야 했다. 희윤이 그에게 해 줄 것은 궐에, 희윤에게 묶여 있는 우를 놓아주는 것이었다.

　"내가 이비를 붙잡아 두었습니까? 내게 목맨 것은 저 스스로 행한 것이지, 내가 한 일은 아닙니다."

　"차라리 폐하여 궐 밖으로 보내 주십시오."

"그리할 이유가 있어야 행하지 않겠습니까? 그것은 내게 부탁할 일이 아니라 본인에게 직접 가 청하십시오. 나는 그리할 생각 없습니다."

희윤의 여유작작한 태도에 희원은 열이 올랐다. 우의 일에서 희윤은 강자였다. 희윤이 우에게 원했던 것 중 이루어지지 않은 것은 아무것도 없었다. 그리고 희윤은 제게 냉담했던 우를 겪었으면서도 아직 그 한편 어딘가에 저를 향한 마음이 남아 있으리라 확신하고 있었다. 알고 싶지 않아도 알 수밖에 없었던 그 열렬한 마음이 그리 순식간에 흔적도 없이 사라지리라 희윤은 생각지 않았다.

"그 하나 들어주신다면 제게는 더 이상 아무것도 필요하지 않습니다."

"내 대답은 변함이 없습니다."

희원과 희윤의 만남은 변치 않는 서로의 입장을 다시 한 번 확인한 채 마무리되었다. 제 마음을 숨기지 않는 희원을 보며 희윤은 배신감을 느꼈다. 고작 여자 하나로 형제이자 황제인 제게 반기를 드는 희원에게 분노를 느꼈고, 제 앞에서도 물러서지 않는 그 모습에 다시 울컥 배신감이 치밀어 올라 어찌할 줄 몰랐다. 친어미보다 더 의지하던 형이었다. 비록 이복형제였으나, 희윤은 그를 진정으로 믿었다. 희윤의 눈가가 분노로 파르르 떨리고 있었다.

"만일 내가 이비에게 아친왕과 나, 둘 중 하나를 택하라 한다면 누굴 택할지 궁금하지 않습니까?"

분노가 섞인 희윤의 도발에 희원이 미소를 지우고 얼굴을 굳혔다.

"자신 없으십니까? 이비가 아친왕을 선택하리라는 자신감도 없이 내게 그런 제안을 하신 겁니까?"

희원은 주먹을 쥐었다. 그러나 저를 도발하는 희윤의 발언에 아무런 대답도 할 수 없었다. 그는 우가 저를 선택하리라 확신할 수 없었다. 오히려 자신이 아닌 희윤을 선택하리라는 불안감만이 존재할 뿐이었다.

"그거 아십니까? 버리려 하던 것도 누군가 간절히 원하면 그 가치가 달라 보이는 법입니다. 그만 가 보세요. 이제 더는 할 말이 없습니다."

"폐하, 저는 그 하나를 얻기 위해 무슨 짓이든 할 겁니다. 그 하나를 얻기 위해 모든 것을 버릴지도 모르겠습니다."

굳은 얼굴로 어렵게 미소 지은 희원은 자리를 떠났다. 화려한 옷차림의 그는 이제야 황족처럼 보였다. 저를 낮추고, 숨겼던 이는 이제야 제 존재를 뽐내는 것처럼 화려하게 피어나고 있었다.

종추는 희윤의 눈치를 살폈다. 희윤은 희원이 떠난 뒤, 한참이나 아무런 말도, 아무런 행동도 하지 않았다. 그저 그대로 멍하니 앉아 있을 뿐이었다.

"하아."

깊은 한숨을 내쉰 희윤은 씁쓸한 기분에 휩싸였다. 종추가 재빨리 희윤의 앞에 따스한 차를 내놓았다. 그는 향긋한 내음에 조금 기분이 부드럽게 풀리는 듯하였다.

생각해 본 적 없었다. 희원이 우를 마음에 두고 있으리라곤 꿈에도 몰랐다. 그는 그 사실을 우의 냉궁 유폐로 희원과 언쟁하며 알게 되었다. 알면서도 희원을 차마 벌하지 못한 것은 형제의 정 때문이었다. 그리고 그것은 지금도 마찬가지였다. 허나 그가 진정제 이복형제를 아낀다고 하여 우를 내어 줄 수는 없는 일이었다. 회임까지 했던 황제의 비를 어찌 친왕에게 내어 줄 수 있단 말인가.

불가능한 일이었다. 그 불가능한 일에 어째서 희원은 이리 행동하는지 이해할 수 없었다.

"종추야, 아친왕을 어찌하면 좋겠느냐? 나는 그가 어찌 이러는지 이해가 가지 않는다."

종추가 답을 하지 못하고 뜸을 들이며 눈치를 보자, 희윤은 고개를 끄덕였다. 사실대로 고하여도 벌하지 않겠다는 것이었다.

"폐하와 같다고 보시면 이해가 될 듯도 합니다."

"그 무슨 말이냐?"

종추가 고개를 조아리며 아뢰었다.

"폐하께서 귀비마마를 은애하시듯, 왕야 역시 그러한 듯합니다."

종추의 대답에 곰곰이 생각하던 희윤은 고개를 저었다. 불가하다는 그 의사 표현에 종추가 희윤을 바라보았다.

"이비는 이미 황제의 비에 오른 이가 아니냐. 안 될 일이지."

"그 마음은 같지 않겠습니까?"

종추의 말에 희윤이 고개를 끄덕였다. 마음이라, 희원이 제게 이렇게 적대적인 것은 이번이 처음이었다. 황위를 제게 빼앗기고도 항상 웃으며 사람 좋은 얼굴을 하던 그가 무서운 얼굴을 하고 있었다.

희윤은 희원이 그런 얼굴을 할 수 있는 사람이라는 것을 처음 알았다. 그것은 사내의 얼굴이었다. 모욕을 당해도 실없는 얼굴로 넘기던 이는 이제야 제 존재를 드러내 희윤을 위협하려 하고 있었고, 그 중심에 우가 있었다. 그리고 희윤은 그제야 그간 희원의 행적을 이해할 수 있었다. 정착하지 못하고, 늘 방랑하던 희원이 지금에서야 이해가 되는 것이다.

희원은 우에게 정착하고 싶어 했다. 멀리 떠났다가도 가끔 돌아와 우의 곁을 맴돌고, 다시 떠나고 그는 그렇게 오랜 세월을 살아왔다. 그리고 희윤이 우를 내치고, 버리려던 순간에 그는 사내의 얼굴로 나타났다.

"그런가. 허나 이비는 내어 줄 수 없는 사람이야. 그 아비와 오라비뿐 아니라 그 집안까지, 이비는 그 가치가 저 혼자만으로 끝나는 사람은 아니니 다른 이에게 결코 내어 줄 수는 없지."

실제로 우의 가치는 대단하였다. 진양 이가의 상징적인 존재로는 우와 그 아비가 있었다. 오라비인 운은 대장군이라고는 하나 큰 전쟁이 없는 태평성대라 그 존재가 아직까진 미미하였다.

"허나 이비마마를 폐하려 하시지 않으셨습니까?"

"종추야, 버린다는 것과 누군가에게 내어 준다는 것은 다른 일이 아니겠느냐."

우를 내어 준다는 것은 우가 지닌 가치를 모두 내어 주는 것이었다. 그는 우를 내버릴 수는 있어도, 누군가에게 내어 줄 수는 없었다. 그 상징적인 인물을 희원에게 내어 준다는 것은 있을 수 없는 일이었다. 희원은 현재 차기 황제로서 저를 위협할 수도 있는 유일한 인물이었다.

종추와의 대화를 만약 희원이 들었다면 그는 희윤과 제가 같은 마음이 아니라고 할 것이었다. 희윤과 희원의 마음은 전혀 같지 않았다. 송 귀비는 귀비 자리도, 황후 자리도 원한 적이 없었다. 그저 좋은 것을 내어 주고픈, 제 곁에 두고픈 희윤의 욕심이었다. 그로 인해 송 귀비는 제 연인을 위해, 바란 적 없는 것들을 위해 노력하는 중이었다.

만일 희원이었다면 원하지 않는 것 따위는 주지도 않았을 터였다. 희원은 우가 희윤을 원하고 바라볼 때는 그저 침묵하였다. 그러다 우가 상처받고 저 스스로 힘겨워 도망치고 싶어 하자 그 손을 내밀었다. 그는 언제나 우가 가장 원하는 것을 위해 움직이고 있었다. 그는 저 스스로를 위태롭게 만들어서라도 우가 원하는 것을 내어 주려 하고 있었다. 희원과 희윤은 둘 다 진실로 사랑을 하고 있었으나 그 마음과 방법은 전혀 달랐다.

한편 희원은 빠른 걸음으로 궐을 나서고 있었다. 그의 뇌리에는 아직도 희윤의 말이 맴돌고 있었다. 황제가 손 내밀면 우는 그 손을 과연 뿌리칠 수 있을까, 오랜 세월 그 하나만을 바라보고 살았던 이가 그럴 수 있을까 의문이 들었다. 희원과 희윤, 둘 중 우가 저를 선택하리라 자신할 수 없는 이 현실이 잔혹하였다.

그는 애써 그에 관해 생각하지 않으려 하였다. 그는 그저 우를 위해 행동하면 되는 것이었다. 그리고 우가 저를 선택하는 것과 그것은 전혀 상관없는 일이라 희원은 스스로를 설득시키고 있었다.

우는 정원을 둘러보고 있었다. 봄이 시작되자 정원엔 파릇파릇 잡초가 나기 시작하였다. 보기 좋지 않다며 정리하려는 박 상궁을 말려 그대로 방치한 정원은 한눈에도 엉망이었다. 그러나 우는 그것이 보기 싫지만은 않았다. 어쩌면 마치 제 처지가 저 잡초 같아 그런 것일지도 몰랐다. 궐에 남아 있는 자신의 존재가 아무도 허락하지 않은 정원에 핀 잡초 같았다. 언제고 곧 뽑혀 버려질.

"마마, 폐하께서 오셨습니다."

박 상궁의 말에 우는 깊은 한숨을 내쉬었다. 제가 마음을 정리하려 마음먹자 희윤은 어째서인지 자꾸 저를 찾아왔다. 제 힘이 필요해서라는 것을 알면서도 쉽게 내치지 못하는 저 자신이 우는 한심하였다.

"알았네."

처소에 들어서자 뒤돌아 서 있는 희윤이 보였다. 우는 언제나 바랐다. 그가 뒤돌아 저를 바라보기를, 그리고 안아 주기를. 허나 지난 일이다. 간절하다 못해 죽을 만큼 그를 바라던 때가 있었다.

"황제폐하께 인사 올립니다."

희윤이 우의 목소리에 뒤돌았다. 시선이 마주쳤다. 그렇게 바라고 바라던 것이었건만 지금 우는 그를 외면하고 있었다.

"이유가 무엇입니까?"

우가 물었다. 우는 지친 얼굴을 하고 있었다. 희윤은 우를 좀먹고 있었다. 바라고 바라던 때에는 내어 주지 않던 것들을 이제야, 제가 포기하고 나서야 조금씩 내어 주고 있었다. 그 잔인한 행동에 우는 지치고, 상처받았다. 그러나 이것으로 알았다. 희윤에게 진정 제가 어떤 존재인지.

"저는 폐하께 어떤 것도 내어 드리지 않을 겁니다. 그러니 이러지 마세요."

"허면 아친왕에게 내어 줄 것인가?"

희윤이 험악한 얼굴을 하였다. 그는 제 방문을 거절하는 우의 태도에 기분이 좋지 않았다. 궐 밖에 다녀온 아니, 냉궁에서 나온 후 우는 항상 희윤을 멀리하였는데 처음 몇 번은 그러려니 이해하던 희윤은 점차 화가 나기 시작하였다.

"그분을 모욕하지 마세요. 왕야께서는 대가를 바라고 저를 찾으실 분이 아닙니다."

"대가를 바라고 이비를 찾는 이는 나라는 말이군그래."

우가 입을 꾹 다물었다. 그것이 사실이었다. 희원은 우에게 무엇인가를 바라고 찾아온 적이 없었다. 만약 그가 무엇인가 바란 것이 있다면 그저 우의 마음일 뿐이었다. 그리고 우는 그 누구보다도 그의 마음을 잘 헤아릴 수 있었다. 제가 그랬으니까. 지난 날, 희윤을 향한 제 마음이 그랬기에 알 수 있었다.

희윤은 우에게 가까이 다가서서 그 손목을 잡아챘다. 통증에 우가 미약한 신음을 내뱉었고, 그제야 그는 손목을 붙잡은 손에서 힘을 풀었다. 그 가녀린 손목에 놀란 것도 잠시 그는 우에게 속삭였다.

"네가 원하는 말을 해 주마. 네 이름을 불러 주고, 네게 사랑을 말해 주마."

희윤은 우가 처음 보는 다정한 얼굴을 하고 있었다. 처음의 거센 손길은 온데간데없이 다정하고, 애틋한 것으로 바뀌어 우의 손을 붙잡고 있었다. 우는 질끈 눈을 감았다. 그토록 바라던 얼굴이 제 눈앞에 있었다. 언제나 꿈꿔 오던 것이 눈앞에 있었다. 비록 거짓된 것일지라도, 꾸며진 것일지라도 제가 바라던 것이 눈앞에 있었다.

문득 우는 그를 붙들고 싶었다. 그에게 매달려 사랑을 구걸하고 싶었던 때가 있었고, 지금 그에게 매달린다면 그 사랑을 얻을 수 있을 거 같았다.

"저는……."

그때였다. 질끈 감았던 두 눈을 뜨자 희윤의 어깨 너머 창밖 풍경이 들어찼다. 겨울을 보내고 봄을 맞이하고 있는 풍경이 보였고, 지난겨울, 아름다웠던 기억이 우의 속에 가득 차올랐다. 그리고 우는 희윤을 향해 뻗던 손을 다시 물렸다.

'나는 네가 어여쁘다.'

'항상 네 곁에 있으마. 무슨 일이 있더라도.'

'너를 힘들게 하는 것들은 다 싫다.'

'네가 웃으니 좋구나.'

'너와 함께 있어 좋고, 네가 웃어서 좋다. 네가 좋구나.'

'내 네가 원하는 대로 해 주마. 모두 해 주마.'

'날 보거라. 내가 있을 것이다. 언제나, 어디에서나 네 곁에 있을 것이다.'

희원이 있었다. 우의 수많은 기억 속 따뜻했던 순간엔 언제나 희원이 있었다. 그가 우를 지탱해 주고 있었다. 그의 미소와 따뜻한 품을 우는 기억했다.

"저는 더 이상 폐하께 바라는 것이 없습니다."

우가 떨리는 목소리로 말했다. 그리고 희윤의 손을 뿌리쳤다. 두 눈에 슬픔이 고여 반짝이고 있었다. 거짓인 줄 알면서도 뿌리치기 어려울 만큼 원하고 바랐던 것이었다.

희윤은 어느새 다정한 얼굴을 지우고 평소와 같은 무표정한 얼굴을 한 채로 우를 보고 있었다. 애틋함을 가장하던 손길은 더 이상 우에게 향하지 않았다.

"내 내어 준다 하지 않느냐? 네가 원하던 그 애정을 내어 준다 하지 않느냐?"

"그런 것을 바란 적 없습니다. 거짓으로 꾸며진 마음 따위는 원했던 적 없습니다. 아직 제게 내어 주실 것이 남아 있습니까? 있다 하여도 바라지 않으니 그만하세요."

"모른 척 눈 감는 것이 더 편할 것이다. 아친왕의 마음을 가지고 무엇을 할 수 있을 것 같은가? 이미 너는 내 비로 궐에 있지 않느냐. 네가 그에게 무엇을 내어 줄 수 있겠느냐? 평생을 궐에서 숨죽여 살아가야 할 너일 텐데 말이다. 혹여 내가 그에게 죽음이라도 내리길 바라는 것이냐?"

희윤의 말에 우가 결국 무너져 내렸다. 두 눈에 고였던 눈물이 넘쳐흘렀다. 덜덜 떨며 울고 있는 우 앞에 희윤이 쪼그려 앉아 그 얼굴을 마주 보았다. 그는 무표정하게 우를 보다 웃더니 우의 이마에 살포시 입 맞추었다. 그의 행동은 다정하기 그지없었다. 만약 모르는 이가 보았다면 우는 연인을 달래 주는 것으로 이해할 것이 분명하였다.

"네 자리가 이곳임을 잊지 말거라."

희윤이 우는 등을 토닥이더니 훌쩍 자리에서 일어나 떠났다. 그의 뒤를 따르는 종추가 걱정 섞인 얼굴로 뒤돌아 우를 바라보앉고, 우의 곁에는 박 상궁이 있었다. 박 상궁은 바닥에 주저앉아 울고 있는 우를 일으켜 세우고 있었다. 휘청거리는 우를 힘겹게 일으켜 세워 침상에 앉히고는 그 등을 토닥여 주었다.

잔인한 황제는 다시 한 번 우에게 제 존재와 우의 위치를 각인시켰다. 박 상궁은 욕이 터져 나올 거 같았다. 폐하려 할 때는 언제이고, 이제 와 우의 힘이 필요하다 찾는 것인지 화딱지가 날 지경이었다. 필요하다면 우에게 매달려야 할 것은 황제가 아닌가, 어째서 늘 이렇게 우가 나가쓰러져야만 하는지 모를 일이었다.

"폐하."

"무슨 일이냐."

희윤은 우의 처소를 나서 양심전으로 가고 있었다. 가마를 탄 그의 곁에서 종추가 조심스러운 얼굴로 입을 열었다.

"어찌 이비마마께만 그리 대하십니까?"

희윤은 곧장 대답하지 못하였다. 수많은 비빈이 있었고, 우는 그중 하나였다. 아니, 그중 하나라기엔 우가 너무도 특별하였다. 우는 그 존재만으로도 시선을 끄는 이였다. 제가 생각해도 이상하였다. 그는 우를 싫어하지 않았다. 오히려 우보다는 혜비를 더 꺼렸다.

"글쎄, 모르겠다. 왜 그이에게만 이리 잔인해지는지 모르겠구나."

희윤은 천천히 말했다. 모르겠다 말하였지만 왠지 알 것도 같
았다. 우는 항상 같은 모습이었다. 그이는 희윤의 모든 것을 받아
주었다. 희윤은 다른 이에겐 격식을 차리고, 예를 갖추고 흠이 잡
히지 않기 위해 애썼지만 우에게는 아니었다. 언제나 우는 그저
그를 위해, 그가 원하는 바를 위해 움직였고, 그런 우에게 굳이
희윤은 노력할 필요가 없었다.

처음엔 그 애정이 어색하였지만 모든 것은 점차 익숙해지기 마
련이었다. 그 애정을 당연한 것으로 여기게 되었을 때, 소화가 나
타났다. 저만 바라보며 상처받고 있는 우를 알면서도 그는 우를
희생시켜 소화의 자리를 만들어 주었다.

제가 어찌 행동하건 변치 않는 우를 보며 그는 안심하였다. 그
는 우가 변치 않으리라 저도 모르게 확신하고 있었다. 그는 은연
중에 우와 그 사이에서 그가 강자임을 인식하고 행동했었고, 그걸
당연히 여겼다.

그 대단한 집안이 내어 준 황위, 그리고 그 대단한 집안의 여
인, 열등감으로 뭉친 못난 사내는 진심을 바친 이를 힘으로 깔아
뭉개고 있었다.

"이비가 만일 진양 이가 출신이 아니었다면 좋았을지도 모르겠
구나."

희윤이 중얼거렸다. 제대로 듣지 못한 종추가 되물었으나 희윤
은 고개를 절레절레 저었다. 진양 이가, 기나라 건국 공신 가문,
제게 황위를 내어 준 그 대단한 집안. 황제는 하늘이 정한다 하였

다. 허나 웃기는 소리, 전부 개소리였다. 다들 알고 있었다. 황제는 하늘 아래, 가장 높은 자리임이 분명하나 그 자리를 결정하는 것은 진양 이가였다. 희윤이 자조적으로 웃었다.

"귀비에게 가자."

양심전으로 향하던 가마는 귀비전으로 그 목적지를 바꾸었다. 희윤은 송 귀비가 보고 싶었다. 아무 생각 없이 만날 수 있는 제 연인이 보고 싶었다. 그 작은 품에 안겨 살결에 얼굴을 묻고 위로받고 싶었다. 아무것도 가진 바 없는 작은 제 연인이 주는 달콤함에 젖어 이 고단함을 잊고 싶었다.

황제가 떠나고 난 후, 우는 침상에 멍하니 앉아 있었다. 박 상궁이 곁에서 위로하려 하였으나 역부족이었다. 한참 동안 운 탓인지 붉게 달아오른 눈은 이루 말할 수 없이 쓸쓸해 보였다. 그 마음을 바랐던 때나 바라지 않을 때나 희윤은 그 어떤 것도 우에게 내어 주지 않았고, 우가 무엇인가를 가질 수도 없게끔 하고 있었다. 희윤이 황제로 있는 한, 우는 그를 벗어날 수 없을 것만 같았다.

우는 황제의 여인이었고, 그것은 천지가 바뀌어도 변하지 않을 사실이었다. 살아서도, 죽어서도 황제의 여인으로 남아 있을 터였다. 당연한 일이라고 생각해 왔던 것은 더 이상 당연하다고 생각되지 않았고, 그저 잔혹한 현실일 뿐이었다.

궐에선 한참 태후의 탄신 행사로 말이 많았다. 황후의 자리가 비어 있으니 과연 이것을 누가 준비하느냐에 관한 것이었다. 지위로 보자면 송 귀비가 적임자였으나, 태후는 직접 혜비를 지목하여 제 뜻이 그녀에게 있음을 밝혔다. 그리하여 결국 태후의 탄신 행사는 혜비가 준비하게 되었다. 본디 황후가 받던 문안 인사는 송 귀비가, 황후가 주관하던 행사는 혜비가 맡게 되는 우스운 꼴이 벌어졌다. 송 귀비와 혜비가 같은 자리에 있으면 다들 송 귀비에게 먼저 인사를 올리고 나서, 혜비의 뒤를 따르는 것이다. 표면적인 지위는 송 귀비가 더 높았으나 내명부의 실권을 잡고 있는 이가 혜비였기에 이처럼 수많은 비빈이 그녀를 좇았다.

"혜비마마, 요즘 많이 바쁘시지요?"

"그리 중책을 맡으셨으니 당연히 바쁘시겠지요."

"작은 손이라도 필요하시면 말씀하셔요! 기꺼이 돕겠습니다."

비빈들이 혜비의 뒤를 따르며 재잘재잘 떠들어 댔다. 고운 목소리로 한마디씩 내뱉은 말들은 모두 혜비를 칭송하는 말이었다. 그 말들이 모두 사탕발림에 불과하다는 것을 혜비뿐만 아니라 그 자리에 있는 모두가 알고 있었다. 허나 그들 모두 모른 체하고 있었다.

송 귀비는 멀어지는 비빈들을 바라보았다. 혜비의 뒤를 따르며 종알거리는 그들을 바라보며 입술을 깨물었다. 태후의 탄신 행사를 맡았다는 혜비는 송 귀비를 바라보며 여유롭게 웃어 보였다. 승자의 미소를 보이던 혜비를 보며 송 귀비는 비참한 기분을 느껴야만 했다.

공녀로 궐에 들어와 황제와 연을 맺고, 결국엔 귀비 자리에 올랐다. 약소국의 몰락한 귀족 가문의 딸로 오를 수 없는 대단한 자리에 올라 그저 기뻤다. 저를 향한 황제의 사랑이 이토록 크구나, 제 연인이 이토록 높은 이구나 하는 생각에 방방 뛰었더랬다.

다른 여인들과 밤을 보내야 하는 황제를 참아 낼 수 있었던 것은 그가 제게 주는 것들 때문이었다. 애정의 대가, 주나라의 몰락한 귀족 가문 출신으로서는 꿈도 꿀 수 없었던 것들, 그것들이 그 잔인함 밤들을 외면할 수 있게 해 주었다. 제가 누리던 그 모든 것이 그를 견딜 수 있게 해 주었으나 지금 송소화에게 귀비라는 자리는 무겁기 그지없었다. 그 무게에 짓눌릴 것만 같았다.

"태후께서는 나를 꽤 좋아하신다 생각했어."

송 귀비가 말했다. 송 귀비의 말처럼 태후는 송 귀비를 꽤나 귀여워하였다. 출신이 마음에 들지 않긴 하나, 황후가 아닌 이상 크게 문제 삼을 이유는 없었다. 출신이 미천한 것은 그 세력이 없는 것과 동일하여, 다루기 쉽다는 장점이 되었다. 심성이 어리고, 미숙하니 그저 살살 잘 달래 주면 뜻대로 움직이기도 쉬워 굳이 멀리할 필요가 없었다.

태후에게 송 귀비는 그저 그 정도의 인물이었다. 굳이 가까이 할 필요도, 멀리할 필요도 없는 인물, 딱 그 정도였다. 그저 제 아들의 마음을 달래 줄 여러 후궁 중 하나일 뿐이었다.

"마마, 아무도 믿지 마십시오. 사이좋게 웃다가도 돌아서면 등을 찌르는 곳이 궐입니다."

이 상궁의 말에 송 귀비가 울적한 얼굴을 하였다. 송 귀비는 독살 미수 사건 이후로 많이 위축된 상태였고, 그것이 지금의 상황까지 이어져 점점 더 소극적인 모습으로 변하고 있었다. 본디 어린아이처럼 제 기분만을 중시하며 밝게 뛰어놀던 이는 주변의 눈치를 살피기 시작하였고, 해맑은 웃음은 점차 줄어들었다. 그나마 희윤의 앞에선 제 모습이 나오긴 하였으나 송 귀비는 점차 본래의 제 모습을 잃어 가고 있었다.

"태후마마께 올릴 선물을 생각해 보세요. 혜비마마보다 더 좋은 것을 하셔야 합니다."

이 상궁의 말에 송 귀비는 한숨을 내쉬었다. 쉬운 일이라고는 하나도 없었다. 하나부터 열까지 전부 다 제게는 어려운 일뿐이었다. 제가 무엇을 알고 좋은 선물을 할까 싶었다. 혜비야 본디 그 안목이 탁월하니 분명 좋은 물건을 고를 것이 분명하였다. 괜히 비교당해 망신이나 당하는 것이 아닌가 싶어 겁이 나기도 하였다.

그렇지만 하지 않을 수 없는 일이기에 송 귀비는 마음을 다잡았다. 어려운 상황 속에서도 이리 견딜 수 있는 것은 희윤의 마음이 제게 있다는 그 확신 때문이었다. 높은 곳에 있는 그의 곁에 있어야 한다면, 있을 수만 있다면 모두 견디리라 송 귀비는 생각하였다.

"그래, 무엇이 좋을지 생각해 보자. 모두 놀랄 만큼 좋은 것을 생각해 보는 거야."

어렵사리 힘을 낸 송 귀비가 기특한 듯 이 상궁이 밝게 고개를 끄덕였다. 송 귀비가 멀어지는 비빈들의 뒷모습을 보며 제 처소로 발길을 돌렸다.

황제가 다녀간 후, 우는 밤새 잠들지 못하고 아침을 맞이하였다. 우는 분홍빛의 비녀를 손에 쥐고는 그것을 바라보고 있었다. 지난날, 희원과 궐을 나가서 얻은 것으로 제게 잘 어울리겠다며 희원이 직접 꽂아 주었던 것이었다. 패물함 깊숙이 숨겨 놓았던 것을 꺼내어 바라보고 있는 그 모습에 박 상궁이 걱정스러운 얼굴을 하였다.

"마마."

"고민한다는 것, 그 자체가 너무나 분에 넘치는 일이었네."

박 상궁이 우에게 가까이 다가가 그 앞에 무릎 꿇었다. 그러고는 비녀를 쥐고 있는 우의 손을 양손으로 붙잡았다.

"마마, 지레 겁먹지 마세요. 소왕야께서는 기다리고 계실 겁니다."

"내가 왕야를 선택한다 하여 달라지는 것이 있는가? 그분께 역모라도 하라고 말하라는 게야?"

우가 파르르 떨었다. 희원이 주는 따뜻함과 다정함에 잊고 있었던 것이다. 제가 매인 몸이라는 것을. 지금 당장 능지처참 당하여도 억울하다 할 수 조차 없는 처지였다. 그나마 이렇게 희윤이 넘어가는 것은 아마도 희원과 제 집안 때문일 터였다. 상처받고 지쳤다 하여도 그리 행할 수는 없었다. 희원과 제 가족들을 생각해서라도 해서는 안 되는 일이었다.

"내가 어리석었어. 내 마음 하나 편하자고 말도 안 되는 일들을 행하고 있었던 거야."

박 상궁은 할 말이 많은 얼굴이었으나 아무런 말도 하지 않았다. 황제가 이렇게 나온 이상 숨죽이며 지내고 있는 것이 우의 신상에도 좋을 터였다. 그 집안이 아무리 대단하다 하여도, 정절을 지키지 못한 후궁이라는 이름이 씌워지면 우를 지켜 주긴 어려울 터였다. 또한, 그 상대인 소왕야 역시 참형을 피하진 못할 것이 분명하였다.

희윤에게 우가 필요한 한, 숨죽여 지낸다면 무사히 지낼 수 있을 것이다. 우는 그렇게 하기로 하였다. 박 상궁은 제 주인을 애처롭게 여기면서도 그 살기 위한 합리적인 선택에 아무런 말도 덧붙이지 못했다.

우는 그날 이후, 희원의 방문을 거절하기 시작하였다. 진정으로 그 누구의 방문도 허하지 않은 것이다. 우의 처소에 드나드는 것은 오직 박 상궁뿐이었다. 희원의 애타는 부름도 무시한 우는 처소의 창과 문을 꼭꼭 닫아 어둠 속에서 제 마음을 다스렸다.

그러던 어느 날 날마다 찾아와 서성거리는 희원을 보다 못한 박 상궁은 큰마음을 먹고 희원에게 문을 열어 주었다.

"박 상궁, 고맙네."

박 상궁이 고개를 저었다.

"황제폐하께서 다녀가신 후, 이러십니다."

희원이 억지로 웃어 보였다. 만일 우의 선택이라면 어쩔 수 없는 일이었다. 희원은 우가 희윤을 선택했구나 싶었다.

"아니요, 아닙니다. 그런 것이 아니라 폐하께서 마마의 처지를 알려 주셨을 뿐입니다. 죽어서도, 살아서도 궐에 있어야 할 마마의 처지 말입니다."

박 상궁이 조급한 손짓으로 희원의 소매 끝을 붙들었다. 설명은 들은 그는 이제야 이해가 가는 얼굴을 하였다. 제 상처는 돌볼 줄 모르는 이가 남의 상처에는 어찌나 그리 걱정이 많은 것인지 그것이 어여쁘기도 하고 답답하기도 하였다.

희원은 찬찬히 우의 처소로 들어갔다. 밝은 대낮에도 창을 걸어 닫은 우의 처소는 빛이 들지 않아 컴컴하였다. 그리고 그 어둠 속에 우가 있었다. 조심스럽게 우에게 다가간 그는 침상에 앉아 있는 우의 곁에 앉았다. 그는 놀란 눈으로 저를 바라보는 우에게 눈을 맞추더니 그대로 품에 가두었다. 잠시 놀란 굳어 있던 우가 금세 희원을 밀어내기 시작하였다. 미약한 손길에도 언제나 쉽게 물러서던 희원은 오히려 우를 안은 두 팔에 힘을 주었다.

"목숨이 아까운 줄 모르시는 겁니까?"

우가 소리쳤다. 눈물은 이미 뺨을 타고 흐르고 있었다.

"네가 생각하는 그런 일은 없을 것이다. 약속하마."

"이러다 정말 큰일 나십니다. 폐하께서 이미 다 알고 계세요, 왕야. 당장 끌려가도 이상한 일이 아닙니다."

걱정과 불안으로 가득 찬 그 목소리가 희원은 안타까웠다. 우는 희윤이 저를 한 치의 망설임도 없이 내칠 수 있음을 알고 있었다. 그것은 이미 황후의 자리를 폐하고, 냉궁으로 보낸 것으로 증명되었다. 그랬기에 더욱 겁먹은 것이다. 특히나 제가 아니라 희원이 다친다는 것은 우에게 더욱 크게 다가왔다. 저로 인해 희원이 망가지거나 다치는 것은 보고 싶지 않았다.

"무슨 생각을 하는지 다 알고 있다. 역모도 아니 할 것이고, 네게 나를 강요하는 일도 없을 것이다. 그저 전과 같이 지내면 그뿐이다. 나는 너를 위험하게 할 생각이 없다."

"제가 문제가 아닙니다. 왕야께서 위험하십니다!"

우가 주먹을 들어 희원을 내리쳤다. 작은 손으로 힘껏 내려친 것이 분명하지만 아프지 않았다. 약해져 있음이 드러나는 그 몸짓에 희원은 마음이 아파 나지막한 한숨을 내쉬었다.

"너를 위해 내 위험한 일은 하지 않으마."

밀려났던 희원은 다시금 우를 품에 안고는 등을 토닥였다. 우가 희원의 가슴에 얼굴을 파묻었다. 제 앞에서조차 숨죽여 우는 우가 희원은 애달팠다.

"네가 이리 겁먹은 것을 보니 내가 참으로 한심한 사내 같구나."

희원의 장난 섞인 말에 우가 고개를 들었다. 희원은 다정한 손길로 우의 눈물을 닦아 주고는 그 눈가에 입을 맞추었다. 희원은 웃는 얼굴을 하고 있었는데, 우는 그 얼굴에 비로소 마음이 진정되는 것을 느꼈다.

희원은 안타까운 마음이 들면서도, 이런 우의 모습에 안심했다. 제게만 보여 주는 것들이었다. 어느 누구 앞에서도 당당하던 우는 늘 희원의 앞에서 무너져 내렸다. 우는 오로지 희원에게만 제 약한 모습을 보여 주었다. 어리광이건, 엄살이건. 희원은 그저 그 사실에 감사했다.

"울어도 좋고, 도망쳐도 좋다. 다만 내 손을 놓지만 말거라. 내가 네 곁에 있음을 잊지만 말아."

희원은 우의 손을 꼭 붙들더니 그 손등에 입 맞추었다. 그 행동은 한결 자연스러웠고, 우는 마치 희원의 입술이 닿은 그 부분에 열이 오르는 것처럼 느껴졌다. 그 손을 뿌리치지 않은 우는 그저 홀린 듯 희원을 바라보기만 하였다. 그리고 힘주어 희원의 손을 맞잡았다. 그 따뜻함이 기꺼워 우는 두 눈을 감아 버리고야 말았다.

우는 태연히 궐을 누비고 있었다. 문안 인사에는 건강상의 이유로 참여하지 않았으나 가끔 짧은 시간 누각이나 정원을 찾으며 산책하곤 하였다. 그 곁에는 대부분 박 상궁이 있었으나, 때로는 희원이 함께하였다.

한결 좋아진 얼굴은 전과 같이, 아니 전보다 더욱 반짝이고 있었다. 우는 선택하였다. 제가 진정으로 희원을 사랑하고 있는지는 알 수 없었으나 그 곁에 머물기로 하였다. 그런 제 솔직한 마음을 고백하였을 때, 희원은 그저 우를 안아 주며 고맙다고 하였다. 그 순간부터였다. 우는 마음의 안정을 찾았고, 한결 편안해졌다. 무슨 일이 있든지 간에 제 곁을 지켜 줄 이가 있음을 깨달았다. 그것은 우에게 크나큰 위안이 되었다.

그렇지 않아도 곱던 얼굴에 화사한 미소가 걸리자 모두의 시선을 빼앗았다. 우와 마주친 이들은 모두 그 얼굴에 홀려 한참을 바라보았다. 단정히 빗어 넘긴 머리에 꽂힌, 분홍빛 자개로 만들어진 비녀에 햇빛이 잘게 부서졌다.

붉은 비단이 아닌 엷은 색의 옷을 입은 우는 가벼운 걸음으로 궐을 누볐다. 영원히 제 것이라 여겼던 붉은 옷은 우에게 버거웠다. 입고 있을 적에는 미처 몰랐으나 이리되어 보니 알 수 있었다. 우는 한결 가벼운 마음으로 크게 숨을 들이마셨다. 아직은 차가운 봄바람에게선 싱그러운 냄새가 났다.

"이비, 오랜만입니다."

혜비였다. 우연히 마주친 우와 혜비는 가까운 전각에 자리를 잡았다. 여전히 화려하기 짝이 없는 옷차림의 혜비였다. 아니, 오히려 전보다 더 화려해진 듯도 하였다. 붉은색에 가까운 주홍색 비단에는 노란 색실로 화려한 꽃이 수놓아져 있었다. 그것은 마치 언뜻 보면 황후의 옷처럼 보였다.

"태후마마의 탄신 행사를 주관하신다고 들었습니다."

"예, 그리되었습니다."

우와 혜비는 그저 신변잡기에 불과한 대화를 나누었다. 우는 눈앞의 이에게 크게 관심이 없었기에 궁금한 것도 없었다. 그런 우와 달리 혜비는 제 눈앞의 이를 면밀히 살피고 있었다. 별 내용 없는 질문들을 하면서도 눈으로는 끊임없이 우를 관찰하고 있었는데, 혜비의 눈에도 우는 전보다 훨씬 좋아 보였다. 특히나 여유로워진 그 표정이 그랬다.

"좋은 일이 있으신가요?"

나른한 목소리로 부드럽게 물어 오는 혜비의 물음에 우는 그저 어색하게 웃었다.

"아니요, 아무 일도 없습니다. 어찌 그런 걸 물으십니까?"

"좋은 일이 있으신 것처럼 보였습니다."

혜비는 진정으로 궁금하였다. 우는 무엇인가 달라져 있었고, 그 이유가 무엇인지 혜비는 알고 싶었다. 그러나 속내를 털어놓을 만큼 친밀한 사이가 아니었기에 그녀는 그 이유를 알 수 없었다.

둘은 그저 뜻 없는 이야기만 나누다 헤어졌다.

"이비는 이제 완전히 황후 자리에 미련이 없나 봅니다."

혜비의 뒤를 따르며 상궁이 입을 열자, 그녀가 걸음을 멈추고 제자리에 섰다.

"다시 한 번 말해 보아라."

냉기가 뚝뚝 떨어지는 말투에 겁이 난 상궁이 차마 입을 떼지 못하자, 혜비가 우아한 몸짓으로 뒤돌아 상궁을 내려다보았다. 혜비의 앞에는 고개를 조아린 상궁이 긴장으로 굳어 있었다.

"내가 없는 자리에선 나를 혜비라고 부르고 있더냐?"

"아닙니다, 그럴 리가 있겠습니까."

상궁이 놀라 퍼뜩 부정하고 나섰다. 혜비는 검지로 천천히 상궁의 턱을 올려 저를 바라보게 하였다. 상궁은 겁에 질려 있었다.

"다시 한 번 그리 주제도 모르고 입을 함부로 놀린다면 내 직접 가르침을 주마."

"예, 마마. 명심하겠습니다."

혜비가 만족스러운 얼굴로 뒤돌아 다시 걸음을 재촉하였다. 행사 준비로 바빴기 때문이었다. 우를 만나 시간이 지체되었으니 그만큼 서둘러야 했다. 허나 혜비는 우를 만난 것이 나쁘지 않았다. 슬픔에 잠겨 여위었던 얼굴이 환히 빛나는 것도 나쁘지 않았다. 다만 제가 모르는 곳에서 변화하고 있는 것이 신경 쓰이고 궁금하였다. 그저 그뿐이었다.

혜비전은 많은 사람으로 북적이고 있었다. 태후의 탄신 행사를 준비하느라 많은 이들이 바쁘게 움직이고 있었고, 혜비는 그것을 바라보며 하나씩 명을 내리고 있었다. 제 계획대로 되어 가고 있는 상황을 보는 그녀의 얼굴에는 흡족한 미소가 피어올랐다.

이번 일을 위해 혜비는 많은 노력을 하였다. 누각을 보수하고, 아름다운 풍경을 만들기 위해 나무와 꽃을 다시 심었다. 구하기 힘든 귀한 것들로 주변을 장식하고, 모든 소품 하나하나를 제가 확인하고 나서야 그녀는 안심하였다. 하다못해 음식을 담는 접시 하나까지 그녀의 손이 닿지 않은 것이 없었다. 이번 일로 그녀는 제 입지를 견고히 다질 셈이었다.

혜비가 모든 것을 제 계획대로 진행하고 있는 그때, 송 귀비는 태후의 선물로 고민하는 중이었다. 무엇을 해 주어야 좋을지 도무지 알 수가 없었다. 좋은 것이라고 해 봐야 고작 생각나는 것이 보석뿐이라 난감하기 짝이 없었다. 태후가 검소하다고는 하나 그것은 황제의 모후라는 신분에 비해 그렇다는 것뿐이지 온갖 귀한 것은 이미 다 가지고 있을 것이 빤하였다. 게다가 송 귀비보다 안목 또한 뛰어나니 쉽사리 줄 수 있는 것이 없었다.

들리는 이야기로는 혜비가 이번 일에 공을 많이 들이고 있다고 하니, 더욱더 신중할 필요가 있었다. 트집 잡을 수 없는 것으로 준비해야만 했다. 이미 태후는 혜비에게로 돌아섰으니 아무리 좋은 것을 내놓는다 하여도 성에 차지 않는다 할 것이 분명하였다. 그러니 최대한 좋은 것으로 성의를 담아 트집 잡히지 않을 것으로 준비하여야만 했는데, 도무지 그런 것은 떠오르지도 않았고,

있을 거 같지도 않아 골치만 아팠다.

산책을 하고 돌아온 우의 처소에는 희원이 있었다. 누군가 저를 기다리고 있다는 것은 그토록 달콤하고, 가슴이 저리는 일이었다. 우는 저를 기다리고 있는 희원을 보며 바로 다가서지 못하고, 잠시 멈추어 서서 그를 바라보았다. 그리고 마음에 그 다정한 풍경을, 그를 새겼다. 눈물이 날 것만 같았다. 제 세상에 그가 있었다. 시원한 공기와 바람에 섞인 나무의 향, 그리고 희원의 뒷모습까지 그 모든 것을 우는 천천히 제 마음에 담았다.

한참을 바라보기만 하던 우가 희원에게 다가서려 할 때, 희원이 우를 돌아보았다. 두 눈이 마주치는 순간, 그의 얼굴에 화사한 미소가 걸렸다. 그러고는 한발 먼저 빨리 우에게로 걸어왔다. 그는 자연스레 손을 내밀고 우를 이끌었다. 잡은 손은 따뜻했고, 그것은 묘하게 가슴을 울렸다.

"궐이 소란스럽구나."

처소 안, 마주 앉은 이들은 서로의 온기에 취해 있었다. 그 둘은 모두 상대가 주는 충만함에 기꺼워하였다. 오랜 세월 각기 홀로 제 마음을 버거워하던 이들이었기에 이 순간은 따사로웠으며, 행복했다. 서로가 서로를 향해 있다는 것은 너무나 놀라운 일이었으며, 너무나 아름다운 일이었다.

"탄신 행사에 나가려 합니다."

"어째서? 가고 싶지 않은 게 아니었느냐?"

우가 잠시 대답하지 못하였다. 그러다 아주 작게 속삭였는데, 그 목소리가 너무 작아 희원은 그 답을 듣지 못하였다.

"뭐라 했느냐?"

우는 잠시 뜸을 들이다 좀 더 큰 목소리로 답하였다.

"아닙니다. 그저 생각이 바뀌었을 뿐입니다."

전과 같은 대답이 아님을 희원은 눈치챘지만 그저 웃어넘겼다. 우의 얼굴이 보기에 좋았던 까닭이다. 그 얼굴에는 지난날 짙게 배어 있던 우울함이 보이지 않았다. 전보다 좀 더 많아진 웃음이 좋았다. 희원은 웃는 우의 모습이 기뻐 다른 것은 모른 척 넘겼다.

우는 희원과 함께 있는 것에 안정을 느꼈다. 궐 안에 있으면서 이토록 평온한 적이 있었나 하고 떠올려 보았다. 단 한 번, 희윤이 제게 다정했던 때에도 이토록 안정된 기분을 느끼지는 못했다. 기쁘긴 했었다. 허나 그것은 위태로운 기쁨이었다. 언젠가 사라질 기쁨이라 여겼고, 실제로도 그랬다. 그러나 지금 희원과 함께하는 것은 그것과는 사뭇 달랐다.

희원은 우가 가진 적 없는 안정과 믿음을 주고 있었다. 그리고 우는 그것을 아주 달게 받아들이고 있었다.

희원은 궐문이 닫히기 직전까지 우와 함께 시간을 보내다 아쉬운 걸음으로 처소를 나섰다. 그가 떠나 우와 박 상궁, 단둘이 남은 처소는 어째서인가 우를 쓸쓸한 기분에 젖게 만들었으나, 그녀는 애써 쓸쓸함을 뒤로하고 의복을 확인하고 있는 박 상궁에게 물었다.

"준비는 잘되어 가고 있는가?"

"예, 마마."

우는 박 상궁에게 의복을 준비하라 일렀었다. 박 상궁은 우의 지시에 조금 의아했지만 순순히 그 말에 따랐다. 평소 화려한 것을 좋아하지 않는 우였건만 어째서인지 값비싸고, 화려한 것만을 준비하라 명하였기 때문이었다. 박 상궁은 참지 못하고 슬쩍 우에게 이유를 물었다. 우는 부드럽게 웃으며 답해 주었다.

"내가 쥔 것을 보여 주려 함이네."

박 상궁은 우의 대답에 아리송한 얼굴을 하였으나 다시 묻지는 아니하였다. 상전의 일에 질문을 던진 것만 하여도 좋지 않은 행실이었으니 더 물어볼 수는 없었다. 설사 우가 그리 생각지 않는다 하여도 박 상궁은 아랫사람으로서 본분을 다하고 싶었다.

태후의 탄신일, 우는 그날 가장 화려한 모습으로 나타날 생각이었다. 황후의 자리에 있을 때보다도 더 화려하고, 아름다운 모습으로 나타나리라. 사랑에 눈이 멀어 제가 쥔 것을 숨기고, 희윤의 눈 밖에 날까 숨죽여 지내 왔었다. 제 집안을 꺼리는 희윤을 모를 수가 없었다. 그래서 우는 늘 그의 뒤에서 조용히 제 힘을 다해 그를 도왔다.

그런 제게 돌아온 것은 이루 말할 수 없이 잔인한 것들뿐이었다. 희생의 대가로 더 큰 희생을 요구받았고, 남은 것은 지워지지 않을 상처뿐이었다. 희윤을 향했던 그 마음이 흔적도 없이 사라졌다고 말할 수는 없었으나 우는 더 이상 희윤에게 휘둘리고 싶지 않았고, 숨죽여 지내고 싶지도 않았다. 악명을 받았으니 그에 걸 맞은 것을 보여 주어야 하지 않을까 싶었다.

'더 이상 겁이 나지 않으니까요.'

희원이 듣지 못한 말이었다. 태후의 탄신 행사에 어찌 나가려 하냐는 그의 물음에 대한 우의 답이었으며, 끝내 그는 듣지 못한 말이었다.

우는 두려웠다. 희윤에게 휘둘려 망가지고 있는 저를 알면서 도 어찌하지 못했었다. 겁에 질려 도망가고 싶었고, 주저앉고 싶었고 진정 그리하기도 하였다. 그 모든 순간에 희원이 있었다. 누명을 쓰고 냉궁으로 갈 적에도, 유산한 순간에도, 처소에 칩거하였을 때도, 매 순간 희원이 함께하였다. 그는 자꾸만 주저앉는 제 곁에서 손잡아 주었다.

그러나 알지 못했다. 매 순간 그가 곁에 있음을 우는 인식하지 못했다. 희윤이 우에게 저를 선택하기를 강요했을 때야 비로소 알았다. 어떤 순간에도 희원이 저를 믿어 주고 손잡아 줄 것을. 그를 알았으면서도 어찌하지 못했던 것은 저 때문에 희원이 망가질까 봐 겁이 나서였다. 만약 저로 인해 그마저 망가지면 어찌하나, 생각은 꼬리에 꼬리를 물고 이어졌었다. 그런데도 그는 제 곁에 있으려 하였다. 그 따뜻함을 놓치기 싫었기에 우는 제게 내밀어진 손을 잡았다.

우는 난생처음 오로지 저만을 위한 선택을 하였다. 그러자 이상하게도 더 이상 겁이 나지 않았다. 그리고 우는 생각했다. 저로 인해 위험을 감수하는 희원에게 도움이 되고 싶다고. 희원에게 보여 주고 싶기도 하였다. 그가 있어 더 이상 무섭지 않다고 말이다. 제 세상의 모든 것으로 생각하였던 희윤에게 내쳐질까 무서웠던 지난날의 우는 더 이상 없었다.

송 귀비는 결국 고민하다 희윤에게 도움을 청하였다. 제 딴엔 나름대로 머리를 굴려 보았지만 아무리 고민하여도 적절한 선물이 떠오르지 않았다. 희윤의 품 안에 안겨 송 귀비는 질문하였다.

"희윤, 태후마마께서는 무엇을 좋아하세요?"

창피한 듯 가슴팍에 얼굴을 파묻고는 조심스레 물어 오는 그 모습에 희윤이 너털웃음을 터뜨렸다. 속내라고는 숨길 줄 모르는 연인이 귀여워 그는 송 귀비의 머리에 입술을 가져갔다.

"흠, 글쎄. 생각이 나질 않는구나. 내가 드린 전부를 좋아하셔서 어떤 것을 좋아하시는지 모르겠구나."

희윤의 대답에 퍼뜩 고개를 든 송 귀비는 잔뜩 실망한 얼굴이었다. 희윤이라면 분명 좋은 대답을 해 주리라 생각했던 것이다. 고개를 든 송 귀비의 입술에 희윤은 부드럽게 입 맞추더니 장난스러운 얼굴로 웃어 보였다.

"왜요? 어찌 그런 얼굴을 하세요?"

"소화, 네가 이런 일에 신경을 쓰다니 놀라워서."

희윤의 놀림에 송 귀비가 그의 이마에 제 이마를 콩 하고 박았다. 누군가 보기라도 한다면 감히 황제에게 무례를 저질렀다며 문초라도 당할 일이었으나 희윤은 그저 그런 송 귀비를 사랑스러운 눈길로 바라볼 뿐이었고, 그곳엔 희윤과 송 귀비 둘뿐이었다.

희윤과 송 귀비는 서로 눈을 맞추고는 침묵했다. 잠깐 침묵하던 희윤은 눈웃음을 보이며 제 코를 송 귀비의 코에 비비더니 입을 열었다.

"수석이 어떨까 싶다. 내가 태후께 선물로 드리려던 것이나 네게 내어 주마."

"그래도 괜찮을까요?"

희윤이 고개를 끄덕이자 송 귀비가 기쁜 얼굴을 하였다. 송 귀비는 이제야 마음이 놓이는 듯 환하게 웃어 보였다.

희윤은 저 나름대로 생각이 있었다. 본래 제가 준비한 것이니 선물을 가지고 트집을 잡는다면 저를 트집 잡는 것이나 마찬가지였다. 제가 거대한 자수정 수석을 구한 것이 분명 궐에 소문이 났으니 송 귀비가 그것을 선물로 내놓는다 한들 트집 잡기는 힘들 것이라 그는 생각했다. 송 귀비를 위해 미리 안배해 놓은 것이긴 하나 못내 고민하고 끙끙거리는 것이 귀여워 그는 이제껏 아무 말도 하지 않았다. 아마 알게 된다면 한동안 심통이 나서 제게 몇 날 며칠은 말도 하지 않을 터였다.

희윤은 결국 소리 내어 웃으며 송 귀비를 꼭 끌어안았다. 이유를 알 수 없는 웃음에 송 귀비가 미심쩍은 얼굴을 하며 물었으나 그는 대답해 주지 않았다. 평소 같으면 꼬치꼬치 캐물었을 송 귀비는 오랜 시간 고민한 것이 해결되자 마음이 놓여 캐물을 생각도 하지 않았다.

"걱정하지 않아도 된다. 내가 네 옆에 있을 터인데 무엇이 걱정인 거지?"

믿음직스러운 말에 송 귀비가 볼멘소리를 하면서도 슬쩍 웃었다. 희윤은 송 귀비에게 단 하나뿐인 믿음직스러운 연인이자 저를 지켜 줄 사람이었다. 그는 먼 타국의 땅, 유일무이한 안식처였다. 그녀는 언제나 그의 품 안에서 잠들기를 그 순간 빌고 또 빌었다.

우는 그 시각, 제 아비에게 서찰을 쓰고 있었다. 박 상궁에게 명해 귀한 것들로만 준비하였으나 우의 눈에는 차지 않았다. 수많은 비빈이 모일 것이고, 이 정도로는 모두의 시선을 끌기 힘들 것으로 생각되었다. 제각기 가장 좋은 것, 가장 귀한 것을 골라 치장을 하고 나타날 비빈들 사이에서 가장 빛나는 것은 바로 저여야만 했다.

그랬기에 우는 제 사가로 서찰을 쓰기로 하였다. 서찰을 쓰면서도 떨리고 긴장되는 마음에 우는 크게 심호흡을 하며 가라앉혔다. 정갈하게 쓴 필적에도 못내 숨기지 못한 마음의 흔적이 가득한 듯하였다. 다 적은 서찰을 박 상궁에게 건넬 때가 되어서야 우는 평소의 모습을 되찾았다. 이 재상은 아마도 서찰을 받고 우의 속내를 짐작할 것이고, 우는 제 아비가 틀림없이 제 의도를 알아차리리라 생각했다.

✿

서찰을 받은 이 재상은 정갈한 글씨가 마치 우 본인처럼 어여뻐 흐뭇한 미소를 지었다. 가족들의 안부를 묻는 내용이 끝난 후, 서찰은 바로 용건으로 이어졌다. 태후의 탄신일에 드릴 선물과 제 옷가지, 그리고 장신구를 구해 달라는 내용이었다. 서찰의 내용은 그것이 전부였다.

"그럼 전 이만 돌아가 보겠습니다."

박 상궁은 이 재상이 서찰을 읽는 것까지 확인하고 난 후, 자리에서 일어섰다. 별다른 내용이 없는 서찰이었으나 다른 이의 손을 빌리기 꺼려져 직접 온 탓에 서둘러 우의 곁으로 돌아가야만 했다.

"기다리시게. 내 가마를 내어 줄 터이니 타고 가게나."

이 재상은 그런 박 상궁의 마음을 헤아린 듯 선뜻 가마를 내어 주었다. 그 배려에 박 상궁이 가벼운 묵례로 인사하였다. 박 상궁이 가마를 타고 궐로 돌아가자 이 재상은 가타부타 일언반구 없이 일꾼들을 불러 우가 부탁한 것을 행하기 시작하였다. 태후를 위한 선물과 우의 물품들을 구하기 시작한 것이다. 우, 본인이 직접 행하지 않고 저에게 연통한 것이니 집안의 재력과 연줄을 이용하여 가장 좋은 것을 구하려는 것으로 이 재상은 생각하였다. 태후의 탄신 행사일까지 준비하려면 조금 빠듯할 듯도 하였다. 좋은 물건은 언제나 구하기 어려운 법이었다.

촉박한 시일에도 그의 마음이 여유로운 것은 딸아이가 제게 이런 서찰을 보낼 정도로 의지를 가졌기 때문이었다. 그것은 앞으로 벌어질 일들을 생각하면 참으로 다행인 일이었다.

박 상궁이 궐로 들어왔을 때는 이미 정오가 지난 시각이었다.

"다녀왔습니다."

"아버지께서 혹 무어라 하시든?"

"아무런 말도 하지 않으셨습니다."

우가 고개를 끄덕이며 보고 있던 서책을 덮었다. 박 상궁이 서둘러 우의 식사를 챙기기 시작하였다. 원래 소주방에서 음식을 받아 왔으나 그 역시 불안해진 까닭에 직접 처소에서 준비하기에 이르렀다. 박 상궁의 노고에 우 역시 괜한 고생이라며 말렸지만, 이미 누명을 쓴 전적이 있어 박 상궁의 고집을 꺾지는 못했다. 웬만하면 모든 가능성을 제외하고 싶었으므로 박 상궁은 조금 힘들더라도 이런 수고를 마다하지 않았다.

바삐 움직이는 박 상궁과는 달리 우는 한참을 움직이지 않고 있었다. 조금의 미동도 없는 그 모습이 마치 얼어붙은 것처럼 보이기도 하였다. 우가 움직인 것은 박 상궁이 식사를 다 준비하고 나서였다.

우는 마치 예법 그대로를 옮겨 놓은 듯이 식사를 하고 있었다.

이렇게 되기까지 얼마나 많은 신경을 썼을지 눈에 보이는 듯이 빤했다. 어느 누가 보아도 흠 하나 잡기 힘들 정도로 우는 행실마저 고왔다. 흠이라고 잡아 봐야 속내를 쉽사리 드러내지 않는 것뿐이었다.

우보다 황후 자리에 어울리는 이는 있을 수 없다고 박 상궁은 생각했다. 송 귀비야 말할 것도 없고, 혜비는 묘하게 사람을 불안하게 만들곤 하여 꺼림칙하였다. 도를 지나치는 것은 아니나 속내에 자비나 온정이 없기도 하였고, 그 곁에 누군가를 두지도 않았다. 우가 그 속내를 잘 드러내지 않는다고 한다면, 혜비는 그 속내가 얼어붙은 이였다. 사람을 품을 줄 알고, 아량을 베풀 줄 아는 우야말로 진정 고귀한 자리에 어울리는 사람이었다.

"박 상궁, 내 항상 자네에게 고마운 마음을 가지고 있네."

혼자 생각에 빠져 있던 박 상궁은 우의 말로 인해 잡념에서 깨어났다. 아무렇지 않은 얼굴로 제게 고마움을 말하는 그 다정함이 좋았다.

"어찌 그런 말씀 하십니까. 종이 주인을 따르는 것은 당연한 일이지요."

박 상궁이 한결 높아진 목소리로 답하였다. 제 보잘것없는 노력을 알아주는 우에게 박 상궁이야말로 고마운 마음이 들었다. 박 상궁과 우는 조금 더 단단히 인연의 끈을 묶었다.

"앞으론 더 많은 도움이 필요할지도 모르겠네."

희미한 그 말에 박 상궁이 연신 고개를 끄덕이며 크게 답하였다. 오히려 박 상궁이 바라던 일이었다. 우가 가진 것들을 모두 휘둘러 당당히 모두의 앞에 나서기를 소원했었다.

식사를 하고 난 두 사람은 차를 마시고, 한가로운 시간을 보냈다. 황후였을 때와는 달리 크게 할 일도 없었다. 마음이 편안해지자 여유를 즐길 수 있게 되었다. 우는 하는 일 없이 그저 시간을 보내는 것이 좋았다. 그리고 이 게으른 순간에 희원이 함께라면 더 좋았을 거 같다고 생각하였다.

송 귀비는 하릴없이 침상에 앉아 지루한 얼굴을 하고 있었다. 본래대로라면 한창 바빠야 했으나 그녀를 대신하여 바쁜 이는 따로 있었다. 황후 자리가 공석이 된 후, 처음 궐내의 살림을 맡은 것은 송 귀비였으나 그를 앗아 간 것은 혜비였다. 혜비가 태후의 탄신 행사를 맡음과 동시에 그도 가져가 버린 것이다. 빼앗긴 것이라 분한 마음도 있었으나 송 귀비는 오히려 홀가분한 마음이 더 컸다.

어려서 입궐한 다른 비빈들과 달리 공녀로 차출되어 제대로 된 교육 없이 후궁 자리에 오른 송 귀비는 그 배움이 더딜 수밖에 없었다. 더욱이 제게 쏠린 후궁들의 싸늘한 눈초리를 부담스러워하여 실수가 더욱 잦았기에 오히려 혜비에게 내명부의 살림을 내어 준 것이 다행이라 할 수도 있었다.

희윤이 태후의 선물까지 준비해 주었기에 송 귀비는 딱히 할 일이 없었다. 귀비의 자리에 있으면서도 단 한 번도 황후였던 우를 도왔던 일이 없었다. 우가 송 귀비에게 일을 주기 위해 부러 그를 가르치려고도 했었다. 상궁을 통해 간단한 일부터 시작하려 했었는데 냉궁으로 가게 되면서 모든 것이 흐지부지되었던 것이다.

지금 송 귀비에게는 그저 이 상궁만이 가볍게 궐의 생활과 귀비의 의무에 대해 가르쳐 주고 있을 뿐, 제대로 처음부터 가르치려 하는 이가 없었다.

"이 상궁이 보는 이비는 어때? 왜 황후마마였을 적에는 나를 많이 혼내서 내가 많이 무서워하였잖아."

갑작스러운 송 귀비의 질문에 이 상궁이 걱정스러운 얼굴을 하였다. 그렇지 않아도 송 귀비는 자주 울적해하였고, 그 때문에 이런 질문이 달갑지는 않았다.

"글쎄요. 독살 미수 사건만 제한다면 훌륭하신 분이지요. 허나 있는 일을 없는 일로 칠 수는 없지 않겠습니까."

"그런가? 허나 이비는 본인이 한 일이 아니라 하였는데 말이야. 지금에서야 생각해 보면 나를 혼낸 것도, 가르친 것도 이비뿐이었지. 이비만이 나를 귀비로 대해 주었어."

송 귀비가 한숨을 내쉬듯 내뱉은 말에 이 상궁이 아차 싶었다. 혜비야 송 귀비가 아무것도 제대로 하지 못하는 것이 이익이니 당연히 무엇을 가르쳐 주려는 생각 따위는 없을 것이고, 황제는 그저 송 귀비를 어여뻐하기만 하고, 태후는 송 귀비에게 관심조차 없었다.

그나마 우만이 황후로 있을 적에 귀비의 지위와 의무에 대해서 가르쳐 주었던 것이다. 이 상궁 역시 그때그때 필요한 것만을 얘기할 뿐, 나서서 무엇인가 제대로 송 귀비에게 가르치려 한 적은 없었다. 이미 귀비의 자리에 오른 이였기에 더욱 그랬다. 한낱 상궁 따위가 어찌 귀비를 제대로 가르칠 수 있을까.

송 귀비는 슬프기도 하였고, 우에게 고맙기도 하였다. 결국 제가 우가 가진 그릇의 반도 따라가지 못할 것 같은 패배감에 휩싸여 슬펐고, 그나마 저를 제대로 귀비로 보아 준 우에게 고마웠다. 그러면서도 희윤이 제게 있다는 사실에 안심하고 있는 제가 부끄러웠다.

송 귀비는 우가 싫지 않았다. 오히려 그이는 우처럼 되고 싶었다. 꿈에나 그리던 이상적인 모습을, 막연히 그리던 황후의 모습을 우는 가지고 있었다. 그러나 송 귀비는 끝내 우와는 가까워지지 못할 사이라는 것을 알고 있었다. 같은 사내를 마음에 두고 있는 여인으로 어찌 사이좋게 지낼 수 있을까. 그리고 그동안 주었던 상처를 어찌 모른 척할 수 있을까. 또한 송 귀비는 희윤의 옆자리를 누구에게도 양보하고 싶지 않았다. 지금의 제게는 오직 희윤 하나뿐이었다.

울적한 기분에 송 귀비는 처소를 나와 희윤에게로 향했다. 터벅터벅 힘없이 걸어가는 모습은 안쓰러웠으나 귀비라는 지위에 어울리지는 않았다.

"안녕하십니까."

소왕야였다. 갑작스런 인사에 송 귀비가 어설프게 웃는 얼굴을 하며 예를 갖추었다. 희원과는 스치듯 인사만 나누었던 사이라 송 귀비는 어색하기 짝이 없었는데, 희원이 우와 가까운 사이라는 것을 알고 있기에 더욱 그랬다.

가는 방향이 같았기에 송 귀비는 희원과 함께 걸었다. 이 순간이 어색하고 불편한 송 귀비는 쉽사리 말을 하지 못했는데, 그와 달리 희원은 무척이나 편안해 보였다.

"제가 불편하십니까?"

"예? 아, 아닙니다."

부정의 말을 하면서도 제 속내를 숨기지 못하는 송 귀비였고, 희원은 그 반응을 놓치지 않았다. 설령 아무리 눈치 없는 이라 하여도 놓칠 리 없는 반응이었지만 말이다.

"괜찮습니다, 저를 싫어하셔도. 누구에게나 무엇인가 혹은 누군가를 싫어할 권리는 있으니 말입니다."

"싫어할 리가요! 폐하의 하나뿐인 형님 아니십니까. 폐하께서 소중히 여기시는 분을 제가 싫어할 리가요. 그저 낯설어 그러니 오해 마세요."

희원의 말에 송 귀비가 다급히 대답하였다. 불편하고 어색하였으나 진정 희원이 싫은 것은 아니었다. 다정한 이라는 것을 충분히 알 수 있을 만큼 그는 제 걸음에 보폭을 맞추어 주고 있었다.

"그렇다니 다행입니다."

"폐하께서 요새 외로워 보이시니 왕야께서 자주 찾아 주세요."

희원이 송 귀비의 말에 빙그레 웃어 보였다. 아무것도 모르는 천진하기 짝이 없는 그 말에 무어라 대답해야 할지 난감했던 탓이다. 그 뒤편에 보이는 이 상궁은 희원의 눈치를 보고 있었다. 송 귀비는 침묵이 길어지는 게 이상한지 희원과 박 상궁을 번갈아 쳐다보았다.

"폐하께서 제 얼굴을 보고 싶어 하지 않으실 겁니다. 저는 이만 가 보겠습니다. 태후마마 탄신일에 뵙겠습니다."

멀어지는 희원의 뒷모습을 의아하게 바라보는 송 귀비는 이 상궁에게 눈짓으로 질문을 던졌다. 분명 제게 말하지 않은 일이 있음이었다.

희원은 송 귀비를 등지고 걸으며 그 무지한 얼굴을 다시금 떠올렸다. 맑은 얼굴로 아무것도 모르는 얼굴을 하고 있었다. 그 무지함도 결국 죄가 될 터였다. 그런데도 그 어린 이가 안타깝지 않은 것은 그 존재로 인해 우가 많은 상처를 받아 왔기 때문이다. 그 희생으로 귀비 자리를 차지하였으니 대가를 치를 때도 되지 않았나 싶었다.

"왕야!"

멀리서 저를 부르는 소리에 굳어 있던 얼굴을 펴고 희원은 활짝 웃어 보였다. 꽃처럼 피어난 얼굴은 사내치고는 너무도 고왔다.

"여기서 다 만나는군. 다들 기다리고 있겠네. 어서 가지!"

한눈에 보아도 값비싼 비단옷을 걸친 젊은 사내들이었다. 그들은 희원의 옆과 뒤에서 목소리를 높여 가며 떠들어 댔다. 대부분이 우스갯소리였고, 희원도 그들에게 장단 맞추어 주었다. 그들은 모두 젊은 관리들이었다. 출사한 지 얼마 되지 않은 이들은 가슴속에 열정이 가득하였다.

"황후 간택은 누가 될 거 같은가?"

궐을 나오자 슬쩍 입을 열어 물어보는 그들은 못내 희원의 의견이 궁금한 것처럼 보였으나, 직접적으로 희원에게 묻지는 못하고 저들끼리 말을 주고받았다. 희원은 그저 그를 모른 척 웃어넘겼다.

그들은 다 함께 주점으로 향했는데, 그곳엔 이미 수많은 이가 모여 있었다. 문무 가릴 거 없이 나랏일을 하게 된 젊은이들 대다수가 모인 자리였다. 저들끼리 동문수학하던 이들이라 가까운 이들이 많았고, 희원은 운과 이 재상의 도움으로 이들과 어울릴 수 있었다. 황족으로 혼자 스승을 두고 수학하였던 희원으로서는 이렇게 많은 이와 가까워지기란 어려운 일이었다.

"그런 이야기는 접어 두지. 황후 간택이야 폐하의 뜻이 가장 중요하지 않겠나."

희원이 사람 좋은 얼굴을 하며 잔을 들자, 모두들 그를 따라 잔을 들었다. 호기롭게 큰소리치는 사내들은 저마다 제 생각을 밝히고 토론하고 있었다. 아무래도 아직 그 안에 젊은이 특유의 도전 정신과 패기가 자리 잡고 있어 제 역할에 대한 열정이 다들 남달랐다.

그들은 정치, 외교, 군사 등 각자 맡은 자신의 분야에 대해 떠들고 있었다. 하급 관리라고는 하나 다들 나랏일을 하는 이들이었고, 또한 개중에는 좋은 집안을 둔 이들도 있었기에 술에 취해 저도 모르게 귀중한 정보를 공유해 주고 있었다. 그러나 정보보다 더 중요한 것은 인맥이었다. 희원은 이들과 가까워져서 뜻을 모으고 제 세력을 만들 셈이었다. 그리고 그것은 필요한 순간 제 기능을 발휘하게 될 것이었다.

"우리 폐하께는 충신들이 가득하군. 나는 하는 일 없는 그저 한심한 사람일 뿐이나 기쁘고 영광된 마음으로 오늘 모인 이 충신들을 위해 술이라도 사야겠네."

희원이 크게 외쳤다. 그 말에 모인 이들이 다 저마다 소리를 높이며 연거푸 술을 들이켰다. 취하지 않았음에도 취한 척하며 희원은 자리에 모인 젊은이들을 드높이고 있었다. 정기적이지는 않지만 꽤나 자주 가지고 있는 이 만남은 점차 참여하는 사람의 수가 많아지고 있었다. 지지하는 이가 다르더라도, 혹은 집안끼리 사이는 좋지 않더라도 젊은이들은 아직 그들의 아비처럼 모든 것을 거부하지는 않았다.

정치적인 견해를 둘러싼 언쟁도 있었으나 그보다는 나라를 위한다는 그 공통된 열정이 그들을 하나로 묶어 주고 있었고, 그것에는 희원의 역할이 중요했다. 하나뿐인 황제의 형제가 인정해 준다는 것은 젊은이들에게는 크나큰 기쁨이었다. 그러니 집안에서도 크게 반기지 않는 이 만남에 기어코 자꾸만 나오는 것이다. 아비의 품을 벗어나 당당히 제 역할을 하고 저를 증명하고 싶은 마음이 그들을 이 자리로 이끌었다.

"희원!"

살짝 취기가 오른 상태로 터덜터덜 집으로 향하는 희원의 앞에 나타난 것은 운이었다. 희원은 반가운 얼굴을 하며 제 친우의 손을 잡고 집 안으로 이끌었다. 희원과 운은 누각에서 술상을 사이에 두고 자리 잡았다.

"괜찮나? 이미 한잔 거하게 한 거 같은데."

운이 술잔을 기울이며 말했다. 희원은 오랜만에 만난 친우가 반가워 술잔을 계속해서 부딪쳤다. 밤공기는 싸늘하였으나 술기운 때문인지 열이 올라 추운 줄도 몰랐다.

희원은 운의 얼굴을 들여다보았다. 언뜻 보면 전혀 우와 닮지 않은 운은 자세히 들여다보아야 그 얼굴에서 우를 찾을 수 있었다. 친우의 얼굴에서조차 계속해서 우를 찾는 제가 우스워 희원은 피식 웃었다.

"그나저나 어찌 올라온 건가? 지금 주나라 일로 한창 변방에서 바쁘리라 생각했네."

"그렇지. 바쁠 때지."

운의 대답에 의문스러운 얼굴을 한 희원은 제대로 답하라고 채근하며 운의 술잔을 채웠다.

"그만뒀네."

놀란 희원은 술을 넘치게 따랐고, 그 덕에 운의 옷이 술로 흠뻑 젖었다. 젖은 옷자락에도 사람 좋은 얼굴을 하며 옷을 탁탁 털어 대는 운이 당황스러워 희원이 다시 물었다.

"그만두다니?"

"말 그대로 대장군이 아니란 소리지."

엄청난 소리를 아무렇지 않게 하는 그를 보며 희원은 잔뜩 올랐던 취기가 순식간에 사라지는 것을 느꼈다. 운은 그런 희원을 바라보며 태연한 얼굴로 술을 들이켰다.

"무슨 생각인가? 자네 부친께서도 알고 계시나?"

"아버지께서 친히 명하신 일이네. 어차피 다들 알게 될 일이고, 속일 일도 아니니 걱정하지 말게."

그 말에 희원은 조금 안심했다. 제 친우가 혹여나 사고를 친 것은 아닌가 하여 걱정이 되었던 탓이다. 사고라도 치고 쫓겨 오거나 도망이라도 친 것이라면 어찌해야 하는지 그 짧은 순간 오만 가지 생각을 하였다. 시기가 시기인지라 걱정이 아니 될 수 없었던 탓이다.

운은 굳은 얼굴의 희원을 바라보며 박장대소를 터뜨렸다. 그러더니 찬찬히 설명을 해 주기 시작하였다. 황제 역시 이미 알고 있으며 운이 그만두는 것을 허하였고, 이것은 모두 이 재상의 명이라고 하였다. 무엇 때문인지는 모르나 제 아비에게 생각이 있을 거라는 운의 말에 희원은 고개를 끄덕였다. 아무런 이유 없이 대장군의 직위를 버리기엔 그 직위가 아까웠다.

"상장군께서는 뭐라 하시던?"

"뭐, 나를 좋게 봐 주시는 분이니 아까워하시지. 상장군 자릴 물려주실 생각을 하고 계셨던 거 같네."

운이 모시고 있던 상장군은 상장군 중에서도 가장 으뜸이었다. 8명의 상장군 중에서 대장 격이었기에 그대로만 있었다면, 아마 몇 년 후에 운이 그 자리를 물려받을 것이 분명하였다. 그런데도 전혀 아쉬워하지 않는 운이었다.

운은 본래 어떤 것에도 크게 관심을 두는 이가 아니었다. 그런 이가 무장이 된 것도 희원의 영향이 컸다. 어떠한 관직도 가질 수 없는 희원은 그 답답함을 검술로 해소하였는데, 자연히 희원과 가까워진 운 역시 검을 잡게 되었다. 다행히 늦게 시작한 검에 소질을 보인 운에게 무관이 되라 조언한 것도 희원이었다. 그 외엔 크게 잘하는 것도, 관심 있는 것도 없던 운이었기에 그 조언을 받아들였다. 검술에 재능이 있었으며, 아비의 영향으로 다른 무관들보다 문에 능하였고, 게다가 집안까지 좋으니 그는 승승장구로 어린 나이에 대장군에 올랐다. 소탈하고 무던한 성격으로 인간관계까지 좋으니 그는 휘하의 사람들에게 좋은 상관이었다.

운은 저보다 더 아쉬워하는 희원을 보며 기분이 좋았다. 정작 저는 상장군이라는 직위에 아무런 아쉬움이 없건만 제 친우는 무엇이 그리 아쉬운지 표 내지 않으려 하고 있음에도 그 감정을 숨기지 못하고 있었다. 오랜 친우 사이라 감추려 해도 보이는 것들이 있었고, 지금 희원의 감정이 운은 손에 잡힐 듯 훤하였다. 희원은 좋은 친구였다.

새장 속에 갇힌 듯, 어떤 것도 쉽사리 할 수 없는 희원의 처지에서 활발히 무관으로 활동하는 저를 보는 것도 쉬운 일은 아니었을 것이다. 희원이 가질 수 있는 것이라곤 그저 황족이라는 품위를 지킬 수 있을 정도의 재물뿐이었다.

이제야 슬슬 무엇인가 가져 보려 하는 그가 운은 나쁘지 않았다. 무관으로 황제를 위해 일하고 있었으나, 그저 해야 하는 일이었기에 했을 뿐이었다. 운은 진정으로 황제에게 충성을 바치고 있진 않았다. 그저 제 일을 수행한 것일 뿐. 제 친우가 무엇인가에 욕심을 내는 것이 보기에 나쁘지 않았고, 그것이 이미 비가 된 제 동생이라 하더라도 운은 괜찮았다. 우만 괜찮다면 말이다. 분명 우에게는 희윤이 아니라 희원이 더 좋은 선택이리라 운은 생각했다.

"자주 보게 되겠군."

"아무래도 그렇지. 귀찮다고 피하지나 말게."

술잔이 부딪치는 소리가 맑게 울렸다. 두 사내는 시시덕거리며 못다 한 이야기를 계속하였다.

"오라버니!"

우는 그대로 제 오라비의 품 안에 뛰어들었다. 놀라지도 않고 자연스레 동생을 품에 안은 그는 우의 등을 토닥이며 웃었다.

"오랜만입니다. 마마."

꽤나 오랜 시간 보지 못했기에 서로를 향한 반가움은 배가 되었다. 운은 싱글싱글 웃는 얼굴로 우에게 예를 갖추어 다시 인사하였다. 그 능청스러운 태도에 우 역시 웃음을 참지 못하였다.

입궐할 때면 항상 입는 정복 차림이 아닌 운을 보고 우가 질문을 던졌다. 운은 태연하게 그만두었다 답하였고, 한참을 놀란 채로 있던 우는 운의 헛기침 소리에 정신을 차렸다. 혹여나 저로 인해 문제가 있었는지 걱정하는 우를 운은 안심시키며, 아비의 지시였다고 하였다.

"그나저나 어쩌기로 한 것입니까?"

"예?"

갑작스러운 운의 질문에 우가 이해를 하지 못해 되물었다.

"희원의 상태를 보니 거절한 거 같지는 않더군요."

놀리는 것 같은 그 말에 우가 얼굴을 붉혔다. 올바르지 못한 일이라 부끄럽기도 하였다. 아무런 대답도 하지 못하고 고개를 숙이는 우를 보며 운은 우의 볼을 잡아당겼다.

"오라버니!"

"마마."

볼을 잡은 손을 놓은 운은 우의 손을 잡았다. 저보다 훨씬 작은 누이동생의 손은 어째서인지 안쓰러워 보였다. 멀리 떨어져 지냈으나 그간의 일을 모르지 않았기에 더 그랬는지도 몰랐다.

진지한 목소리로 저를 부르는 운에게 우가 답하였다. 운은 밝고 쾌활하였으나 필요한 순간에는 진지할 줄 아는 사람이었다.

"항상 중요한 것은 마마, 자신입니다. 저는 마마께서 조금은 이기적으로 행동하셨으면 좋겠습니다."

오라비의 말에 우가 희미하게 미소를 지어 보였다. 그나마 오랜만에 보는 우의 얼굴은 운의 눈에도 한결 편안해 보여 마음이 놓였다.

운은 변방에 있을 적 이야기를 우에게 풀어 놓았다. 누군가와 시비가 붙었던 일이라든가, 다투었던 일들까지 모두 이야기해 주었다. 놀라기도 하고, 걱정도 하고, 재미있어 하기도 하며 우는 그의 이야기에 귀 기울였다. 다정한 오누이는 그렇게 소소한 이야기들로 시간을 보냈다.

"이 대장군, 아니 이제 대장군이 아니지. 이운이 돌아왔다지?"

희윤은 승지를 향해 말했다. 아무런 답도 하지 못하는 승지는 그저 희윤의 앞에서 고개를 조아리고 있을 뿐이었다.

"그가 대장군을 그만둔 것은 내게 좋은 일이지 그들에게 좋은 일은 아니야. 한데 왜 갑자기 그만둔 것인지 알 수가 없단 말이지. 게다가 그는 차후 상장군이 될 인물이었잖은가?"

"폐하, 소신이 들은 바로는 이운이 휘하에 있던 장수들과 마찰이 있었고 그들이 군을 이탈하자 상장군이 그 책임을 운에게 물어 좌천시키려 하였다 들었습니다."

"좌천을 받아들이지 못한 운이 대장군직을 그만두었고 말이지?"

희윤이 손가락을 까닥이며 생각에 잠겼다. 희윤은 운과는 가까운 사이가 아니었다. 무관으로 주로 변방에 나가 있으니 그와는 마주칠 일이 많지 않았던 탓이다. 대장군직을 그만둔다는 상소가 올라왔을 때 바로 승낙하긴 하였으나 의심이 들지 않을 수 없었다. 군권을 이리 쉽게 내놓을 리가 없다고 생각하였다.

"승지, 다시 한 번 알아보게. 마찰이 있었던 이들이 누구인지, 지금은 무엇을 하고 있는지 정확히 알아 오게. 들었다가 아니라 자네가 직접 확인해야 하네. 알겠나?"

희윤의 명에 승지가 읍하고 자리를 떠났다. 대장군직은 쉽사리 포기할 수 있는 자리가 분명 아니었다. 위로는 상장군이 있다고는 하나, 오히려 대장군이 실제 휘하 장수와 병사들과 더 가까웠다. 상장군이 나서는 것은 주요 전투 및 군사회의였기에 군사들을 동원하기 더 요원한 자리는 상장군보다는 대장군이었다. 일단 군권에서 제했지만 희윤은 불안하였고, 아무런 이유가 없다고는 생각지 않았다. 운은 그렇다 치더라도 이 재상은 아무 이유 없이 그리 움직일 이가 아니었다.

아무리 생각해 보아도 이유는 알 수 없었고, 머리는 아팠다. 가장 높은 자리라 칭송받는 이 황제의 자리가 끊임없이 저를 시험하고, 열등감에 휩싸이게 하며, 농락하고 있었다.

�֍

혜비는 즐거운 얼굴을 하고 있었다. 태후의 탄신 행사 준비는 거의 다 마무리된 상태였다. 하나부터 열까지 제 손길이 닿지 않은 곳이 없었고, 고단했으나 만족할 만한 결과물이 나올 것이 분명할 터였다. 모든 것이 순조로웠다.

"저 혜비마마."

상궁의 부름에 혜비가 그를 쳐다보았다. 우물쭈물하는 그 답답한 모습에 혜비가 싸늘히 무언의 압박을 하자 상궁이 입을 열었다.

"이 자리 배치 말입니다. 정말 이대로 하실 겁니까?"

"어째서 그런 질문을 하느냐?"

상궁은 난감한 얼굴을 하였다. 법도에 맞지 않는다 말하고 싶었으나 그런 말을 할 자신이 그이에게는 없었다. 혜비는 천천히 상궁의 대답을 기다렸고, 결국 상궁은 대답하지 못했다.

"그대로 하여라. 내가 시키는 일마다 일일이 네게 설명해 줘야 하느냐?"

"아닙니다. 송구합니다, 마마."

꽁지 빠지게 사라지는 상궁의 모습을 한심스레 쳐다본 혜비는 고개를 돌려 보수가 완료된 누각을 바라보았다. 주변의 풍경과 어우러진 누각은 마치 어느 그림 속 낙원같이 보였다. 푸른 나무와 만개한 꽃이 있었다. 호수는 누군가 수천 개의 보석이라도 빠트린 것처럼 햇빛이 부서져 찬란히 빛나고 있었다.

얼마 남지 않은 태후의 탄신일, 그날 송 귀비를 앞서는 저를 모두에게 보여 줄 참이었다. 황가의 인원들만 모인 그 자리에서 황제에게, 그리고 송 귀비에게 제 위치를 보여 줄 셈이었다. 혜비는 그날이 기다려졌다. 엉망으로 망가질 송 귀비의 얼굴이 기대되었다. 하나가 더 있었다. 우의 얼굴이 궁금하였다. 혜비는 손에 쥔, 우의 이름이 적힌 초청장을 펴 보았다. 자필로 한 자 한 자 정성껏 내려쓴 초청장이었다.

해가 지고, 저녁 식사 후 혜비는 우를 찾았다. 제 방문을 거절하지 않을까 걱정했으나 다행히도 우는 문을 열어 주었다. 우의 처소는 여전히 검소하였고, 그곳에선 먹 냄새가 진동을 하였다.

"앉으세요, 혜비. 어쩐 일입니까?"

우가 웃어 보였다. 황후일 적과 달리 화사하게 피어나는 그 얼굴에 혜비도 마주 보며 웃었다. 오히려 그에 당황한 것은 우였다. 늘 비뚜름한 얼굴에 누군가를 비웃듯 묘한 웃음을 흘리던 혜비가 자연스럽고 편안한 얼굴로 웃어 보였던 것이다. 평소와는 묘하게 분위기가 다른 혜비가 우는 낯설었다.

"드릴 것이 있어서 왔습니다."

둘 사이로 차가 놓였다. 혜비가 제가 좋아하는 차가 나오자 그것에 다시 한 번 슬쩍 웃었다. 무언가 만족스러웠던 것이다. 처음 방문하는 비가 된 우의 처소는 따뜻한 느낌이었다.

혜비는 슬쩍 초청장을 내밀었다. 그리고 우의 얼굴을 살펴보았는데 다행히도 꺼리는 얼굴은 아니라 안심하였다.

"꼭 오셨으면 좋겠습니다."

"그리하겠습니다."

한 치의 망설임도 없이 답하는 우의 모습에 혜비는 의문스러웠으나 아무런 것도 묻지 않았다. 그저 중요한 것은 우가 그 자리에 참여하는 것이었다. 제가 송 귀비보다 더 높이 올라가는 그 순간 우가 그것을 보고 있기를 바랐다. 다른 것은 중요치 않았다.

혜비는 가만히 시간을 보냈다. 차를 음미하며 이 평화로운 순간을 만끽하였다. 제 눈앞에 있는 우가 보기 좋았고, 이 순간이 좋았다. 혜비는 어째서인지 늘 우에게 묘한 감정이 들었다. 무어라 쉽게 칭할 수 없는 그것은 늘 우를 살피게 하였다.

"가끔 이리 찾아와 차를 청해도 되겠습니까?"

혜비가 물었다. 아무렇지도 않은 얼굴로 건네는 그 말에 우가 어리둥절한 얼굴을 하였으나 금세 고개를 끄덕였다. 칩거하는 것을 멈추기로 하였으니 애써 거절할 필요가 없었기 때문이었다. 그리고 나서도 한참이나 뒤에 혜비는 우의 처소를 떠났다. 많은 얘기를 나눈 것도 아니었으나 오랜 시간 혜비는 우의 처소에 머물렀다. 떠나는 혜비의 만족스러운 얼굴이 우의 뇌리에 남았다.

"혜비마마는 도대체 왜 이리 마마를 찾아오시는 건지 도저히 모르겠습니다. 이리 입 속의 혀처럼 구시다가 또 마치 철천지원수처럼 행동하시는 분 아닙니까?"

박 상궁이 한숨을 내쉬며 걱정의 말을 쏟아 냈다. 그 걱정을 모르는 바가 아니었기에 우는 박 상궁의 어깨를 두드려 주었다. 태후의 탄신일을 일주일 앞둔 날의 밤이었다.

궁궐은 곧 있을 태후의 탄신 행사로 소란스러웠다. 황가의 사람들만 모이는 자리이나 태후, 황제, 그리고 비빈들까지 모두 모이는 자리는 많지 않은지라 더욱 그랬다. 특히나 여러 비빈은 이참에 황제의 눈길을 잡아끌기 위해 다분히 노력하였다.

송 귀비가 황제의 마음을 사로잡았다고는 하나 사내의 마음이란 언제 어떻게 변할지 알 수 없는 것이었고, 특히나 황제의 마음은 더욱 그랬다. 시기가 시기이니만큼, 황제의 마음을 사로잡는다면 황후 자리는 불가능한 것도 아니었다. 저 출신이 미천하기 짝이 없는 송 귀비조차 황후 자리에 오른다 하는 마당이니 다들 내색하지는 않았으나 눈에 불을 켜고 준비하는 중이었고, 이번에는 송 귀비 역시 다른 이들과 마찬가지로 제 나름대로 최선을 다해 준비하고 있었다.

"다른 건 없어? 이건 안 될 거 같아. 제일 좋은 것으로 찾아와."

평상시와 달리 초조한 기색이 가득한 얼굴로 송 귀비는 이것저

것 명을 내리고 있었다. 허나 다른 비빈들과는 달리 어떤 것이 좋은 것인지 알 수 없어 허둥지둥하기만 할 뿐, 실제 소득은 없었다. 그저 이 상궁이 송 귀비의 기분을 맞춰 주려 노력하고 있었을 뿐이었다.

"허면 마마, 저번에 폐하께서 내려 주신 자홍색 비단으로 옷을 짓는 것은 어떨까요? 급하게 하면 어찌 가능할 듯도 합니다만……."

"그래! 그게 좋겠다!! 자홍색 저고리에 맞는 것으로 치마도 하고, 장신구도 하고."

준비할 것이 없다고는 하나 궐의 분위기가 어수선하였고, 들리는 말들이 있는지라 송 귀비 역시 태연하기는 힘들었다. 어여쁜 여인들이 제 연인을 유혹하기 위해 꾸미고 있으니 저 역시 손 놓고 있을 수는 없었다. 희윤이 그런 유혹에 당할 리 없는 사람이라고 믿고 있으면서도 자꾸만 불안해지는 것이다. 아무리 보아도 저보다 잘나고 고운 여인들뿐이니 그럴 수밖에.

"황제폐하 납시오!"

송 귀비를 찾은 황제는 엉망인 귀비전의 모습에 놀란 눈을 하였다. 여기저기 펼쳐져 있는 옷가지와 장신구들이 어지러웠다. 잠시 놀란 그는 곧이어 어째서 귀비전이 이런 모습이 되었는지 쉬이 눈치챘다. 제 작은 연인이 느꼈을 부담감이 조금은 짐작이 되어 그는 성큼성큼 걸어가 송 귀비를 안아 올렸다. 내려 달라 소리치는 작은 입술에 입을 맞추고, 침상으로 데려간 송 귀비를 자리에 눕혔다.

"뭐 하는 짓이에요!"

울상으로 성이 나 소리치는 그 모습조차 앙증맞아 어여뻐 보였다. 주먹으로 제 가슴을 내려치는 그 손을 붙들어 손가락 하나하나에 짧게 입 맞추었다. 갑자기 나른해진 분위기에 송 귀비가 숨을 꼴딱 삼켰다. 그와 잠자리를 가지는 것이 처음 있는 일은 아니었으나 아직도 매번, 매 순간 긴장되었다.

"쓸모없는 일에 관심 갖지 말고 내게 집중하여라."

희윤이 송 귀비의 목덜미에 잇자국을 새겼다. 터져 나오는 신음과 함께 처소의 환관과 상궁은 자리를 피했고, 희윤은 송 귀비의 옷고름을 풀기 시작하였다. 송 귀비는 얼굴을 붉히며 그의 목에 매달렸다. 부끄러워하는 송 귀비를 위해 불을 끈 희윤은 제 옷역시 벗어 버리고는 제 연인을 품에 안았다. 하루의 노고가 모두 잊히는 달콤함이었다.

"원한다면 몇 번이고 더 말해 주마. 걱정하지 마라. 네가 걱정하는 일은 일어나지도 않을 것이다."

송 귀비의 속을 알아차린 희윤은 계속해서 그를 안심시켜 주려 노력하였다. 제 연인의 불안함이 제가 못난 탓인 것 같아 희윤 역시 마음이 편치는 않았으나, 그는 송 귀비를 안심시키기 위해 최선을 다하였다. 송 귀비는 희윤의 가슴에 얼굴을 묻었다. 다정한 말에 기쁘고 마음이 놓이는 걸 느끼면서도, 한편으로는 그런데도 계속 남아 있는 불안감을 어찌하지 못했다.

희윤은 그런 송 귀비를 탓하지도 않고 그저 계속해서 사랑을 속삭일 뿐이었다. 그는 그저 저로 인해 어려운 궐 생활을 하고 있는 이가 안타까웠고, 저를 위해 노력하고 있는 이가 사랑스러웠다. 희윤과 송 귀비는 서로를 향한 마음을 계속해서 보여 주며 사랑을 확인했다. 서로의 숨을 나눠 가지는 일은 너무나 달콤했다. 흐르는 시간조차 잊을 정도로.

우는 어둠이 깔린 정원을 걸었다. 워낙에 작은 처소인지라 몇 걸음 걷지 않았는데 금방 담장에 도달하였다. 엉망으로 난 잡초들을 헤치고 걸으며, 하늘을 바라보았다. 검푸른 바다에 진주를 흩뿌린 듯 하늘은 아름다웠다. 늘 슬픔에 젖어 하늘을 보았기 때문에 이런 풍경은 오랜만이었다. 우는 생각했다. 다시는 그리 무력하게 젖은 눈으로 뿌옇게 흐려진 하늘을 보지 않겠다고.

매일 밤, 희윤의 품에 안길 송 귀비를 생각하며 질투와 열등감에 빠졌던 나날을 우는 기억하였다. 사랑하는 이를 다른 이의 품에 보내고 어찌 평안할 수 있을까. 저를 찾지 않는 희윤을 그리며, 그리고 그의 품 안에 안겼을 송 귀비와 다른 비빈들을 생각하며 밤을 지새웠었다. 허나 다시는 그리 애타는 마음으로 시간을 보내지 않겠다고 우는 다짐했다.

홀로 사랑에 빠져 모든 것을 내주었다. 홀로 하는 사랑임에도 불구하고 그 마음을 끊어 내는 것은 참으로 어려웠다. 뜻 없는 눈짓 한 번에, 손짓 한 번에 이리 휘둘리고, 저리 휘둘렸다. 그 마음에 제가 없는 줄 알면서도 그 손을 놓지 못한 것은 제가 놓으면 모든 것이 쉽게 끊어질 연이라는 것을 알고 있기 때문이었다.

우는 이제 내어 주었던 제 마음을 찾아오기로 마음먹었다. 그리고 희윤에게 매달렸던 제 손을 놓았다. 망설이던 마음을 한구석에 덮어 두고 우는 제 오라비의 말처럼 저를 위해 행동하기로 하였다.

엉망으로 피어난 잡초 사이로 한 송이 붉은 꽃이 어둠을 틈타 활짝 피었다.

이른 아침, 우는 자리에서 일어나 박 상궁에게 정원의 잡초를 모두 뽑으라고 명했다. 박 상궁은 의아해하면서도 우의 명에 따랐다. 깨끗해지는 정원을 보며 우는 무엇인지 모를 감정에 마음이 쓰렸다.

"마마, 이 재상께서 물건을 보내셨습니다. 확인해 보시지요."

한참을 창을 통해 정원이 정리되는 모습을 보던 우는 박 상궁의 말에 접견실로 나왔다. 접견실에는 잔뜩 물건이 쌓여 있었는데, 한눈에 보아도 귀하디귀한 것임을 알 수 있었다. 박 상궁은 하나둘 상자를 열어 우에게 직접 물건을 보여 주었다. 비단이며 장신구까지 모두 최상품이 아닌 것이 없었다. 우는 만족한 듯이 고개를 끄덕였다. 본디 이런 것에 관심이 있는 것은 아니지만, 그렇다 하여 보는 눈까지 없는 것은 아니었다.

"아버지께서 신경을 많이 쓰신 모양이구나. 선물은 어디에 뒀느냐?"

박 상궁이 상자를 들고 왔다. 한눈에 보아도 작은 상자를 받아 든 우는 조심스레 그것을 열었다. 상자 안에는 그저 그런 푸른 보석 반지 하나가 들어 있었다. 오히려 그것이 들어 있는 상자가 더 값비싸 보일 정도로 반지는 그 질이 떨어져 보였다.

"마마, 재상께서 물건을 잘못 보내신 거 같습니다. 이런 것을 내놓았다간 경을 치실 겁니다."

물건을 살피던 박 상궁이 고개를 저었다. 제깟 것이 보기에도 영 아닌 물건이었던 것이다.

"아니다, 맞게 보내셨구나."

"예?"

우의 만족스러운 얼굴에 박 상궁이 되물었다. 아무리 보아도 이 형편없는 것을 태후에게 올릴 수는 없었다. 여러 비빈에게 망신을 당할 것이 빤하지 않은가. 게다가 혜비가 이번 탄신 행사에 어찌나 공을 들이고 있는지는 궐 안의 모두가 알고 있었다. 누각까지 보수했으니 그 선물은 오죽할까. 박 상궁은 아무리 생각해도 우가 이해되지 않았으나 만류의 말을 꺼내지는 않았다.

"이해가 되지 않는다는 얼굴이구나. 허나 태후께서는 이것을 가장 마음에 들어 하실 게다. 아니 마음에 들지 않더라도 가장 귀하다 하실 게야."

자신감에 찬 우의 얼굴에 박 상궁은 더욱 의문이 생겨 반지를 뚫어져라 쳐다보았다. 그러나 아무리 보아도 알 수가 없었다. 그저 푸른 보석 하나에 은으로 만들어진 저 가락지가 무엇이 그리 대단해 태후께서 마음에 들어 하신다는 건지 도무지 알 수가 없어 답답하였다. 며칠 남지 않은 탄신 행사가 괜스레 걱정이 되기도 하였다. 제 주인을 의심하는 것은 아니었으나 아무리 보아도 흔하디흔한 은가락지가 아니던가.

박 상궁은 애써 은가락지에서 관심을 돌려 탄신 행사 때 우에게 입힐 옷을 살폈다. 암적색 저고리와 검은 치마였다. 봄이라 너무 무거운 색을 고른 것이 아닌가 싶어 박 상궁은 걱정했으나 그나마 다행인 것은 화려한 장신구와 조화를 잘 이룬다는 것이었다. 하기야 그 미모로만 보자면 궐 안에 따라올 이가 없는 우가 아니던가. 비단은커녕 무명으로 옷을 지어 입어도 다른 비빈들보다 훨씬 고울 것이라 박 상궁은 믿어 의심치 않았다. 제 주인은 궐 안, 아니 천하의 절색이었다. 제가 이런 고민을 하는 것 따위가 쓸모없는 일이라 생각하며 박 상궁은 남모르게 흐뭇한 미소를 지었다.

"흠흠."

문가에서 들려오는 헛기침 소리에 박 상궁과 우, 모두 고개를 돌렸다. 그곳에는 희원이 서 있었다. 잘 차려입은 그는 장난스럽게 헛기침을 하며 시선을 끌더니, 마치 새 옷을 자랑하는 것처럼 그 자리에서 빙글 한 바퀴 돌았다. 마치 어린아이 같은 그 행동에 박 상궁이 박장대소를 터뜨렸고, 우 역시 웃음을 참지 못했다.

"어떠하냐? 내 탄신 행사 때문에 옷을 몇 벌이나 장만하였는지 모른다. 이것도 그중 하나이고 말이다."

몇 날 며칠을 고생했다고 엄살을 부리며 말하는 그는 전혀 피곤해 보이지 않았으나, 우는 모른 척 속아 넘어가 주었다.

"그러셨습니까? 많이 지치셨나 봅니다."

"내 너를 만나러 겨우 도망쳐 나왔다."

성큼성큼 걸어와 우의 앞에 쪼그려 앉은 희원은 제 턱을 우의 무릎에 괴었다. 허물없이 행동하는 그의 모습에 우 역시 잠시 놀랐으나 곧 그의 어깨를 쓸어 주었다.

"안 그래도 어찌 이리 안 오시나 하였습니다."

우의 말에 희원은 제 어깨를 쓸어내리던 우의 손을 붙들었다. 그 말 한마디가 저를 얼마나 기쁘게 하는지 말해 주고 싶었다. 그러나 희원은 그 속내를 안에 꼭꼭 눌러 담고, 그저 우의 손을 한 번 꼭 잡았을 뿐이다. 지금은 이것으로 족하다며 그는 스스로에게 되뇌었다.

희원은 우의 처소에서 시간을 보냈다. 차를 마시고, 서책을 읽기도 하며, 우와 운에 대해 이야기를 나눈다거나 혹은 산책을 하기도 하였다. 그 시간은 너무나 평온하고 행복하여 그는 마치 꿈을 꾸는 듯하였다. 우와 함께하는 그 모든 것이 그에게는 너무나 소중하였다.

"우야."

희원은 서책을 보고 있는 우를 불렀다. 그의 부름에 우는 서책에서 눈을 거두고 희원을 바라보았다. 올곧게 부딪쳐 오는 그 시선이 좋았다. 그 눈동자에 제가 담기는 것이 희원은 좋았다. 햇빛이 우의 등으로 부서져 내렸다. 그것은 마치 우가 저 스스로 빛나 반짝이는 듯 보였다.

"아니다. 아무것도 아니야."

희원이 어색하게 웃어 보였다. 그 어색한 웃음에 자리에서 일어난 우가 희원의 앞으로 다가왔다. 그는 굳은 얼굴을 하고 있었는데, 그것이 어째서인지 우는 알 수가 없었다. 희원은 제가 느끼는 불안감을 애써 갈무리하려고 하고 있었고, 우는 그런 그를 눈치챘다.

작은 두 손이 희원의 뺨을 감쌌다. 약간 차가운 손이 희원의 뺨에 오른 열기를 식혀 주었다.

"괜찮으십니까?"

다정한 물음에 희원은 우의 허리를 끌어안았다. 품 안에 가득 차는 체온이 희원을 안심시켰다. 그는 우에게 묻고 싶었다. 저를 떠나지 않을 것이냐고, 황제가 우를 선택한다 하더라도 제 손을 놓지 않을 것이냐고 묻고 싶었다. 묻고 싶었으나 겁이 났다. 저를 선택하지 않을까 봐 겁이 나서 물어볼 수가 없었다. 황제의 도발에 괜찮은 척하였으나 그의 질문은 희원의 가슴속 한구석에 자리 잡아 그를 괴롭히고 있었다.

"내가 어리광이 부리고 싶었나 보다."

그는 우의 허리를 감쌌던 팔을 풀고는 고개를 들었다. 저를 걱정스럽게 내려다보는 우의 얼굴이 보였다. 그 얼굴이 너무나 고왔다. 희원은 씩 웃어 보이더니 자리에서 일어나 우의 뺨에 입을 맞추었다. 깜짝 놀란 우가 제 뺨을 부여잡았다.

"이만 가 보아야겠구나. 탄신 행사 때 보자꾸나."

뒤돌아 떠나는 희원의 뒷모습을 우는 멍하니 바라보았다. 그러고 보니 떠나는 희원의 뒷모습을 보는 것은 이번이 처음인가 하였다. 늘 그의 앞에서 등 돌리는 것은 우, 본인이었다. 그제야 그 다정함이 안타까웠다. 그 역시 제 앞에서 숨죽이고 있었구나 싶었다. 그러나 우는 그를 차마 다시 부르지 못했다. 그가 원하는 것이 그저 위로가 아닌 것을 알고 있기 때문이었다. 우와 희원은 서로를 위하면서도 서로에게 상처 줄까, 상처받을까 겁내고 있었다.

조금은 우울한 분위기 속에서 우는 탄신 행사 때 필요한 것들을 다시 확인하였다. 의복과 장신구, 태후를 위한 선물까지 하나부터 열까지 모두 확인하고 나서야 우는 잠자리에 들었다. 그이는 애써 오지 않는 잠을 청하며 잡념을 지우려 노력하였다.

봄이 오자 꽃은 피었고, 꽃들은 다들 제각기 아름다움을 뽐내기 위해 애쓰고 있었다. 그래 봐야 누군가의 손길이 닿는 것은 늘 몇 안 되는 것들뿐이었다. 우는 정원에 핀 작은 꽃을 뽑아내었다. 아기자기한 것이 수수한 멋은 있었으나 제 정원에는 필요치 않았다.

"마마! 준비하셔야지요."

박 상궁은 정원에 가만히 서 있는 우를 보더니 한걸음에 달려왔다. 곧 있을 태후의 탄신 행사에 나설 준비를 해야 하기 때문이었다. 우는 박 상궁의 조급한 마음을 아는지 모르는지 평소처럼 여유롭게 움직이고 있었다.

처소로 돌아온 우는 단장을 시작하였다. 목욕재계를 하고, 향유를 바르고 미리 골라 놓은 의복을 입었다. 머리를 틀어 올려 화려한 비녀를 꽂았으며, 손가락에는 홍옥 가락지를 끼었다. 그 몸에 걸친 것만 하여도 기와집 수십 채는 우스울 정도였다.

우는 분칠을 하고, 숯으로 눈썹을 그리고, 홍화를 이용해 입술을 붉게 물들였다. 안 그래도 고운 얼굴이 더욱 화사하게 빛났다. 차림새 또한 화려하기 그지없어 자칫하면 옷이 사람을 입은 것처럼 보일 수도 있겠으나, 우는 원래 제 것처럼 잘 소화해 내었다. 박 상궁은 우를 보며 입을 떡 하니 벌렸고, 우도 거울 속 자신의 모습을 만족한 듯 바라보았다.

"아이고! 마마, 경국지색이 따로 없습니다."

호들갑을 떠는 박 상궁을 보며 우가 쑥스러운 미소를 지었다. 이다지도 화려한 옷차림은 난생처음이었던 것이다. 황후로 있을 적에도 그저 붉은 비단옷에 봉잠 하나만 했기에 지금 이 화려한 차림이 어색하기 짝이 없었다. 그런 우의 기분에도 불구하고 그 모습이 마치 그림처럼 잘 어울려 우도, 박 상궁도 만족하였다.

"선물은 자네가 잘 챙기게."

"예, 마마."

그 은반지가 어찌 그리 귀한 물건이냐 다시 묻고 싶었으나, 박 상궁은 그저 명에 따랐다. 따르는 이라고는 오직 저 하나뿐이나 우의 기세는 대단하여 마치 황후, 아니 황제라도 된 듯하였다. 걸음걸이 하나만 보아도 기품이 넘치고, 우아하여 시선을 잡아끌었건만 그 미색은 어떠한가. 곱게 단장해 놓으니 마치 사람을 홀리는 듯하였다.

누각으로 가는 길, 여러 비빈이 우의 얼굴을 힐끔힐끔 훔쳐보았다. 봄이라 화사한 색으로 곱게 치장한 이들은 우의 모습을 보고 낭패감이 어린 얼굴을 하였다. 화사하고, 여린 색들 사이에서 우의 암적색 저고리와 검은 치마는 무척이나 눈에 띄었던 것이다. 멀리서 보아도 한눈에 시선은 우에게 꽂혔고, 그 꽂힌 시선은 그 미색으로 인해 옮기기가 어려웠다.

호수 위에 자리 잡은 누각에는 이미 혜비가 자리하고 있었다. 책임자이니 먼저 올라와 모두를 기다리고 있는 것이다. 그이 역시 평소보다 화려한 모습이었다. 자홍색 저고리에 푸른 치마를 입은 혜비는 나른한 얼굴을 하고 있었는데, 멀리서 보이는 우의 모습에 금방 화사한 미소를 지었다. 제가 준비한 무대에 등장인물들이 서서히 모이고 있었던 것이다.

혜비의 궁녀들은 누각에 오르는 비빈들에게 각자의 자리를 안내해 주었다. 우 역시 안내를 받았는데, 예상한 것과는 다른 자리에 미간을 찌푸렸다. 그러나 곧 내색 없이 안내된 자리에 앉았고, 우의 오른편에는 혜비가, 맞은편에는 송 귀비가 자리하였다.

송 귀비는 낭패감이 그득한 얼굴이었다. 저와 같은 색의 옷을 입고 있는 혜비를 보았을 적부터 그 얼굴은 흙빛이 되었다. 애써 단장한 보람도 없이 초라해지는 기분에 자꾸만 고개를 숙이게 되었다. 자리에 앉은 비빈들 역시 혜비와 송 귀비를 번갈아 보더니 숙덕이기 시작하였다.

"자리는 마음에 드십니까?"

우가 고개를 돌려 혜비를 바라보았다. 혜비는 화사한 미소를 지은 채 우에게 몸을 기울이며 말을 건넸다. 우는 송 귀비와 혜비의 옷차림이 비슷한 것을 보고 금방 혜비가 부러 그랬음을 알아차렸다. 그리고 아마 그 자리에 있는 모두가 알아차렸을 것이 분명하였다.

"짓궂습니다. 허나 잘 어울립니다."

우의 말에 혜비의 얼굴이 곧장 굳었다 다시금 피어났다. 그러더니 우를 향한 칭찬을 하였다. 그 칭찬에 미소로 답한 우는 제

정면에 있는 송 귀비를 빤히 쳐다보았다. 귀비 자리를 꿰차고 있으면서도 어찌 저리 형편없는 태도를 보이는지 참으로 허탈하였다. 저를 이리 만든 이가 저렇게 한심하기 짝이 없다는 사실이 너무나 허무해 화가 날 정도였다.

그때, 희원이 등장하였다. 멋들어지게 차려입은 그를 보고 몇몇 비빈은 얼굴을 붉혔고, 그는 사람 좋은 얼굴을 하며 제 자리를 찾아 앉았다. 그의 자리는 송 귀비의 옆이었고, 그는 자리에 앉으며 슬쩍 우를 향해 눈짓으로 인사를 건넸다. 다정한 눈동자가 저를 향해 반짝이자 우 역시 그를 향해 슬쩍 인사를 해 주었다.

"태후마마와 황제폐하 납시오."

모든 이가 자리에서 일어나 예를 갖추었다. 양쪽으로 늘어선 사람들 사이로 황제, 희윤이 태후의 손을 이끌며 가장 상석으로 향했다. 황제의 옆자리에는 태후와 혜비가 있었고, 태후의 옆에는 희원이 자리하였다. 그제야 자리 배치를 본 이들이 슬쩍슬쩍 저들끼리 눈치를 주고받았다.

결국 황후가 앉아야 할 자리를 차지한 것은 혜비였던 것이다. 그러나 보통 행사는 황후가 주관하였기 때문에 혜비가 상석을 차지한 것을 두고 제가 책임자라 그리하였다 하면 탓하기도 어려웠다. 희윤은 못마땅한 기색이 역력하였지만 그에 대해 언급하지는 않았다.

"다들 앉으라. 어마마마께서 한 말씀 하시는 게 어떻습니까?"

자리에 앉은 희윤이 태후에게 한마디 하기를 권했다. 태후는 흔쾌히 고개를 끄덕이더니 자리에서 일어났다. 장성한 아들을 둔 이로 보기에는 어려운 고운 외모였으나 오랜 시간 궐에서 지내 온 이답게 그 기백이 훌륭하였다.

"이 사람의 생일을 축하한다고 귀한 이들이 전부 모였으니 내가 헛살지는 않았나 보오. 귀한 발걸음으로 자리를 빛내 주어 감사하오. 그리고 이토록 훌륭한 잔치를 준비한 혜비에게 내 고마움을 전하고 싶소."

자연스럽게 혜비의 공을 치하한 태후는 혜비에게 손을 뻗었다. 자리에선 일어난 혜비는 황제와 태후를 향해 한 번, 그리고 정면을 향해 또 한 번, 마지막으로 제 왼편을 향해 또 한 번 인사를 하였다. 그리고 곧이어 풍악이 울리고. 음식이 내어졌다. 한눈에 보기에도 귀한 재료로 만든 것이 분명하였다.

그러나 다들 음식이 내어져 왔음에도 불구하고 한곳으로 눈이 향했다. 모두의 시선이 모인 곳에 바로 이비, 우가 있었다. 우아한 손놀림으로 식사를 하고 있는 우는 모두의 시선을 잡아끌었다. 반짝이는 호수와 푸른 나무를 배경으로 삼은 그이의 모습은 마치 미인도처럼 보였다. 그를 바라보고 있는 것은 희윤도 마찬가지였다.

모두가 혜비와 송 귀비의 기싸움을 예상하였고, 그들은 그 기대에 부응이라도 한 듯 같은 색의 옷을 입고 있기도 하였다. 그러나 문제는 그 기싸움을 시작도 하기 전 이 장소의 주인공이 우가 되었다는 것이었다. 오랜만에 나타난 우는 여전히 지독히도 아름다웠고, 전과는 달리 화려하기 짝이 없어 눈이 멀 정도였다. 그 엄청나게 화려한 차림에도 불구하고 과해 보이기는커녕 너무도 잘 어울려 주위의 비빈들이 초라해 보일 지경이었다.

짝. 시간이 어느 정도 흘렀을까. 대부분이 식사를 마무리하였을 때 혜비가 자리에서 일어나 손뼉을 쳤다. 그러자 풍악이 멈추고, 모두가 혜비를 바라보았다.

"자, 이제 모든 분이 식사를 다 하신 것 같으니 다음 차례로 태후마마께 선물을 올리는 것이 어떨까 합니다."

혜비는 비빈들에게 자리에 앉은 순서대로 선물을 올리도록 권하였다. 제일 말석에 앉은 이부터 차례로 중앙으로 나와 제가 가져온 선물을 공개하며 태후에게 축하 인사를 올리는 것이다. 보통은 내용을 공개하지 않고 선물을 올렸었는데, 혜비는 궁녀를 시켜 그 자리에서 선물을 모두에게 공개하도록 하였다.

"아무래도 태후께서 지금 이 자리에서 보셔야 어느 분께서 어떤 것을 주셨는지 더 기억하시기 쉽지 않겠습니까."

혜비의 말에 태후가 고개를 끄덕였다. 미리 언질을 받은 터라 태후는 당황하지 않았다. 하나둘 비빈들은 제 차례가 다가올 때마다 그 표정이 시시각각 변하였다. 수치로 붉게 물드는가 하면, 자부심이 가득하기도 하였다.

모피며, 비단이며, 보석이며 갖가지 귀한 것들이 가득하였다. 선물을 올리는 비빈들은 태후가 제 선물을 마음에 들어 하는지 눈치를 살피기 바빴으며, 태후는 그저 무미건조하게 치하의 말을 건네며 선물을 받았다.

"귀비마마 차례입니다."

송 귀비는 침을 꼴딱 삼켰다. 가슴이 쿵쿵 뛰었고, 손이 저리는 듯하였다. 문안 인사도 떨렸건만 이 자리는 떨리다 못해 숨이 막힐 지경이었다. 매서운 눈초리가 느껴져 중앙으로 나서는 것조차 어려웠다. 중앙으로 나서서 덜덜 떨며 태후를 올려다보았을 때였다. 희윤은 따스한 눈으로 긴장한 제 연인을 내려다보고 있었다. 서로의 시선이 마주치자 희윤이 눈을 찡긋하였다. 모두가 보았을 것이 분명하였음에도 그는 신경 쓰지 않는 듯 오로지 송 귀비만을 보며 웃어 주었다. 그제야 긴장이 풀린 그녀는 활짝 웃으며 입을 열었다.

"태후마마의 탄신일을 진심으로 경하드립니다."

송 귀비의 인사와 함께 환관 셋이서 낑낑거리며 비단으로 가려진 것을 들고 들어왔다. 송 귀비가 고개를 끄덕이자 환관은 중앙에 놓인 물건을 가리고 있는 비단을 걷어 보였다.

모두의 탄성이 터졌다. 자수정 수석이었다. 그 크기부터가 남달라 과장을 좀 보탠다면 송 귀비의 몸만 하다 할 수 있었다. 게다가 그 오묘한 빛깔은 신비로워 보였고, 햇빛을 받은 수석의 표면은 눈부시게 빛났다.

"허나 자수정 수석이라면 폐하께서 준비하신 게 아닙니까?"

혜비가 말했다. 그제야 다들 기억이 난 듯 고개를 끄덕였다. 궐 안에는 희윤이 태후를 위해 귀한 자수정 수석을 구했다는 것이 이미 소문이 나 있었기에 지금 저 송 귀비가 가져온 것이 희윤이 준비한 것임을 모르는 이는 없었다.

"그리 소문이 났던가? 다들 잘못 알고 있군그래."

"그렇습니까?"

우가 입을 열었다. 무표정한 얼굴로 내뱉은 한마디는 다시 모두의 이목을 끌었다. 담담하고 태연한 태도의 우는 희윤을 똑바로 바라보았다.

"허면 종추가 귀비전 소속이 되었나 봅니다."

꽃같이 고운 목소리였으나 희윤의 얼굴은 그 목소리로 인해 무참히 일그러졌다.

"그는 귀비를 도우라는 명을 따랐을 뿐이네."

"아, 그런가요?"

묘한 긴장감이 돌았다. 모두가 우와 희윤을 번갈아 바라보며 눈치를 살폈고, 숨소리조차 크게 내지 못했다. 희원은 희윤과 맞서고 있는 우를 바라보며 설명할 수 없는 기분에 휩싸였다. 우는 제 발로 당당히 서서, 스스로 빛나고 있었다.

"그만하시게, 이비. 귀비의 선물이 내 마음에 쏙 드는군."

태후가 분위기를 풀어 보려 나섰다. 귀비는 중앙에 우두커니 서서 아무런 말도 못 하고 서 있다 태후의 다정한 말을 듣고는 크게 반가워하였다.

"마음에 드신다니 다행입니다."

서둘러 예를 올리고 자리로 돌아가려는 송 귀비를 멈춰 서게 한 것은 우였다. 항상 늘 송 귀비를 감싸 안아 주던 우였기에 그 자리에 있는 모든 이가 눈치를 보면서도 흥미로워하며, 이 재상이 송 귀비를 받아들였다더니 제 딸과는 척을 진 모양이라고 생각하였다.

"귀비마마께서 저것을 어찌 구하셨는지 물어봐도 되겠습니까?"

우가 다정히 미소 지었다. 저를 향한 어여쁜 미소를 보는 것은 처음이었으나 송 귀비는 그 미소에 답할 수 없었다. 그 미소에는 어떤 종류의 따뜻함도 담겨 있지 않았다. 송 귀비는 예쁘게 웃는 우를 보며 지난날 그이의 얼굴을 떠올렸다. 아무런 표정 없이 저를 대하던 그 모습이 차라리 더 따스하게 느껴지는 듯하였다.

아무 대답도 하지 못하는 송 귀비를 보며 혜비가 차를 마셨다. 좋은 풍경이었다. 제가 주인공이 될 자리였지만 이러한 것도 나쁘지는 않았다. 입 안에 맴도는 차향은 유난히 향기로웠다.

"그만하지. 설사 내가 구해 주었다 해도 그게 무슨 상관이지?"

"크게 상관은 없습니다만 아무래도 성의 문제 아니겠습니까."

화난 얼굴을 하고 있는 희윤을 보며 우는 지지 않고 답하였다. 지난날에도 제 의견을 꿋꿋이 말하던 이였지만 오늘의 우는 희윤과 기싸움을 벌이고 있었다. 송 귀비와 혜비의 기싸움이 벌어지리라 생각했던 자리에서 황제와 우가 그들을 대신해 구경거리를 제공하고 있었다.

"성의? 저것이 성의 없는 것이라 말하고 싶은 건가?"

"물건은 훌륭하지요. 허나 결국 스스로 하지 못해 폐하의 손을 빌렸다면 그 마음이 훌륭하다 할 수는 없습니다."

얼굴색 하나 변하지 않고 담담히 말하는 우의 모습에 희윤은 화가 났다. 모두의 앞에서 저를 이기려고 하는 것이 화가 나 견딜 수 없을 지경이었으나 그는 애써 참고 있었다. 고작 여인을 상대로 화를 내며 분노하는 모습을 모두에게 보이고 싶지는 않았다.

송 귀비는 중앙에 서서 이러지도 못하고, 저러지도 못했다. 고개를 숙인 채, 어서 이 시간이 흐르기를 빌었다. 아무 일도 일어나지 않으리라 믿었던 저 자신이 한심하였다. 희윤이 애써 제 방패가 되어 주고는 있었으나 스스로가 너무나 창피하여 도망가고만 싶었다.

"부부는 한 마음, 한 몸이라고들 하지. 나와 부부의 연을 맺었으니 내가 준비하였다 하여 그 마음을 성의 없다 할 수는 없다."

"폐하, 어찌 그런 말씀을 하십니까."

한숨을 내쉬며 우가 말했다.

"여기 있는 비빈 모두가 폐하와 부부의 연을 맺은 이들입니다."

그제야 황제가 비빈들을 훑어보았다. 모욕을 당한 듯, 입술을 꼭 깨물고 있는 이들이 몇 보였다. 몇몇 이는 고개를 돌려 그들을 외면하고 있었다.

"허나 폐하의 말씀이 옳습니다. 부부는 일심동체라 하니 맞는 말씀입니다. 그러니 폐하께서 준비하신 저 귀한 자수정 수석도 귀비마마께서 준비한 것이 맞고, 여기 있는 모든 선물은 다 폐하께서 준비한 것이지요. 아, 그러면 결국 여기 있는 이들 모두 함께 선물을 준비한 게 되겠습니다."

우가 말했다. 다들 불쾌한 얼굴을 하고 있는 가운데, 희원과 혜비만이 태연히 다과를 즐기고 있었다. 혜비는 자리에서 일어나 박수라도 치고 싶은 마음이었다.

"그나저나 귀비마마께서는 어찌 그리 서 계십니까? 벌이라도 서고 계신다고 오해받으시겠습니다."

제게 꽂히는 말에 송 귀비는 허둥지둥 서둘러 자리로 돌아갔다. 그 모양새가 우스워 혜비는 터져 나오는 웃음을 참아야만 했고, 불쾌한 얼굴을 하고 있던 비빈들은 조금이나마 마음이 풀어졌다.

송 귀비는 제자리로 돌아가 우를 바라보았다. 무섭기도 하였으나 분하기도 하였다. 모든 것을 다 가지지 않았나 싶었다. 우가 가지지 못한 것이라곤 희윤 하나였다. 그 하나 가진 저를 이렇게까지 내몰아야 하는 건지 어린 마음에 훅 하니 불이 났다. 그동안 제가 준 상처는 기억하지 못하고 지금 제가 받은 것밖에 보지 못했다.

"자, 이제 이비의 차례입니다. 궁금하네요."

혜비가 밝은 목소리로 마치 방금까지의 일은 없는 것처럼 행동하였다. 그 모습에 많은 이들은 혀를 내둘렀고, 송 귀비는 무시당한 듯 느껴 더욱 제 몸을 움츠렸다.

우는 자리에서 일어나 중앙으로 나섰다. 선물을 올리기 위해 나선 것이었으나 마치 이 행사의 주인공처럼 보였다. 예를 갖추어 인사를 올린 우는 박 상궁을 향해 고개를 끄덕였고, 박 상궁은 우의 앞으로 나서서 작은 선물 상자를 들고 나왔다. 모두의 눈이 선물 상자로 향하였다. 과연 저 우가 얼마나 대단한 선물을 하였는지에 관심이 쏠렸다. 곧이어 상자가 열리고 송 귀비 때와는 전혀 다른 탄성이 터져 나왔다.

고작 은반지였다. 보석이 박혀 있다고는 하나 한눈에 보아도 조악한 그 반지는 지금까지 태후가 받은 선물과는 천양지차였다.

"고작 저런 것을 가지고 오다니."

"저것을 들고서 송 귀비를 나무랐다면 이도 우스운 일 아닙니까?"

비빈들이 속닥거리기 시작하였다. 그런데도 여전히 변함없는 모습으로 서 있는 우였다.

"이보시오, 이비. 조금 전에는 성의 운운하더니 이비야말로 성의 부족이 아니고 무엇이오? 어찌 태후마마께 그리 하찮은 것을 올린단 말이오!"

빈 하나가 입을 열어 우에게 따졌다. 이때가 기회인 것 같아 나선 것이 분명하였다. 소란스러운 가운데 선물을 받은 태후는 굳은 얼굴을 하고 있었다. 그 표정에 더욱더 의기양양해진 빈은 거세게 우를 추궁하였다. 우는 천천히 주위를 한 번 둘러보더니 답하기 시작하였다.

"다들 알고 계실 줄로 생각하였습니다만 그도 아닌가 봅니다. 주나라 건국 왕의 이야기는 아시지요? 모친의 희생으로 주나라를 세우게 된 그 이야기 말입니다."

우의 말에 다들 설마 하는 얼굴로 다시금 반지를 살펴보기 시작하였다. 그것은 유명한 이야기였다. 주나라 건국 왕은 세력 다툼 도중 패하여 쫓기고 있었고, 목숨이 위태로운 아들을 위해 모친이 스스로 인질이 되어 병력을 구해 아들을 구했다는 이야기였다.

은반지는 건국 왕의 모친이 스스로 인질이 되면서 거래를 한 증거로 푸른 보석에는 주나라의 국기 모양이 새겨져 있다고 전해지고 있었다.

모두가 설마 하는 마음이었다. 그저 떠도는 이야기로만 접했던 것이니 진정 있으리라곤 생각지도 않은 것이다.

"그래. 그렇군. 고맙네."

"마음에 드십니까?"

"물론 마음에 들고말고. 내 소중히 간직하겠네."

우가 인사를 올리고 자리로 돌아왔다. 그 모습을 보던 혜비가 슬쩍 웃으며 입을 열었다. 마치 혼잣말인 것 같았으나 그것은 분명 들으라고 한 소리였다.

"보는 눈이 없으면 그 행동이라도 조심해야지."

자리에서 일어선 혜비는 구하기 힘들다는 서역의 장식품과 향로를 선물로 바쳤다. 희원은 유랑을 하며 구했던 것 중 귀한 것을 골라 올렸고, 희윤은 태후의 건강을 기원하기 위해 사원에 탑을 짓기로 했다고 하였다.

모두 값을 따질 수 없는 진귀한 것들이었으나 문제는 우가 내놓은 반지였다. 다들 그것에 관심이 쏟아져 있었다. 이미 태후의 손에 들어간 반지는 다시는 나올 일이 없을 것이 분명하였다. 한낱 은반지에 불과한 것이나 그 상징성이 주는 것은 대단하였다. 그것이 비록 지금은 기나라에 조공을 바치고 있는 주나라의 것이라고는 하나, 그 당시의 주나라가 지금과 같지 않았음을 모르는 이는 이 자리에 없었다.

"귀한 것을 구했군."

"그저 운이 좋았을 따름입니다."

희윤의 말에 우는 대답했다. 그저 답했을 뿐이었다. 예를 갖추고 있으나 전과는 다른 모습이었다. 애타는 마음이 가득 담겼었던 두 눈에선 더 이상 아무것도 읽을 수가 없었다. 그저 그뿐이었다.

얼굴도, 목소리도 그대로였건만 그 자리에 있는 것은 다른 사람이었다. 적어도 희윤의 눈에는 그랬다.

악공들이 곡을 연주했고, 무희들이 춤을 추었다. 하나같이 눈을 사로잡는 것들뿐이었다. 그러나 우는 그저 먼 곳을 바라보았다. 눈앞의 볼거리보다 우의 눈을 사로잡은 것은 그저 그림과도 같은 풍경이었다. 우거진 나무와 피어난 꽃들, 그리고 햇빛에 반짝이는 호수. 모든 것이 아름다워 우의 눈을 사로잡았다.

어쩐지 지금 이 시간이 무료하게 느껴졌다. 송 귀비는 신경 쓸 필요조차 없었고, 희윤은 그저 그 자리에 존재했을 뿐이었다. 이 순간을 기다리고 긴장했었던 제가 우스울 정도였다. 그럴 필요가 있었나 싶을 정도로 허무하였다. 제가 가진 것을 조금 보였을 뿐인데도 이러하니, 그동안 얼마나 어리석게 굴었는지 알 것도 같았다. 그 마음이 조금만 덜 깊었더라면, 그 애정이 조금만 덜 컸더라면 하는 생각이 머릿속을 가득 채웠다.

멍하니 혼자만의 생각에 빠져 먼 곳을 바라보는 우의 모습은 모두의 시선을 끌고 있었다. 희원은 우의 모습을 보며 저 역시 생각에 잠겼다. 무표정한 얼굴이건만 어째서인지 그 얼굴에서 슬픔이 느껴지는 듯하였다. 그는 우의 얼굴에서 슬픔의 흔적조차 남기고 싶지 않았다. 생각에 잠겼던 희원은 어쩌다 우와 시선이 부딪쳤다. 시선이 부딪친 그 순간, 우의 얼굴에 화사한 미소가 떠올랐다.

그 미소에 심장이 떨어진 기분이 들었다. 저와는 반대편에 앉아 있는 그 어여쁜 얼굴을 보며 희원은 우와 제 사이의 거리를 실감하고 있었다. 제 곁에 있어 주겠다 해서 잊고 있었다. 궐에 있는 한, 희윤이 황제로 있는 궐에 있는 한 우와 저의 거리는 더 가까워질 수 없었다. 요동치는 속내를 감추고 희원은 그 예쁜 웃음을 마주 보며 웃었다.

"그만."

희윤이었다. 그는 무엇이 못마땅한 것인지 춤추던 무희들을 멈추게 하더니 물러가게 하였다. 모두가 희윤을 바라볼 때도 우의 시선은 먼 곳을 향하고 있었다. 그는 왠지 그것이 신경 쓰였다. 그래서였을까. 그는 우를 바라보며 말했다.

"아친왕, 이제는 유랑을 떠나시지 않는 겁니까?"

그제야 우의 시선이 희윤을 향했다. 그 눈에는 전과 같은 따뜻함은커녕 차가움이 가득하였다. 아까같이 아무것도 담기지 않은 것도 싫었으나, 그 차가운 시선은 더 싫었다. 그는 저도 모르게 이를 악물어 턱에 힘을 주었다.

"더 이상은 떠날 마음이 들지 않는 것을 보니 제가 지쳤나 봅니다."

"허면 이제 아친왕께서도 가정을 꾸려야 하지 않겠습니까?"

희원의 얼굴에서 미소가 깨끗이 지워졌다. 희윤은 계속해서 우의 반응을 살피고 있었다. 그는 궁금하였다. 희원의 일방적인 마음인가, 아니면 우 역시 같은 마음인가. 분명 우의 마음을 원하는 것은 아님에도 불구하고, 그는 그것이 궁금하였다. 그래서였다. 그런 질문을 던진 것은.

우는 희원의 대답을 기다렸다. 알고는 있었다. 그의 마음이 제게 있음을, 그리고 그것이 진심이라는 것을 알고는 있었다. 허나 황제의 명이라면 쉽사리 거절할 수 없는 것이 사실이었고, 우는 더 이상 누군가와는 제 것을 나누고 싶지 않았다. 그런 경험은 한 번으로도 충분했다. 우에게 희원은 그랬다. 그는 온전히 제 소유의 사람이었다.

"마음에 둔 이가 있습니다."

희원이 우를 바라보며 답하였다. 우는 이 위태로운 상황으로 인해 심장은 터질 듯하였고, 손은 땀으로 축축해졌다. 그러나 희원을 바라보는 것을 멈출 수는 없었다. 희원은 용기를 내고 있었고, 우는 그의 마음에 화답해 주고 싶었다. 서로를 바라보고 있는 우와 희원을 보는 희윤의 눈에 불꽃이 튀었다. 그는 분노를 억누르고 있었다. 송 귀비가 그런 희윤을 바라보며 의아한 눈을 하였다.

"그게 누구입니까? 내 직접 그 혼인을 주선하도록 하겠습니다."

"폐하의 힘이 아니라 제가 직접 그 마음 얻고 싶으니 이해해 주십시오."

희원의 대답에 몇몇 비빈이 얼굴을 붉혔다. 희윤은 냉담한 눈으로 희원을 바라보았다. 얼굴에 미소가 걸려 있었으나 오로지 웃고 있는 것은 그 입술뿐이었다. 겁 없이 제 마음을 보이는 희원이, 그리고 그를 바라보고 있는 우가 희윤은 신경에 거슬렸다.

탄신 행사가 모두 끝나 태후와 황제가 자리를 뜨고, 비빈들 역시 자리를 떠나기 시작하였다. 우 역시 천천히 박 상궁과 함께 처소로 돌아가고 있었다. 그리고 그 곁에는 희원이 있었다. 워낙 오랜 세월 가까이 지내던 이들이라 크게 말이 나오고 있지는 않았으나 벌써 몇몇 이들은 둘을 의심의 눈으로 보고 있었다. 어찌 되었거나 피가 섞이지 않은 젊은 남녀일 뿐이었으니 말이다.

"어찌 그런 것을 구했느냐?"

"다 아버지께서 힘써 주신 덕분이지요. 실은 저 역시 그것이 진품인지 모조품인지 모릅니다."

우의 말에 희원은 역시나 그런 것인가 하는 얼굴로 고개를 끄덕였다. 아마 태후와 황제 역시 그랬을 것이다. 실제로 존재하는지 알 수조차 없는 물건이었던 것이다. 다만 진품이라 증명할 수 없듯이, 모조품이라고도 증명할 수 없기에 그저 모두 그 입을 다물었을 뿐이었다.

"태후께서는 선물의 본질을 이해하신 것 같더구나."

"예. 크게 기뻐하시지 않은 것을 보면 선물에 담긴 의도를 정확히 이해하신 거겠지요."

건국 왕의 모친은 아들을 왕으로 만드는 데 가장 큰 공을 세웠으며, 후에 황태후까지 오르는 이였다. 결과적으로 건국 왕의 모친은 오랜 세월 부귀영화를 누리며 살았으나 그 과정이 문제였다.

주나라 건국 초, 건국 왕과 신하들 사이에 문제가 발생하였고, 특히나 전날 건국 왕의 목숨을 구해 준 세력과 마찰이 심각하였다. 그들은 건국 왕의 모친에게 거래의 증거로 받았던 반지를 보냈는데, 그 반지를 받은 태후, 즉 건국 왕의 모친이 건국 왕을 설득하였다고 한다. 만일 건국 왕을 설득하지 못하였더라면 건국한 지 얼마 되지 않아 불안한 주나라는 결국 내분으로 망국이 되었을 것이라고들 하였다.

이 재상은 경고의 뜻을 담아 선물을 골랐고, 그것은 태후에게 정확히 전달된 것이 틀림없었다. 우 역시 이 재상이 보내온 선물을 처음 보고 곧장 알아차렸다. 귀한 것임이 틀림없으니 싫다 할 수 없을 것이며, 또한 내키지 않더라도 선물에 담긴 경고를 받고 함부로 행동할 수 없으리라 생각하였다. 황제의 모후로, 궐 안 가장 어른이 분명하나 그 세력은 미비하기 그지없었다.

태후가 그 힘을 발휘할 수 있는 것은 고작 황후 간택에 대한 아주 조금의 입김뿐이었다. 그것이 다였다. 황제는 이미 장성하여 제 세력을 꾸리고 있었고, 이 재상 역시 오랜 세월 그 가문이 누려 온 것에 제 능력까지 더해 견고한 세력을 가지고 있었다. 태후는 그저 그 둘의 사이에 존재하는 연결 고리였을 뿐이다. 태후에게 보낸 경고는 곧 황제에게 보낸 것과 같으니, 둘 다 그를 알아차렸을 것이다.

조금 울적한 얼굴을 하고 있는 우를 힐끔 쳐다본 희원은 우의 앞을 막아섰다. 갑작스러운 그의 행동에 우가 그를 바라보았다.

"어여쁘다."

희원의 말에 우의 얼굴에 어색하게 미소가 떠올랐다.

"내 깜빡 잊어 말하지 못할 뻔하였다."

우의 기분을 헤아린 희원이 일부러 밝은 목소리로 말하였다. 그러나 그의 속내 역시 편하지는 못하였다. 시작된 세력 다툼이 제 피부에도 느껴지기 시작하였다.

화려한 차림의 우는 지독히 아름다웠다. 마치 보는 이를 홀리기라도 하는 듯한 그 미색에 우를 보았던 이 대부분이 정신을 차리지 못했다. 아마 우가 원한다면 누구든 그 앞에 무릎 꿇지 않을까 희원은 생각하였다. 문득 우를 바라보던 희원은 그 커다란 머리 장식에 시선을 빼앗겼다. 그는 화려하기 그지없는 그것을 저도 모르게 뽑아 버렸다.

"왕야?"

"아……."

저도 모르게 한 행동에 본인 역시 당황하였고, 우 역시 희원의 행동에 당황하긴 마찬가지였다. 마치 우를 위해 만든 것같이 어울렸으나 그것이 너무나 무거워 보였다. 그래서 저도 모르게 뽑아 든 것이었다.

희원은 당황하여 어떤 변명의 말도 하지 못했다. 둘 사이로 어색한 기운이 가득하였다. 손끝이 파르르 떨리고, 저리기 시작하였다. 희원은 이 순간 그저 우의 손을 잡고 싶었다. 제 마음을 말로 전할 수가 없었다. 어찌 표현해야 이 지독한 마음을 전할 수 있을지 알 수가 없었다. 그저 그 앞에 무릎이라도 꿇고 희윤이 아닌 저를 선택해 달라고 애원하고 싶었다. 머리를 땅에 조아려 노예처럼 굴더라도 그는 제발 우의 곁에 머물고 싶었다.

"이비마마, 폐하께서 찾으십니다."

그때였다. 희윤의 환관 종추가 나타난 것은. 멀찍이 우와 희원을 바라보고 있던 박 상궁은 그의 등장에 크게 한숨을 내쉬었다.

희원은 쓸쓸한 얼굴을 하더니 고개를 끄덕였다. 우 역시 희원에게 인사를 하고는 박 상궁을 이끌고 종추의 뒤를 쫓았다. 희원의 두 눈에 화려한 우의 뒷모습이 각인되었다. 저를 떠나 희윤에게로 향하는 뒷모습은 보고 싶지 않았으나 너무나 아름다워 차마 눈 돌릴 수조차 없었다.

종추가 우를 데리고 간 곳은 희윤의 정원이었다. 황제, 본인을 제외한 그 누구도 들이지 않는 곳으로, 송 귀비조차도 제 마음대로 들어올 수 없는 곳이기도 하였다.

멀찍이 희윤의 뒷모습이 보였다. 황금색 용포를 두르고 있는 그 모습은 우의 눈에 너무도 익숙하였다. 제 앞에서 등 돌리는 모습을 몇 번이고 봐 왔기 때문이었다. 먼저 등 돌리는 것은 언제나 그였다.

"무슨 뜻이지?"

인사를 올린 우에게 희윤이 대뜸 물었다. 그러나 우 역시 그가 묻는 바를 모르지는 않았다.

"무슨 말씀을 하시는지 신첩은 모르겠습니다."

모른 체하는 우의 모습에 희윤이 실소를 터뜨렸다. 우거진 나무 사이 그와 우는 가까이 서서 서로를 바라보고 있었다.

희윤은 우의 손목을 낚아채 제 앞으로 끌어당겼다. 서로의 숨결이 느껴지는 거리에서 우는 고개를 돌려 그의 시선을 회피했다.

"모른 척한다고 넘어가 주진 않아."

거친 목소리와 숨결이 귓가에 느껴졌다. 희윤은 우의 고개를 잡아 저를 똑바로 보게 하였다. 항상 저를 향하던 이의 시선이 더 이상 제게 있지 않음을 알게 됐을 때, 그 기분은 이루 말할 수 없이 더러웠다. 단 한 순간도 제 것이 아니게 될 줄은 생각해 본 적 없었고 그토록 싫어했으면서도 제 것이 아니라 생각한 적은 없었다. 그리고 그는 더 이상 저를 보지 않는 우의 시선을 참아 넘길 수 없을 것만 같았다.

"내가 말할 때는 나를 봐."

우와 희윤의 시선이 맞부딪쳤다. 여러 감정이 뒤섞인 시선은 격렬했다. 우의 시선이 저를 향하자 희윤의 손길이 조금 부드러워졌다. 손목을 잡고 있는 손에도 힘이 풀렸다. 그는 우를 똑바로 바라보며, 저로 인해 붉어진 우의 손목에 입을 맞추었다.

당황한 우는 그에게 붙들린 손목을 빼내려고 했으나 그는 꼼짝도 하지 않았다. 천천히, 그리고 부드럽게 제 손목에 입을 맞추는 그를 보며 우는 아무 생각도 하지 못했다.

"나는 내 것을 그 누구에게도 넘겨주지 않아. 허니 허튼 마음은 집어치우는 게 좋아. 망가지기 전에."

천천히 희윤이 우에게서 한 발 멀어졌다. 그는 그제야 흡족한 마음이 들었다. 온종일 저를 보지 않던 이가 저를 보고 있었다. 예전과 같이 온전히 제게 있는 저 눈이 마음에 들었다.

"이만 가 보게."

희윤의 명에 한참을 넋 놓고 그를 바라보고 있던 우가 제정신을 차리고 인사를 올린 후, 자리를 떠났다.

희윤이 원한 것은 우의 대답이 아니었다. 그저 경고를 하기 위해서였다. 아니 그마저도 분명치 않았다. 그는 왜 자신이 우를 이렇게까지 신경 쓰고 있는지 알 수 없었다. 놓고 싶지 않았으나 그 놓고 싶지 않다는 것이 어디에서부터 어떤 이유로 시작되었는지는 알 수 없었다.

놀라고 당황한 얼굴을 분명히 보았다. 그런데 돌아가는 뒷모습은 우아하기 짝이 없었다. 제 속내를 감추고 평소의 모습을 유지하고 있는 그 모습이 우스웠다.

희윤은 욕심을 내기 시작하였다. 처음부터 제 것이었고, 앞으로도 제 것이어야 했다. 우가 저를 벗어날 수 있는 순간이 온다면, 그것은 저에게 우가 더 이상 필요 없고 제가 우를 가지고 싶지 않을 때여야만 했다. 누군가에게 제 것을 넘겨주는 일 따위는 절대 하고 싶지 않았다.

"마마, 들어가서는 아니 됩니다. 폐하께서 노하실지도 모릅니다."

송 귀비는 희윤의 정원 앞에서 이 상궁과 실랑이를 하고 있었다. 연회에서 희윤은 제 존재를 까맣게 잊은 듯 행동하였고, 그것은 송 귀비를 불안하게 만들었다. 참지 못하고 결국 그를 찾아 그의 정원으로 온 송 귀비였다. 그리고 그녀는 보았다. 그곳에서 나오는 우를.

"귀비마마께 인사 올립니다."

"어찌하여 여기서 나오는 거예요?"

인사도 받지 않은 채, 다짜고짜 묻는 송 귀비를 보며 우는 아무렇지 않은 얼굴로 대답하였다. 그러나 그 답에 그녀는 울 거 같은 얼굴을 하였다.

"폐하께서 부르셨습니다."

큰 눈망울에 눈물이 가득 고였다. 우는 곧장 알아차렸다. 송 귀비의 마음에도 불안의 싹이 자라고 있다는 것을. 짐작할 수 있었다. 아무리 영원을 맹세한다 하여도, 그 사랑이 진심이라 하여도 불안할 수밖에 없었다. 송 귀비가 가진 것은 희윤의 마음, 그것이 전부였다. 이 어리석기 짝이 없는 이는 그저 그뿐이라, 그 마음이 변할 순간이 두려울 수밖에 없었다. 아니, 더 많은 것을 가졌다 해도 그 순간은 역시나 두려울 수밖에 없을 것이다. 수많은 비빈이 있었고, 귀비는 그중 하나에 불과했다. 그저 어쩌다 그의 눈에 들어 귀비 자리에 올랐을 뿐, 그 마음이 바뀌게 된다면 그걸로 끝이었다.

"저는 이만 가 보겠습니다."

울먹이는 송 귀비를 두고 등 돌린 우는 제 처소로 향했다. 박 상궁은 뒤를 돌아보며 송 귀비의 얼굴을 구경하였다. 박 상궁의 기분은 마치 하늘을 날고 있는 듯하였다. 체했던 것이 쑥 하고 내려가는 거처럼 속이 시원하였다. 앞으로도 저 얼굴을 종종 보았으면 하는 것이 박 상궁의 솔직한 심정이었다.

송 귀비는 손등으로 눈물을 훔쳤다. 차마 흐르지 못한 그것은 그녀의 손등에 닦여 흔적도 없이 사라졌다. 애써 활짝 웃어 보인 송 귀비는 당찬 걸음으로 희윤의 정원에 들어섰다. 송 귀비의 눈에 희윤이 보였고, 그이는 곧장 희윤의 품에 달려가 안겼다.

갑자기 제게 달려든 송 귀비를 본 희윤은 이 상궁을 향해 무언의 물음을 던졌다. 이 상궁은 그저 고개를 절레절레 저으며 답하였고, 그는 제 작은 연인의 등을 토닥였다.

울지 않으려 노력하며, 송 귀비는 제 마음을 다스렸다. 울어서는 아니 되었다. 그 이유가 우 때문이라고 말하기도 싫었다. 저와 함께 있을 때만큼은 희윤이 우에 대해서 생각하지 않기를 송 귀비는 바랐다. 오늘 온종일 우를 좇고 있던 희윤의 시선이 송 귀비의 뇌리를 떠나지 않았다.

"무슨 일이라도 있느냐?"

희윤의 말에 송 귀비가 그를 안고 있는 제 팔에 더욱 힘을 주었다.

"그냥요, 그냥."

불안하다 말할 수 없었다. 송 귀비는 애써 불안한 속내를 감추고 그저 어리광을 피우는 듯 말했다. 그러나 감추면 감출수록 불안은 점점 커지고 있었다. 그런데도 털어놓지 못한 것은 입 밖으로 꺼내면 제 불안이 사실이 될까 봐 무서웠기 때문이었다.

"내 오늘 너에게 너무 소홀하였나 보다."

다정스레 건네는 그 말에 눈물이 울컥하였다. 그의 마음이 제게 있음이 분명하건만 왜 이리도 불안한 걸까.

"힘든 하루였음을 안다. 나 역시 그렇구나."

희윤은 송 귀비의 머리에 입을 맞추었다. 참고 있던 눈물이 터진 송 귀비는 희윤의 옷자락을 적시고 있었다. 궐 생활에 익숙해질수록, 아는 것이 많아질수록 그녀는 불안하였다. 아무것도 모를 때야 그저 좋았다. 황제의 사랑을 받고, 높은 지위를 얻고, 아무런 걱정도 없었다. 허나 점점 알게 되었다. 제게는 희윤의 사랑이 전부였고, 그가 변한다면 제 존재는 그저 없었던 것처럼 사라지게 되리란 것을.

우와는 달랐다. 우는 그의 도움 없이, 사랑 없이 스스로 빛날 수 있으나, 저는 아니었다. 송 귀비는 저 스스로는 빛날 수 없음을 깨닫고 있었다. 그제야 왜 뒤에서 저를 '운 좋은 계집'이라 불렀는지 정확히 알 수 있었다. 그의 다정함에도 전과 같은 충만함은 느껴지지 않았다. 불안은 한없이 빠르게 그녀의 마음을 잠식해 나가고 있었다.

태후의 탄신 행사 후, 모든 비빈은 우를 주목하기 시작하였다. 송 귀비와 혜비에게 쏠려 있던 관심이 우에게 돌아선 것이다. 황후 자리가 아니어도 그 기세가 황후, 황제 못지않았다. 황제 앞에서도 지지 않았던 그 모습에 다들 뒤로 말이 많았다.

귀비는 문안 인사를 받고 있었다. 그 자리에는 우 역시 자리하고 있었다. 분명 봉호도 받지 못한 비였기에 우의 자리는 빈의 옆이어야 했는데, 이상하게도 우는 송 귀비의 왼편에 자리하고 있었다. 그리고 그 누구도 그것에 불만을 표하지 않았다.

혜비는 송 귀비의 오른편에 앉아 우와는 마주 보고 있었는데 꽤나 기분이 좋아 보였다. 그녀는 제 앞에 놓인 다과를 즐기며 한껏 여유를 부리고 있었다.

"그동안 건강이 좋지 않아 문안 인사에 참여하지 못했습니다. 앞으로는 그런 일이 없도록 하겠습니다."

우가 송 귀비에게 말했다. 그에 송 귀비는 그저 입술을 깨물었을 뿐 아무런 답도 하지 않았다. 반갑지 않았던 것이다. 혜비를 상대하기도 벅찬 상황에서 우까지 상대할 수 있을까 싶었다. 모든 것이 그녀에게는 너무나 버거웠고, 스스로도 그 사실을 잘 알고 있었다. 물론 그 자신뿐 아니라 그 자리에 있는 모두가 알고 있었지만 말이다.

"다행입니다. 이제 자주 볼 수 있겠습니다."

혜비가 반가워하였다. 다들 저 혜비가 과연 진실로 우의 등장을 반기는 것인지 의심스러운 눈을 하였으나, 혜비가 우보다는 송 귀비를 끔찍하게 생각한다는 것을 알고 있기에 그러려니 하였다. 송 귀비라는 하나의 적을 두고 둘이 잠시나마 함께하지 못할 이유도 없었다.

상석에 앉은 송 귀비는 꿔다 놓은 보릿자루처럼 자리만 차지하고 있을 뿐이었다. 쉽사리 이야기를 주도하지도 못했고, 끼어들지도 못했다. 날고 기는 명문가 출신의 비빈들은 은연중 그녀를 무시하였고, 그것은 귀비가 되고 난 지금도 마찬가지였다. 그 누구도 자신이 그녀에게 질 수 있다 생각하는 이는 없었다. 황제의 뒷배만 제한다면.

"더 줘."

제 처소로 돌아온 송 귀비는 다과를 찾았다. 온종일 입으로 단것을 끊임없이 집어넣고 있는 그 모습에 이 상궁은 걱정이 태산이었다. 마음이 허해서 그런 것인지 자꾸만 음식을 탐하는 그 모습이 안쓰럽기도 하고, 건강이 염려되어 만류하기도 하였으나 송 귀비는 멈추지 않았다.

"배가 고파."

이미 한차례 음식이 가득했던 접시를 비웠건만 송 귀비는 아직도 음식을 찾고 있었다. 좋아하던 산책도 하지 않고, 웃음이 현저히 줄어 귀비전 궁녀들은 걱정이 많았다.

점점 괜찮아지기는커녕 오히려 감정적이 되어 가는 귀비의 모습에 이 상궁은 결국 의원을 찾았다. 태의를 부르려다 혹여나 소문이라도 날까 걱정이 된 탓에 아무 연줄도 없는 이를 찾으려다 보니 말단 의원밖에는 남지 않았던 것이다.

"마마, 의원이 왔습니다."

이 상궁은 낮잠을 자고 있던 송 귀비를 깨워 진맥을 받게 하였다. 어린 의원은 긴장으로 식은땀을 삐질삐질 흘리고 있었다. 그 모습에 믿음이 가지는 않았으나 일단은 소문이 나지 않는 것이 중요하였다. 송 귀비가 아프다는 소식이 새어 나간다면 상황은 혜비에게 유리하게 흘러갈 것이 뻔했다.

"아픈 곳이 없는데 웬 의원이야?"

"보약 한 재 지을까 하여 불렀습니다."

귀찮은 얼굴로 송 귀비가 팔을 내밀었다. 의원은 그 손목을 잡아 맥을 짚었다. 의원은 긴장으로 잘 집중하지 못하는 듯 오랜 시간이 걸렸다. 한참이 지나고 나서야 깊게 숨을 내쉰 의원이 손을 놓았다.

이 상궁이 의원의 얼굴을 살폈다. 긴장과 땀으로 범벅된 의원의 얼굴은 엉망이었다. 이 상궁은 의원을 데리고 송 귀비에게서 멀어졌다. 의원의 말소리가 송 귀비에게 닿지 않을 만큼 떨어지자 이 상궁이 의원에게 대답을 재촉하였다.

"저, 그것이……."

"왜 그러시오? 무슨 문제라도 있는 것이오?"

의원이 고개를 꾸벅 숙였다.

"경하드립니다. 아마도 회임하신 것이 아닐까 합니다만……."

"뭐요? 그게 진짜요?"

"아, 아마도……."

이 상궁의 얼굴이 눈에 띄게 밝아졌다. 그러나 어정쩡한 의원의 말이 걸려 다시 확실한 답을 요구하였다.

"의원 어른, 아마도라니! 정확히 답해 보시오."

이 상궁의 닦달에 의원이 결국 회임이 확실하다 답하였다. 태의를 부르겠지만 회임은 분명하였다. 그제야 그동안 송 귀비의 행적이 이 상궁은 이해가 가기 시작하였다. 잠이 많아진 것도, 많이 먹는 것도, 감정의 기복이 심해진 것도 회임하여 그런 것이라면 이해가 되었다. 회임과 더불어 궐 안에서 많은 압박감을 느꼈을 터이니 그럴 만도 하였다.

이 상궁은 송 귀비에게 곧장 말하지는 않았다. 태의를 불러 다시 확실히 하고 나서 알릴 작정이었다. 의원에게는 함구하라 신신당부를 하고 태의를 청하였다.

'회임이라니.'

이 상궁은 애써 들뜨고 흥분된 마음을 진정시키려 노력하였다. 그러나 이미 그 얼굴은 상기되어 있었다.

태의가 방문한 것은 이른 저녁이었다. 송 귀비는 저녁 식사를 마친 뒤, 차를 마시는 중이었다. 낮에도 진맥을 받았건만 또다시 태의가 방문하자 불안해진 송 귀비는 혹여나 제 몸이 어디라도 좋지 않은 것이냐 물었다.

"아닙니다, 그저 확실히 해야 할 것 같아 태의께 오시라 한 것이니 불안해하지 마세요."

독살 시도가 있었음을 알고 난 이후, 송 귀비는 신체적으로는 모두 회복했으나, 정신적으로는 심하게 앓아야 했다. 본래 기미를 보는 이를 두지 않았건만, 그 이후 기미 보는 이를 두었으며 식기를 모두 은으로 바꾸었다. 그리고 나서야 조금씩 음식을 먹기 시작한 송 귀비였다. 시간이 꽤나 흐른 지금은 아무렇지도 않아 보였으나 그 기억까지 사라진 것은 아니었다. 게다가 제가 독에 당했다는 사실을 제 주변 모두가 속였던 탓에 더욱 그녀는 더욱 불안하였다.

태의가 송 귀비의 맥을 짚었다. 낮과는 달리 잔뜩 긴장한 얼굴을 한 송 귀비였다. 혹여나 무슨 일이라도 있는 것인가 불안해하는 송 귀비와 달리 이 상궁의 얼굴에는 기대가 가득하였다.

"어떠합니까? 맞습니까?"

이 상궁이 다급하게 물었다. 그러자 태의가 고개를 찬찬히 끄덕였다.

"경하드립니다, 귀비마마. 회임하셨습니다."

태의의 말에 귀비가 멍한 얼굴을 하였다. 대꾸도 하지 않고 놀란 얼굴을 하고 있자, 이 상궁이 송 귀비의 손을 붙들며 축하 인사를 하였다. 송 귀비는 한 손으로 제 배를 쓰다듬었다. 아무런 것도 느껴지지 않았다. 묘한 기분이 들었다. 제 안에 또 다른 생명이 들어 있다니 믿기 힘들었다.

"부탁드립니다. 마마께서 기력이 많이 떨어지셨으니 좋은 약 좀 지어 주십시오."

이 상궁이 귀비전을 떠나는 태의에게 부탁하였다. 태의가 떠나고 난 뒤에도 송 귀비는 얼떨떨한 기분이었다. 태의가 확인해 주었지만 실감이 나지 않았다.

"폐하께 소식을 넣을까요?"

"아니야! 오시면 내가 직접 말씀드리고 싶어."

발갛게 물든 얼굴로 송 귀비가 소리쳤다. 희윤이 어떤 반응을 보일지 그녀는 기대감에 잔뜩 부풀었다. 기뻐할 것이 분명하였다.

아직은 납작한 배를 쓰다듬는 그녀를 보며 이 상궁은 흐뭇한 얼굴을 하였다. 회임까지 하였으니 더 유리한 고지를 점령한 것은 이제 송 귀비가 될 터였다. 때마침 찾아온 귀한 아이였다. 이 아이가 그녀를 더욱더 높이 올라가게 할 것이 분명하다 이 상궁은 생각하였다.

아이가 생겼음을 어찌 몰랐을까. 송 귀비는 홀로 침상 위에서 생각에 잠겼다. 입덧도 하지 않았고, 달거리조차도 원래 주기가 일정치 않아 생각하지 못했다. 왜인지 모르게 두근두근 뛰는 가슴을 끌어안고 그녀는 희윤이 오기만을 기다렸다. 어서 그에게 전해 주고 싶었다. 제 속에 우리의 아이가 있다고. 깜짝 놀라며 기뻐할 그를 상상하며 그녀는 즐거운 기다림의 시간을 보냈다.

"오늘은 어찌 이리 얌전하지?"

저녁 늦게 귀비전을 찾은 희윤은 등을 기대고 앉아 있는 송 귀비의 볼을 톡톡 치며 물었다. 그녀가 그와 눈을 마주하며 활짝 웃어 보였다. 활짝 웃는 그녀의 얼굴이 그의 눈을 사로잡았다. 저를 보고 웃어 주는 그녀를 보며 그 역시 미소로 답하였다.

"희윤, 놀라지 말아요."

제 작은 두 손으로 커다란 희윤의 손을 붙잡은 송 귀비가 숨을

크게 들이켰다. 송 귀비의 이러한 태도에 희윤은 궁금한 얼굴을
하였다.

"내가 아이를 가졌대요. 우리의 아이가 생겼대요."

조심스레 울리는 목소리에 그가 깜짝 놀라 소리쳤다. 그러더니
격하게 송 귀비를 품에 안았다. 그는 매우 기뻐하며 송 귀비를 꼭
안았다. 한참을 말없이 안아 주더니 이윽고 그녀에게 입을 맞추었
다. 그 조심스러운 입맞춤에는 애정이 가득하였고, 그의 얼굴에는
기쁨이 충만하였다.

"고맙다. 우리의 아이에게 좋은 아비가 되겠다."

"저는요?"

송 귀비가 뾰로통하게 물었다. 장난이 섞인 투정에 그가 귀비
의 뺨에 다시금 입을 맞추었다. 그는 눈앞에 있는 제 연인이 너무
나 사랑스러웠다.

"내게는 항상 네가 가장 먼저라는 것을 알고 있지 않느냐."

"말로 해 주지 않으면 몰라요."

강아지처럼 제 품을 파고드는 그녀를 감싸 안으며 희윤은 행복
감에 젖어 들었다.

"아들이 좋아요? 딸이 좋아요?"

"아들이든, 딸이든 상관없으니 건강하기만 하여라."

희윤은 아직 나오지도 않은 배를 쓰다듬기도 하고, 배에 귀를
가져가 보기도 하였다. 송 귀비는 제 배에 귀 기울이는 희윤을 살
짝 밀치며 쑥스러워하였다. 지쳤던 마음은 하나의 좋은 소식으로

잊히고 있었다.

✿

"마마, 어찌합니까? 귀비마마께서 회임하셨다 합니다."

혜비는 아무런 반응도 없었다. 송 귀비의 일을 알린 상궁은 그저 눈치를 보다 자리를 피하였고, 혜비는 그제야 헛웃음을 터뜨렸다.

때가 때이니만큼 황제는 이것을 그냥 넘기지 않을 것이 분명하였다. 회임이라. 가장 좋은 수가 아니던가. 멍청한 계집에게 운이 따르고 있는 것이 분명하였다. 능력은 쥐뿔도 없는 것이 운이 좋아 귀비 자리를 꿰차더니 이제는 회임까지 적기에 하여 황후 자리까지 넘보고 있었다.

혜비는 이 상황이 우스웠다. 앞으로 일어날 일이 눈앞에 선했다. 이 재상의 지지를 업고, 회임을 무기로 황후 자리를 차지하려할 터였다. 그것이 제 목을 조르리라고는 생각지도 않고.

송 귀비의 회임 소식은 우에게도 전해졌다. 박 상궁의 조심스러운 언질에 우는 그저 고개를 끄덕였으나, 그 속까지 멀쩡한 것은 아니었다.

송 귀비에게는 모든 것이 쉬웠다. 회임한 시기 역시 최적기였던 것이다. 이것으로 인해 송 귀비는 황후 자리에 한 걸음 더 가까워졌을 것이 분명하였다. 그러나 그러한 사실보다도 우는 송 귀비의 회임이 축복받았으리란 사실에 슬펐다. 아비 될 이가 그 존재를 기뻐하고, 축복했으리라는 사실에 상처받았다. 희윤은 분명 회임한 송 귀비를 따스하게 안아 주었을 것이라 우는 생각했다.

"회임하였구나. 그래, 그 송 귀비가 회임을 하였어."

무표정한 얼굴이었다. 그러나 그 무표정한 얼굴은 금세 무너져 내렸다. 우는 제 손으로 점차 엉망으로 일그러지는 얼굴을 가렸다. 우의 어깨가 조금씩 떨리고 있었다. 그런 우를 보며 박 상궁은 차마 곁에 다가서질 못하고 멀찍이 서서 한참을 기다렸다. 그 어깨의 떨림이 멈추기를.

괜찮아졌다고 생각했으나 괜찮지가 않은 모양이었다. 순식간에 우는 예전의 그 순간으로 되돌아갔다. 아이를 잃은 것을 알았던 그때로. 그때가 생생하게 떠올랐고, 목이 메었다. 제 아이이기도 했으나 그의, 희윤의 아이였다. 아무리 제가 싫었어도, 태중의 아이에게 그는 아비이지 않나.

"하아."

우는 깊은 한숨을 토했다. 가슴이 꽉 막힌 것처럼 속이 답답하여 숨을 쉬기가 어려웠다. 하얗게 질린 얼굴을 한 우는 곧 침상에 누웠다. 지쳐 쓰러지듯 자리에 누운 우는 그대로 두 눈을 감았다. 그러나 눈을 뜨고 있어도, 감고 있어도 떠오르는 것은 오직 하나, 잃은 아이뿐이었다.

박 상궁은 우에게 이불을 덮어 주고 그 곁을 지켰다. 박 상궁은 정말이지 송 귀비가 너무나도 싫었다. 모두가 송 귀비가 어리고 착하다고 하지만 실상은 그렇지 않은 것이다. 진정으로 그 마음이 고운 것은 우이지 않은가.

약소국의 한미한 집안 출신으로 제국의 귀비 자리에 올랐다. 황제의 총애를 받아 제가 원하는 것을 전부 얻었다. 그렇게 모든 것이 충만한 이가 무슨 연유로 심술을 부리고, 성을 내겠나 싶었다. 진정으로 그 마음이 어질고 순한지 보려면 제 뜻대로 되지 않는 상황에 던져 놓아야 하지 않겠는가.

송 귀비가 순한 이유는 화날 상황에 놓인 적이 없었기 때문이라고 박 상궁은 생각했다. 만일 송 귀비가 우와 같은 상황에 놓였다면 그이는 절대 우처럼 행동하지 못했을 것이라 생각하며, 박 상궁은 우가 잠이 들 때까지 그 곁을 지켰다.

다음 날, 우는 박 상궁에게 송 귀비에게 줄 축하 선물을 준비하라 명하였다. 평소와는 달리 어떤 것을 준비하라 말하지 않았기에 박 상궁은 그저 비단 몇 가지를 골랐다. 보통 아이들이 많이 사용하는 색으로 골랐으니 훗날 태어날 아이의 옷을 위한 비단이라 하면 될 터였다. 아마 다음 문안 인사 때, 송 귀비에게 전해질 것이었다.

우와 박 상궁 모두 기분이 엉망이었다. 기운을 차렸던 우는 어제 송 귀비의 회임 소식을 듣고 난 후, 저조한 기분을 유지하고 있었다.

"귀비가 회임을 하였으니 그 공을 인정하여 황후에 책봉하도록 하지."

희윤이 말하자 대신들이 웅성거리기 시작하였고, 예부상서의 얼굴이 엉망으로 일그러졌다.

"폐하, 회임하셨으니 그것을 축하하는 일은 타당하나 그것으로 인해 황후 책봉을 하신다는 것은 과하다 생각되옵니다."

"그래? 그대들이 그토록 주장하지 않았나? 황후를 간택하여, 후계를 보고, 대계를 세우라 주장한 것은 그대들이었지. 귀비가 그대들이 바라던 대로 하고 있으니 잘된 일이 아닌가."

예부상서가 입을 닫았다. 시기가 좋지 않았다. 그는 결국 아무 말도 못 하고 고개를 숙였다.

이 재상이 앞으로 나선 것은, 예부상서가 고개를 숙인 그 순간 이었다. 그는 황제의 앞에 서서 담담히 입을 열었다.

"경하드립니다, 폐하. 귀비마마께서 회임하셨다니 나라의 경사 가 아니겠습니까. 귀비마마께서 출산하시기 전 황후 책봉례를 행 하시지요. 또한, 혜비마마께서는 태후마마의 탄신 행사를 훌륭히 거행하셨으니 그 공을 인정하여 품계를 올려 주심이 어떨까 합니 다."

예부상서가 이 재상을 바라보았다. 그는 제 힘으로 이루고 싶 었으나 결국 이번 판도 이 재상의 의도대로 흘러가고 있었다. 과연 황제는 알고나 있을까. 제가 이 재상의 뜻대로 움직이고 있는 장기판 위의 말 같은 존재가 되어 있음을 말이다. 예부상서는 고개를 절레절레 저었다.

희윤은 의심스러운 얼굴을 하면서도 고개를 끄덕였다. 이 재상의 제안은 제게 하나도 나쁜 것이 없었다. 오히려 원하는 것이 아니던가.

"그리하도록 하지. 혜비의 공을 인정하여 귀비로 품계를 승격하도록 하며, 귀비의 황후 책봉례를 진행하도록 하시오. 예부상서는 이 모든 것에 단 하나의 실수도 없도록 하시오."

모든 것이 마무리되고 양심전 앞, 이 재상과 예부상서는 마주 보고 서 있었다. 예부상서는 골이 난 얼굴을 하고 있었고, 이 재상은 여전히 사람 좋은 얼굴로 만면에 미소를 띠고 있었다.

"무슨 속셈이오? 어찌하려고 하는 게요? 도대체 그 속을 모르겠소. 내 그대가 귀비마마 편에 서지 않았다는 것은 알고 있소만 앞으로 어찌할 작정인지는 도무지 모르겠소."

"그저 원하는 것을 쥐여 줄 뿐이라오."

예부상서가 한숨을 내쉬었다. 터놓고 말하려 했으나 이 재상은 여전하였다. 앞으로의 일에 대한 어떤 일언반구도 해 주지 않는 것이다. 답답한 속내에 예부상서가 인상을 썼음에도 이 재상은 그저 허허거리며 웃을 뿐이었다.

결국 원하는 대답을 듣지 못한 예부상서는 혜비를 만나기 위해 발걸음을 돌렸다. 예부상서가 뒤돌자 얼굴에서 웃음기를 지운 이 재상은 빠른 걸음으로 궐을 나섰다.

이 재상은 지나가고 있는 궐의 모습 하나하나를 눈에 새겼다. 우가 이곳에 있었다. 황제가 주인으로 있는 땅, 그리고 그가 기거하는 곳에 우가 지내고 있었다. 회임이라니 우습지도 않았다. 제 아이는 회임한 채로 냉궁으로 쫓겨나지 않았나. 그런데 그 천출은 회임하여 황후가 된다. 분노가 일었다. 허나 지금은 참아야 했다. 모든 것을 쥐었다고 착각하기를, 행복하다 여기기를 바랐다. 그 순간부터 시작될 터였다. 궐을 나가는 이 재상의 주먹은 꽉 쥐어져 있었다.

궐 밖에는 이미 가마가 준비되어 있었다. 이 재상은 가마에 올라타 집으로 향했다. 가마꾼들은 이 재상의 지시에 따라 빠른 걸음으로 움직이기 시작하였다. 얼마 지나지 않아 귀비의 회임 소식과 황후 책봉이 알려지게 되면 그가 지나고 있는 이 거리가 황제와 귀비에 대한 찬양으로 가득 찰 것이 분명하였다.

지금도 송 귀비는 백성들에게 좋은 인물로 기억되고 있었다. 지난 독살 미수 사건으로 목숨을 잃을 뻔하였으나 그 마음이 선하기 짝이 없어 우를 용서하였다고 말이다. 게다가 귀족이라고는 하나 몰락 귀족 가문 출신이었기에 다른 비빈들 특히 우와는 달리 친숙한 이로 각인되어 있었기에 더욱 그랬다.

제 아이, 제 가문에 먹칠을 한 황제가 이 재상은 기꺼울 리 없었으나 지금은 큰 그림을 그리고 있어야 할 때였다.

서둘러 집에 도착한 이 재상은 곧장 운을 찾았다.

"아버지."

"운아, 네 사람들이라고 할 수 있는 이들이 있느냐?"

이 재상은 아들을 앞에 두고 물었다. 아들은 믿음직스럽게 장성하였다. 저와 같이 문인이 아닌 것은 아쉬우나 무인으로 꽤나 실력이 있다 하니 그 정도면 족하였다. 모나지 않은 성품으로 건강하게 잘 자라 준 아들이 그는 대견스러웠다.

"많지는 않지만 그래도 없지는 않습니다."

"그래. 있으면 되었다. 무관학교를 세우도록 하여라."

대장군직을 사임하라 하더니 무관학교를 세우라는 아비의 말에 운이 이해가 되지 않는다는 얼굴을 하였다. 이 재상은 따뜻한 차로 목을 축이며 다시 입을 열었다.

몇몇 믿을 만한 사람들과 함께 무관학교를 세워 인연을 만들라는 이야기였다. 주로 무관 시험에 합격하며 정규 훈련 기관에 속해 훈련을 받게 되나 무관 시험을 위한 사립 훈련 기관은 아직 미비한 상태였다. 귀족들은 굳이 무관이 되려 하지 않아 그 수가 적었고, 평민들은 먹고살기 바쁘니 훈련할 시간이 적어 무관 시험을 보기조차 어려웠기에 합격하기란 그야말로 하늘의 별 따기였다.

"그래도 네 대장군직을 역임하여 휘하의 장수들을 이끌었으니 충분히 그들을 가르칠 수 있으리라 생각한다. 돈을 받지 않고, 아니 돈을 주어서라도 오게 해야지."

운은 제 아비의 의도를 알아차리고는 알았다 답하였다. 하나를 가르쳐 주면 열은 아니더라도 그 하나는 제대로 알아듣는 아이였다. 이 재상은 그런 운이 기특했던지 다 큰 아들의 머리를 쓰다듬었다.

운은 어색한 얼굴로 웃었고, 이 재상은 곧 아들의 다부진 어깨를 두드렸다. 우의 일이 있고 보니 그저 건강하게 잘 있는 것이 고마운 마음이 들었던 탓이다. 그런 아비의 마음을 아는지 모르는지 어색하게만 웃는 운이었다.

무관학교 설립은 일사천리로 진행되었다. 운은 휘하에 있던 몇 명의 장수들을 끌어들였고, 그들은 교관이 되었다. 귀족이 아닌 주로 평민을 대상으로 한 학교였으나 몰락 귀족들 역시 그 대상이 되었다. 어려울 때 내밀어진 손을 잊지 못하는 것은 대부분의 이들이 마찬가지였고, 이 재상은 그를 노리고 있었다. 일을 하지 않아도 되도록 지원을 해 주되, 무관이 되면 받는 녹봉에서 일정 부분을 가져오도록 하였다. 또한 그 가족들을 일꾼으로 고용하기도 하였다. 조건 없는 지원보다는 그들이 감당할 수 있는 것들로 조건을 내걸자 사람들이 몰리기 시작하였다. 진양 이가의 이름을 걸고 운영하는 무관학교는 입소문이 나 사람들이 들어오지 못해 난리가 날 정도였다.

"밥도 먹여 준다지? 다 공짜네, 그려."

"나중에 녹봉 받으면 그걸로 갚으라 한다던데? 생활비 없으면 들어와 살라고 한다더만."

"그래도 그게 쉬운가? 다른 가족들은 어쩌고? 사내가 일을 해야 가족을 먹여 살리지."

"그거야 그렇지만, 좀만 참고 견디면 나랏일 하면서 돈도 벌고 좋지 않겠나? 가족 중 하나는 일꾼으로 써 주기도 한다던데?"

사내들은 삼삼오오 모여 무관학교에 대해 떠들었다. 당장은 고생스럽더라도 시험에만 합격한다면 안정적인 생활을 할 수 있을 터였다. 쥐꼬리만큼 적은 녹봉이라도 안정적인 수입은 모두가 필요한 것이었다. 특히나 가진 것 없는 이들은 그 절박함이 남달랐기에 무관학교에는 딱한 사정을 품은 이들이 많이 모였다. 그들은 이래 죽으나 저래 죽으나 마찬가지이니 일단 한번 시도라도 해 보자는 마음으로 무관학교를 찾았다. 밑져야 본전이라는 생각으로.

운과 이 재상은 무과를 보는 가을이 오기를 기대하고, 그들이 뿌린 씨앗이 훌륭하게 자라나 풍년이 되기를 기대했다.

귀비전, 비빈들은 이른 아침부터 한가득 선물을 꾸리고 문안인사를 하기 위해 모여 있었다. 상석에 앉은 송 귀비는 전과 달리 만면에 화사한 미소를 짓고 있었다. 우는 조금 지친 마음으로 그 모습을 보았다. 회임한 여인은 저리 반짝반짝 빛나는 것이 맞을 터였다. 당연한 것이건만 회임한 당시에 저는 진창을 뒹굴고 있었다. 자꾸만 지난날의 제가 떠올라 눈앞의 송 귀비와 비교하게 되었다.

"경하드립니다."

혜비가 송 귀비에게 축하 인사를 전했다. 어째서인지 태연한 그 얼굴에 모두들 의아한 표정이었다. 지금쯤 혜비는 좋지 않은 얼굴로 있어야 했다. 황후 자리를 송 귀비에게 빼앗기게 되었으니 말이다.

"귀비마마께서 지금까지 하신 것처럼 앞으로도 훌륭히 해내실 겁니다."

혜비의 말에 순간 누군가 픕 하고 웃음을 터뜨렸다 제 입을 틀어막았다. 다들 송 귀비를 비꼬고 있는 혜비를 알아차리고는 그것에 맞장구치기 시작하였다.

"그럼요. 앞으로는 더욱 훌륭히 하실 겁니다!"

활짝 웃고 있던 송 귀비의 얼굴이 금세 굳었고, 우는 그 모든 상황을 지켜볼 뿐이었다. 우는 그저 송 귀비의 얼굴을 보고 싶지 않았다.

송 귀비는 굳은 얼굴을 억지로 풀고, 다시 웃어 보였다. 그 모습에 되레 혜비의 안색이 변했다.

"그리해야지요. 그리할 겁니다."

무시당한다 하여도, 결국 황후 자리에 오르는 것은 송 귀비였다. 그녀는 그 사실을 인지하고 당당하게 굴고 있었다. 눈물이 차올랐지만 꾹 참아 내고 웃어 보였다. 입가가 파르르 떨려 오고 있었다. 허나 제가 이긴 것이었다. 황후 자리를 차지하는 것은 결국 저였다.

그런 송 귀비의 속마음을 읽은 것인지 혜비는 아까의 태연한 얼굴과는 달리 무표정한 얼굴로 그녀를 노려보았다. 순식간에 접견실의 분위기는 냉랭해졌고, 아까와는 달리 침묵이 맴돌았다. 혜비의 기분에 따라 모든 비빈이 눈치를 보고 있었던 것이다.

혜비는 자리에서 일어났다. 갑작스러운 행동에 모두가 그를 주목하였다. 혜비는 송 귀비의 앞으로 가 예를 갖추어 인사를 올리더니 접견실을 떠났다. 예를 갖추긴 하였으나 허락의 말도 구하지 않고 떠나는 그 모습에 송 귀비의 뒤를 지키던 이 상궁이 분한 얼굴을 하였다.

혜비의 행동으로 문안 인사는 엉망으로 끝났다. 당황한 송 귀비는 어찌 마무리해야 할지 몰라 말도 제대로 하지 못하였다. 결국 비빈들은 혜비를 따라 인사를 올리고 자리를 떠났다. 그리고 마지막으로 우가 송 귀비에게 인사를 올렸다.

"경하드립니다."

"저……."

우의 인사에 송 귀비가 뭐라 답하지 못했다. 좋지 않은 인연으로 묶여 있었으나 송 귀비는 우가 싫지 않았다. 지난번 태후의 탄신 행사에서 분한 마음이 일었으나 그래도 아직 송 귀비는 우가 제게 베풀어 준 것들은 기억하고 있었다. 그래서였을까. 제가 잘못한 것이 없는 것 같은데도 어째서인지 눈치가 보였다. 죄를 지은 거 같은 기분에 사로잡혀 멍하니 우를 바라보기만 하였다.

우는 그런 송 귀비에게 어떠한 반응도 해 주지 않고 뒤돌았다.

순진한 눈망울로 저를 살피는 것이 싫었다. 그 눈 속에 동정 혹은 죄책감 같은 것들이 보이는 것도 견디기 힘들었다. 우는 하루의 시작이 고달팠다.

우가 문안 인사를 마친 후 지친 걸음으로 제 처소에 다다랐을 때였다.

"우야!"

희원이었다. 큰 보폭으로 다가온 그는 우의 앞에 마주 서더니 보기 좋은 미소를 지었다. 박 상궁이 희원을 반갑게 맞이하더니 슬쩍 눈치를 주었다. 우의 기분이 좋지 않다는 것을 알려 준 박 상궁에게 희원 역시 고개를 끄덕이며 신호를 보냈다. 저를 사이에 두고 눈짓을 주고받고 있는 둘을 아는지 모르는지 우는 희원에게 인사하였다.

우와 희원은 나란히 걷고 있었다. 봄이라 만개한 목련이 보기에 좋았다. 나란히 걷는 둘의 손가락이 스칠 듯 말 듯 가까워져 있었다. 희원의 신경은 이미 손끝으로 모두 몰려 있었고, 우 역시 내색하진 않았지만 신경 쓰고 있었다. 그의 기다란 손가락이 움찔움찔하였다.

처음엔 우가 걱정이 되어 온 것이었다. 송 귀비의 회임 소식에 걱정이 되어 온 것인데 지금 희원의 머릿속에는 이미 그것은 남아 있지 않았다. 그저 곁에 있는 이에게 제 심장 소리가 들릴 듯하여 긴장이 되었다. 하얀 목련 아래 우의 모습이 고왔다. 그 어떤 꽃이 우에게 어울리지 않을까. 어여쁘다 칭찬의 말이라도 하고 싶었으나 긴장으로 그는 입을 열지도 못했다.

희원은 입이 메말라 오는 것을 느꼈다. 우가 함께하겠다고 하였으나, 그 마음마저 제게 있는 것은 아니었다. 그래서 늘 그는 조심스러웠다. 제 마음대로, 욕심대로 행동하여 우가 놀랄까, 도망이라도 갈까, 저를 싫어할까 한 가지를 행하는데도 오만 가지 생각이 들었다.

그는 손가락 하나를 조심스레 뻗었다. 검지에 우의 손가락이 닿았다. 작고 여린 손가락, 그 촉감에 희원이 가슴을 들썩였다.

희원의 손가락이 제 것에 닿자 우가 움찔하였다. 그러나 우는 제 손을 거두지 않았다. 희원은 제 검지로 우의 손가락을 엮었다. 심장이 요동치고 있었다. 아주 잠깐이었다. 손가락이 엮인 것은. 찰나의 순간이었으나 우와 희원 모두 아무 말도 하지 못했다. 하얀 목련 아래 유난히 희원의 귀가 붉게 달아올라 있었다.

✤

희윤은 정자에 앉아 한가로이 사색에 잠겨 있었다. 곳곳에 핀 꽃들이 아름다웠고, 나무가 물에 비쳐 호수가 초록으로 빛났다. 멀찍이 제게로 걸어오고 있는 송 귀비가 보였다. 아담한 키에 동그란 얼굴을 가진 송 귀비는 희윤을 발견하고는 햇살처럼 웃어 보였다.

회임이라니 절묘한 시기였다. 희윤은 운이 제게로 들어서고 있다 느꼈다. 송 귀비에게는 아들이든 딸이든 상관없다 하였으나 내심 그는 아들이기를 바랐다. 그래야지만 희원을 경계할 수 있었다. 아들이 태어난다면 서둘러 황태자에 봉하리라 그는 생각했다.

"폐하!"

송 귀비가 그를 부르며 뛰듯이 다가왔다. 밖이라 시선을 의식해서인지 평소처럼 이름을 부르지 않으면서도 차마 그 반가움마저 숨기지는 못하였는지 뛰다시피 다가오는 그 모습이 우습기도 하고 귀엽기도 하였다.

"마마, 뛰시면 아니 됩니다."

송 귀비의 뒤를 따르는 이 상궁이 대경실색하며 그를 말리느라 애쓰고 있었다. 그 모습에 희윤이 자리에서 일어나 제게로 오고 있는 그녀를 향해 걸었다.

"천천히, 천천히."

그제야 송 귀비는 슬쩍 눈치를 보더니 방실거리는 얼굴로 걷기 시작하였다. 희윤은 그녀의 손을 잡아 정자로 이끌었다. 뽀얗게 맑은 얼굴은 기분이 좋은 듯 보였다.

"이제는 이리 뛰어서는 아니 된다. 조심해야지."

희윤의 손이 제 배에 와 닿자 송 귀비가 쑥스러운 얼굴을 하더니 배시시 웃었다. 좋은 날씨에 좋은 사람과 좋은 풍경을 즐기고 있노라니 모든 것이 만족스러웠다. 희윤과 송 귀비, 둘은 평화로운 시간을 보내고 있었다.

정자를 찾은 이는 희윤과 송 귀비 말고도 하나 더 있었다. 혜비는 저보다 먼저 정자를 찾은 이들을 멀찍이 바라보았다. 표정이 보이지 않는 거리였건만 분명히 즐거운 분위기라는 것을 알아챌 수 있었다. 혜비는 묘한 표정을 지으며 뒤돌아 그곳을 떠났다. 혜비의 뒤를 따르는 상궁과 궁녀들이 안절부절못하였다.

혜비는 분하기도 하고 즐겁기도 하였다. 지금 이 상황이 분하였고, 앞으로 일어날 일들이 기대되어 즐거웠다. 아마 황제는 후회하게 될 것이었다. 제가 한 모든 선택을 떠올리며, 후회하게 되리라 생각하였다. 결국 마지막에 웃는 것은 제가 될 터였다.

"이비에게 가자."

혜비는 제 처소로 돌아가지 않고 우를 찾았다. 좋지 않은 기분에 처소에서 쉬고 있던 우는 서둘러 매무새를 갖추고, 접견실로 나섰다. 혜비는 여유롭게 자리에 앉아 우를 기다리고 있었다. 오래 기다렸냐는 우의 물음에 혜비는 사람 좋은 얼굴을 하며 아니라 답하였다. 언제부터였는지 유난히 제게 다정해진 그녀의 태도에 우는 아직 적응하지 못하고 어색한 얼굴을 해 보였다.

"송구합니다."

그때였다. 박 상궁이 우에게 다가와 귓속말을 하였다. 혜비는 그 모습을 빤히 바라보았다.

"혹 선약이라도 있으셨습니까?"

"그것은 아닙니다."

"허면 아친왕께서 오셨나 봅니다. 왕야께서 꺼리지 않으신다면 함께 자리하여도 좋습니다."

우가 박 상궁을 향해서 고개를 끄덕이자, 희원이 접견실로 들어섰다. 차라리 내실에서 조금 기다리게 할 것을 괜한 말을 전한 것인가 박 상궁은 생각했다. 잘 차려입은 희원이 성큼성큼 걸어오자 우와 혜비, 모두 자리에서 일어나 인사하였다.

동그랗게 모여 앉아 침묵 속에서 다과를 즐기고 있는 세 사람이었다. 우는 조금 불편한 기색이었으나 희원은 아무렇지도 않은 얼굴로 오히려 가끔 미소를 보여 주고 있었다. 혜비는 그런 우와 희원을 바라보며 차를 음미하였다.

"그나저나 이제 곧 귀비가 되신다고 들었습니다. 좋은 일입니다."

"글쎄요, 원하던 것을 놓쳤으니 좋은 일이라고는 못 하겠습니다."

희원이 혜비의 답에 고개를 끄덕였다. 혜비는 꽤나 거리낌 없이 행동하고 있었다. 어째서인지 알 수는 없으나 우와 희원에게 굳이 제 속내를 감추려 노력하고 있지는 않은 듯하였다.

"귀비마마 일은 인력으로는 어찌할 수 없는 일이었습니다."

우의 위로에 혜비가 고개를 끄덕였다. 하기야 회임이라니 생각지도 못한 일이었다. 그렇다 하여 제가 직접 회임하고 싶지는 않았다. 혜비는 황제의 아이를 가지고 싶지 않았다. 상상만으로도 끔찍한 일이었다. 그 얼뜨기 같은 계집에게 빠져 허우적대는 이의 아이를 가진다는 것은.

혜비는 우를 찬찬히 살펴보았다. 세상에 태어나 우만큼 고운

이를 본 적이 없었다. 세상천지 이보다 어여쁜 이는 있을 거 같지도 않았다. 한데 왜 이런 이가 황제를 마음에 품었을까 궁금하였고, 그것이 지금까지도 계속되고 있나 궁금하였다.

연한 물빛의 비단옷을 걸치고 있는 우는 그 자체로 맑아 보였다. 그 깨끗한 느낌이 혜비는 마음에 들었다.

"예쁘네요."

갑작스럽게 내뱉은 혜비의 말에 희원도, 우도 조금은 놀란 얼굴이었다. 놀란 우를 보며 그녀는 활짝 웃어 보였다. 아까의 분한 마음도 조금은 수그러들었다. 만일 이 자리에 희원이 없었더라면 그녀는 우의 머리를 쓰다듬었을지도 모른다 생각하였다.

활짝 웃는 혜비를 보던 우 역시 살짝 웃었다. 희원은 그런 두 사람을 아리송한 얼굴로 보았으나, 혜비가 우에게 악감정이 있는 것이 아닌 듯하여 다행이라 생각하였다.

어색하면서도 화기애애한 자리였다. 혜비는 생각보다 희원과 이야기가 잘 통하였는지 여러 가지 이야기를 나누었다. 특히나 그림에 대한 이야기를 주로 나누었는데 희원과 혜비 모두 그림에 관심이 많은 듯하였다.

"벌써 시간이 이리되었네요. 이만 가 보아야겠습니다."

혜비가 자리에서 일어났다. 그이는 인사를 하고 돌아서서 나가는 듯하더니 휙 돌아 우를 바라보았다.

"다음번엔 제 처소로 오세요. 매번 이리 대접받기만 할 수는 없지 않습니까?"

그렇게 혜비는 초대의 말을 남기고 우의 처소를 떠났다. 어찌 뒷모습조차도 당당하게 느껴지는지 알 수 없었으나 우에게 혜비의 뒷모습은 묘한 여운을 남겼다.

희원은 저를 제외하고 오롯이 우에게만 집중했던 혜비를 떠올렸다. 이래서야 희윤뿐 아니라 혜비와도 경쟁을 해야 하나 싶은 마음에 헛웃음이 나왔다.

"혜비마마께서 널 마음에 두고 계시는 게 아닌가 싶구나."

우의 등 뒤로 가까이 다가간 희원은 작은 어깨에 제 턱을 얹었다. 한숨과 함께 나오는 말에 우는 살짝 고개를 돌려 제게 기대고 있는 희원을 보았다. 걱정 섞인 얼굴이 마치 아이 같아 보이기도 하고, 덩치 큰 사내가 제게 이렇게 기대고 있는 것이 귀엽기도 하였다. 우는 희원에게서 제 몸을 빼내 그를 마주 보았다.

"제게 친절하시니 저도 좋습니다."

희원이 울컥하여 표정을 굳혔다. 그러나 곧 우의 표정을 보고는 그것이 농이라는 것을 눈치챘다. 그는 우를 살포시 품에 안았다.

"이러다 내가 소인배가 될 거 같구나. 하물며 박 상궁에게도 질투가 나니 어찌하면 좋을까."

품 안에 안긴 우가 그 말에 웃었다. 희원은 그런 우가 견딜 수 없이 사랑스러워 그 이마에 입을 맞추었다. 둘 다 얼굴이 발갛게 달아올랐으나 서로 상대의 얼굴이 붉은 것은 눈치채지도 못하고 제 마음을 다스리기 바빴다.

희원은 우를 따스하게 만들었다. 영원히 낫지 않을 것만 같던 상처는 그의 곁에 있으면 그 흔적은 남을지라도 아물었고, 하찮다 여기던 제 존재는 그 곁에 있으면 특별한 존재가 되었다. 희원은 우를 반짝반짝 빛나게 만들고 있었다.

"슬펐습니다."

우가 조금 가라앉은 목소리로 말했다. 희원은 무엇이 슬펐냐고 묻지도 않았고, 괜찮으냐고 묻지도 않았다. 쉽사리 물을 수가 없었던 탓이다. 그동안 고통스러워하고 상처받은 우의 모습을 그는 기억하고 있었고, 그것이 제가 쉽게 입에 올릴 만한 것이 아니라고 그는 생각하였다. 희원은 위로의 말을 하기보단 그저 우를 더욱 세게 끌어안았다. 제 마음이 우에게 닿기를 바라면서.

"지금도 아픕니다."

우의 눈이 빛났다. 미처 흐르지 못한 눈물이 가득 고여 빛을 받아 반짝였다. 희원은 어찌할 줄 몰라 당황하였다. 그 슬픔을 지워주고 싶고, 그 아픔을 대신 감당하고 싶으나 방도가 없었다. 모든 것은 온전히 우의 몫이었다.

"허나 그래도 혼자가 아니니, 계속 곁에 함께해 주실 테니 견딜 수 있으리라 생각합니다."

우의 말에 희원의 두 눈이 질끈 감겼다. 고맙기도 하고 안타깝기도 하였다. 복잡한 심정을 말로 표현할 길이 없었다. 그러나 그는 무엇이라도 말해 주고 싶었다. 다 표현하지 못할지라도.

"네 곁에 언제까지나 있을 것이다. 절대로 널 혼자 두지 않을 것이다."

뺨을 타고 안타까운 것들이 흘렀다. 상처는 아직도 아팠으나 아물어 가고 있었다. 언제나 저를 외면하기만 하던 황제를 홀로 바라보기만 하던 우는 제 곁을 떠나지 않겠다는, 저를 홀로 두지 않겠다는 희원에게 기댔다. 희원의 따스함이, 우를 향한 온전한 마음이 공허했던 우의 마음을 채워 주고 있었다. 이기적일지라도 우는 이 손을 놓지 않으리라 다시 한 번 다짐했다.

희원이 돌아간 것은 늦은 밤이었다. 떠나기 아쉬워 망설이던 그는 최대한 우의 곁에 머물다 궐문이 닫히기 직전에서야 돌아갔다.

우는 희원을 보며 생각했다. 제가 저런 눈으로 희윤을 보지 않았을까 하고. 희원을 보면 알 수 있었다. 그가 오로지 저만을 보고 있다는 것을, 그 속에 제가 가득 차 있다는 것을. 누군가에게 이렇게 중요한 존재가 된다는 것은 이다지도 따스했다. 슬픔과 행복이 뒤섞인 밤이었다.

❀

황후 책봉은 순조롭게 진행되었다. 모두가 그 일에 동의하는 것은 아니었으나 반대할 명분이 없었기 때문에 가능하였다. 특히나 이 재상이 송 귀비를 지지했으므로 더욱 순조로웠다.

날마다 송 귀비의 처소에는 귀한 선물들이 가득하였고, 많은 이가 송 귀비와 만나기를 원했다. 다행히 이 상궁이 나서서 선물을 돌려보내고 만남을 거절하였기에 망정이지 그렇지 않았다면 무수한 뒷말이 나왔을 것이 분명하였다.

"떨려."

두 손을 맞잡은 송 귀비가 기대를 가득 담은 얼굴로 말했다. 황후 책봉례를 위한 의복을 입자 실감이 되었는지 가슴이 두근두근하였다. 이 상궁은 뿌듯한 얼굴로 의복의 매무새를 매만져 주었다. 모신 날은 얼마 되지 않았으나 평생을 모셔 온 주인처럼 충정으로 섬겼다. 아니 주인이라기보다는 자식을 보살피는 마음으로 모셨다. 좋은 것만을 안겨 주고 싶은 마음이었다.

마치 갓 태어난 짐승이 처음 본 이를 어미로 각인하듯 송 귀비는 이 상궁을 처음 만났을 때부터 그에게 전적으로 의지하였다. 그저 부리는 사람이 아닌 가족으로 대해 주는 송 귀비에게 이 상궁 역시 전심전력을 다했다. 그런 주인이 황후 자리에 오르게 되다니 말로 다 하지 못할 기쁨이었다.

"마마."

감동에 젖은 이 상궁이 송 귀비의 손을 움켜쥐었다.

"앞으로도 잘 부탁해."

송 귀비는 이 상궁을 향해 활짝 웃어 보였다. 행복하였다. 제가 이런 자리까지 오르리라 생각하지도 못했고, 원하지도 않았다. 이런저런 일들이 일어났으나 결국엔 희윤의 옆자리에 앉게 된 것이 좋았다. 그뿐이었다. 황후 자리가 욕심난 것이 아니라 그 옆에 있고 싶었다.

힘들 때면 생각하였다. 차라리 희윤이 황제가 아니라 일개 경비였다면 더 행복하지 않았을까 하고 말이다. 그러나 결국 헛꿈이었다. 그는 이 거대한 나라의 황제였다. 견디지 못할 것이라 여겼는데 모든 것은 지나갔다. 결국 황후가 되었으니 힘든 것은 모두 지났으리라 송 귀비는 생각했다. 이것이 모든 것의 시작이 될 줄도 모르고.

곱게 단장을 한 채로 송 귀비는 마음을 진정시켰다. 실수라도 할까 봐 무서워 달달 떨렸다. 긴장과 기쁨이 뒤섞여 흥분되었다.

"마마, 이제 나가셔야 합니다."

어린 궁녀들이 송 귀비를 일으켜 세웠다. 의복과 장신구들이 무거운 탓에 송 귀비가 비틀비틀하자 모두들 걱정스러운 얼굴을 하였다. 혹여나 송 귀비가 책봉 도중 넘어지기라도 할까 봐 걱정이 되었기 때문이다. 송 귀비는 크게 숨을 쉬더니 고개를 끄덕였다.

"가자."

실수하지 않기 위해 송 귀비는 계속해서 배운 것을 되뇌었다. 천천히 그리고 우아하게 한 걸음 한 걸음 내딛는 그이를 보며 모두가 숨을 죽였다. 상석에 앉은 희윤이 제게로 걸어오는 송 귀비를 바라보며 뿌듯한 얼굴을 하고 있었다.

희윤에게 향하는 길, 양옆으로 대신들과 비빈들이 서 있었다. 한가운데에 홀로 서서 송 귀비는 조심스럽게 나아가고 있었다. 송 귀비는 압박감에 짓눌리지 않으려 노력하는 중이었다. 모두가 저를 바라보고 있는 것이 느껴지자 실로 부담감이 엄청나 등 뒤로 식은땀이 흘렀다. 이렇게 많은 사람이 모인 자리는 처음이었던 것이다. 자꾸만 아래로 내려가는 시선을 붙잡으려 애를 쓰고 있을 때였다. 송 귀비의 눈에 우가 보였다.

그랬다. 저와 같은 길을 걸었던 사람이 이곳에 있었다. 우 역시 이 많은 사람 앞에서 황후의 모습을 하고 걸었던 것이다. 언제인가 들은 기억이 있었다. 열일곱이라 했었나? 지금의 저보다 어렸다던 우는 아무런 실수 없이 모든 것을 끝마쳤다 했었다. 그 모습 또한 어린 소녀가 아닌 듯하여 한동안 모두가 우의 이야기만 하였다고 했었다.

우로 인해 잡념에 빠져든 송 귀비는 순간 치맛자락을 밟고 살짝 넘어지고 말았다. 모두가 놀라 당황하였고, 그녀는 무거운 복장 때문에 제 힘으로는 쉬이 일어나지 못했다.

희윤이 종추에게 급하게 눈짓하자 종추가 궁녀들에게 눈치를 주었다. 그제야 궁녀들이 서둘러 단상을 내려가 송 귀비를 부축하여 일으켜 세웠다. 벌겋게 달아오른 얼굴은 울상이었고, 장내는 술렁이기 시작하였다. 엉망이 되어 버린 것이다.

송 귀비는 희윤의 앞에서 절을 올린 후, 무릎을 꿇었다. 눈물이 나오는 것을 참으려 안간힘을 쓰고 있는 그 얼굴이 안쓰러워 희윤은 저도 모르게 미간을 찌푸렸다. 그녀가 넘어졌을 땐 놀라 달려 나갈 뻔하였다. 회임한 상태로 넘어졌다는 사실에 그는 불안하기 짝이 없었다.

책봉례는 서둘러 진행되었다. 엉망이 된 분위기 속에서 담당관은 조금이라도 더 빨리 진행하여 분위기를 바꾸려 노력하였다. 그러나 한번 엉망이 된 분위기는 쉽사리 되돌아오지 않았다. 비빈들은 슬쩍 저들끼리 눈짓을 주고받으며 송 귀비를 조롱하기에 이르렀으며, 대신들 역시 한숨을 내쉬는 이가 대다수였고, 태후는 고개를 저었다. 피부로 와 닿는 따가운 시선에 송 귀비가 몸을 바르르 떨었다.

"……귀비 송씨를 황후에 책봉한다."

갖가지 미사여구가 가득하였다. 그러나 그에 공감하는 이는 몇되지 않았다. 송 귀비, 아니 황후가 된 송소화가 단상으로 올라가 아래에 서 있는 수많은 이를 바라보자 모두가 그이에게 절을 올렸다. 대단한 모습이었다. 수많은 사람이 모두 저를 향해서 절을 올리고 있었다. 허나 송 황후는 알고 있었다. 진실로 제게 절을 올리는 이는 아무도 없을 터였다. 모두가 어그러지고 말았다. 우는 아니었을까 하는 생각이 머리를 맴돌았다. 우는 진실로 축하와 존경의 마음을 담은 절을 받았을까.

책봉례는 서둘러 종결되었고, 교태전으로 처소를 옮긴 송 황후는 곧장 태의를 만나야 했다.

"아기씨는 괜찮습니다. 다만 앞으로는 조심하셔야 합니다."

태의의 말에 안심한 희윤이 송 황후의 안색을 살폈다. 제 실수로 인해 실망한 탓인지 우울한 얼굴이 보였다.

"이제 황후라 불러야 하나?"

송 황후는 이불을 뒤집어써 버렸다. 창피하였다. 어찌 이리 하나부터 열까지 제대로 하는 게 없는지 속상하였다. 희윤은 이불을 뒤집어쓴 송 황후를 끌어안았다.

"소화야, 괜찮다. 너는 황후고, 네 위에는 오로지 나뿐이다. 태후께서 있으시지만 내명부의 실질적인 수장은 네가 아니냐. 무릇 황제에게 실수란 것은 있을 수 없는 일이다. 혹여 내가 실수하였다 해도 나더러 잘못하였다고 그 누구도 말할 수 없다. 그것은 너 역시 마찬가지이니 당당하게 굴어라."

황제란 실수를 해서도, 인정해서도 안 되는 자리였다. 모두의 위에서 내려다보는 전지전능한 이가 되어야 했다. 희윤 역시 제 그릇이 모자람을 알고는 있었다. 그는 그저 평범한 사람일 뿐이었다. 그저 황제의 피를 이었다는 것, 그 차이뿐이었다. 그러나 그것이 가장 중요하였다. 그것이 모든 것을 결정하였다.

"허나 제가 알아요. 모두가 알아요."

송 황후가 울먹였다. 이불을 살짝 들춘 희윤은 소화의 눈가를 부드럽게 쓸었다. 손가락에 축축한 것이 묻어 나왔다. 코끝이 빨개진 그녀를 그는 애달프게 바라보았다.

"모르는 체하여라. 네게 잘못을 물을 수 있는 이는 오로지 나뿐이다. 그저 그리 넘기면 그뿐이다. 수많은 날이 남아 있지 않으냐. 앞으로 잘하면 되지 않겠느냐."

애써 위로를 건네는 희윤에게 못 이긴 척 송 황후가 기대 안겨 왔다. 이미 벌어진 일이고, 어찌할 수 없는 일이었다. 그래, 앞으로가 중요하였다. 그리고 희윤은 제 사람이었다. 송 황후는 애써 희윤의 말을 되새겼다. 황후가 되었고, 제 속에 희윤, 황제의 아이가 있었다. 되었다. 그것만으로도 충분하였다. 회임한 사실을 알자마자 모든 것이 순조롭게 흘러가고 있지 않은가. 송 황후는 스스로를 안심시키며 희윤에게 어렵사리 웃어 주었다. 눈물이 아직 마르지 않은 얼굴로 웃는 송 황후의 눈가에 희윤이 짧은 입맞춤을 남겼다.

"우습지도 않지. 그따위 것이 황후라니."

커다란 목소리로 혜비, 아니 이제는 귀비가 된 최이란이 말했다. 그녀는 어인 일인지 조금은 기분이 좋아 보였다.

"귀비마마."

최 귀비의 뒤를 따르는 상궁이 그를 말리려 하였다. 처소도 아닌 곳에서 이리 함부로 입을 놀리다 큰일이라도 당할까 겁이 난 탓이었다. 뒤따르는 어린 궁녀들 역시 두리번거리며 계속해서 주위를 살피고 있었다.

"스스로 제 무덤을 판 것이지. 이비가 황후로 있을 때야 제 품에 안아 모든 것을 막아 주었다만 이제는 제 스스로 감당해야지. 황후가 되었다 한들 그 알맹이까지 고귀해진 것은 아니지.

그렇지 않으냐? 아녀자들 싸움에 사내가 끼어들 수도 없을 것이다."

최 귀비는 사뿐사뿐 우아한 걸음으로 궐을 누볐다. 그이는 앞으로가 기대되었다. 높은 자리에 앉으면 응당 그 역할을 해야 할 터였다. 그리고 그녀는 송 황후가 그것을 제대로 해내리라 전혀 생각하지 않았다. 내명부 살림을 맡은 것은 우였고, 우가 냉궁에 간 후로는 제가 도맡아 하였다. 송 귀비가 독으로 인해 앓아누워 제게 넘어왔으나 아마 멀쩡하였다 하더라도 결국 제가 맡았을 것이다. 송 귀비가 할 줄 아는 것이 없음은 이미 그녀뿐만이 아니라 온 궐이 다 알고 있을 정도였다.

새로운 황후가 등극한 날, 그 시작부터 어그러져 있었다. 허나 그저 눈앞의 것에 눈먼 이들은 그를 인지하지 못하고 원하는 것을 얻었단 생각뿐이었다. 먼 훗날 저들이 어찌 될 줄도 모르고 말이다.

〈下권에 계속〉

악의 꽃

1판 1쇄 찍음 2017년 2월 16일
1판 1쇄 펴냄 2017년 2월 23일

지은이 | 셀레네
펴낸이 | 정 필
펴낸곳 | (주)뿔미디어

편집장 | 박경희
기획 · 편집 | 박경희

출판등록 | 2002년 9월 11일 (제1081-1-132호)
주소 | 경기도 부천시 원미구 소향로 17, 303(두성프라자)
전화 | 032)651-6513 / 팩스 032)651-6094
E-mail | scarlets2012@hanmail.net
블로그 | http://blog.naver.com/dahyangs
비북스 | http://b-books.co.kr

값 9,000원

ISBN 979-11-315-7751-6 04810
ISBN 979-11-315-7750-9 04810(세트)